长河流声

吴象彬◎著

感谢为本书的出版
做出大量文字工作的刘浪先生！

安徽师范大学出版社

·芜湖·

图书在版编目(CIP)数据

长河流声 / 吴象彬著. — 芜湖：安徽师范大学出版社，2018.10
ISBN 978-7-5676-3775-7

Ⅰ.①长… Ⅱ.①吴… Ⅲ.①散文集－中国－当代 Ⅳ.①I267

中国版本图书馆 CIP 数据核字 (2018) 第 214809 号

长河流声

吴象彬◎著

责任编辑：吴　琼
封面设计：希　子
封面头像：戚嘉安
出版发行：安徽师范大学出版社
　　　　　芜湖市九华南路189号安徽师范大学花津校区

网　　址：http://www.ahnupress.com/
发 行 部：0553-3883578　5910327　5910310(传真)
印　　刷：江苏凤凰数码印务有限公司
版　　次：2018年10月第1版
印　　次：2018年10月第1次印刷
规　　格：700 mm×1000 mm　1/16
印　　张：22.5
字　　数：309千字
书　　号：ISBN 978-7-5676-3775-7
定　　价：58.00元

如发现印装质量问题，影响阅读，请与发行部联系调换。

我在童年村前的河边捡石子,想听清河水的声浪低语,弄清河流的方向。我终于像一条河流流出村庄,却发现生活遍布旋涡和罗网。我先学会爬,又学会走,走得匆忙就跑了起来,时间像硬币从我衣兜里稀里哗啦地掉落。我是个赶路的人,鞋磨破,脚磨破,错过了沿途许多美丽风景,但也见识了别人未曾见过的奇峰险境。我潦倒过,也曾得意;我绝望过,始终期望;我年轻过,我也老了,但尘埃并未落定。我不愿意不言不语,我选择讲述,用和生命赛跑的方式讲述。我从不奢求展现真理,真理是讨人欢喜的游戏。但我寻找真理,寻找也是一种游戏。我如何定义我自己,是个上帝也解决不了的难题。我永远不能把一地陶瓷碎片拼成完美的花瓶,但我坚信碎片同样精美。人生也一样。C'est la vie!

To The Readers

My name is Aimee Qi. I am the eldest grandchild of my grandfather. Growing up, I have always respected my grandfather, and I wasn't sure if it was because he was so respected by others, or if it was because he respected himself. Up until a couple years ago, I never knew what made my grandfather a successful man. Success is never given, it is earned. My grandfather's life, has taught me that.

My grandfather was born and raised in one of the poorest provinces in China. Being the eldest sibling in his family, he grew up having the burden of taking care of all 5 of them. Went away to boarding school at the age of 9, and being one of the first from his hometown to graduate at Nanjing University, he's worked in Shanghai, Switzerland, France and Italy, speaking several languages from around the world. After, he married my grandmother. They had my mom and uncle, and raising them, providing them with the best education in Canada. My grandfather retired a few years ago, but he never really stopped working. He wrote a book, and donated money back to his home to build a library and school. As well, he helps all of his relatives get jobs, go to school, and start a home.

My grandfather is not only a powerful man, but also a kind man. He loves and cares for all of us and helps all those in need. 5 years ago, my grandfather was diagnosed with cancer. This really effected my family, but because my grandfather was always optimistic and looking at the brighter side all the time. It kept the rest of us hoping and believing in the best. After this, it made me look up to my grandfather even more, I can't imagine myself in a situation like that and still remain calm and hopeful.

Despite all the difficult times my grandfather has been through in his life, he has never given up on himself. He always believed himself, and all those around him. I am proud to have him as family but also as a friend, supporting and loving me through all times. Charles Dickens once said "A loving heart is the truest wisdom". Till recently, I didn't really understand what he meant.

This book the readers are about to read will make you feel so many different emotions. It was written in the course of 5 years, many months of editing and perfectioning, has turned this story into a masterpiece. I believe that one day my grandfather will become a legend and this book will become his legacy. What do I want to be like when I'm older? I'd say this sums it up perfectly. This book will begin to tell you about the life my grandfather had growing up. I hope you all readers truly enjoy reading this book as much as I did. Thanks from the bottom of my heart.

目录

有村鸣凤

由汉口码头出发,顺着长江一路蜿蜒而下,经过九江,行四五百里,便进入了有"万里长江此封侯,吴楚分江第一州"之美誉的安庆。在安庆的西南部,是古雷池的所在地,古雷水东流至此,积而成池,故有"雷池"之称。此地隋朝设县,城东南的宝塔河是古雷水支流,曾为长江故道。因登上城中的钵盂山,可一览浩浩大江,故属名"望江"。望江古邑是鄂赣皖三地重要的水陆交通枢纽,依长江以通吴越,枕蛮荆而接灌婴。李太白曾慕名访城外太阳山,值天降大雪,得奇观之胜。陆放翁亦船经望江,但他当时仕途受挫,仆仆道中,只有诗云吾道非邪。望江县下属的高士镇鸣凤村是我家乡,我家乡门前无大山大川,亦无人世间的大起大落,但风日明亮,人家豁达,只如村前潺潺流水。

鸣凤村又名吴家破屋,吴家破屋之人皆姓吴。鸣凤是老祖宗的名讳。老祖宗生在乾隆年间,读四书,背五经,走的是科举之路。但至于他是否考取过功名,村里的老人语焉不详。有人说他考过童试,中了秀才,做过地方小官,也有人说他什么都没考上,转而弃学从商,做些小买卖。买卖越做越大,积累了一些钱财,就回到家乡,买田地,置房产,成了乡里有名的乡绅,帮村人办了不少好事。后来人们为了纪念他,便以他的名字命名了村庄。

从外面进入村庄，首先要渡过一条小河。河水的源头是东边的小山岗里的一条小溪，小溪自山涧岨流而过，流水汤汤，回环荡漾，一路蜿蜒曲折，在村庄前汇成一条小河。河宽处一丈有余，至于窄处，不过七八尺。河水清澈，蓝天白云倒映其间，鹅卵石遍布水底。水浅，石头的形状纹理全看得真真灼灼。水草招摇如过市妙女子，呵气轻轻，冒出成串水泡。游鱼成群，穿梭于水草石缝之间，如在云端。两岸长满野草野花，花草倒映水中，河水荡漾，倒影便破碎摇晃。

起先河上没有桥，人们要过河，只能卷起裤管蹚水过去。村里人为了方便，自发组织劳力在河上垒了三块大石头，三块石头间皆留有空当，一小步的距离，小孩子也可以跨过去。河水从空当中穿流而过，三块石头就架起了一座桥。桥被命名为"中石桥"，中石桥前后两块石头皆平整，唯中间石头表面有一个凹口，凹口的大小和形状恰似小脚妇人的脚印。

所以村里一直流传着一个和脚印有关的故事，说是以前村里有男人经常外出，服国家的兵役徭役，或者是出去打小工、做小买卖，谋求生活。男人外出的时间长，村里留守的妇人心生思念，便有妇人在黄昏时候跑到村口桥上，引颈远望，俟俟良人归来。在中石桥上，她们日等夜等，经年累月，脚印磨损了桥上的石头，但除了见着燕子归来，斜晖脉脉，始终不见丈夫的身影，真是个过尽千帆皆不是。至于后来的事，丈夫回来没有，那些妇人后来怎么样了，老辈人没有对我们提起，只是说桥中间的那块石头因磨损而凹下去，恰好形成了一个妇人的脚印。所以也有村民把这座桥叫作"望夫桥"。我喜欢这个乡间故事，不是闺怨诗里的缠绵想头，而是人世间的眷顾深情。我乡下人偏居边远，见识浅短，但也懂得盛情厚意，我父亲待我母亲，母亲待父亲，都是情深款款，水远天长。我喜欢望夫桥的名字甚过中石桥。

小河最终汇入村庄外的一个湖泊，那湖泊是我儿时的乐园。湖水碧绿，四面芦苇环绕。芦苇茂密成林，远看如风头浪片。艳阳高照，湖水粼粼泛波光，如窗边阳光洒落的桌布，芦苇亦闪亮多姿，像飘动的青纱帘幔。人走进芦苇丛，清香扑鼻而来，四周萦绕虫鸣鸟叫，也觉安静怡然。野鸭忽然扑哧飞去，抬眼即丽日蓝天，又听到扑通一声，野鸭已落入湖中，便心生远意，觉得风光洒然，自在无比。

湖里多荷花，每逢夏季，荷花迤逦盛开，像渐次点燃的蜡烛。我便划一个小木盆，去湖中心摘莲蓬、采荷花。私塾的老先生也喜欢荷花，夏天便经常带我们去湖边看荷。记忆中他站在湖边，着夏布对襟衫，望着一湖的荷花，嘴里吟诵王昌龄的名句："荷叶罗裙一色裁，芙蓉向脸两边开。乱入池中看不见，闻歌始觉有人来。"前面几句我都听不懂，独最后一句"闻歌始觉有人来"让我觉得有话可说，便歪着头问先生那人唱的是什么歌呢？先生微微一笑，用手轻轻拍着我的头，不回答我，只继续哼唱："郎见欲采我，我心欲怀莲。"我上课不专心，便用毛笔在草纸上画荷花，画得似荷非荷，却也怡然自得。先生见我三心二意，用戒尺打过我手。

村庄背靠一座小山梁，梁上两棵大树，一棵是红椿，另一棵是毛栗。在村庄外很远的地方，即可看见这两棵大树，红椿树高，树干挺拔，高耸在山梁之上，木秀于林。毛栗树矮，但枝丫繁茂，团团如伞盖，亦很漂亮。这是村里人尊敬的两棵大树，几百年来，朴实的庄稼人就在这两棵大树的福荫下过着清平的日子，日出而作，日暮而归，种植着五谷杂粮，繁衍着子孙后代。他们一直没有砍伐这两棵大树，甚至连砍伐这两棵大树的念头也没有。在他们的心中，这两棵树是吉祥的象征，人们指望着它们给村子带来幸福和平安。而这两棵树百年如一日地站在这山梁之上，没有盼头，似乎就这么与世无争地守着这个位置，守着这个古老而偏僻的村庄。

红椿树的枝丫一到冬天就全部掉落，山梁之上遍地泼满枣红色，我小时候常在冬天跑上山梁，有时候还会拾些红椿枝回家。若是下过一场薄雪，枣红色的红椿枝隐约从白雪中露出，景色就更加别致。

秋天是毛栗子成熟的季节。我们家乡人不喜吃毛栗果，但会把毛栗果做成淀粉，人们称这种淀粉为毛栗粉。毛栗粉口感较其他农作物的淀粉更醇厚，我小时候，邻居家的伯娘和婶婶给我们家送来过，母亲自己也做。我最后一次吃栗子粉已经是四十多年前的事了，当大跃进、人民公社化运动在全国如火如荼地开展起来，村子里的两棵大树难逃厄运，被人们无情地砍伐了。毛栗树被伐之后，栗子粉也就再无法做了。有一年暑假，我从学校放假回家，村里一位奶奶竟拿出一包栗子粉给我，她知道我喜欢吃栗子粉，特意留给我的。我拿回家之后，母亲说这是村里最后的一包栗子粉了，老人舍不得给自己儿孙吃，特意留给了在外读大学的我。岁月没有消磨记忆，我至今仍然记得老奶奶把栗子粉给我时候的样子，她双手颤巍巍，我接过栗子粉，只感觉心里温暖，人间情长，乡下世界人情慷慨，夏日暖阳下，连同屋前栀子花亦如亲人。

我从外地回家，只要看到山梁上两棵大树，就知道已经到家了。风吹树梢，在村庄背后的山梁上摇晃。隔着村庄外的汤汤小河，我仿佛看见了父母亲。在庄稼地里弯腰干活的父亲，正抬起头来，脸上的皱纹在日头下清晰可见。灶台边的母亲一边刷锅，一边呼唤我们兄妹，家里孩子多，她总是把我们的名字叫错，象伢、世伢、来伢、仙伢、山伢、凤云……呼儿唤女的声音，从灶台边一直传到我的耳边。然而，现在再也没有那两棵树了，毕竟是时间如流水，走了父亲，老了母亲，我亦在岁月里鱼掷，浪荡浮沉，长河流声，终于停下来了。此时此地的感慨，终究不似少年游。

村庄呈环形,房屋比邻修建,屋顶青瓦栉比排开。门朝内敞,外墙勾连,二三十户人家围成一个封闭的环形村庄。老辈人说,这是当年为了防土匪而设计的结构。从远处望去,鸣凤村就像是一个土碗,倒扣在安徽西部的土地上。在这片并不算肥沃的土地上,它显得略微有些单调,单调中带有一种荒凉的意味。黑与灰是它的主色调,不需要浓墨重彩,仿佛一支铅笔,就把它简单地勾勒在了皖西的大地上。

东西方向有两条巷子,巷子一直通向村外。村外田畈皆不宽,阡陌相交通,多桑竹麻棉之属,或有梯田在丘陵地迤迤散开,水绕陂田,便见得清流落落,和睦旷然。至于玉米抽节拔穗,稻子开花结果,山茶发新芽,柔桑舒新叶,桃花红,梨花白,菜花黄,只是自然。巷子延伸到村庄的尽头,在东西两个方向各形成两扇门,这是村里人外出干活必经之路。太阳刚刚升起,村人便已经吃过早饭,扛着农具出门干活了。他们必定从两条巷子出去,大多都能碰上,互相点头示意,或者散漫问好,便各忙各去,走向田间地头,融入青山绿水,一天的生活就此展开。等到斜阳半照,日光将尽,他们又在巷子里相遇。这时候,大人劳作一天后的谈笑,孩子意犹未尽的嬉闹,牛羊吃饱归圈的懒叫,都在巷子里传开了。村庄在傍晚时分最是热闹,夕阳在远山之外,像村庄外的纷扰世事,炊烟袅出参差瓦缝,宣示着这里就是清明人间。人们就在热闹之中,等待着夜晚的到来。归鸟落窝,牛羊入栏,到了晚上,村庄就安静下来,月色朗照下,树影落墙,俄而细风吹过,树影移向窗棂,洒满轻薄的窗棂纸,窗棂外树影扶疏,窗棂里灯影跳闪,人影幢幢,便觉是夜的多重奏。

此时我们家吃过晚饭，母亲洗刷完碗筷之后，便开始织布。家里孩子多，孩子年年长，要穿衣裳。父亲也不闲着，喝罢一杯热茶，便坐在纺纱机前动手纺纱。织布机是祖上传下来的老物件，后来一直是母亲在用，在我小时候看上去就已经古旧破损了。纺纱机新很多，就放在织布机旁边。父亲和母亲靠坐在一起，我们兄妹围坐在旁边，打打闹闹，不着边际。母亲有时候和父亲交谈两句，安排明天的劳动，或者讨论庄稼的长势。一家人的欢声笑语，和着织布机和纺纱机吱吱呀呀的声音，在低矮的农村老屋里此起彼伏，仿佛一首有节奏的韵律。油灯映照着母亲的脸，脸上的笑容在油灯下面泛着光。那时候，日子就像父亲手上抽出的纱线，绵长认真。

我小时候喜欢看母亲织布，我觉得那是极精细的活，得聪明的人才能学会。我看到母亲用脚踩着织布机经线木棍，双手持纱篚打紧纬线，经纬之间，繁密的细线在她的面前跳跃着，似乎要获得新生。她一边用双脚有节奏地上下来带动织布机交替上下，一边加速接着梭子，来回多次之后，一段完整的布匹便诞生在她的手上。那布匹虽然单调朴素，但紧致繁密，她用手抚摸着新鲜的布匹，便会欣然一笑，仿佛是完成了一件艺术杰作，口里念叨："天冷了，该给象伢做件衣裳了，世伢的裤子也短了，得重新缝一条，山伢还缺件褂子……"

但我一直不知道的是父亲什么时候学会了纺纱。纺纱本是村里女人的活，其他的男人都不愿做，在我们村，除了父亲之外，没有一个男人纺纱。有一次我读书回家，下雨天，看见他坐在门前纺纱，一个五大三粗的庄稼汉子，在纺纱机前手捻棉条，拉出一条条细长的纱线，丝毫不觉得冗杂，也不像其他男人觉得做这种琐事可耻。我看着他，又不由自主地看了看自己身上的衣服，感激之余，更坚定了我奋发苦读的信念。

夏天夜晚，一家人坐在门口乘凉，月亮在薄云里穿梭，我说月亮会走路，母亲便抬头看月亮，笑笑。听到邻家孩童唱童谣，我也跟着他唱：

大月亮，细月亮，哥在房子做篾匠，嫂在房里盅糯米。糯米香，换生姜，生姜辣，换菩萨，菩萨高，换把刀，刀又快，好切菜，菜又甜，好过年，年又远，换把伞，伞没得柄，换根秤，秤没得陀，换个锣，锣没得底，嫡嫡伢儿莫哭几。

每一句都牵强附会，毫无逻辑可言，都是生活中的常见场景，生凑一起无非为了押韵顺口，但孩子念来却婉转动听。童谣本就是念给孩子听的，孩子只驰骋想象，无所谓逻辑。

母亲给我看手指纹，把我的小手摊在她的掌心，一个手指一个手指地辨认螺和筲箕，从大拇指开始，一边看一边念，我不学，我就看她数我的螺，听她怎么说：

"一螺穷，二螺富，三螺卖老布，四螺咚一咚，五螺挑粪桶，六螺牵黄沙，七螺卖糠渣，八螺卖瘪谷，九螺是骚……"

"哎呀，我们象伢十个全是螺。"

"十个螺会怎么样？"

"十螺骑马挂金刀。"

便听得马蹄声嗒嗒响，从村头一直传到村尾；又听到金刀声晃晃荡荡，像急雨落进水缸，清脆悦耳，贯穿夏夜长空。时隔多年，父亲已离开了我们，母亲老了，我们几兄妹也步入中老年。回老家的时候，东厢房里仍然摆着那一台老旧的织布机。从窗户望进去，织布机更老了，织满了蛛网。夕阳的余晖照在老屋的墙上，斑驳的树影比童年时更长。

꧁꧂

村庄一共有五扇大门，分为一扇正门和四扇侧门。正门朝南，前方有一个小广场,广场左右两边皆有白色的八字墙展开。八字墙,约八尺,墙上亦如房顶,覆盖着青瓦,青瓦如背脊,承载着这个村庄的风风雨雨。瓦片重叠循着墙壁依次延伸,在交错的瓦片之间,一种整饬有致却又错落开去的美感似乎要向人们娓娓道来。在墙的两端,瓦片的排列似乎从平缓的舞蹈节奏之中突然地急速起来,一改起先抒情诗似的形态,突然腾空跃起一个优美的弧度,如一匹行空的天马,又如一只高傲的凤凰。这是飞檐。

白墙上,老一辈的民间手艺人精心刻画了许多图案,我记得最清楚的是画的"八仙过海,各显神通"的民间故事。只见墙上寥寥几笔,便传神地勾勒出波涛汹涌的大海,大海之上,是世人喜爱的八个神仙。左边的墙上画汉钟离、张果老、韩湘子和铁拐李,右边墙上是吕洞宾、何仙姑、蓝采和和曹国舅。在我的印象中,八个神仙的手中都持有宝物。吕洞宾手上的宝剑和扇子最得我心,我便常在村头执木剑扮吕洞宾。铁拐李的形象也给我留下了深刻的印象,他浓眉大眼,但是个秃头,脸上长了鬓须,不整洁,乱蓬蓬的,还是个驼背,驾着一只拐。

八仙的故事最早出现在宋元之际的戏曲里,只是故事在人们的流传中发生了一些变化,而至于这些人都是怎么飞天升仙的,各有讲法。神仙的故事,向来扑朔迷离得很。八仙中的蓝采和据说是在我们安徽凤阳县得道成仙的,他的事最早见于沈汾的《续仙传》,里面写道:"常衣破蓝衫,一足靴,一足跣,夏则披絮,冬则卧雪,气出如蒸。蓝采和常行歌于濠州城,手持大拍板长三尺余,似醉非醉,踏歌云:'踏踏歌,蓝采和,世界能几何。红颜三春树,流年一掷梭。'均为神仙脱世之意。后得钟离权之度化,乘云而去。"濠州城即是现在的安徽凤阳。蓝采和成仙的时候一定还年轻,要不然为什么后世很多的画里面蓝采和都还是秀气乖巧的孩子模样,也因此故,他的性别向来比较模糊。

所以对八仙故事的深刻印象，除了民间一代又一代人讲述外，更多是因为我祖父是一个民间的画匠。他擅长画门神，画秦叔宝和尉迟恭。我乡里人每逢过年，必在门上贴门神辟邪，所以腊月里是祖父最忙碌的时候。他画门神，先是墨色粗线条勾勒出两个形象，再工笔细描丝绦、冠带、须髯，最后才涂颜色。我小时候便常帮他涂颜色。他也画八仙，记忆深刻的有韩湘子吹箫图。韩湘子擅长吹箫，竖箫横吹，他骑在鳌背上，潇洒翩翩，祖父说韩湘子吹箫是为了偷会东海龙女。

　　祖父同时是一个纸糊匠，扎纸房、纸轿、纸船、纸马。乡下逢白事，祖父便连夜赶制纸扎，以竹篾、芦苇编制造型，外糊白纸，饰剪纸，再上色，最后在死者坟前焚烧，送死者上路。又因望江属楚地，楚国风俗遗留多，巫术盛行，祖父就会占卜、算卦、看风水一类的巫事。村庄偏僻，医疗条件落后，巫医不分家，我乡里人把生病当作是丢魂。祖父能掐会算，能够算准病人的魂魄去了哪个方位，所以乡里人相信祖父，生了病就找祖父，让祖父指出魂魄的方位，然后沿着祖父所指去找魂魄。乡下人把这种治病的方式称作嗷骇，"骇"同"黑"声，也就是其他地方所说叫魂，人们认为魂魄丢失是没有找到回家的路，只要心诚，所有的魂魄都能回家。

　　我上了大学之后，有一次回家，见他给人算命，口占天理命数，严肃认真。受了多年新式教育之后，不免对祖父的巫术神学产生怀疑，但却一直不敢问他。那天算命的人走之后，我试探性地问祖父，占命算卦之事是否真实可信，本以为他会动怒，但没想到他抬起右手，捋了捋山羊胡，平和地对我说道："世事难料，翻云覆雨，我若果真通此理数，洞察分明，又为何如此清贫，一生遭受疾病折磨。"祖父一直身体不好，不能下地干活，以此获得村里人给的鸡蛋稻米之类的物品，补贴家用。

正门很高，一丈有余，据说是为了方便当时抬轿的脚夫。大门两边的门柱上，刻着一副对联，对联曰：

渤海家声远，延陵世泽长。

这是吴氏祠堂最常用的对联，上联用吴姓开氏始祖吴泰伯主动放弃西周王位而出奔到渤海的典故，下联则讲季札让出王位而避让到延陵的故事。吴姓在历史上是大姓，人口多，而且政治地位高。渤海、延陵的典故遂逐渐在历史上延伸成为家族的符号。

大门原本黑得发亮，但岁月斑驳，油漆剥落，显出些老态龙钟的痕迹，甚至有些裂痕，那是时间掩饰不住的皱纹，用手摸去，能分明触到凹凸着的不平，甚至能触到一丝凉意。尽管这扇大门在岁月中渐渐老去了，但是在保持着一丈高的姿态下，它依然呈现出一派庄严肃穆。两个门环是铜红色的，像两只漂亮的耳环叮当，时时敲叩着这扇古朴的大门，像敲叩一卷厚重的家谱。大门左右两边的墙壁上，有祥龙腾云的图案，一笔一画都还清晰可见，一麟一斑都活灵活现，那龙须似乎在颤动，那龙爪似乎经脉暴涨，而那浴火的凤凰，全由弧线勾勒出身躯的颀长，张扬着仿佛要燃烧的双翅，向着一种不灭的向往，飞向火焰，飞向永恒。

大门里是村里的堂轩，堂轩即祠堂，在重视宗法家族的传统社会，祠堂是一个家族的灵魂，是紧系整个家族发展的纽带，这里安息着先人们的灵魂，也维系着后辈们的精神。家族里的人在这里供奉和祭祀祖先，也在这里办理着婚丧嫁娶之事。

推开这扇大门，就进入了堂轩的第一进，首先进入眼帘的是房间内的一道装饰梁。这道屋梁原本是朱红色,但有些掉漆,显得略微有点古老。因为纯属装饰,而不承载重量,所以这道屋梁呈镂空状,梁上雕刻着些装饰花纹,精工细雕,飞禽走兽,花鸟鱼虫,无所不包,无所不容。柱子上的图案也错落有致,精致乖巧,让人目不暇接,必须细心地观赏。堂轩第一进平时无用,但是一到逢年过节的日子,这里就成了村里人搭案子、摆祭物祭祀祖先的地方。

在祭祀那天,村里人会事先从家里取来几个高脚长凳和几扇门板,凳子依次摆好,然后把门板放置在凳子上面,形成一个桌案。妇人们开始忙活着把家里的食物做好,猪头肉年年都少不了,而且必须贴上红纸,寓意吉祥平安,那是祭祀食物的重头戏,还有一些自制的点心零食,多以稻米和高粱为原料。

自腊八开始,人们就开始准备各色的食材。我尤其忘不了的就是炒米,炒米在我们家乡被称为冻米,至于为什么叫这个名字,我实在想不清楚。夜里做炒米,常常是一家人齐上阵,女人主厨,负责翻炒,控制火候,男人打杂,会早早将柴劈好,在灶前根据需要添柴加火,孩子们往往围在灶台边叽叽喳喳地瞎转圈。通常结束炒炒米都要到深更半夜,虽则是冬天,天寒地冻,但灶膛里的火烧得旺,灶台边人到得齐,整个屋里也便暖洋洋。

但是生活普遍清苦,年货主要是为正月准备的,正月里拜年客人多,家里进进出出都是亲戚,所以腊月准备的年货不会敞开吃,孩子可以例外。我小时候,由于食物短缺,去别人家做客要讲究很多礼数,但有的礼数已经超越礼数,而是乡下人迫不得已的一种选择。比如正月里拜年,主人家用水孵蛋招待客人,客人笑纳,但仅仅喝完汤之后,便匆匆放下碗勺,向主人家称已经吃饱,水孵蛋还留在碗里一口没动,留给主人家招待后面的客人。主人亦心里明了,但亲热客气,劝客人把蛋吃掉,佯称家里还有,却仍然没有人动筷子,都装作很饱的样子,只说刚从家里吃过,不饿。其实大家都心知肚明,但仍要讲究仁义礼节,主客皆慷慨礼义,想得周到,做得自然,亲热如家人,大家便觉得好。哪怕走好几里山路做客,只喝了一碗热水,便也心里亮堂。至于食物短缺,条件贫困,在主客彬彬有礼谈笑连连间,也就付之欢声笑语了。

冬天对我们孩子来说,除了比平时多了好吃的之外,还会有很多好玩的游戏。我小时候喜欢下雪天,积雪覆盖大地,雪花在空中飞扬,我便早早起床跑去雪地,和村里其他小伙伴一起堆雪人,或者是打雪仗。我最喜欢的是溜冰,没有溜冰鞋和冰刀,只从家里找一个矮脚板凳,凳脚倒立,凳面贴地,我便正好坐在倒扣的凳面上,双手握住前面两只凳脚控制方向,从缓坡上往下滑,积雪簌簌散开,在场邻伴皆大呼冲冲冲,直冲到田地里。我们也抓麻雀,用一只短木棒支起一个大竹匾,竹匾内撒谷粒,引诱麻雀,再用一根长绳系住短棒,人远远地躲在门后,只留一个门缝观察麻雀,手上牵住长绳,俟候麻雀飞来啄食。冬天冷,麻雀没有什么吃食,便飞入人家,停到家里阁楼上偷吃粮食,看到竹匾里的谷粒便飞来,这时候我们只要将手中的长绳一拉,麻雀便被笼住。但是也有时候,拉线的人动作慢了,或者短木棒把竹匾撑得太死,麻雀一惊,趁机钻空子飞走了。只是这些麻雀老是不长记性,等不了多久,它们还是会飞来吃米粒。当然,这都得在年成好的时候,年成若是不好,人都没有米吃,哪里还有多余的米粒拿来捕捉麻雀?

祭祖是村里过年时候的大事,年成好的时候,村里人吃得好,祭祀的物品也自然充足丰盛,但尽管年成不好,庄稼歉收,祭祀的享品也必须讲究,以示虔诚,这是村里的老百姓看重祭祖的缘故。过年猪年年都杀,一年到头的肉和油水都得靠这头过年的猪,当然,也有的人家没有过年猪,一年到头吃不到几回荤腥。我见过杀猪,我乡里人家过年杀猪,往往会请上村里关系好的人家来吃杀猪饭,男的赶猪,女的帮厨,孩子亦帮忙递血盆,端热水,好不热闹。只听到磨刀霍霍,人声连连,洗涮煎炒之声,样样条畅,大人小孩都在兴头。连猪的惨叫狰狞,血污遍地横流,也没人觉得血腥残忍,只希望杀猪匠能将猪一刀毙命,猪血如泉涌,便是讨了好彩头。我母亲说,猪是通人性的,腊月里的猪最不温顺,因为它们知道自己要被宰杀,能听懂人话,如果听到人说哪天要杀猪,它们就会发狂,不吃不睡,所以有经验的人家不会念叨什么时候杀猪。

曾祖父是我们这房的房长,所以在祭祖的这一天里,他便要忙着张罗这一次隆重的祭祀,小心谨慎地按照先辈人的规矩执行祭祀的礼仪,生怕程序上出一点点问题,得罪了大慈大悲的菩萨和安息的祖先而受到他们的惩罚。他总是小心翼翼地安排着这一切。

❧

堂轩的第一进房屋左右两边皆有门,正好通向堂轩的第二进。但是在第一进房屋和第二进房屋的中间,有一个天井,这天井沟通了天人,实现了人与自然的和谐。通过这个天井,整个房间有了阳光的直入而显得通透明亮,而到了下雨的时候,池子又可以储蓄雨水。天井中间有一条小路,用青石墩垒成,小路左右两边是人工挖掘的池子,池子不大,三尺见方,也不深,清澈可见底。池子里的水都是天上的雨水,池子里有暗道可疏通水流,连接内外。暗道里面有好些乌龟,我小时候常喜欢去玩这些乌龟,老人们说乌龟通灵性,长了千年之后是要成仙的,叫我不能伤害乌龟。

走过这条小石板路,便走进了堂轩的第二进房屋。第二进房屋的构造跟第一间大同小异,整体空间稍微小一点。这进房屋是故事流传的地方,村里老人们的故事和他们的水烟一样,在这进房屋里面交换着、燃烧着。一天的劳作到头了,村里人便不约而同地聚集到这进房屋里,一个个朴实的庄稼人,赤着脚板就来到了这进屋子,有时候手里还端着一碗米饭。他们往长条凳上或者是门槛上一坐,说说笑笑就开始了。我最喜欢听村里面的老人讲故事,那些嘴里含着水烟的老人似乎总有说不完的故事,用一斗烟的功夫,讲半辈子的故事,只要有一个听众,仿佛就是给他们的称赞。

我常常想,为什么老年人的故事总是那么多,他们的一生究竟经历了一些什么,能够让他们讲出那么多的故事。我在这么想的时候,只能听别人讲故事,而当我真的懂得了这其中道理之后,自己也有了很多的故事可以讲给别人听了。

给我印象最深的故事说的是古时候一个贫家子弟外出求学之后做了朝廷里面顶大的官,这个人最开始家里很穷,父亲过世得很早,靠母亲一手把家里几个孩子拉扯大。后来他到了一家富裕人家给人做长工,白天在庄稼地里干活,晚上回到家便看书,因为家里没有油灯,他便捉了一些萤火虫,把萤火虫装在一个袋子里面,借着萤火虫的微微光亮,熬夜苦读。日复一日,他读了很多的书,后来考取了功名,受到皇帝的重用,做了朝廷的大官,使他母亲和哥哥嫂嫂都过上了好日子。

后来我知道了这个故事的原型是历史上著名的"囊萤映雪",而在故事流传的过程中,人们又加了一些其他杂七杂八的事情,便构成了我小时候听到的这个故事。问题不在于这个"囊萤映雪"的故事是否纯粹,关键我所听到的这个故事是很励志和感人的,它给了我们这种出生底层的人一种奋斗的信心,它使我相信,人只要凭借自己的努力,就一定能够达成自己的梦想,甚至如故事中的主人公一般,考取功名,青云直上,做朝廷的大官。

所以,我从小就特别喜欢读书,在我们乡下,很多和我一般大的孩子都读过书,而我,却通过读书这条路走出了农村,过上了相对好一些的生活。

当然，这除了我自己的努力之外，还必须归功于我的父亲母亲和我的弟弟妹妹，是他们的支持让我拥有了完成所有学业的条件。总之，凡事都没有个一定之规，最底层的人经过奋斗也依然可以过上很好的生活，在中国的历史上，出身贫苦但最终青史留名的例子比比皆是，正所谓"朝为田舍郎，暮登天子堂，将相本无种，男儿当自强"。

在讲故事之余，老人们若是兴致高起来，就开始吊嗓子，有人唱："为救李郎离家园，谁料皇榜中状元。中状元，着红袍，帽插宫花好啊好新鲜！"这时候，立马会有人接着唱下去："我也曾赴过琼林宴，我也曾打马御街前，个个夸我潘安貌，原来纱帽罩哇罩婵娟哪！"村里人几乎人人都会唱黄梅戏，因为在这里，黄梅戏是最受人欢迎的戏曲。它贴近普通老百姓的日常生活，仿佛每一个故事都是在讲村民们身边的最鲜活的例子。黄梅戏对于家乡的人们来说，与其简单地说是一种娱乐，不如说给了家乡人一种精神的寄托。

安庆是黄梅戏的发源地。据说在建国前，历代的统治者都视黄梅戏为"花鼓淫戏"，明令禁止黄梅戏的演出，民间艺人们为了争取黄梅戏的演出机会，只得与徽戏、京戏同台，称其为"皖剧"或者"徽剧"。它不像京剧，金戈铁马、刀光剑影，亦不像豫剧，铿锵大气、酣畅淋漓。它是关注日常生活的戏曲，它关乎的是儿女情长，家长里短。我喜欢听黄梅戏，中学时候，县城里人民剧院经常有黄梅戏演出。观众多，剧院外摆满小摊，卖米粑、卖酥糖、卖油条、卖梨、卖橘子，吆喝不断，人声喧闹，一片沸沸扬。究竟是剧院旁的商贩，连吆喝买卖也都拿腔拿调，像活在戏中。那时候票价只要一毛五分钱，但我仍然买不起。所幸我偶然发现剧院的一堵侧墙上凸出一块垛子，从这个垛子爬上去，可以爬到剧院的窗台上观看戏台上的黄梅戏演出。窗户半开，脑袋正好可以从窗户钻进去，但身体进不去，于是只能双脚悬空，以极其憋屈的姿势看完一本戏。入戏至深，有时候还偷偷为戏中人物抹泪。

在进入堂轩的第三进之前，和第一进房屋与第二进房屋中间一样，照例有一个天井沟通着两进房屋，也沟通着人与自然。走过天井中间的青石墩，左右两边的水池会倒映出人的影子，小时候不懂欣赏，在我稍大一点，大概十几岁的时候，我便很喜欢这天井了，除了那匠心独运的设计使人佩服之外，更重要的是，它给这堂轩带来了生机和活力，而今想想，这对于一间代表家族祠堂的堂轩是多么重要，这种生机和活力似乎是预示着家族的兴旺发达。

走进堂轩的第三进房屋，跨过那道门槛，给人的第一印象便是肃穆。第一道屋梁正中间挂着一块大的匾额，匾额上书"兰桂齐芳"，寓意子孙富贵荣华。后面的几道屋梁都挂着匾额，刻着"博学笃志""切问近思"之类，我小时候不懂这些古训的意思，后来读了《论语》，才知道匾额上的内容许多都出自《论语》。匾额宽大，四边雕刻着花纹、流水纹，字体遒劲，雕刻精致，皆出自村人之手。

房屋两边的墙壁上挂着名号匾，这些匾上书写着村里成年男性的大名。在我乡下，小孩子在未成年时，皆用小名，而男性即将成年的时候，家人便会为他取个大名，并将大名刻在名号匾上。名号匾两边刻着一副对联，对联曰"大号一声传出，小名二字丢开"，落款日期为挂匾之日，即村人为之举办成人礼之日。男性成年，都会在堂轩里举行成人礼，成年礼的主要内容就是将名号匾挂在墙壁之上，名号匾挂好之后，便鸣放鞭炮，在祖宗牌位前焚香，以告祖宗，以作标志。

我小时候在堂轩里见过很多名号匾，那些名号匾上刻着很多先辈的大名,我认识的一些长辈的名字也挂在堂轩里。但后来有一段时期,村民生活逐渐困难,甚至难以糊口,名号匾也就谈不上了,不忘古礼的村民们只能用红纸写上相同的内容贴在堂轩的墙壁上。红纸易褪色,贴上不久便剥落在地上。秋风卷起,褪色的碎纸片,在祖先的牌位之前忽起忽落,作为吴家子孙的我,难免有些怅惘。

这是家族里供奉祖先牌位的圣地,是丝毫不能惊动和打扰的。走进去一眼便可以看到很多的牌位,这里安息的是吴氏家族我们这支人的祖先。在长幼尊卑观念浓厚的中国社会,牌位都是按照长幼尊卑有序摆放的。牌位用上好的木料做成,呈长方形,下设底座以方便牌位的放置,牌位的中间写着逝者的身份,多用小楷写成,两边皆有雕刻的花纹。牌位有的比较新,上面的油漆还泛着光,有的牌位已经明显很旧了,油漆剥落,而有的牌位甚至一开始就没有上油漆,设计很简单,但都被后人擦拭得很干净,几乎看不到一点灰尘。牌位的前面,有一个大香炉,香炉里燃烧着几炷香插,青烟袅袅,散发出质朴的香味。在最艰难的年代,这里的香火也从来不曾断过。

香炉前面有一个蒲团,是供后人磕头拜祖用的。第三进房屋所承担的才是堂轩的核心职能,所谓"追远溯本,莫重于祠","无祠则无宗,无宗则无祖",这里是祖先灵魂的安息之地,是真正牵动着一个家族运转的精神纽带。在中国的社会里,家族的概念是被摆放在神台上的崇高信仰,它关乎着一个封建大家庭的盛衰成败,对逝去的家族里面的长辈,尊敬是一种遵守传统伦常道德的体现。从另一方面来讲,在没有真正信仰的中国社会,对逝去长辈的供奉也是为了使其保佑在世的家族后人获得尘世的幸福,落到实处就表现为祈求家庭平安和谐。家族里的男人能够出将入相、封妻荫子,而家族里面的女人则能够生养更多的娃,使得人丁兴旺,传递祖先的香火,让整个家族里面的香火燃烧得更旺。

也确实，我们这个大家族的香火燃烧得更旺了，但是村庄里却已经不再是我小时候的样子了。树木被砍伐殆尽，湖泊被改造成耕地，那承载着一个家族灵魂的堂轩也被拆了。这些都是大跃进、人民公社化运动时候的事情。后来出生的晚辈们，不曾见过那个风物洒然、设计精致的村庄，也没有感受到那个物质贫乏年代里的淳朴生活，便不会懂得对故乡的深情。也许他们是遗憾的，因为他们在现代生活的节奏里体会不到那种淳朴的风土人情，也缺少那种根植于内心的乡土情怀；但从另一方面来讲，他们也是幸运的，他们没有经历那种物是人非的落寞，不曾见过那个美丽的村庄，也就谈不上怀念那个村庄。这和我不一样。

我离开家乡已经很多年了，在高小我去了乡小住读，初中便去了望江县城，但好在离家不算远，每月回家挑一些米粮和咸菜。但当我上了大学，到南京读书以后，回家乡的日子就很少了。再后来，我到上海工作，之后去香港和国外，在瑞士、加拿大等许多地方都居住过。每到一地，我欣赏着当地风景，感受当地的风土人情，见识过许多曲折离奇的故事。各地虽有各地的好，但我还是钟情我的故乡。所以我每年都会选择一段时间回到家乡，即便我心里的故乡早就变了模样，大树被砍了，堂轩被毁了，老房子拆除殆尽，新盖的小洋楼夺目抢眼，各种各样的交通工具驶进了村庄……

都变了，我也变了。我从鸣凤村走出去，很多人都从鸣凤村走了出去，这个尽管美丽但是贫穷的村庄！我走了出去，轻狂地走遍攘攘世界，发现路越来越宽，却觉得日子越过越短。我至今仍记得我第一次离开家乡时的情境，那是我去南京念书的时候，农历的八月份，我和故乡挥手告别，那一年，我十八岁。到如今，五十多年过去了，终究是浮生颠簸。大半辈子在外的生活，就是不停地颠簸。从来没有停下脚步，却难得踏上回家的旅途。我成家立业在上海，虽然算不上漂泊，却终究没有一份故乡带来的安稳。

年轻的时候，心里只有梦，不懂乡愁。男儿负气，总以为走出村庄，就是浩荡天地。而今飘零半生，遍尝人间滋味，再回首大半辈子的路途，才发现走过的脚印都通向故土。那是回家的路，我曾经从这条路走来，始终不敢忘记方向，即便闭着眼，也能一口气回到家乡。

回到家乡，回到外婆家去，母亲还是个孩子，她端着簸箩，坐在窗棂下绣花。

回到家乡，回到父亲的身边去，陪他去庄稼地里，摸摸那些喂养我长大的粮食。

回到家乡，回到小湖泊去，芦花散满头，轻衫薄似风。

茔松似盖

电话是家里打来的，是我远在安徽的五弟的声音。他似乎想表现得很平静，但是终究没有掩饰住内心的焦急。他的声音分明有些颤抖，说话结结巴巴的，语言也含混不清，似乎总是不知道该用哪一个恰当的词语来表达。我问他是不是父亲病重了，他说父亲快不行了，让我赶快回家。

其实，我早就知道会有这么一天，当我和兄弟姐妹们逐渐地长大成人，当我们的孩子也慢慢长大的时候，这一天总归要来的。我没有感到太意外，这种事情本来就不是什么意外的事情，但我还是有点不能接受，我感到空气闷得慌，像晕了车似的。

前几天，他们给我打过电话，告诉了我父亲病重的消息，只是前几天事情还没这么严重，我在香港这边的工作也忙得不可开交，所以就没有回去。但是，今天的电话分明是来催促我回去的，不是我五弟催促，是我父亲的身体在催促着我回去。是的，父亲躺在农村老屋的床上，已经快走向人生的最后时刻了。他在生命的最后关头，就坚持着要回老家，他害怕病倒在其他地方，即使是在他自己儿子儿媳的家里。

他是在1995年查出有胃癌的，也是家里打电话来，说父亲病了，整个人消瘦了很多，嘴里甚至还吐血。在我几个兄弟姐妹的安排下，父亲住进了县里的医院。在经过一系列的检查之后，县里的医院怀疑他是胃癌，但不确定。家人隐瞒着不告诉他，只告诉他是胃病，叫他安心养身体，就别操心这操心那的了。但是他仍然还是操心，躺在病床上也总是操心着家里面的杂事情。我得知他可能是胃癌之后，希望把他从老家接到上海来治病。那时候我马上通知我家乡的弟弟们，把父亲接到上海来治病，顺便照顾一下他，但是他怕耽搁我的工作，一个劲地推辞，说只是胃病，不碍事，他哪里知道他其实已经是胃癌晚期，再不动手术随时都有生命的危险。在家人的一再劝说下，他终于同意到上海治病了，但是一定要求我不能耽搁工作，不要花费太多。

我把他送到上海华山医院进行进一步的诊断，最后华山医院确定他已经是胃癌中晚期了，必须尽早进行胃部切割手术以防止癌细胞进一步地扩散。家里人都不愿意听到这个消息，但生老病死从来不是随人所愿的，那时候我能做的，就是给父亲找个一流的医生为他动这个关乎性命的手术。我托一些朋友的关系，为父亲找到了当时华山医院的胸腹科主任，主任姓吴，和我们家是本家，但是具体名字我有点记不清楚了。吴主任当时号称"上海第一把刀"，医术精湛，声名远扬。他的助手也是上海乃至在全国赫赫有名的专家。父亲很快被安排了动手术，这个时候他已经知道自己得的是癌症，但是他不愿意动手术，他总是说自己年事已高，没有这个必要进行手术和治疗了，多活一天是一天，即使死了也毕竟到了这个年纪。他一方面似乎担心这个手术，另一方面又觉得不愿意花费这个高昂的手术费，我当时在香港做生意，经济条件相对已经比较好了，给父亲动手术和住院的钱是不成问题的。但他就是觉得不应该花我们的钱，即使我们是他的儿女。

一家人给他做思想工作，安慰他，劝他，他后来终于愿意配合做这个胃部切割手术了。手术进行得很顺利，他的胃被切去了五分之四，但基本上清除了癌细胞。手术做完之后，他在医院接受了短期的化疗，暂时脱离了生命危险。手术之后，医生说在正常情况下，父亲还有三到五年的寿命，毕竟这手术做得太晚。住院期间，我的弟弟妹妹们在医院里尽心地照顾他，他总是用感激的眼光看着他们，好像受到了子女的恩惠一般。我去看他的时候，他总说又让我花钱了。常人似乎不能理解他的思维模式，一个已经躺在病床上面的老父亲，对子女给予的一点照顾和关心，他甚至内心感到愧疚，觉得给我们添了麻烦，而我们对他做了我们应该做的一点事，他对我们都怀着无比感恩的态度。其实他自己劳累了一辈子，为了我们兄弟姐妹，为了这个家。

父亲并没有被这次手术打垮，回到家以后，他仍然继续干活，在县城的家里，他仍然坚持种点小菜给家里人吃，还喂猪、养鸡，给他在县城里读书的孙子们烧菜做饭，我们都认为他恢复得很好，他自己也确实比较硬朗。

然而，毕竟是年事已高，他终究没有逃脱疾病的纠缠。在这次电话打来之前，父亲的病就复发了。那是1998年，父亲的癌症复发，癌细胞从胃部转移到了肝脏，我们把他送到上海华山医院进行彻底复查，并进行化疗和调养。在那时候，我们都有预感，可能父亲，一辈子劳累的父亲，要离开我们了，只是我们都不愿意说出来，因为我们都不敢接受这个事实。在上海治疗了一段时间之后，病情相对有了一些好转，父亲就转回县里的医院进行化疗，那时候，他住在我四弟家里，四弟一直照顾着他的饮食起居和化疗就医。他的身体逐渐地坏下去，一天比一天坏，化疗也起不到效果了，反而长期的化疗对他的皮肤起了副作用。他终究是卧床不起了，和所有人都要经历的一样。

就在前两天，农历四月二十二，他坚持要回农村老家，我弟弟们安排了车辆和人把他送回了老家。他还住在原来的屋子里，他说睡在老家的床上他感觉踏实。

我要孩子们把我送回老家。那个生养了他们兄弟姐妹的地方，我睡在老家的床上，心里觉得踏实一些。我的病犯了，我心里明白我年月不长了。我坚持要他们把我送回来，要死也要死在家里，死在外面是孤魂野鬼。

怕是逃不过这一劫了，老天爷要叫我去了，也值了，七十多岁了，我们村比我年轻的都死了好几个了，活到我这把年纪，不容易。好在是我这一辈子没有白来，该尽的责任我都完成了，姑娘嫁出去了，女婿不错。五个儿子，老大读书读出去了，现在在外面工作，也算是给我挣了光。其他几个兄弟虽然没有读书读出去，但我把他们的婚姻大事都解决了，各自成家之后，现在日子都过得挺好，有吃的有喝的，饿是饿不着了，冷也冷不到，这就够了。

我出生那年，是1925年，那一年闹革命的孙中山死了，我是后来听别人说的。我们小时候，根本没有听说过孙中山，我不知道我的父亲知不知道他，兴许他也不知道，他哪里去管闹不闹革命，他饭都没吃饱过，苦头倒是吃够了。我家里三兄弟，我是老二，我本是鸣凤村的，但是家里面没有什么田地，种的粮食还不够交租，父母亲在我还很小的时候就带着我们兄弟三人去了长江边上开垦荒地。那时候，像我们家这样离开家去长江边上开垦荒地的人也不少，相对来说，长江边上那时候住的人不多，有地可以种粮食，虽然是荒地，但总比在老家划算，至少有地种，也不用交租粮。年成好的时候，种的粮食还是够吃上一段时月的。再加上长江边上的芦苇可以用来烧柴火，生活相对方便，所以，我们那里有好几家人都搬到长江边上去生活了，在兵荒马乱的年月，哪里能够保住性命，哪里就是穷苦人的家。

我们家搬到长江边上之后，爹娘盖了一间茅草屋，供我们一家人遮风挡雨。茅草屋在岸边的堤坝下面，相对来说，堤坝很高，像个天然屏障，保护着我们的茅草屋。茅草屋的四周有很多的芦苇，密密麻麻的，有的地方密得人也进不去。我小时候经常在芦苇荡子里面玩耍，有时候是去帮母亲捡拾一些干芦苇回家做柴烧，有时候则是和哥哥弟弟在芦苇荡子里面捉迷藏。芦苇荡子里面有很多的野鸟，有时候一踏进去，一只野鸟便扑哧扑哧从你脚边的芦苇丛子里飞了出去，一直飞过堤坝，飞到看不见的地方。有野鸟的地方，就有鸟蛋，在密密麻麻的芦苇丛子里面，总是会有做得很精致的鸟巢，鸟巢里面有四五个、五六个鸟蛋，鸟蛋有大的、有小的，颜色更是各种各样，淡绿色的居多，还有淡蓝色的、白色的、泥巴色的，非常好看。我小时候捡了很多鸟蛋吃，都是芦苇荡子里面的。芦苇除了可以用来做柴烧火之外，它的花苞是可以吃的，小时候没什么东西吃，等到芦苇打了花苞，还没开的时候，我就专门带着篓子去摘芦苇的花苞，摘回家在柴火边上烤着吃，盐也不放，不能说很好吃，有可能是吃多了觉得不好吃，但是味道很特别，自然生长的东西，吸收长江的精华，有一种特别的清香。

我们也爬上堤坝去玩，站在堤坝上面，可以看到长江的岸边种了很多的杨树。这些杨树很大，成片成片的，上面会有些水鸟站着。有的水鸟很大，眼睛放绿光，瞪着大眼睛，也不怕人。它们专门在长江里面捉鱼吃，停在杨柳树上，是在等待着机会，一旦它们看准了目标，便从杨柳树上一下子飞出去，一个猛子扎进江水里，上来嘴里面便叼着一只很大的鱼。在堤坝上面，可以非常清楚地看到长江的样子，我记得小时候第一次看到长江的时候被吓到了，长江实在太宽了，如果天色不好，云雾稍微大一点的时候，你在岸这边根本看不到对岸在哪里，只有江水发出轰隆轰隆的声音，隐隐像是在打闷雷，加上云雾浓，天色昏暗得像是要掉下来一样，特别吓人。但是，长江的水却很清，天晴的时候，可以在平静的水段看到白云蓝天的影子，也可以看到长江里面的鱼。那时候，长江里面还有江豚，这些江豚在高兴的时候还会跳出水面翻筋斗,然后沉进长江里。

我的父亲以前就在长江里面打鱼,大哥后来也跟着父亲打鱼,那时候,长江里面有很多品种的鱼,好多我都不认识。可是,父亲后来死在了长江里,大哥也死在了长江里。都死了。

我在1937年被领养了,被领养到我们村里面的一户人家,这家人和我们是本家,也姓吴,我过去了连姓名都不用改。他们家没有生伢,要把我领过去传递香火,我那时候十二岁了,正好是我的本命年,也幸亏被他们家领养过去,要不然我就饿死了。

外面的风阴森森的,吹起来好冷,我感觉口渴,可是我说不出话来,现在说一句好费力气,比我以前挑一担柴赶好几十里山路都费力气,我几乎看不见眼前的东西,但一张张面孔却浮现在我的眼前,有爹的,有娘的,也有我兄弟的。他们在等我,在喊我去吃饭,爹端着一个土碗,老三还很小,拿着一双筷子在敲碗。当当当……

～

我知道父亲在等着我,我想他一定在等着我回去。挂了五弟的电话,我知道不管我这边的事情有多忙,也不能再拖了,再拖可能就见不到父亲最后一面了。他看到了我刚生出来的第一面,我必须要赶在他走之前回去看他最后一面,回去送送他,像以前很多次他送我出门一样。

我赶紧订了当天的飞机票,从香港直接飞到上海,然后计划从上海乘车回安徽。飞机飞到了上海之后,天色已经很晚了,我从航站楼出来,赶紧给家里打电话,问我父亲的情况怎么样,家里人说不大好,然后叮嘱我不要太担心,注意安全之类。我本来是准备立即驾车回安徽老家的,但是由于实在太晚了,加上当时没有高速公路,交通不便,晚上行车不安全,我便错误地选择了留在上海先休息一晚，准备第二天清晨驾车回去。可就是这么一念之差，造成我终身的遗憾。

在上海休息了一晚之后，第二天清晨，我们很早就起床了。我让司机大清早驾车往回赶，从上海回安徽望江，在没有高速路的情况下，驾车大概十个多小时，而如果开得比较快的话，预计不到十个小时就能够到家。我坐在车上，和家里通了电话，告诉他们我正在回来的路上，让他们好好照顾父亲，希望我能在父亲最后的时间里，见上他一面。我知道，很可能就这么一面了，这一辈子，就这么一面了。

想起父亲的脸，除了皱纹和风尘，我似乎想不起什么其他的。我不知道为什么那张熟悉的脸突然就变得模糊，像是被风吹散了一样，我凭着记忆努力去拼凑，拼凑那张被风霜雕刻的沧桑的脸，但感觉仿佛有汗水在一张模糊的脸上滴，汗水是浑浊的，就在那张脸上淌着，像要腐蚀掉那张脸似的。又仿佛有一双眼睛在那张模糊的脸上转动，眼睛转动得很慢，反应看起来迟钝，但眼神中有期待，我不知道是在期待些什么，那是父亲的脸吗？我还是看不清楚，我的父亲是怎样的一张脸啊？我很想转过脸去问问坐在我旁边的妻子，但是我没有，我希望自己想起来那张脸，我使劲想，我紧紧地闭着眼睛，我以为我能够想起父亲来，但是，我发现我什么都忘了。我的头脑一下子成了空白，我什么也想不起来了。

车子继续往前走，司机把车子开得很快，他知道我着急。这条路的路面有些坏了，车子在前进中有一些颠簸。我开始试着不去回忆以前的事情，这样可以让我的头脑慢慢清醒过来，我把头抬起来，看着前面的汽车在路上奔驰，我的思绪也跟着车前进着。

父亲一定在病床上经受着折磨，他的病到最后都通过疼痛来折磨着他。他那被切去了五分之四的胃，在生命的最后关头，仿佛被一刀一刀地割着,直到耗尽他最后一点力气。我这次回去,甚至什么都没有给父亲带,以前我回去总会给他和母亲各自带一些东西,吃的、穿的都有,这次我实在不知道应该带点什么,也许时间来不及容我去想给他们带点什么,也许我知道,他来不及享受儿孙们孝敬的福气了。父亲是老了,走过这个年头,他便七十五岁了,想想他的一生,大苦大累都经受过,到了生命的最后时刻,竟然还要忍受这病痛的折磨。我知道他肯定在等着我回去看他,我是他的长子,可是我完全没有尽到一个长子的本分。我从十八岁去南京念书之后,回家的时间就比较少,一年除了过年回家之外,其他时间几乎没几天能够和家里人聚在一起,更谈不上恭候在父母榻前,嘘寒问暖,晨昏定省了。好在我下面有几个兄弟,他们一直在家,替我承担起照顾父母亲的责任,不至于使年老的父母没人照看。

我想起父亲,回忆着有关他的事情,可我不知道我该怎么来说起这些事情,这些事情在我心里面的分量太重了。

汽车在飞驰着,我觉得我有点渴,我拿出一瓶水,喝了很大一口。我首先想起了高考,那是彻底改变我命运的一次机会,我得以从此走出农村,走进大城市,告别祖祖辈辈挖泥奔土的生活,而重新去选择一种更为轻松也或许更加体面的职业,但也因为高考,我从此离开了故乡,和父母待在一起的时间比较少,照顾父母、孝顺父母的责任大部分都落在了我几个兄弟的肩上,好在他们都没有怨言。我突然觉得我欠这个家庭太多,用一家人的付出换来了我现在的另外一种不同于农村的生活,而我呢,父亲就快走到人生的尽头了,我却依然还在路上,不能守在他的身边尽最后的孝心。

我是1964年参加高考的,那时候参加高考,县里没有设立考点,我需要从望江县赶到太湖县去参加考试。我在高考之前,因为一直在进行紧张地复习,没有回家,学校组织我们直接从学校到太湖县去参加考试,父亲得知这个消息后,在我离开学校去参加考试的前一天,特地从家里赶到学校来看我。

那是7月份,天气炎热,父亲大清早就从家里出发了,他一双脚走了五六十里的山路来学校看我,到学校的时候已经是下午了。他到望江中学找到了我,我对他的到来有些惊讶,我没想到他会丢掉家里的农活走这么远来看我,但我应该想到的,他对我学习方面的事从来都很看重。他给我简单交代了几句,然后给了我一竹筒的咸菜,我知道那是母亲特地炒的,记得那一次的油放得比平时的多,肯定是他们看我要参加高考了,给我特地加的一点油水,怕我身体拖垮了,不能好好参加考试。我接过他递过来的咸菜,眼眶竟然有些湿润,提着那不算大的竹筒,我觉得似乎很沉重。我低着头,不去看他的脸,他那张被岁月雕刻的饱经风霜的脸上,写满了对我的期待和关心,我不去看他,我害怕他看出来我泛红的眼眶噙着泪水,让他和母亲担心。他又从兜里面摸出来一块钱,塞到我的手里,说:"家里没多的钱了,这一块钱你拿着考试的时候买饭买文具。"我拿住那一块钱之后,他叮嘱到:"发狠考,考不好也不碍事。"然后他望了望西落的日头,天边的夕阳映在他的眼眸里,但他的眼眸已经被生活的重担蒙上了一层浑浊,他告诉我他要回去了,家里的好多农活还耽搁着。

我看到他转过身去,后脑勺上斑驳着白发,藏青色的带着补丁的衣裳上还沾有田地里的泥土,我呆呆地站在那里,目送他走出校门。不到两百米的路程,我竟感觉他走了好久,夕阳拉长了他的背影,他拉长了我的心思,四十岁的父亲仿佛有些老了。我想着他来时的路,从村子里出来,经过中石桥,然后走过望墩,途径武昌湖、太寺,五六十里的山路啊,他一口气赶了过来,我知道他路上肯定舍不得钱吃东西,哪怕是拿出一分钱来让别人帮他把带的米做成米饭,也让他心疼。而现在,当他把该交代的都交代完之后,又要赶着这五六十里的路程回家,我不知道他一路上都在想些什么,恐怕匆匆的脚步容不得他去细细地想事情。他走得实在是很匆忙,一辈子似乎都在赶路,赶不完的路,不赶不行,一家老小等着他养活,他只得赶。

〰️

　　我的儿子也正在赶回来的路上,我听他娘在我床边念叨着。我有五个儿子,儿子还有儿子,单看这一点,我是有福气的人,我确实是有福气的人,我大儿子读书考上大学,在外面成了家,工作也很好,我和伢他娘打心眼里高兴。其他几个儿子虽然没有读书,老二老三从小跟着我们吃苦头,几岁的时候便跟着我下田做工,我那时候真是心疼他们,肩膀那么窄,挑着很重很重的泥沙,扁担把肩膀勒得绯红,一条条的印子像是给别人打了,真是让人不忍心。伢那么小,八九岁的人,哪能干这么重的活啊?可是实在是没有办法,养活一家人不容易啊。好在我的这些孩子们现在都成了家,一个个身体健康,家庭和睦,凭着他们自己的聪明劲头和踏实苦干,慢慢地让家庭宽松起来。养女和小女都先后嫁了人,女婿对我和他娘都好。
　　我感到热得慌,我看见天边有一轮红太阳,绯红绯红的,我这辈子还从来没见过这么红的太阳哩!太阳照射着棉花地,棉花叶子像是大盘子,棉花像是土碗,一朵一朵绽开,白花花的,在红太阳的照耀下,闪着光。我在棉花地里,什么都没做,就坐在棉花地里。我也不知道我要在棉花地里干吗,我锄头也没带,我不是来薅草的,我篓子也没带,还没到收棉花的时候呢!得过了白露,才能收棉花。那我是坐在这棉花地里来干什么呀?我也不知道,我突然看见我的手也是红的,我的衣服也是红的,我的鞋子,我的脚,都是红的。我感觉到起风了,怎么突然就起风了呢?我听到风的声音从耳边擦过去,抬起头来顺着风的方向望过去,我看到棉花地边上的玉米、高粱,那玉米棒子有水牛蹄子那么粗,高粱的茎叶在风中吱吱乱叫,发出些呜呼哀号的声音。那声音我好像很熟悉,像是从自己的喉咙里面发出的。我意识到喉咙有些痒,我赶紧吐了一口痰,一口痰飘在风中,最后落到了一片棉花叶子上面,棉花叶子在风里擦擦地响,棉花树上仿佛有液体慢慢地渗出来,我看不清楚什么颜色,仿佛是黑色的,总之不是红色,那液体慢慢地渗出来,像人在冒汗。我突然意识到很热,在这么大一轮红太阳下面,很热;在磨得擦擦响的棉花叶子边上,很热;在棉花树上渗出来的黑色液体附近,很热。风也不起作用,风不知道是红色的还是黑色的,总之是热的。我一辈子就这样子热过一次,那是四十年前。

那时候国家搞集体化运动,农村里面的人都搞生产大队,所有劳动力都在一起干农活,干一个工记几个工分。到了粮食收获了,按照工分分配粮食。我们那时候队里面所有劳动力都在一起干活,家里面也不敢私自种粮食,种点小菜都不行。除了晚上各自回到各自家里面以外,其他的几乎都是统一的。

每个生产队都有自己队的公房,这公房由好几间房屋和一个大的晒粮场组成,公房里面存放着收割回来的粮食,生产队里面的风谷机、锄头、犁铧、镰刀等工具也放在公房里面。当然,一年到头,粮食、菜油之类的东西也都在公房里面。有时候,开公社动员大会也会选在公房,因为这里比较宽敞。那一年,公房里面的一袋集体粮食突然不见了,是一袋稻子。生产队里面的保管员把这个消息告诉了生产队长,他们也搞不清楚到底是谁偷走了那袋粮食,毕竟没有人亲眼看到,也没有当场抓住偷粮食的人,但是最后,他们把怀疑的目标放在了我的身上。他们说我家里人口最多,又没有多的粮食吃,肯定是我为了填饱家里人的肚子私自偷走了那袋粮食。

他们到我的家里来搜查,可是在家里没有找到丢掉的那袋粮食,后来他们把我带到生产大队里专门批斗人的地方，那地方离我家大概一两里的路，揪斗"地富反坏右"就是在那里。那天，我被他们打了，好几个人打我，他们用绳子将我的手十字反绑之后，就开始殴打我了。好几个人像一群豺狼围过来，有的用脚踢我的肚子，有的拿着鞭子抽我的背，他们不把我当人打，说是我偷了粮食，该打！我开始忍住不叫唤，后来打得实在太疼了，忍不住了，我就大声地叫，我不知道该怎么来说那种痛苦，我像畜生一样被他们打。后来，他们打得累了，我也叫得没有力气了，他们不打了，我也就不叫了。后来我被别人抬着回到家，回到家已经是晚上，我已经不感觉痛了，只是感觉热，破烂的衣服上面有黄金一样的火苗子在跳动，热啊；口水像是火炉的炭在烫着喉咙，热啊；躺在床上，棉絮包裹着一块烙铁，热啊，热啊，热。我的全身是红的，绯红绯红的红。

但那袋粮食不是我偷的，我发誓不是。我再苦再累也不会去偷粮食。

〜

我在太湖县考了三天之后回到家，当时我填的学校是南京大学外语系法语专业，之所以填报这个学校，是因为南京大学在江苏，就在长江的下游，距离我家近，路费便宜。那一年恰恰是中法建交的第一年，而我自己从小便对语言感兴趣，在这个契机之下，我就填报了南京大学的外语系法语专业。在假期里，我一边在家里干活一边等着录取的消息，等待总是漫长的，这个假期就注定漫长，我在家干的活主要是帮着生产队管理轧米机，我在管理轧米机的时候，脑子里都是在想着通知书。

终于，在8月中旬的一天，公社的团委书记给我送来一个牛皮纸信封，我猜想应该是我的大学录取通知书，便迫不及待地打开信封。不出所料，信封打开之后，一份南京大学的录取通知书展现在我的眼前。这当然使我感到高兴,辛辛苦苦读了那么多年的书,付出终于得到了回报,这意味着我将要走向更宽阔的舞台上去展现自己了,我像一只雄鹰,有了一片广阔的天地,从此以后可以自由地在天空翱翔,好像扑哧一个翅膀便可以飞个十万八千里似的。是的,我希望能够有更大更多的机会垂青我,让我充分去发挥我所拥有的才能,在当时,我实在是觉得我有充分的才能,只是需要一个机会让我去施展。那时候也实在是年少轻狂,一身的胆子和雄心,毕竟当时我是我们县里面文科唯一一个被大学录取了的学生。其实当时我的分数也可以上北京大学,但这都是后来才知道的事情了。

我原本以为,我把这一封通知书拿给父亲看的时候,他也会像我一样高兴。当我兴高采烈地把通知书给他看时,他用那双带着老茧和泥巴的手,颤颤巍巍地接过那份通知书,小心翼翼地看了看之后,就把通知单还到了我的手上。他竟然一句话没说,就连脸上的表情也没有发生丝毫的变化。他似乎只是在看一张很普通的没有任何内容的白纸一样,他的表情也如同一张白纸。我对他的平静感到很诧异,我当时实在想不出有什么理由让他如此平静,平静得甚至让我觉得残忍。这种残忍也许是当时他对一个期待得到父亲肯定的十八岁少年的残忍,但更多的是生活对一个拖家带口的四十岁农村男人的残忍。

车窗外的风吹进来,冷冷地带着寒意,我突然又感觉背脊有一阵寒流袭来。不等我缓过神来,一个急弯骤地逼近眼帘,在这条回家的路上,我不是第一次这么心急,却是第一次这么不安。

父亲在看完通知书之后,就很快地转过身去,在他转身的刹那,他的嘴角露出了笑容。他没有在我面前笑出来,因为他不想我看到。但当他转过身去的时候,他几乎是忍不住地会心一笑,那笑容里面,有无论怎么掩藏都掩藏不住的欣喜,那是一个为人父亲的骄傲。我也是很多年之后,当我自己有了一双儿女，在他们渐渐地取得了一些成绩的时候，才真正地体会到那份做父亲的骄傲。毕竟这么多年来，父亲辛辛苦苦地供我读书，而现在，我终于考上了好的大学，有了结果之后，他怎么能不高兴呢？尽管他表现得很平静，但我敢肯定，他那一刻肯定想到了很多。他当时的心情比我复杂，他的平静恰恰表示了他的不平静，只是，作为一个吃尽了苦头的农村男人，他把想法都埋进了心里。生活给了他太多的苦难，让他学会有泪有笑都只晓得往心里咽。咽得下去或者是咽不下去，他都得咽，那是命。

我看到他一个人偷偷地在笑着，我知道他心里面很是高兴，但他在我面前的平静和他背对着我的时候忍不住的欣喜让我想哭。当时我就哭了，我也背对着他，不让他看见，就像他不让我看见他笑一样。在那个被生活绑架得让人窒息的年代，面无表情成了生活的常态，一张天天面对着贫瘠的黄土地的脸上，除了家庭的重担逐渐在脸上落下印痕之外，不敢再去笑了，也不必再去哭了。

高考之后的那个假期注定是漫长的，当我在憧憬着大学的美梦时，高昂的上学费用却难倒了一个拖着一大家人吃饭的农村家庭。父亲在看过了通知单之后的第二天，便去村里面其他人家借钱去了，他知道必须在我上学之前把费用凑齐，书是一定要读的，不读书一辈子就只有待在农村，他不希望孩子都像他一样，他希望孩子一个比一个强。

父亲终于在假期里把车旅费和生活费都凑齐了，但也仅仅是凑齐，几乎没有多余的一分钱。他向村里面很多人家都借了钱，七拼八凑，砸锅卖铁，让我去大学读书。他还带着我去找合作社的同志借钱，那同志听说我考上大学了，很乐意地把钱借给了我们，还对着父亲说："伢考上大学不容易，无论如何，一定要送他去读。"

8月底，父亲带着家里借来的钱送我去南京读书，其实从安庆到南京并不远，至少比去其他城市近一些，父亲担心我没有单独一个人出过远门，便丢下农活去送我。其实，他送我去一趟南京，来回的车费在当时并不是个小数目，但是他是坚持要送我去的，第一次出门，他不把送我到学校去，他心里老是放不下，总怕我在路上出差错。贴钱贴米他要去，借着钱他也要去。

去南京读书的那一天，我和父亲很早就从家里出门了，母亲在临行的前几天就为我们收拾好了行李，她把我的几件旧衣服该洗的洗干净了，该缝补的缝补完好了，还把我要带去学校的被子拿出来在太阳下面晒了一天，她说被子晒好了才暖和，才软。去学校的那天早上，父亲用扁担挑着我的行李（扁担他是挑惯了，他的肩膀上一辈子都承受着那根扁担），我们从家里赶了几十里路到沟口，又从沟口买了两张船票，乘小火轮到达安庆，到安庆之后，又买了船票，从安庆乘大轮船到达南京。几经辗转，一路风尘仆仆之后，我们终于到达了南京大学。父亲把我送到学校之后，就急着要赶回家，只要把我安全送到学校他就放心了，至于他自己，在外面歇旅馆的钱，他是舍不得花的。他自己只留下了几毛钱（那都是路上必须要用的钱，一来支付路费，二来从家里带的米在路上换成米饭需要花钱），然后便把全部的钱都塞给了我，只是叮嘱我好好读书之后，他就回去了。像以前去望江县里面看我一样，他总是舍不得多停留，该做的事情做完了，他便原路返回。只是，这一次，路程更远，他需要更长的奔波。

车在路上行进着，我拿出电话，给家里打了个电话，告诉母亲和弟弟们，我正在赶回望江的路上，我询问父亲的情况，我担心他，我告诉家里人说我很快就到了，其实还有至少七个小时，这一辈子，那七个小时最长。我让司机把车开得再快一点，我只希望尽快地回到家里去。我生怕父亲等不到我回去就走了，我心里突然有这种预感，似乎我一闭眼父亲就走了，来不及让我见他最后一面。

我记得在我十二岁的时候，父亲被冤枉偷了生产队里面的粮食而被大队批斗。在我家两里路外的生产大队专门批斗人的地方，他被人绑住了，好几个人殴打他，我当时在家，母亲不允许我去看，她怕我也跟着吃亏。但是我听到父亲挨打的声音从批斗地点传到家里面来，那种被几个人殴打的叫声从两里地外传来，呜呼哀号。刚开始的时候，父亲的叫声一声比一声凄惨，后来，他的叫声慢慢地变小了，慢慢地变得有气无力，断断续续的。他被足足打了半个多小时之后，叫声才停止。

在家里面听到父亲挨打的叫声，我的身体也跟着发抖。我听着母亲和弟弟们的哭声，交织着父亲在两里地外发出的叫声，这些声音像是一群野狼在撕咬着我的心，一种痛楚在烧灼着我。我眼里的泪水像火一样，滚烫地滑出眼角，似乎眼泪都有声音，轰隆一声落在腮边，击打着一个十二岁少年的心。我没有大声地哭出来，我知道哭也没有用，即使我哭得再厉害，父亲还是在那儿被人打，我想着我只有努力地读书，以后改变这个家庭的状况，才可以让家里面的人不再受到别人的欺负，才可以让我的家人过上相对好的日子。我仿佛就从那一刻开始坚定了我自己心中的信念，所以，后来我在学校，即使好几顿没有饭吃的时候，我依然在努力地学习，我知道，只有我努力地学习，将来考上大学之后，我才有更多的可能来改变自己家庭的状况。

据说父亲当时被打晕过去了，他是后来被别人抬回来的。抬回来的时候，他的身上都是伤，全身上下到处都是新鲜的伤痕，额头上面的汗珠滚落下来，发白的脸上青一块，乌一块，都是淤血。他的嘴唇焦裂，一动不动，虚弱得没有力气说话，即使说话也让人听不清楚，只是哼哼呀呀的。他自己的血腥味灌进他的喉咙里，他兴许已经嗅不到血腥味了。他身上全都湿透了，是汗水，他的衣服被扯得破破烂烂，染着血，身上的泥巴裹在他的皮肤上，汗水像是7月份炎炎烈日下面的砂子石灼烧着他的身体。

我感到热，麦芒扎着我的背脊，背心里的汗水直淌。

～～

　　我的身体像是被烧灼着，红太阳越来越小了，它慢慢地向西边落下去，最后消失不见了。我还是坐在棉花地里，我也不知道我在这里干什么，红太阳落了之后，天色渐渐地黑了，但是今天晚上没有月亮，星星也没有，一丁点的光亮都没有，整个棉花地里面一团漆黑。可是我坐在棉花地里面，什么都看得清，我看得清棉花叶子上面有火苗在跳动，一起一伏的，棉花树上的黑色液体还在流动，从下午一直流到晚上，慢慢地、慢慢地流到土地里面，液体从四面八方流过来，渐渐地向我靠拢，就快要把我包围了。

　　这液体流淌过来，突然就变得很凶猛，像是一条大江一样，对，是长江，江水翻腾，白色的波浪像是江里面白色的江豚在翻着跟头。我在长江上面，看着汹涌的江水有些吓人，声音震得耳朵发疼。我今天要乘船过江去，去江那边扛树木回来，我们家那里几乎没什么好的木头，所以村里面房子做房梁用木头必须要到江那边去扛。

　　我从家里面出发的时候，天还没大亮，村里面的鸡子倒是叫得很早，接着狗的叫声响了起来。我穿着一件粗布马褂，这褂子是破的，伢他娘在上面补了几个疤，他娘针线活好，补疤补得很圆贴。我带上一床被子，那是村子里面自家种的棉花做的被子，很暖和。我带上被子是要在外面过夜的，出去扛木头来回大概要两三天时间，我每次都会自己带上被子，这样晚上就在外面过上一夜两夜的，也不会太冷。我找了一个干净的布袋子装了一些米粉，这些米粉是我在路上这两三天的干粮，但米粉并不多，饿的时候两顿就可以吃光。我还带了一些咸菜，咸菜吃起来方便，和着米粉就可以解决一顿了。

　　我跟伢他娘打了个招呼之后就出门了，我要去的地方在一百五十里开外，这途中要走过好几个村庄，之后要横渡长江，然后才到卖木头的地方。这一条路我已经不是第一次走了，来来回回，哪个地方歇脚有水喝，哪个地方的水好喝我都摸得清楚。我加紧脚步赶快走，趁着刚出门的时候，体力好，加上早上太阳还没有出来，不算太热，我走快一些，等会太阳大的时候就可以稍微慢下来了。我必须在天黑前赶到长江的那边，晚上在那边睡一觉，第二天和江那边卖木头的人谈好价钱，选好木头就往回走。运气好的话，第二天晚上可以赶到家。

我经过一片乱坟岗子，那里埋了很多的坟，坟堆都不高，有的坟上面长了很多的杂草，快要把坟都遮住了。坟地的旁边还有一些草棚，里面放着棺材，在我们这边，人死了是不会直接埋进土里面的，人们会在外面搭建一个草棚子，他们把死了的人放在棺材里面，之后把棺材放进搭建的草棚子里，过几年之后，才会把那棺材埋进土里面。我看着这些坟墓，我感觉这个地方很像是我之前在队里面看守庄稼的地方。

那时候，生产队里面的庄稼晚上需要人照看，特别是庄稼熟了快要收的时候，为了防止有的人晚上趁大伙都在睡觉，悄悄去把庄稼偷走，队里面就专门派人晚上去地里面照看庄稼，并给去照看庄稼的人记上三分工或者四分工。村里面那时候好多人都不愿意去，大晚上的，一个人在庄稼地里面睡觉，第二天又要去上工，大多数人都是不愿意去做的。

❧

父亲那次被打了之后，好多天干活都没有力气，而他几乎都没怎么躺在床上休息。等他身上的伤稍微好了一点，他便要去干活，尽管他并没有充足的体力支撑着他去干笨重的农活，但他依然坚持着要去做。他总是念叨家里面好多的活还耽搁着，不做怎么行。他似乎很快忘记了挨打的事情，尽管他确实是被人冤枉了，他自己清楚得很。就在他挨了打的那天晚上，队里面真正偷粮食的人就差点上吊自杀了，也不知道那个人是怎么被发现偷了粮食的，幸亏我母亲救了他，若不然，因为一袋集体的粮食，便丢了一条性命，也实在是太残忍，于情于理都不通。尽管那是个情理不通的年代，更何况还是在那个所有人都吃不饱饭的年代，为了生存，拿了一袋存放在公房里的粮食呢？

汽车在公路上面行驶着，一个漂泊在外的游子在追赶着时间，赶着回家去。路边的树木像一阵风一样从眼前飘过去，耳边响起哧哧的响声，马上就进入安徽境内了，我感觉我离家又近了一步，车窗外的天色似乎有些灰暗，也许并不灰暗。

父亲年轻的时候，去一百五十多里地外的地方扛木头，那地方在长江以南，我们家在长江以北，所以，我们当地人管那地方叫江那边。父亲总是要从家走到长江，之后渡江去砍伐木头，再扛着两百斤的木头从原路返回。木头笨重不说，关键是那时候一路上都有关卡阻拦，贩卖木头其实是不被允许的。但是为了一家人的生活，父亲不得已走上这条路，我们那边很多去贩卖木头的人都在设卡处被抓住，有的还罚了款，但是父亲扛木头那么多次，却一次也没有被卡哨拦住。我有一次问他为什么从来没有被抓住，他不言，脸上一如平常的冷静，过了许久之后，他说："这些事情不要打听，好好读书，以后过上好生活。"

我印象之中，放假在家的时候，他便有好几次都是出门去江那边，每次出去两天或者三天，带上一床被子和一点干粮，回来的时候，肩上扛着两三根粗壮滚圆的木头。他那时候为了一家老小能够多吃上一口饭，就拼命地干活，去江那边扛木头，也是为了卖给当地修房子的人家做房梁。这样换来一点钱，或者给我在学校做生活费，或者给家里多挣一份粮食钱。

尽管他这样拼死拼活地劳动，可是一家人依然面临着饥饿的恐惧，我记得在三年困难时期，有好长一段时间，村里面大多数的人都没有吃的了，我们家因为人口多，更是没有半点粮食来填肚子。那时候，人们没有粮食吃了就吃野菜，后来，把野菜吃光了，就吃草根，吃树皮，我在学校念书，学校附近有一种泥巴叫作观音土，在饿得实在没有办法的时候，我和同学们就直接吃学校附近的观音土。那几年全国各地闹饥荒，有一段大集体时期，我们家还要倒贴粮食给公家，就是在这样的情形下，父亲把我们兄妹拉扯大。

　　有一次，我从县城学校回家，从早上一直走到下午，当时我已经好几顿没有吃到东西了，肚子里只有生水。在学校回家的路上，路边能吃的野菜、草根、树皮都被当地的人吃了个精光，好多树子因为树皮被剥了，也风干枯萎了。没有东西吃，走路也丝毫没有力气，我的两只脚仿佛在空中飘着，眼前总是会出现一片漆黑，头很晕，但是坚持着往家里赶。本来四五个小时的路程，我足足走了六个多小时，我一路上想着回家就好了，虽然我知道家里面也一样没有什么吃的，但我那时候就一心想着要先回家，回家了有父母在就总归有办法。可是就在离家还有一两里的山梁上，我感到一阵眩晕之后，便晕了过去。

　　后来据说邻村里面有好心人回去告诉了我父亲，父亲从家里赶到我晕倒的地方，他知道我是饿的晕了过去。可是他也没有任何可以吃的东西给我，幸运的是，在我晕倒的地方附近有一块刚收过山芋的土地，不过那块土地实在是收得很干净，要知道在那个吃不饱饭的年代里，哪家地里面的庄稼都是收得干干净净的。父亲就用他的两只手在地里面刨土，他的两只手像两把锋利的锄头，使劲地在地里面刨，土地里面的石头刮着他的手，地里面的木茬扎着他的手，他似乎根本不在意这些东西，只是一个劲地在土地里面刨着。他刨下去很大一个坑之后，终于在泥地里面给我刨出了几根筷子大小的山芋根。他用衣服擦了一下山芋根上面的泥巴，然后用手弄碎之后就喂进我的嘴里。我吃了山芋根之后，逐渐地就恢复了精神。

其实他自己也和我一样，好几顿没有吃上什么东西了，在三年困难时期，有的时候，挖上一个山芋根都似乎是一种奢侈。所有人都没吃的，在饿得没有办法的时候，树根都被吃个精光。在有食物的时候，父亲总是把吃的让给家里人吃，自己默默走到一边，有时候饿着，有时候就找点树根、草皮填填肚子。他的做法似乎慢慢地就变成了一种习惯，后来，家里面条件稍微好了一些之后，他有点好吃的东西也总是留给家里人吃，儿子们长大了，他就把好吃的给孙子们，而他自己，总是舍不得吃一点好吃的。

我们家兄弟多，对于农村家庭来说，家里面兄弟越多，就意味着做父亲的要给这些儿子盖的房子越多。另外，儿子长大了之后，都要娶媳妇，而像我们那种家庭，好些人家是不愿意把女儿嫁过来的，因为我们家里面人口太多，吃的东西少，很多时候还要饿肚子，加上那么多兄弟，说不准连房子都没有的住。父亲也知道儿子长大了，要给娶媳妇，他很看重这个事情。他知道对于一个农村人来说，说上一门亲事，然后娶妻生子，才是真正的大事。所以，他很早就为我弟弟们的婚事做打算，为他们盖了房子，托人到处说亲，在我们家，那时候只要是个姑娘愿意嫁到我们家来，我们都欢迎。在兄弟多、家里穷的情形下，提任何要求都显得过分。好在我的弟弟们很快都结了婚，而我的那些弟妹们也都能干，他们相互帮衬着，使我们整个家庭越来越好。我记得我问过我的弟妹们那时候为什么会嫁到我们家里来，说我们家那时候那么穷，她们的回答惊人的一致，除了看得上我的那些弟弟们之外，她们还敬重我父母亲的为人。

我看到棉花地里面有个黑色的影子,那影子很高,走路却很慢很慢,他似乎慢慢地在走近我,有一只手在慢慢地向我伸过来,有气无力地叫着我的名字。他的眼睛在转动,可是两只眼睛却吊在脸上,还带着鲜血,鲜血时不时地滴下来,染红了地里面的棉花,这影子不像是人的影子,可不是人又是什么呢?难不成是鬼?想到这里,我有些发抖,可是我并不害怕,我也不知道我为什么要抖,我现在坐在棉花里面,我现在并不害怕鬼啊。要说我以前怕鬼嘛,我倒是承认。

那时候,队里面其他人都不愿意晚上去照看庄稼,我也不愿意。但是后来我一想到晚上出去照看庄稼有三四分工,可以给家里面多挣一点工分,多给孩子们一口饭吃,我就硬着头皮去帮生产队照看庄稼了。我记得那时候一到晚上,我就要一个人抱着一床被子去庄稼地里面,简简单单地搭一个棚子,把被子铺在里面,然后就住在棚子里。我从来胆子就小,特别是害怕晚上一个人走夜路,实在是要走夜路的时候,我都是提着胆子一路跑着走的。我晚上都跑得很快,即使累得慌我也要跑着走,跑着赶快回到家,心里面才踏实。可是我跑的时候也总是觉得我的后面有什么东西跟着我跑,像在追赶我,有时候我甚至觉得路上有一些陌生的声音在叫我的名字,我也不敢回答。

照看庄稼的时候,我晚上住在庄稼地里,晚上的风有时候很大,呼呼地吹,荒野外的树叶在风中呜呜地响,有时候,还有各种各样奇怪的叫声都在大晚上响起。我最怕听到乌鸦的声音,乌鸦一叫就让我背脊骨发凉。我们当地死了人之后,都会把棺材放在外面,而不马上埋进土里,一想到这些我就浑身发抖。我一个人睡在庄稼地里,听到外面的任何声音我都紧张,我用被子捂住自己的头,生怕有什么东西来把我抓走。尽管钻进被子里面,我还是睡不着,我的脑子里面总是在想着妖魔鬼怪的东西,小时候听那些老人们说的那些鬼怪的故事,什么阎王老爷会派黑白无常来勾人的命,什么孤魂野鬼就在晚上出没……刚开始的几天,我一夜一夜的睡不着,脑子里想的全是这些,甚至有时候听到有人叫我去下棋。后来慢慢地,想着想着,就能睡着了。我也不知道什么时候睡着的,第二天早上醒来就赶紧抱着被子回家吃了东西继续干活。

可是我现在不怕鬼了,我就坐在这棉花地里面,我不信向我走过来的这个影子能把我吃了。他就一直在我面前晃悠,我也不理他,我低着头,感觉有点饿了。我看见这棉花里好像有山芋根,我就用手在地里面刨泥巴,我两只手使劲地刨,泥巴一层一层地翻起,刨得越深,泥巴的颜色也变得不一样。我刨了很久,石头渣子、木茬子扎着我的手,我的两只手都刨出了血,可是我的手并不痛,我感觉手上的血在滴,滴到土地里面,我终于看见了山芋根,可是不管两只手怎么刨泥巴,这只山芋根就是不出来,也不知道这只山芋根到底有多深。

我走过那个乱坟岗,感觉有点发凉,但是现在是白天,来来往往的人多,我也不是很害怕。后来我就来到了长江边上,我现在乘着船,我要到江那边去砍木头。

❧

我看了看我的手表,也看了看我的手,我想起父亲那双手,他是一个乡间老农民,一辈子干农活,凭的完全是身上的力气。几十年如一日,他面朝黄土背朝天,一双手也和黄土地上的庄稼打了几十年交道。他的手掌宽阔,手指节也因为常年的劳作变得粗大,手上布满着老茧,像是老松树的树皮,一到了冬天的时候,他的手上到处都皲裂开来,一条条又长又深的口子,像是一条条又长又深的沟壑。没有药给他贴上,他总是用漆树熬出来的黑油漆塞进他的伤口里面,然后继续去干活。

此时,我特别想好好地握住父亲粗糙的手,握住他最后的时光。我看着表盘上的时间走得很慢,可是为什么父亲几十年的日子走得那么快,而我现在正计较着的这几个小时却过得那么的缓慢。我不知道父亲那时候晚上一个人在照看庄稼的时候时间过得快不快,他那些个晚上都是怎么熬着时间的呢?

父亲胆子很小,尤其害怕晚上的时候一个人走夜路,我记得他晚上从外面一个人回来的时候,似乎都是跑着回来的,到家的时候都跑得气喘吁吁。他害怕黑暗,但是他却一个人去庄稼地里面照看生产队里的庄稼,在那到处都是坟地的庄稼地里,我想父亲一定比任何人都还要害怕,但是他为了能够给家里面多挣几个工分,坚持着晚上一个人搭个棚子在庄稼地里面过夜,漆黑的夜晚,荒僻的农村,父亲晚上要承受着多大的恐惧才能睡去,他能够睡着吗?即使睡着,他必定也是在恐惧中睡着的。那些让他感到孤单害怕的夜晚,他一个人是怎么过来的?

我们都知道父亲胆子小,弟弟担心他,就去庄稼地里面给他做伴,可是当弟弟到父亲那里的时候,父亲却让他回家去睡,他告诉弟弟自己不怕,不用弟弟来陪他。他哪里不怕,他只是不愿意他的孩子跟他一样晚上还在庄稼地里受苦,即使是害怕,他也要一个人承受,绝不连累他的孩子。后来听说,父亲在照看庄稼的那段时间里,都是蒙着被子睡觉的。他实在是害怕黑夜,他害怕那些孤魂野鬼,他蒙着被子也不过是自己安慰自己罢了。我不知道父亲在那样的环境里是怎么去克服自己内心的恐惧的,毕竟我没有真正地去经历过那些事情,但我能想象,一个从来都害怕黑夜害怕鬼的人,突然有一天一个人在到处都是棺材的庄稼里面睡觉的情景，那是一种让人不寒而栗的情景，一颗心不知道要悬得多紧，才能承受那份不寒而栗。可谁能清楚，父亲当时其实就只是为了给家里面多挣几个工分，为了给我们兄弟姐妹几个多挣点饭食，哪怕是一口。

想到这里，我突然感觉到鼻子很酸，有一种想哭的冲动，幸亏车窗外面的风吹干了我眼里湿润的泪水。父亲的一生实在是吃过了太多的苦头，他就像是一头老牛，拖着一大家子负重前行，生活的鞭子无情地在他的身上抽打着，他硬着头皮继续赶路，沟沟坎坎，他一步一步艰难地迈过，眼泪和欢笑都只往心里咽。

❧

江水像是发狂的猪一样，我今天过江那边去砍木头，明天晚上就应该可以回家。明天路过县城的时候，我还打算去学校里面看看我儿子。我乘着船，在江上行进着，突然一阵浪打过来，船就开始摇晃起来。划船的人吐了一口口水，然后狠狠地骂了一句。我没有作声，我对此已经不陌生了，在江上面过活的人，总得遇到些恶劣天气，只要能保住性命就不错了。风浪这种事我见多了，比这更恶劣的我都见过，我小时候也住在江边，大雨天的时候，江水不知道比这凶险多少，我亲生父亲和我的哥哥以前都是在江上打鱼的，可是，他们都死在了江里面，连尸体都打捞不出来。

船继续前进着，我向江那边望去，看到了江那边的房子，房子过去不远处，就有树，我今天就去那边砍树，晚上在那边歇一夜，明天一大早就乘船过江，然后扛着树木回家。我正看着江那边的房子，一阵浪又打了过来，那船夫又狠狠地骂了一句，我转过头看了一眼船夫，再转过头看那边的房子的时候，却发现房子已经不见了。我看见就在不远处，我那死在江里边的爹慢慢地从长江里走了出来,他年纪好像不大,比我都年轻好多。他好像一眼就看到了我,两只眼睛就盯着我,脸上还带着笑容,他的身边有一个人,好像是我大哥。大哥戴着斗笠,我差点没认出来,大哥也在笑,还在叫我的名字,他们身后有好多的鱼,那些鱼儿在水里游着。爹和大哥没有乘船,他们就在长江里面自由地走动,他们走在江里像是走在大路上一样,那江水也没有淹没他们。他们就一步一步朝我这边走来,那些鱼儿也跟着他们向我游过来。他们肯定是打鱼刚刚回来,今天的收获还比较多。父亲朝我走过来,伸出手来拉我,我也把手伸过去,可就在我要抓住他手的时候,划船的咳嗽了一声。我再一看时,父亲已经不见了,大哥也不见了,他们身后的那群鱼儿也不见了,只有那岸上的房子一会儿看得见,一会儿又看不见。

我过江之后天就差不多黑了,我在江那边歇了一夜。第二天天还没怎么亮,但是已经发白了,我就赶紧去买了两根木头,好家伙,有小鼎罐那么粗,树干又很直,没有什么枝丫,做房梁是最好不过的了。我们家那边这种大木头少,我从这边扛回去卖点小钱,也多少够一家人吃两顿饭。我找了船家用船把这两根木头运过江那边去,路过望江县城的时候,顺便先去学校看看我那读高中的儿子,然后再回家。

我是在下午到的望江,我把木头寄放在一户人家之后,就直接去学校看象伢。我在学校找到了象伢,他好像比上次回家的时候瘦了好多,脸色也黑黢黢的,也不奇怪,可怜的伢,在学校哪里吃得饱饭啊,我们在家也没有吃的,但在家至少还有杂粮食充饥,在学校哪里有吃的呢?伢喜欢读书,我就让他读,我砸锅卖铁都送他读,伢小时候就和村里面其他的伢不一样,他不像那些伢一样成天打打闹闹,他喜欢读书,小时候家里面有的书,他都去翻来看。他上学上得早,五六岁就上小学了,上了学,老师教了认字之后,他更是喜欢看书,各种各样的书他都喜欢看,经常在学校里面拿第一名,老师都当着我的面表扬过他很多次。初中毕业的时候,伢是我们那个镇上唯一一个考进望江高中的学生,我和他娘都很高兴。所以,村里面有的人说我不应该送他读书,说读书没什么用,家里面兄弟那么多,连饭都吃不饱,还要送他读书。说这些闲话的人有,他们才不懂,古时候的人都要送伢读书,古话都说:"万般皆下品,唯有读书高。"我肯定要供他读的,只是,我也只能供得起这么一个伢了,他下面的几个弟弟我实在是供不起,他们要是都能读书多好。

见到伢之后,伢跟我说他饿了,看着伢的样子,我心疼啊。我身上也没什么钱了,出来这一趟总共还剩五分钱了。我带他去学校边的公共食堂,食堂里面的师傅说没有吃的了,我知道现在也实在是没有吃的,全国各地都闹饥荒。可怜的伢,不知道饿了多少顿饭了。我看到食堂的箩筐里面还有几个小萝卜,很小很小的萝卜,萝卜缨子还在上面,我让食堂师傅把那几个小萝卜炒给我们吃,我说我儿子饿得很,让他连萝卜缨子和萝卜根都不要去掉,萝卜皮也不要削去,就洗一下炒给我们吃。

❧

负重的日子催人老。我们这代人回忆起童年的时候总是和饥渴联系起来,饮食饥渴,知识饥渴,后来一些运动把我们卷进时代的潮流中,我们在大时代里负重前行,也终于老了。

但是,相比父亲,我实在比他幸运太多,我没有经历过他拖拉着一大家子人过活的辛苦,自然也不能深深体会到他的那种艰辛。我所经历过的不幸,他几乎都经历过,但他所经历过的苦难,却不是我能体会的。

我记得有一次,他去江那边扛木头回来,路过县城,他来学校看我,那时候已经是下午了,大概两三点钟的样子,太阳西斜。他在学校找到了我,说他是路过县城顺便来看看我，我记得他穿一个灰布褂子，依然是有母亲缝的补丁，这件灰色褂子上面除了有泥巴之外，还有很多的木灰，那是砍伐树木留下来的，汗渍残留在他的脸上，不大干净，一头蓬垢的头发上面，间或有杂草和木屑，嘴上的胡须也有些杂乱，他看上去就是那么的辛苦，尽管他已经把从江那边扛回来的木头寄放在了别人家里。我猜想他大概是觉得扛着两根大木棒子来学校不是太体面，怕给我丢脸，但是他应该知道，作为他的儿子，我不可能嫌弃他，若不是他拼死拼活地干活，我可能饿死了也说不准。

我跟他说我饿了，已经好几顿没有吃过东西了。他摸了摸口袋里面的五分钱，便带着我去了学校边的公共食堂。可是食堂也没有吃的，只是在食堂角落的箩筐里，有几个蔫不拉几的小萝卜摊在里面，像是几个孤苦伶仃的孩子，无依无靠的。这几个萝卜上面都带着缨子，萝卜根也还留在上面，父亲让食堂的大师傅把那几个萝卜炒给我们吃，并且叮嘱食堂师傅不要把萝卜缨子和萝卜根去掉，连皮都不要刮。师傅看我们也是饿得有些心慌，就同意把那几个萝卜炒给我们，当然，父亲把他身上那最后的五分钱给了师傅，作为材料费和手工费。

那好心的师傅从食堂墙壁的钩子上面取下了一块发黑的猪皮，他把猪皮在铁锅里面擦了一圈，铁锅便有了一点光泽，黑色的大铁锅子，有点油水便能够发亮。那时候没有吃的，自然也没有油水，食堂师傅挂在钩子上面的猪皮不知道已经用过了多少次，原本白色的猪皮，已经擦铁锅擦的发黑了，但那时候，却并不觉得奇怪。师傅擦过猪皮之后，就把切好的萝卜片和萝卜缨子放在锅里面炒，没有佐料，他就放了一点食盐。但那次的萝卜，我也觉得好吃。

萝卜炒好之后，师傅端给我们。父亲叫我吃，我也叫他吃，我饿得心慌之后，便拿着萝卜片就吃，我尽管叫父亲吃，但是却没有管他到底吃没吃，那一盘可怜的萝卜片,父亲只吃了几片萝卜头和一点萝卜根,其他的全被我吃光了。现在想起来,那时候也真是不懂事,我当时应该叫父亲多吃一点的,尽管我知道,他肯定不会多吃,他哪里舍得多吃,他知道他吃了之后,我就没什么吃的了,那一盘萝卜片,一个人吃都不够,何况是一对饿得心发慌的父子。只是,他就吃过那么几片萝卜头和萝卜根之后,还要扛着两百来斤的木头赶回家,他要用怎样的毅力才能饿着肚子扛着两百斤的木头前行啊!

我看到车窗外的树唰地一下从我的眼前消失,就是那一刹那,恍如半生。

那次父亲回家肯定是大晚上了,他必定走不快,两百斤的木头扣在他身上,他走不快;饿着肚子,他也走不快。

❧

食堂师傅把萝卜炒给我们吃了。一盘萝卜,伢一个人吃都不够,我实在太饿了,也吃了几片。我看伢正是长身体的时候,就把好的萝卜片都留给了他吃,我吃了几片萝卜头和萝卜根垫了垫肚子。我当时真不应该吃那几片的,我看到伢吃完之后,还是一点没有吃饱的样子,兴许我不吃那几片,伢就能够多吃一点点。伢苦啊。

我感觉身上好冷,窗子外面的风吹进来,扑哧扑哧,吹得直响,有风把门吹开的声音,哐的一声,不清脆;也有风把门关上的声音,当的一声,清脆得很。我盖着被子,可是还是感觉冷得慌。我的棉花地里面下着雪,飘下来的雪像我的棉花。我坐在棉花地里,大雪飘落下来,也真是怪得很,说降温就降温了,说下雪就下雪了,这雪花可真是大,像棉花团。这些雪花有的落在地上,有的落在我身上,我是不是该回家了,好像是的。"外面很冷啊。"我听到有一个声音在说,"快回家吧!"包围我的液体在我身边结成了冰镜子,刚刚从棉花树上流出来的液体也在棉花树上结成了冰,结成了冰凌子,那冰凌子怎么像是在我的背心里面呢？我感觉骨头有点酸，有点硬，手指伸不直，忽然，我抖了起来，牙齿在上下打战，咯咯直响。我看了看前面的冰镜子，我有好些年没有照过镜子了呢！我看到镜子里面的我，怎么头发全白了，胡须也是白的，眼睛陷进去很深，我记得我好像不是这个样子的，我也记不清了。冷啊，风像刀子身上割；冷啊，脚杆儿哆嗦打牙磕；冷啊，冷啊，冰凌子放在心窝窝。冷啊，冰冷冰冷的冷。

我记得1964年的时候，也就是我儿子考上大学的那一年，我们那里实行包产到户，也就是不像前几年那样大家伙在一起做集体了，上面要把土地分给咱老百姓自己耕种，也不像以前地主一样收租粮，只要交一点粮税给政府，至于种什么，种多少，什么时候种，政府一概不管。我也不知道政府的政策是怎么制定的，反正我们做平民老百姓的，就跟着政策走，政府叫我们怎么做我们就怎么做。那一年，村里面开大会分配田地，按人口分，我们家人口多，分的地也比较多。1964年以前所有人都在集体上做，按出工记工分，那时候人们干活的积极性都不高，收的粮食根本不够集体里面的人吃，粮食不够吃的时候，大家伙都吃草根、树皮充饥，好多地方都饿死了人，我们这地方也饿死人了，但不多。1964年，政府说把土地分下来给咱农民自己耕种，老百姓都很高兴。

地分下来，春天耕种的时候，村里的人就都不像以前做集体时磨洋工了，他们都鼓足了劲头耕种，好多家庭大清早就去田地里面干活。我和伢他娘那时候也一样，带着几个伢，很早就上地里头去干活，下午也是要等到天黑之后才回家歇息。那时候心里面高兴，干庄稼活也有力气，浑身用不完的力气，地有多宽，就种多宽，差种子了，就是豆子、苞米之类的杂粮也都要多种一点，没米吃的时候，这些东西也可以管饱。村子里面的人也都和我们家差不多，为自己家里面干活，好像大家伙都有使不完的力气。

那年的天色也好,雨水少,稻谷、麦子、棉花都长得好。9月份的时候,我们家收了好多担的稻谷,稻谷是干集体这么多年以来收得最多的一年了。我看到自己挑回家的那些饱满的稻谷,甭提心里多高兴了。我一挑子挑个两百斤,一天挑几趟都觉得不费力气。孩子们这几年吃不饱饭,没有营养,一个个都瘦得一身骨头,那一年,收了那么多的稻谷,至少够他们吃个大半年,稍微节约一点吃,掺和点芋头之类的,兴许能够吃到第二年八九月份。孩子们那一年也高兴得很,能够填饱肚子,比什么都好。

好像也就是在那一年,还是后面一两年,我记不清楚了,我找了几个匠人给家里房子翻修一下,家里的房子传下来好多年了,这么多年都没有翻修过,有些地方花了,所以就请了几个匠人简单翻修一下房子。那些匠人在家里干了好几天的活,他们干得都很开心,可是,有一天,我发现有一个匠人走的时候,从兜里面掉出来一块银洋,那银洋是民国时候的,他早上来的时候兜里面是什么都没有的。我觉得奇怪,我怀疑他那银洋是从我们家带出去的,但是我们家也是没有银洋的,那是民国时候用的钱了,我长大了家里面就没有了。可是那银洋确实是那个匠人从我们家里面带出去的,他没跟我说,被我看见了。后来我问他,那银洋是从哪里来的,他才告诉我说那银洋是他在翻修我们家房子的时候在青砖的夹层里发现的,他说他只拿了几块,那里面还有很多。

果不其然,我在那青砖的夹层里面发现了很多块银洋,都是我小时候见过的那种大洋,好多年都不用了。后来我把那些银洋全部拿出来,数了数,有一百多块,加上那些匠人拿走的,估计总共有接近两百块的样子。我想这些银洋肯定是我家祖上留下来的,最有可能是我的爷爷如刚老留下来的。如刚老是我们这一房的房长,在附近是个人物,大家都尊称他为如刚老。我十几岁的时候,被领养到这家还没几年,有一次去镇子上面玩,看见别人在赌宝,我当时身上有几块钱,就去耍钱了,后来输了很多钱,差点把家产全部输光了。后来是我爷爷,也就是如刚老把那些赢我钱的人招到家里面,摆宴席,请吃饭,请他们原谅我是个孩子,不要和我计较。那些人也看在我爷爷的份上,才同意把我赌钱欠的那些账全部清了。从那次以后,我就诅咒不会再赌钱,这么多年过去了,我也再没有赌过一分钱。

所以,我就猜想那钱应该是如刚老留下来的,他在的时候,家庭比较宽裕,估计藏了一些钱财在家里,在修房子的时候,就把这些银洋放在那些青砖的夹层里了。当时这些钱已经不能用了,但政府银行以一块银洋一块钱的价格收购。我原本舍不得卖那些银洋,毕竟是祖上的东西,但是,当时家里面正是缺钱花的时候,我就卖了几十个银洋给政府,自己留下了几十个。当然,他们给了我几十块钱,这几十块钱在当时可不是小数目,可以供一家人吃上半年的粮食,当然,也可以买一些东西。

剩下的那几十个银洋随着后来家庭经济状况紧张,也零零散散的卖了。好在总归是贴补了家用,每次卖几块钱都可以凑合着过几天日子。那批银洋最后还剩了十几个,我就把这些银洋给我的孙子孙女们,一人一块,当作纪念,老祖宗的东西,留给后代人,是保佑后代人吉祥的。

❧

我看了看坐在我旁边的夫人,她也看了看我,似乎准备开口说什么,但始终没有吐出一个字来,我其实有点期待她说一句话,但是我知道她也不知道该从哪里说起,我也不知道从哪里说起,相顾无言,但她一定懂我此时的心情,她的眼睛里流露出一种温情,那是一种家人的信任和关心。我把脸转过去,看了看车窗外,春天的阳光很好,隔着车窗,我感受得到阳光的味道,但尽管阳光温柔得像只小绵羊,我还是感觉到冷。突如其来的,我的脚哆嗦了几下,说也奇怪,就那么几十秒钟,我的背脊发凉,感觉手脚也是冰的,我似乎打了牙磕,究竟打没打,我也不大清楚了。就几十秒,很快的,像冰凌子放在心窝窝,冷啊。

我记得有一年冬天的时候,因为那一年年成不好,没有收成,刚到冬天我们家里面就没有什么东西吃了。在刚开始的时候,还能凑合着吃一点腌菜,勉强维持着生活,那时候,家里面吃饭的时候,父母亲就赶紧上床去睡觉,说是他们不饿,叫我们几兄弟吃。当然,即使有一点吃的东西,东西也实在不多,我们兄弟几个当然也知道父母是专门把东西留着给我们吃,所以,我们也不会吃太多,好把东西剩下来。但是到了后来,家里面完全没有东西吃了,一家人饿肚子都饿了好多次,锅里面没有一点可以充饥的东西,只有一家人躺在床上睡觉。父亲看到家里面这样的情况,心里面自然是着急,但是大冬天的,地里面一点吃的都没有,他后来想到了去湖里面挖藕来充饥。但冬天哪里还有什么藕啊,好的藕在秋天就都已经被收得干净了,冬天留下来的最多是些藕结子,差得很,但是家里面没什么吃的,即使一点藕结子也能够保住人的性命。一般没有人会在冬天下湖挖藕,因为冬天的湖水冷得沁骨,藕结子又不多,下去老半天也只能挖到一点点藕结子,再从湖里面上岸来的话,手脚都红肿了。那个冬天,父亲常常去湖里面挖藕结子。他穿着短裤,赤着脚,拿一个小竹篓子,有时候会带上一把小铁锹。他有时候运气好,能够挖到一点秋天没收到的好藕,但大多数时候都只能挖回来一些藕结子。当然,他也会挖一些水草回来,这些水草洗干净之后,加盐揉,去掉一些苦涩之后便可以吃了充饥。

挖到好藕的时候,父亲就很高兴,一回来便会跟母亲说,但是这些好藕他却从来都舍不得自己吃一点,总是留给我们几兄弟。我记得他去挖藕回来,双脚沾满了泥巴,但依然可以看到他的脚已经冻得通红,他的手也冻得通红，手上和脚上新裂开的口子里可以看到白色但透着红的嫩肉。他似乎已经冷得失去了知觉，对手脚上面裂开的口子，他一如既往地用熬出来的黑油漆灌进口子里去，以防止伤口裂开得更大。老的伤口还没有好，新的伤口里面又已经灌上了油漆。他每次出去，只要回来的时候有点藕结子他就高兴，像一个出去打猎的猎人一样，这藕结子便是他的猎物，不管这猎物是什么，有收获总比没有收获强，更何况，有点藕结子至少可以让我们兄弟垫垫肚子。可是，那么冷的天气，他赤着脚趟进湖里，湖水像刀割着他，他踩着刀子到湖里面，只为了一点别人留下的藕结子，他兴许半天也没有挖到一截藕，但是挖不到他就一直挖下去。他挖藕的时间一天比一天长，他手脚上的伤口也一天比一天多。那个冬天说长也长，说短也短。对于父亲来说，挖藕这点事也不算什么苦头，他吃的苦头比这更多，只是，他不肯说，我也不尽清楚。

※

我们家老二有一年害了一种怪病，后来知道是叫什么骨髓炎的。当时老二才十几岁，老大出去读书之后，老二就承担起了家里面很多的责任。伢可怜啊，八九岁就跟着我和他娘一起干活，吃了不少苦头。那年他喊身上发热，我和他娘看他身上有的地方发红，后来他的脚关节肿得很大，我和他娘也不知道这是个啥病，就把他送到当地医院，医生说可能是骨髓炎，但是当地医院却不能确诊，也不能治疗。我想着我们家老大在南京读书，南京是大城市，离家也不算太远，就找人借了一些钱，把老二送到了南京治疗。当时我也不知道南京哪个医院好，我就带着老二去他大哥的学校先找到他大哥，老大就带着我和老二去了南京鼓楼医院，鼓楼医院诊断出来老二害的是骨髓炎，给老二动了手术。我就在医院里陪着老二，晚上睡在医院的走廊里。

那些天真是把我急坏了，我真是怕老二有个三长两短，十几岁的伢，都要长成人了，可不能说没就没了啊。

　　我坐在棉花地里，雪已经不下了，地上的积雪也没有了，刚才天气升温，结的冰也全部都化了。我还是坐在老地方，棉花秆上的液体又慢慢地流出来，似乎流得比起先还要快了，不知道是不是刚才棉花秆受冻了，液体才流得快，这液体就要流到我脚上了，我也不动，我就这样坐着，从下午一直坐到晚上，天都已经黑了好久。我的父母亲该叫我回家了吧！我不累，就是渴得慌，想喝水，可是我喊不出来，我真想把棉花秆上流出来的东西喝个精光，但是我没有喝过，我怕有毒。我忽然看到升起来一轮月亮，这鬼天气，下午的时候太阳绯红，说下雪就下起了雪，现在又升起来一轮月亮，这月亮好圆，好大，我还从来没见过这么大这么圆的月亮哩！月亮的光照在棉花地面，白色的棉花朵带着点淡淡的黄色，很好看。可这月亮的光就是怎么都照不到我的身上，我坐的地方也没有被棉花树遮住啊，月亮怎么就不照到我身上来呢？

　　有一年镇上要修堤坝，堤坝在距离我们村十多里路的一条大河边。我们村也要出劳力，我们男劳动力都被抽出去做工。我个子比较高大，主要负责挑泥沙，把河里面挖出来的泥沙沿着小路挑上去，然后把泥沙倒出来，把坝子垒高。因为赶工赶得紧，我们从早上一直干活干到晚上，到该吃饭的时候歇息一下，其余的时候，扁担基本上没有离过肩膀。实在忙不过来的时候，晚上还连夜赶工。我记得有一天晚上，月亮很好，天上挂着一轮月亮，像个太阳一样，又大又圆。那天白天的活没有干完，晚上公社里负责的人就说要加工把活干完，我一直是挑沙，晚上也一样，那几天在工地上都是挑泥沙。那天晚上月亮的光照着我，那天晚上月亮也好啊！

　　今天晚上月亮好是好，就是不照在我的身上。那棉花秆上流出来的液体已经碰到我的脚尖了，我赶快站起来，我都已经坐了这么久了，我还是趁着现在月亮好，去河里面挑一挑泥沙回去吧。我走出棉花地，回头看了看，却发现棉花地已经不见了，我只看到一个一个的坟墓，扎着堆。这些坟都是没有后人来管的野坟，以前的这些坟地上都是没有草的，杂草都被人砍回去烧柴火了，可是今天的坟地上面怎么长了这么多的杂草呢？这些坟连碑都没有一块，有的坟上垒的石头都已经塌了。月亮下面的坟地真是漂亮，我打算挑完这挑泥沙就来这坟地再坐一会。

我弯下身子，把泥筐放在地上，等专门从河里面挖泥沙的人把泥沙装进我的筐里面。那人从河里面把泥沙挖出来，刚挖出来的泥沙水分多，装进筐里面，筐下面滴着水。我趁着月光看了看自己的肩膀，肩膀两边已经被勒得红肿了，我是感到有些累了，毕竟连续挑泥沙挑了三四天了，刚挖出来的泥沙是湿的，很重，每一挑都有一两百斤，这几天只要是开工哨子一响，我们就被勒着干活了。在这里干活不比在家里干活，家里太累的时候还可以歇一会再做，在这里不行，没人会让你歇息一下的，我从河边上挑着泥沙顺着搭建的小路走上堤坝，把泥沙倒进堤坝里，然后就带着空泥筐子下去继续装泥沙，这样来来回回，我也不知道挑了多少次了。这几天吃的东西也不够，工地上不管饱，只管赶工。

挑了大概十几挑之后，当我倒完一挑泥沙，从小路往下走准备再去挑泥沙上来的时候，我感到脚抽了一下筋，头有点晕，身子发抖，没什么力气了。我想着可能是下午没吃饱，饿了，其实这几天都没吃饱，哪里吃得饱呢？忍着吧！反正今天晚上也挑不了几挑了，明天可能再辛苦一天，后天就能回家了。哎呀，我的肩膀痛，腰也痛得很，挑泥沙这个活比干其他的都苦，挑着两筐子泥沙，上上下下，没有你休息的。我就这样忍着走了下去，让挖泥沙的人又给我上了一挑泥沙。我挑着泥沙又走上了小路，刚走上去的时候，感觉没有问题，但当我走了一半时，我感觉到开始两眼昏花，我的脚滑了一下，扁担歪了一下，泥沙筐子狠狠地晃了一下，我人也被箩筐牵绊着差点摔倒，幸亏我用手抓住旁边的一棵小树，才没有摔跟头。我停住了，稳了稳脚步，我朝前面望去，看到好多个人都挑着泥沙在往上面走，我又回头看了看后面，后面也有好多人挑着泥沙往上面走。我就奇怪了，在这里挑泥沙的人没有那么多啊，所有干活的人加在一起也没有这么多啊，怎么会有三四十个人挑泥沙呢？他们都挑着泥沙在往上面走，像是一群蚂蚁往上爬。我没有多想，又继续挑着泥沙往上走，可是我怎么也迈不开脚步，像是被泥沙扣住了一样，我挣扎着往上面走，可好像总有个人在后面拉着我。我回头看了看，只是看到一群挑着泥沙的人在往上面走，没有人看我，更没有人拉我。我抓住刚才的那根小树，想借一下力，可是我抓不住，我的脚迈不出去，我的手也没有力气，有一股力量拽着我，把我往后面拉，我拼命往前走，可是我走不出去……

有人把我往后面拉，我的身体突然变得很轻，好像被人拉了下去，我脸朝着月空，仰着头跌了下去，身体在半空中漂浮，背后是白茫茫的长江，江水翻滚，像锅里烧开的水。泥沙筐子还在我的肩膀上，勒得我好痛。

只是，今天晚上的月亮真是好啊，又大又圆，月亮下面的坟地很漂亮。

❧

一阵手机铃声划破了车子里的安静，吓了我一跳。铃声把我从回忆里突然拉回到现实，我拿出手机一看，是家里来的电话。我已经意识到情形不乐观，心里面咯噔一下，我甚至有点不敢接听这个电话。我拿着电话，手跟着铃声在抖，电话里沉默了好久，只有滋滋的杂音传来，我好像听到了隐隐约约的哭泣声，接着听到五弟的声音，他说："爸爸走了。"

我突然不知道再说什么，五弟低沉的声音像是一声巨雷在我耳边炸响，之后听到一种响声，轰隆一声，坍塌了。我只是简单地回应了我的弟弟，我说什么好像都显得多余，爸爸走了，我还在路上啊。仿佛一块大石头打在我的脑袋上面，有那么一瞬间，我的脑子里一片空白，我想不起什么，我也不愿意想起。我只是感觉空白，空白得让人晕眩。等我缓过神来，我把脸转向在我身边坐着的妻子，我看见她正望着我，她的眼神说明她已经明白了一切。我也知道她明白了一切，但是我还是对她说了一句："爸爸走了。"像是对她说的，也像是对自己说的，其实只是简单地重复了一遍五弟的话。妻子依然没有说什么，只是从包里面拿出来一杯水递给了我。

　　我感觉闷得慌，我的胸口很堵，喉咙紧张得很，一股蛋腥味冲腾到口腔里面，耳朵里面发出沙沙的声音，像是耳朵边上有人在用手指甲戳着墙壁。我赶紧把车窗摇下来，让车窗外面的风吹拂进来。

　　我没有哭，我知道即使我歇斯底里，也难以填平那崩溃的心理缺口，我拼命抑制自己的情绪，不断告诉自己，这一切都是正常的。生老病死是自然的规律，每个人都要经历这一关，我明白这些道理，但是，这是我第一次这么真实地感受到一个至亲离我而去，所有的记忆重新在脑海中浮现，但父亲走了。似乎是悄然没有声音的，就是那么一刹那，仿佛是物换星移一般，一切都变了。我意识到从此之后，我便和他阴阳相隔，永不能相见了。我已经五十多岁了，想来面对死亡的事情已经不是第一次，但是当我面对着父亲走了的消息时，我依然感觉那么陌生，那是一种从来没有遇到过的情境，我仿佛置身于一个荒无人烟而又一望无际的沙漠之中，举目四望，除了凛冽的西风卷起漫天的黄沙之外，看不到其他任何东西。即使拼命地呐喊，在这空荡无人的沙漠里，呼啸而过的风也把我的声音吞没而去。一种虚无的感觉侵袭着我，我第一次这么直接地面对虚无，虚无也这么直接地拥抱着我，在那一刻,我真正地体会到了陌生和虚无,这两种感觉轮流纠缠着我,我越是去回避,这种感觉便越是强烈。父亲就这么走了,什么都没有带走,除了一辈子的苦累和病痛的折磨。

我想起他失眠的经历。那是我在上海工作之后,他来上海看我,同时做点小买卖。那时候家乡人不吃甲鱼、螃蟹、田螺之类的东西,他便把这些东西带到上海来卖。他带的甲鱼最多,有时候甲鱼没有卖完,我们就得到了很多家乡的野生甲鱼吃。这一点让当时很多上海人都羡慕不已。女儿小时候吃了很多甲鱼,其中不少是父亲从老家带来的野生甲鱼。其实,我真的不知道他是不是故意没将甲鱼卖完而特地留给我们家的,毕竟那时候上海很多人都喜欢吃甲鱼,不愁卖不完。女儿后来非常喜欢吃甲鱼,大概便是从小吃了很多野生甲鱼的缘故。

有一次,他带着一些土产品来到上海,住在我的房子里。房子很小,只有十多平,还有一个两三平米的阁楼。晚上,他睡在阁楼上,我就睡在下面。那天他生了病,说头疼,我起先给了他一点治头疼的药吃了,可是不知何故,他晚上睡不着觉。他一生之中几乎没有失眠过,那次是他唯一一次失眠。第一天晚上失眠,我们都没在意,可是接下来两天他的连续失眠让我开始着急起来。第三天晚上,我跑去街上给他买安眠药,但安眠药是处方药,没有药店会卖给我。那时候药店并没有现在多,关门也关得早,我跑遍了周边好几条马路,终于找到了一家药店,药店里面的工作人员起先也不肯卖安眠药给我,后来我向他求情,说我父亲一连两三天不能入睡,我心里着急,已经跑了好多家药店了,恳请他卖给我两片。他最终给了我两片安眠药,父亲吃了之后,终于安静地入睡了。睡了一个好觉之后,第二天,他就急着要回家,我便陪着他在上海的各个商店里面去买了一些毛巾、灯芯绒布之类的商品。在我家乡,当时很多妇女都用花毛巾扎头,这在当时我们乡下是一种时尚,天蓝色的灯芯绒布是家里面娶亲或者嫁姑娘的必备,他那时候买这个布回去就是准备给家里面的弟弟们娶亲用的。父亲当时做的那些生意,可谓是小鱼小虾,但或许正是他做的这些针头篦脑的小生意启发了我,让我也最终成为一个生意人,但我做的生意可比他大多了。

我终究没有来得及赶回去见他一面,我已经踏上了安徽的这片土地,离家不到六个小时的路途,竟成了世界上最遥远的距离。命运似乎在那里把时间分成了两截,一截叫作从前,一截叫作从此。从前的日子都随着父亲的远去而远去,从此的路途我将离开父亲独自去行走。我多希望回到那个失眠的夜晚,窗外皓月当空,他在阁楼上翻来覆去,我躺在床上听得一清二楚。然后我再趁着月色,跑遍上海几条长街,去为他找两片安眠药。但或许我不会把安眠药给他,我希望他永远不要睡着。可是他现在永远睡过去了,我还在回去的路途中。我不知道他最后一口气到底撑了多久,他会不会一直在等着我的归去?恐怕是他等了太久,实在等不到我的归去,他才咽下他这一生最后的一口气,不忍地离去吧!

平静下来,我立即打电话告诉我的儿子和女儿,我儿子那时候在加拿大,女儿也远在瑞士。我希望他们都能够回来,最后再看一看他们的爷爷。

六个小时之后,我终于到了家。到家时已经是傍晚,车子一停,我赶快下车。走进家门,看到一家人围在那里,他们的眼圈红肿,分明是刚流过泪的模样。我来不及和他们招呼,径直地走向父亲,父亲停在一块门板上面,这是我们当地的风俗,人死了之后,就要从房内抬出,仰面放置在堂屋中的一块门板上面,这叫作"摊门板"。他的脸上盖着一张白纸,乡下人死之后要用白纸蒙上脸,不能让死者见光,那不吉利。二弟看到我回来之后,把盖在父亲脸上的白纸拿掉,说:

"你再看看爸爸吧,他一直在等你。"

我一眼看到他的眼睛，那双蒙上了生活苦难的眼睛这时候已经不能动了，但却没有闭上，两只眼睛凹下去很深，像两眼枯竭了的泉。它显得那么呆滞，但似乎却比以前更清明，生活的压力让他在有生之年承受了太多的苦难，他走了之后，眼睛反而更加地宁静。我看着他的眼睛，那双睁开着的眼睛里面流露出期待，我知道那是父亲在等着我回去的期待。他不知道等了我多久，只是，可怜的他，在临走之前的最后一个愿望我都没能够去替他完成，竟让他苦苦睁着眼睛等了我六个多小时，其不孝也如此，悔恨万千。我其实没有看父亲太久，但那两双眼睛交汇的短短几十秒，却是那么漫长，他眼睛里面流露出来的那种期待，正是我无论如何去回忆，无论如何去描写，都写不出的情感。这情感，他是知道，我也晓得。这时候，二弟用手抹了一下父亲的眼皮，又说道：

"爸爸，大哥回来了，安心走吧。"

就这样，父亲闭上了他一连好几个小时都倔强地不肯闭上的眼睛，像完成了一个心愿一样。他的脸上又被重新盖上了白纸，那张薄薄的白纸，隔着阴阳。

我乡下风俗，人去世之后，要先在一块门板上停放两天，才能入棺材。家里人陪着父亲过夜，我们彻夜守在父亲的遗体旁边，披麻戴孝，送父亲最后一程。我们请了一些乡亲去通知外地的亲戚朋友，请他们来参加父亲的葬礼，我乡下叫报丧。报丧的人会带上一把油纸伞，一路上把油纸伞夹在腋下，伞头朝前，沿路经过死者亲戚家，便前往报信，亲戚看到那把伞头朝前的纸伞，便知道是凶信，无需多言。到了第三天，便会陆续有一些亲戚朋友前来吊唁。

那两天，我们一家人守在父亲的遗体旁边，除了安排事务，几乎没有人说话，只是沉默。大家都在默默地回忆着父亲，回忆着和他有关的点点滴滴,默默地为父亲祈祷和祝福,愿他在天国安详。我长时间地盯着躺在木板上面的父亲看,我知道等他上山之后,便再也见不到他。一个劳累了一辈子的人,这时总算是能安静地躺在木板上面了,我心里面说不出的滋味。母亲的脸上老泪纵横,几个弟弟包括弟媳们的眼里也长时间噙着泪水,一家人都沉浸在失去亲人的悲痛之中。在熟悉的农村老家里,香烛落泪,火光通明,冥纸一捆一捆燃烧,悲风从门外吹来,忽地火焰腾起,扬起纸屑灰屑,又纷纷落在父亲的遗像前。弟弟们不时站起来给父亲敬香,青烟在堂前袅绕,像弥漫的悲伤情绪,最后这一切都化作无言的沉默,仿佛是在谱写着一曲最后的尘世挽歌。

第三天,我们要把父亲的遗体入殓,他的棺材是早就买好了的,上好的木料割成的棺材,再漆上乌黑发亮的油漆,便成了父亲最后的归宿。这也算是子女们对他最后的一点孝敬,生前的福分他来不及享受也舍不得享受。按乡下习俗,我们几兄弟要合力把停放在门板上面的父亲抬进棺材里,棺材放在堂轩,我们就要把父亲从门板上抬到堂轩的棺材里。我是家中的长子,所以我抬的是父亲的头部。我双手托着他的头,小心翼翼地托着,就像我刚出生的时候,他捧着我的头一样。我们兄弟几人把他从家里抬着往外走,他身体冰冷,僵硬得如同木材,但我感觉他变得很轻,恍惚中我以为他飘在空中。

想起我刚出生的时候,他肯定也抱着我,也用手轻轻托着我的头,小心翼翼地,生怕自己手重伤害到我,体验并享受着那种为人父亲的喜悦,仔细地看我的每一个部位,怎么看都觉得像他自己。他迎接我来到这个世界,我突然的哭声或许让他手足无措,但可以想象那时候他的心境该是如何美妙。而现在,当我捧着他的头,面对的却是他永远地离开这个世界。我也仔细地端详他的脸,仔细地看他惨淡的面容,生命的纹路早就爬满了他的脸颊。

我们把父亲抬到堂轩,放进棺材里,在他的遗体旁边放上了一些衣服、冥器之类的东西,最后在棺材里放了很多石灰。我听到几个弟弟抽泣的声音,在即将盖棺材盖的刹那,我只顾着再看一眼他,虽然,他的遗体已经逐渐枯萎了。是我亲手在他的棺材上钉上的第一颗钉子,当他们把锤子和钉子递到我手上的时候,我竟然有些颤抖,我心里想着自己就要用这个方式把生我养我的父亲送走,我甚至有些不敢去钉那颗把父亲隔离人世的钉子。我心里慌,拿着锤子和钉子,就瓷在那儿许久,父亲把我迎来这个人世间,给予我爱和温暖,到最后,我却要亲自送他去天国,用一颗冷冰冰的钉子盖住他的棺材。生命何其残忍,我要把迎接我来到这个世界上的人亲手从这个世界送走。

我最后终究是钉上了第一颗钉子,颤颤巍巍地把那颗钉子钉上,但是我没有钉死,因为我的女儿还没有回来,她一定还希望再最后看一眼她的爷爷。而我,也希望能够再多看一眼,哪怕是一眼。盖上棺材盖,钉上了钉子之后,父亲就算是入殓了。我们在棺材盖上披上一段红布,红布的颜色耀眼,代表着火焰,我乡下认为人死之后,灵魂出窍,红布盖在漆黑的棺材上面,能够压住死者的灵魂,不至于成为孤魂野鬼。

堂轩被布置成一个灵堂,灵堂的中间一个硕大的"奠"字显得庄严沉重,左右两边高挂着挽联,棺材前设一张供桌,供桌上面摆放着各式各样的祭物。一盏"长明灯"置于灵堂,为父亲远去的灵魂照亮方向。供桌的前方,放着两个蒲团,是为孝子和来行礼的亲朋们准备的。

父亲入殓的那一天,也是父亲葬礼的正式日子,各地的亲朋好友都前来家里吊唁。在我们乡下,吊唁的亲戚朋友从早上就陆续来了,来的亲戚朋友们都会到灵堂为死者行礼,多行跪拜之礼。作为孝子,亲朋们来行礼跪拜,我们就要陪着亲朋们跪拜,我作为家里面的老大,就跪在父亲的灵堂前面随亲朋们行礼。

人死了要超度，那天晚上，我们也请了一些道士做道场，道士们念经念了整整一个晚上，我不懂这些经文的意思，但大概知道是为死去的亡灵超度，使其超脱三恶道，往生极乐世界，免遭三世迁流，远离无明黑暗。这自然是乡下的习俗，但父亲的一辈子从来都本本分分，老老实实过日子，我想他死之后灵魂自然会得到安息。也正是因为父亲一辈子勤劳、本分，受到了乡里人的尊敬，葬礼的那天晚上，我们村和隔壁村的一些乡亲们都自发地前来为父亲守灵。我想父亲应该是高兴的，他的一生尽管大苦大累，但受到了乡里人的尊敬和认可，还有什么话可说呢？父亲的一生全写在乡亲们的心中。

我女儿在这一天赶了回来，她先从瑞士乘飞机到北京，然后从北京乘飞机到合肥，再从合肥乘车赶回家。她回来的时候，我们把父亲的棺材盖揭开，让她看了她爷爷的最后一眼。她的眼泪夺眶而出，一时间，一家人稍稍平复的情绪又悲伤起来，在一片哭泣声和抽噎声中，供桌上的长明灯燃得很旺。

第二天早上，是父亲出殡的时间，那天天很早，出殡的队伍就已经出发了，孝子领头，亲友、邻里作陪，挽幛、纸幡在风中纷飞，纸钱开路，我们将父亲送进陵园里。这陵园是在父亲重病期间修造好的，只是为了给父亲最后一个安息地。

逝者已矣，愿灵魂安息。

陵园入口处刻着一副对联，是我自己为父亲所写的一副挽联，由当时上海书法家协会会长挥毫执笔，其字遒劲雄浑，正如父亲的一生：

松月夜凉寸草心暖

风泉晨寂三春晖融

陵园里面有个亭子，父亲的灵柩就在亭子里安歇。又十五年，亭前松树已亭亭如盖，父亲的灵柩才终于入土。两块墓碑立在他的坟前，一块刻晚辈姓名,另一块刻墓志铭,铭文是我自己写的,寄托着我对父亲的思念和敬爱,也录于此处,以纪念父亲。

水有源,木有本。望江高士吴门正兴,吴会民家族甚为兴旺。吴会民童青城夫妇共育五子一女,并领养一名义女,子孙后代至立铭日已有近七十人,他(她)们枝繁叶茂,强健慧敏,均承恩泽。为感恩戴德,特刻石立铭于新茔之前,此情不淡,思念永远:吴会民生于一九二五年,卒于一九九九年,享年七十四岁。吴会民童青城夫妇为养家糊口,大苦大累。耕田锄地,日晒雨淋,披星戴月,无半日闲。为子女计,费心劳神,无微不至,儿婚女嫁,操碎心肝。为子女教育,竭尽全力,尤对长子,供至大学学成,非常人之所为。他品优德谆,诚实忠厚,德范照人。他轻视自身,忍辱负重。时逢艰苦年代,吃糠咽菜,树皮草根,以求果腹,超强劳动,难以支撑,终至恶病缠身,于九九年农历四月二十三日仙逝,亲人悲噩,呼亲无应,阴阳两隔。愿他天堂安息,与劳累艰辛作别,极乐世界,以偿此生。青冢坐东向西,紫气东来,祥云西挂,雁过鸣瑞,人至添福。二零一四年后裔双膝跪地叩拜。

春晖绵长

　　那已经是很久之前的事情了,妈妈说:"几十年过去了,很多事情我也记不准了。他被领到家的时候,才十二岁,我更小,刚满十一。他生得瘦长瘦长的,脸黑,站在门口,低着头用手摆弄着自己的衣角。他的衣服已经够破的了,疤补了一层又一层,看样子就是一个很穷苦人家的伢。尽管穿得破破烂烂,但他的脸模倒是分明,好像刚刚洗过脸。鼻子是鼻子,眼睛是眼睛,看起来倒是温顺。但那是表面,你要是仔细看看他的眼睛,你就会发现,他是个犟性子。农村人说犟头犟脑的,说的就是他这种人。他要是决定了要做一件事情,就会一直做下去。从那天起,我就相信我脑子里的想法,以后几十年,他真的就是那个性子,脑子一根筋,就是吃苦,不停地吃苦,不停地劳动。我们家最困难的时候,没得吃,没米下锅,有时连糠菜都吃不上,他的性子就完全体现出来了。他拖着我们一大家子往前走,累死累活,想尽各种办法把日子熬下去。

　　"他进来的时候,我们大家都坐在屋里。他低着头站在门口,不说话,也不看我们。爷爷让他进屋来,他才抬头看了一眼爷爷,还是没说话,但是抬起脚,往屋里走。但他没注意到门口的石头门槛,脚绊在门槛上,差点一跟头栽到了地上。不过那时候他小,脚跟稳,很快就站住了,还是站在那里,像什么事都没发生的样子,悄悄地看了我们一眼,看样子是想让我们用眼神回应他，接受他。我就盯着他看，他也看到了我，好像和我交换了一下眼神，但他很快就躲闪了。他往里走了一步，终于进屋来了，但又停下来，低下头去，不说话，就像一头低头拉犁的牛。后来有人告诉我，他母亲生下他之前被牛车轧过腿，幸亏牛车上没拉东西，没有受大伤，但是动了胎气，回到家就生下了他。所以人家都说他是被牛车轧出来的。我说是啊，他的命就是牛的命，一辈子只知道干活、吃草，不管拉的东西有多重，他也不吭一声。正是牛的命啊！

　　"为了迎接他，我娘一大早就为他准备好了一桌子饭菜。当时家里条件还算可以，桌上摆了很多饭菜，就等我爹接他回来。见他进了门还有一点不好意思，正在摆放碗筷的娘赶忙放下手上的活，一边向门口走，一边把手在衣服上擦了擦，然后才伸手去把他领过来吃饭。我记得娘说的第一句话是'小伢长的乖哟，'说完又拍拍他的头，'到我们家，不要怕。'娘和我说，他是个乖孩子，就是有些命苦。他走到桌子前，抬起头看了看。奶奶顺着娘的手，把他拉到跟前，眼睛上下打量他，摸摸他的头，也说伢生的乖。我心里在想，一个瘦瘦黑黑的孩子，除了看着还眼顺以外，哪里看出乖了啊？就盯着他又看了看，哎呀，他穿得裤子也短了那么多，腿腕子都露在外面一大截，没有鞋子穿，脚上还沾着泥巴。

　　"这时候，爷爷清了清喉咙。爷爷爱抽烟，是个老烟枪了，嗓子粗，说话之前总是要咳嗽几声，做出一个家长要说话的样子说道：'从今天起，他就是我们这一房的伢了，就是我们吴家的人了，和她们一样。'他停下来，看了看我和几个妹妹，然后又继续说：'我们不再叫他小名二炳，给他起个名字叫会民，吴会民。以后大家就叫他会民。'接着爷爷就带着他吃饭了，我和几个妹妹在厨房里吃。爷爷单独让他坐在自己身边，他一进门就作为男子汉和爷爷、爹坐在一个桌上吃饭了。我坐在厨房里，一边想会民是个什么意思，一边看他吃饭。他还是不说话，只顾着吃，吃得很快，不经牙齿嚼就吞下去。爷爷不停地给他夹菜，娘也嘱咐他多吃点，不要怕。他很快就吃完了一碗饭，吃完之后抬头看着大家，好像觉得吃得太快不好意思，想看看大家的脸色。确定没有人怪他之后，他又赶快吃了第二碗，接着是第三碗。"

"他那时候实在是太饿了。"妈妈说完这句话就笑了。满脸皱纹的她，笑起来依然让人感觉温暖，但接着她又严肃起来，继续说："他已经好长时间没吃上一顿饱饭了。"

妈妈说的他是我的爸爸，那是爸爸第一次到我们家的情景。那是1937年，她给我讲这些故事时，时间已经过去了八十多年。时隔大半个世纪，她再回忆起这些遥远的往事，应该会回味出许多与当时完全不同的心情。趁着她短暂休息的间隙，我看了看她。我们这对母子，一位九十多岁，一个七十多岁，颤颤巍巍地，很少像现在这样挨着脸坐在一块儿。我望着她的满面红光，她也看着我的满头白发。她的表情没有变化，但从她凝聚的眼神中可以看出，她的思绪已经回到了八十年前。

那一年，中国的光景正在广袤的土地上发生着巨大的变化，战火没有烧到村庄，他们得以继续之前安稳的生活。当然，那时候才十一二岁的他们都还不懂，历史的变故离他们很远，不仅是他们，离那些大人、离他们的父母、离村庄都很远。村庄的圆形结构有意或无意地把他们圈在了里面，把纷争、战火排斥在外面。直到一段时间之后，当高士镇被日军占领，日本士兵肆无忌惮地走在大街上，背着枪逛集市，耀武扬威的时候，他们才意识到国家的变化就发生在他们身边。

"把会民领回家的事，是我爷爷做的主，我早就听家里说过。"妈妈突然继续说起爸爸被领到家里来的事情，把我又拉回到他和爸爸的故事之中。她说："我爷爷，也就是你祖爷爷，是村里少有的读书人，聪明，有学问，字也写得好，村里人很敬重他，大事小情都由他做主。他能说会道，擅长讲和。村里有什么田地买卖、划分地界，搞不清楚的时候，就会请他去评理。有一次，两家人为了争一块地，大吵大闹。爷爷把两方叫到家里来吃饭。他们各讲各的道理，爷爷一边抽水烟一边听，一袋烟抽完，人家也该讲完了，他就清清嗓子说话了。爷爷有他的道理，在他看来，这些都是小事，打破头还是一家人，村里都是姓吴的，沾亲带故，不至于这么吵。爷爷挑有分量的说，再请他们喝点高粱酒，两家和好了，回过头还要感谢爷爷。

"爷爷经常出远门，农闲的时候，横竖几个乡到处跑。有时候是出去帮乡亲们处理事情、买买东西，有时候则是出去拜山拜佛。从我记事起，他就经常去九华山拜佛。每次出门，奶奶都会用一个大竹筒为他准备好路上的口粮，素菜、咸菜放在竹筒上面，肉放在竹筒下面。他上山的时候，把上面的素菜、咸菜吃完，等到拜完佛，下了山，就可以开斋吃肉了。当时国家发生许多变化，乡下消息不通，不过爷爷因为走得远，了解到很多新的情况。土改那年，如果不是他了解国家政策和外面的形势，家里将会发生很大的变化。

"1949年到1950年，乡下开始土改，划成分。划哪几个成分呢？先是恶霸地主、地主，然后是富农、富裕中农、中农、下中农，最后是贫农。成分不同，待遇也不同。恶霸地主、地主、富农是敌对阶级，富裕中农、中农是团结对象，下中农和贫农是依靠对象。如果划分为富农，那我们就要吃点苦头了。当时家里情况还可以，有将近二十亩田。农忙的时候请短工来家里帮忙，奶奶也会给他们一些粮食算作工钱。老家这里正式土改以前，爷爷出远门，看到一些地方的土改运动搞得很热闹，就是把地主、富农打倒，把田分给贫下中农，最重要的就是划阶级成分，这个成分对我们家以后的日子影响很大。"

"比方说你吧,"妈妈说着看了看我,继续说道,"如果把我们家划分为富农,你上大学的机会就很少了,考上也不能去读。爷爷了解到这些,就连夜往家赶,应该是在路上就想好了办法。他回到家,告诉家里人,我们要想办法,一是增加人口,二是减少土地,因为他们是按照一个家庭每个人占有多少土地确定成分的。刚开始,家里人并不清楚他为什么这样说,不过我们还是听从爷爷的安排,领养了一个女伢儿,又把一些田地白送给别人。我们就觉得很奇怪,爷爷也没有多说,免得让别人知道。但是如果按照我们当时的情况,完全可能会定性为富农,富农的成分非常不好,会受到批斗。等到了土改运动,按照人头算平均土地,我们最终被划为富裕中农。之后几十年,虽然我们家因为成分受到一些影响,但是始终没有被定为敌对阶级,你才有机会读大学。

　　我默不作声,冲着妈妈点了点头。

　　她盯着我看了一会儿,似乎想起了什么,继续说道:"那时候家里的事都听爷爷的安排,他知道长江边上有一户人家也姓吴,家里生了三个儿子,老二和我年纪相仿,比我大一岁。这户人家养不起三个孩子,爷爷就做主把老二领回来,过继到家里。他说:'童家的女伢抱到我们家有十多年了,等了这么久,年纪也不小了。先把这个老二领回来养大。他本来就姓吴,和我们没有脱五服,不管怎么样是一家人了。'于是,我爹就听爷爷的安排,去长江边把二炳领了回来。

　　"你爸爸这户人家的确命很苦,你爸爸的亲生父亲、亲哥哥,去长江捕鱼,大风大浪地把小渔船打了个底朝天,救也没办法救,都死在长江里面,不知道被大风大浪卷到哪里喂鱼去了。以至于后来,你爸爸到长江边扛木头,听到风浪声就会觉得浑身发冷,回到家里和我提起他亲生父亲、亲哥哥的事,心里还会觉得很难过。

"他来的时候天气已经有点暖和了，爷爷看他穿得破破烂烂，给他了洗个澡，换一套爷爷以前穿过的衣服。那是一件生丝的衣服，再系一条蓝色的丝质腰带，还请村上的剃头匠给他剪了头发。当晚，他换上新衣服，家人点了菜油灯围着他看，特意添了两根灯草。尽管他还是低着头不说话，不过样子却神气多了，完全换了一个人。他听娘的安排，一个个给家长们磕头，改嘴叫爷爷、奶奶、大大、嗳①。从那以后，他正式过继到我们家。爷爷就在族谱上写上他的名字，让他正式成为家里的一员。那时候我还小，也很调皮，看到他依次到每个人面前磕头，就觉得好笑。我怕大人看见，捂着嘴偷偷笑。他磕好头起来的时候，看到我在笑他，脸刷一下子就红了，赶紧别过头去，耳根上还是绯红绯红的。那时我一下子就明白，为啥娘说他个乖孩子。后来经过这么长时间的相处，我觉得你爸爸不单单是乖，更重要的是，特别能吃苦，不怕脏不怕累，只要能把家里人养活，把你们养大，他什么事都能做，比牛还能吃更多的苦。所以你今天的日子，没有你爸爸，是完全不可能拥有的。"

妈妈很长一段时间都以为那是她和爸爸的第一次见面，不过后来她回忆起来，在那次见面之前的更早几年，她和爸爸就见过。那时候爸爸一家人还住在村子里，他们都小，曾经在村里的田间地头一起玩过，后来爸爸一家人因为在村里没有地可种，举家搬到了长江边去开荒，之后他们就再没有见过，直到爸爸被领回家里。而这一次，爸爸和她的关系由童年玩伴变成了兄妹，再之后，就变成了夫妻。在妈妈平淡一生的回忆里，她和爸爸的这次见面当然是她人生中至关重要的转折点，是爸爸的到来，让她在这个家的身份发生了变化，或者说，是爸爸的到来，让她对这个家真正有了意义。

---

① 作者老家的方言，管爸爸叫"大大"，妈妈叫"嗳"，很少有地方的方言是这种叫法。作者为了方便理解，把文中"大大""嗳"换成了"爸爸""妈妈""爹""娘"。

她是在爸爸来到这个家庭之前的十一年来到这个家的，和爸爸一样，她同样是被领养到老吴家的。当然，这也是她祖父的安排。妈妈出生于1926年，按她自己的话说，她是民国十五年生人。老历四月份，还在开春的时节，天气逐渐转暖，田间地头逐渐冒出新绿，她就像田里的紫丁花一样，响应着春天的号召，从地里面探出头，来到这个世界。她出生在童前老屋一户姓童的人家，在她之前，这家人已经生了两个女儿，而在她之后，又生了六个女儿。她本是家里的老三，因为前两个孩子不幸夭折，她成了家里的老大。

"又是个女伢。"接生婆抱着还没睁开眼睛的她，用明显带着失望的语气继续说道，"女伢子也费这么大劲才出来。"她的母亲躺在床上，脸色惨白，因为分娩的痛苦而满脸汗水，听到接生婆的话，她用力睁开眼睛，看了一眼刚刚出生的这个孩子，她在蹬腿。尽管妈妈的出生没有带给我的外祖母生儿子的喜悦（她当然期待生个儿子），但外祖母对妈妈也没有丝毫嫌弃。孩子的第一声啼哭同样让躺着的她会心一笑，那是一个筋疲力尽的母亲的微笑，充满了母性的光辉。我记事之后，妈妈经常带我回外祖母家，在我的印象中，她话很少，不苟言笑，看上去很严肃，一辈子生了九个女儿的她，生命的韧性都显示在她的脸上。每次我去，她都会把我揽在怀里，摸摸我的头，说我是读书伢，读书伢脑袋聪明，然后把自己放在家里舍不得吃的东西都拿出来给我吃，我边吃她边叮嘱我要好好读书，将来做大事情。后来我考上大学，放假回家，她烧鱼给我吃，吃饭的时候我跟她说南京烧鱼要放糖，她觉得不可思议，放下碗很严肃地说："鱼里面放糖怎么吃？"那是我最后一次见她，我离开她家时，她一反往常送我到门口的方式，而是走过村子把我送到了村口，我劝她回去，不用再送，她就一直蹒跚着跟在我的后面，话似乎也比以前更多,一直叮嘱我,显得有点啰唆。那天回到家,我跟妈妈说她好像和之前不同,果然我回到学校不久,就接到家里的消息,说她离开了,走得很安详。

妈妈虽然没有受到家里的嫌弃,但她的命运从她出生的那一刻就注定会发生变化。外祖父家里生活贫苦,惦记着要生一个儿子传宗接代。正好吴家破屋的吴家也期待着生一个儿子,童家生了女儿的消息在乡下很快就传开了,吴家的老爷子(我的曾祖父)得到这个消息之后,做主去和童家商量,把她家的女儿抱养过来,做等郎媳,等着儿子出生。两家人很快就达成了一致,于是,妈妈在四个月大的时候,就被她后来的养父母抱养到了家里,从此她一生的命运都和吴家紧密相连。

妈妈的到来给这家人增添了拥有孩子的喜悦,还没有生过孩子的年轻祖父祖母领养了妈妈,便把她当成亲生女儿一样对待,尽他们一切所能养育这个孩子,把家里最好的东西给她,让她丝毫没有因为被人领养而缺少爱和家庭的温暖。后来祖母又生了四个女儿,但妈妈没有因此受到排挤和怠慢,祖母就把她当成家里的大女儿一样,悉心照顾着她,又叮嘱她要照顾好几个妹妹,也会因为她的调皮偶尔责怪她,但更多是对她的愧疚,因为她终究不是女儿,而是儿媳,领养过来是要娶她进门的。但娶她得有儿子,祖母自己一连生了四个女儿也没生出儿子,把她留在家里多一天,就是多耽误她一天。妈妈个子不高,但长得漂亮出挑,人聪明,学东西快,别的女伢子十多岁才会做的针线活,她七八岁就已经做得很好了。祖母喜欢她,自己会的所有女红都耐心地教给她。她也喜欢祖母,和祖母很亲,比她和自己的生母更亲。她又和祖母很像,处理家里大小事务,样样在行,以极强的行动力安排着家里十多号人的衣食住行,毫不拖泥带水。后来祖母年纪越来越大,她就接替了祖母在家里的位置,操持一家老小的生活,直到她老得实在操不动心了。

妈妈六岁时，祖母已经生了两个孩子了，但两个都是女孩。一个夏天的晚上，凉风吹来地里庄稼即将成熟的清香，鸟叫声沉落，虫鸣声升起，庄稼人的鼾声不绝，田里的青蛙呱呱直叫，几声清脆的犬吠贯穿整个村庄。月亮高悬在上空，朗照着古老的乡村，只有村边的水塘整夜不眠，始终注视着天上的月亮。在一片祥和的村庄里，没有人会想到，一场突如其来的变故即将发生在后半夜。清脆的犬吠声突然变得急促，接着其他家的狗也狂吠起来，但凶恶的犬吠声也没能阻止一伙暴虐成性的土匪。几个背着砍刀的汉子突然闯进了村庄，以他们惯用的方式——滚粗圆木——撞开环形村庄的大门。进入大门之后，他们径直冲到了我们家，连踢带撞地打开了门闩，凶神恶煞地环顾着房屋的布局，然后冲进了祖父祖母的房间。

　　当时的情形完全可以想象，几个五大三粗的土匪站在床边，月光从窗户照进来，他们的脸一半在月光下，一半在阴影中，手上拿着的砍刀在月光下闪闪发光。刚从睡梦中惊醒的祖父母被吓得完全不敢吭声，突如其来的意外让他们完全摸不着头脑，从来没见过这种阵仗的他们只得任土匪们在家里横行。祖父大概想说点什么，但一个土匪翻转了一下砍刀，威胁他不要说话，他就不敢再多言语了。床上一个孩子哇哇直哭，不到两岁的孩子还分辨不出是男是女，土匪们担心村民反应过来，只能抓紧时间大致搜刮了家里值钱的东西，他们或许早就盯上这户人家了。一个带头的大哥吩咐小弟："拿着东西赶快走，把床上那个哇哇哭的伢抱走。"祖母听到要抱孩子走，赶紧把孩子抱紧在怀里，却被一个土匪一把抢走。祖母想再去把孩子抢过来，土匪一把就把她推到了地上。她想跟着冲出去抢孩子，又被害怕再生事端的祖父拉住。一伙土匪就带着劫持的财物和一个不到两岁的孩子扬长而去了，只留下祖母撕心裂肺的哭喊声响彻整个村庄。

　　一家人逐渐从惊恐中镇定下来，村里人也赶过来，老实的庄稼人不敢惹土匪,唯一的办法就是躲。男人们商量解决方法,无非是花钱、托人去把孩子找回来。祖母哭声渐渐停下来,女人们因为害怕,叽叽喳喳闹成一片。曾祖母直呼"作孽啊,一帮畜生,要遭天谴"。等一切都逐渐消停下来,他们才发现家里另外一个孩子也不见了,那是我的妈妈。

妈妈说那天晚上土匪撞门的时候她就醒了,当她听到有人冲进来后,她吓得直哆嗦,不敢走出房门,也不敢出声。土匪抱走妹妹之后,她才悄悄从房屋里出来,大人们还没反应过来,她已经跟着土匪出了门。她跟在土匪后面,土匪走得快,她就跟着一路跑,但她不敢发出声音,只能踮着脚尖跑。妹妹一直在哭,越哭越凶,哭闹声吵烦了土匪,其中一个土匪提议:"用烟丝塞住她的嘴,看她还哭不哭。"果然就有人把烟丝塞进了妹妹的嘴里,烟丝辣,呛人,妹妹先大哭了两声,然后就再也听不到哭声了。妈妈根本不知道自己跟着土匪能做什么,她怕土匪,小时候她调皮的时候,哭闹不停,大人就会吓她:"再哭,土匪听见了,要来把你背走。"听到这话,她就赶紧不哭了。出于本能,想救每天被自己抱在怀里的妹妹,她就跟着土匪一直跑。后来她听到一个土匪说:"妈的,搞半天是个女伢。"接着就有人说:"女伢子顶个球用,扔了作数。"然后又有人说:"别扔,卖了她,有人买。"六岁的妈妈一直跟着土匪,跟到了一两里地外的中石桥,土匪们走远了,她也意识到自己跟在后面根本没有用,就停了下来。后来家里人追出来,在中石桥发现了她,她没有哭,也不说话,坚强得像个大人,见到了祖母,她才说了一句:"她们要把妹妹卖了。"祖母又大哭不止。

❧

姑姑被土匪抢走以后,一家人四处寻找打听,但始终没有得到任何音讯,间或有消息说哪个村子有人买了童养媳,家里都会前去打听,但几年下来,音讯了了。再后来,土匪被军队围剿,死的死,跑的跑,打听消息更加困难,寻找孩子的事情逐渐被冷淡下来。接下来几年,祖母又生了两个女儿。奇迹发生在十多年之后,那时候爸妈已经遵循家里的规矩圆了房,成了婚。某一年,隔壁村一户人家娶来一个女人,女人年纪不大,但据说结过婚,原来的丈夫结婚后不久就死了。她是从外地嫁过来的,带着明显的外地口音。曾祖父始终没有放弃过寻找孙女,但凡村里或者附近有外地人来,他都会去打听。听说这个女人的消息之后,他便专程登门去向她打听一些情况。从这个女人的谈话中,曾祖父隐约觉得这个女人和自己丢失的孙女有某种关联。女人不愿意提起自己的身世,因为她不清楚自己的身世。她告诉曾祖父,自己是被卖到长江南边去做童养媳的,被卖的时候,自己还小,根本记不住,后来慢慢长大了,才从婆婆那里得知自己的情况。她的丈夫是自己从小带大的,婆家人对自己很好,但丈夫是个傻子。十五岁的时候,她被婆婆安排和丈夫圆房成婚,但圆房后不久,丈夫就死了,也不知道生了什么病。丈夫没了,她的命运再次发生变化,婆婆见她还小,就劝她自己重新找户人家。后来经人做媒,听说这边有一户人家还不错,小伙子虽然年纪大点,但老实,她就嫁到了这边来。祖父问起她小时候的印象,她只记得自己有天晚上突然被人抱走,自己害怕得哇哇直哭的情形。但究竟是从什么地方被抱走,被谁抱走,她一无所知。曾祖父大致确定她就是我们家丢失的孩子,但是她记不住父母姓甚名谁,连自己的名字她都不知道,生辰八字更是一问三不知,认定身份成了我们家和丢失的姑姑之间的大难题。

一家人隐约间都觉得这个孩子的模样和家里人挂相,尤其像祖父,都觉得这个外地女人就是家里丢失的孩子,但没有确凿的证据,不能随便认亲。后来妈妈告诉家人,她说她记得姑姑小时候调皮,有一次哭个不停,把正在抽烟的祖父惹急了,为惩罚她,就用烟烫过姑姑的耳朵背后。后来姑姑用手挠,耳朵背后就留了疤。妈妈小时候天天抱着姑姑,对姑姑的模样记得很清楚。于是,认亲的事情就变得很简单了,如果那个女人耳朵背后有疤,就可以确定她就是家里丢失的孩子。一家人再去看那女人,发现她耳朵背后果然有烟烫过的伤疤,伤疤虽浅,但很明显。烟头的痕迹把一家人的记忆拉回到祖父抽着烟抱着姑姑的场景,又拉回到十多年前那个噩梦般的夜晚,终于确定了她就是十多年前家里丢失的姑姑。

妈妈说她和姑姑再次相见那天,她控制不住地抱着姑姑就哭了,姑姑也抱着妈妈痛哭流涕。十多年过去,姑姑早就不记得还有一个姐姐,而妈妈也没有想到能够再次见到姑姑。当她们相拥而泣的时候,很多往事应该会重新浮现在脑海。妈妈说她再次回想起姑姑被抢走的那个晚上,她听到姑姑因为害怕而几乎断气的哭声,她从那时候起真正感受到了揪心的痛。她难以想象,一个不到两岁的孩子被一帮土匪掠走之后,会遭受怎样的磨难。虽然姑姑因为当时年幼不记事,但完全可以想象那帮畜生会怎么对待她。妈妈后来常常说:"你姑姑小的时候很机灵,我抱着她,她的两只眼睛就咕噜咕噜转,我那时候也小,喜欢逗她,她就咯咯笑个不停。后来再见到她时,她就已经没有那么机灵了,可惜啊。"妈妈说可惜啊三个字的时候,语气拉得很长,一口气叹了很久,似乎三个字跨越了姑姑丢失的十几年光阴,有着时间和记忆沉甸甸的重量。

姑姑认回了娘家,生活状态发生了大幅度改变。嫁在隔壁村之后两年,她生了一个儿子,儿子很受姑父一家人疼爱。姑父是本分的庄稼人,话很少,但得知姑姑是我们家丢失的孩子之后,他很快就带着姑姑到我们家行过门女婿的礼节。姑父老实,舍得出力,隔三岔五就和姑姑回到我们家,帮助家里干活,我记得小时候家里很多农活都是他和爸爸一起做的。

那几年,因为回到家乡,和亲人再次相认,姑姑逐渐从过去的阴影中走出来，一家人过着清贫但安乐的生活。但是没过几年，一生命运坎坷的姑姑因病去世了，从小就经历生活磨难的她，不到三十岁就早早地离开了人世。她去世之后，姑父对待祖父、祖母仍守着女婿的本分，仍然每年都提着礼物到家里来拜年，农忙时节一定会到我们家帮助家里做活。姑父经常来家里干活让祖父祖母心里过意不去，毕竟他们认为女儿已经去世了，更何况，在他们的内心里，是觉得亏欠姑姑的。有一天晚上吃过晚饭，祖父劝姑父说："你自己家里的活也很多，就不用来家里帮忙了，我们人手多，忙得过来。"他不答话，只抽烟，抽完一袋烟之后，他起身打了个招呼就走了。但第二天一大早，他仍然出现在门口，也不说话，跟着爸爸就去了地里。村里难免有人议论，说他傻，婆娘去世了也不重新讨一个，还去原来那个老丈人家哼哧哼哧地干活，他也不回答。只是有一次，村里一个人和他开玩笑，说起他到我们家干活的事时，他回答道："不管怎么样，吴家是伢他妈的娘家，她不在了，伢还是叫他们外公、外婆、舅舅、舅娘，我还是他们的女婿，我不去帮忙，谁去帮？"他几十年就以这样的态度对待我们家，仍像半个儿子一样对待着祖父祖母，我一直叫他姑父，姑姑去世之后很多年，我仍然把他当成最好的姑父。他给我留下了很深刻的印象，我难以想象，一个农村汉子的深情竟然可以执着到这种地步，那是一种人与人之间最简单、最朴素的情感。姑父一直安分地守着几亩田地，但却用整整一生践行着人与人之间最真挚最美的承诺。

❦

爸爸来到家之后，作为家里唯一的男孩，享受到了家里最丰厚的宠爱。不久，曾祖父就提出要送他去上学。学校在高士镇，是洋学堂，从来没有读过书的爸爸在那一年走进了学校。那时候乡下几乎都是私塾，洋学堂极少，某个清晨,曾祖父亲自带着他去高士镇上学。他穿着曾祖父送他的那套丝绸衣服,系上丝质腰带,背着一个斜挎书包,迎着朝阳走进了学校的大门。

洋学堂和私塾不同,私塾的学生还在学千字文、百家姓的时候,爸爸已经开始学习拼音、算术了。半个月后,他从学校回到家,再也不是那个穷得只能讨饭的孩子,他成了洋学堂里的学生娃,是识字的。妈妈再见到他,发现他和之前大有不同,不愧是在学校里读过书,说话的腔调、走路的架步都变了,有时候晃眼一看,嘿,连模样好像都变了。曾祖父也得意于自己送爸爸去读书的决定,爸爸刚回到家,他就要考他,曾祖母说让伢先歇一会,曾祖父却说读个书有什么累的,多少人想读书都没机会读,还嫌累?说完就拿出小木板写上汉字,要爸爸认给他听,当爸爸一个字一个字都认识正确之后,他以他族长式的权威和远见对家里人说:"读书好,伢读了书,样子都神气了。"说完他哈哈大笑,一边笑一边拿出自己的烟斗,要抽上一壶。爸爸后来回忆起这段往事,眼神中流露出的幸福溢于言表。他似乎很怀念那段读书求学的时光,或许他的心里也藏着一个读书成才的梦想。

爸爸在高士镇读了两年书,后来因为日军占领高士镇,他不得不中断学业回到家,再后来,他被安排和妈妈成婚,一家人生活的担子从此压在他的身上,他彻底和读书绝缘。但高士镇两年洋学堂的学习经历,让爸爸在生活习惯、精神面貌上有了很大改变。在一个由读书人当家的家庭里,他因为读了一点书,就越来越能融入家里的生活,也更受到家人的喜欢。相比于和他同龄的其他村民,他因为读过两年洋学堂,变得更识礼了。更重要的是,他能理解到知识文化的重要性,而不是野蛮地拒绝文化,所以后来在一家人生活最艰难的时候,他拼了命地供我读书,绝不允许我中断学习,希望我能通过读书改变命运。

在高士镇读书的时候,他曾见过两个日本兵。那是一个放学回家的下午,他斜挎着书包从学校出来,在小镇的泥路上和同学告别,路过不大的集市之后,回家的快乐已经让他暂时忘记了学校的功课。集市上吵吵嚷嚷的声音他完全听不见,他只顾着大步流星地向前走。他已经读了快两年书,知识带给他更多的想象,他步子轻巧,不时小跑一段,幻想着更多关于未来和远方的事情。要是你正巧走在他的后面,你既会觉得这个孩子吊儿郎当,又会羡慕他青春年少无忧无虑。他就这样一路往家走,可走出镇上的街道没多远,他看到两个穿着军装的人从他的前方走来。他停了一下,乡下人对军人本能的恐惧让他一瞬间不知道该继续往前走还是倒回去,就在停下来的一瞬间,他又意识到两个军人都挎着枪,像是老师和同学们口中所说的日本人。那时候高士镇还没被日军占领,但附近已有乡镇遭受了日军的侵略。他赶紧转过头,看了一眼身后,但身后没人,再转头回来,他发现其中一个日本人已经盯上他了。那个日本人看着他,好像在对他笑,然后对他招手,让他过去。手足无措的他既不敢转身走,又不敢朝日本人走过去。日本人慢慢走过来,已经离他越来越近了,他趔趄着往前走,低着头,脚下的每一步都显得很重,全然没有了刚才的轻巧。日本人叽叽喳喳说的话他一句也听不懂,他硬着头皮走过去,走近日本人的时候,他脑子里已经是一片空白了。日本人叫他抬起头,他就把头抬起来,两个人看着他,叽里呱啦说了一堆话,他还是听不懂,但后来他跟我讲起这个故事的时候,说日本人当时可能是在向他问路,因为他们一边对着他说,一边用手指着前面的路。当时的他一点也没有领会到日本人的意思,一句话也说不出来,日本人摸了摸他的头,他两条腿都开始发抖了。其中一个日本人说了一句话,两个人就哈哈大笑起来。一边笑,另一个日本人拿着皮带顺手抽了一下爸爸的背,并不疼,但是爸爸紧张害怕,不知道接下来他们会对自己做什么,不会被抓起来吧?他说他后来不知道自己怎么突然就撒开腿跑了,一边跑还听到身后两个日本人古怪的笑声,他不敢回头看,也不敢停下来,一口气就跑了几里路,快到家了才停下。

那是爸爸第一次见到日本人,也是唯一一次。或许从那时候起,他开始逐渐意识到国家的变故离村庄并不远,离自己并不远,就在几里地外的高士镇,就有挎着枪耀武扬威让人害怕的日本兵。所幸村庄偏僻,没有日本兵前去骚扰,那些年份人们虽然贫苦,但都在乱世中存活了下来。村里偶有青年应征入伍,前往前线抗日。我印象比较深刻的是那个比父亲年纪稍长的伯伯。

据说人脑在三岁左右就开始存储记忆了,可能是完整的,也可能是片段的。我无法探究科学家们是如何得出这套复杂的脑神经理论的,不过这个理论的确在我的身上得到了验证。我的大脑中时常会闪过一个片段,那是我三岁未满的时候,在我们家门口的凉棚下,一个军人抱过我,然后又匆匆地离开了。这个片段时常在我脑海中闪过,因为在安庆乡下的小村落里,庄稼汉的面孔总是熟悉和平常,身着军装的人却罕见,于是显示出了极高的辨识度,让人记忆犹新。若干年后,我曾向妈妈提出疑问,这个军人是谁?

妈妈说他就是村里的人,按辈分算他是我爷爷辈。他小时候家境好,被送出去读书,十五六岁时考上了武汉的一所军校,后来当上国民党的宪兵。军人二十岁时,已经参加了几场著名的战争,每一场都值得在他的人生中大书特书,但对于那场持续了多年的战争,他提之甚少,间或电视里或报纸上讲起某场战争时,他会自己一个人对着电视或者报纸回应几句。

他与我们家的关系,要从妈妈小时候说起。那时候爸爸还没过继到家里,妈妈安心在家做她的等郎媳,但日子久了,很多人家都相中妈妈,想把妈妈抱走做儿媳妇,军人家就是其中一家。

　　据我对历史知识的了解,当时国民党的宪兵,是国军的一支高级护卫部队,所以他当时的身份算是显赫。有一年,部队路过家乡,军人请假回村里探望亲人。他在家里住了几天,随处散心,走到哪里都穿着一身军装。村里人,包括在乡间干活的妈妈,都对这个军人表现出天然的好奇。他的穿着,他军队风十足的举止和做派,都很好地满足了庄稼人对军人的想象。经过我家时,他主动来我们家门口找妈妈搭话攀谈。妈妈当时十五六岁,见他一身笔挺的军装,一双锃亮的皮鞋,个子虽然不高,但言行举止却很是精神。她不知道远方战争的残酷,但她能从军人的眼神中看到远方战火粹炼出的果敢、刚强的作风。至于他当时都说了些什么,妈妈语焉不详,我也没有深问,但可以想象的是,年轻标致的妈妈,打动了军人,更何况他们自小就在同一个村上长大。

　　1949年,在国民党军队节节败退,也就是我军百万雄师过大江时,安庆就是渡江的一个主战场。在情势危急的时刻,军人匆匆回来过一次,也就是在那时候,他来我们家和妈妈告别,在屋前的凉棚下抱了抱我,然后就离开了家乡。听妈妈说,他离开时,郑重地向妈妈敬了一个军礼。由于长年生长在闭塞的乡下,妈妈从来没有见过敬礼,她当时很激动,但又觉得很有趣,军人怎么连告别都这么正式?两人什么都没有说,军人正了正衣冠就转身走了,似乎有些舍不得。不过按照当时的形势,他不走也不行,处在命运的转折点,任何一个选择都会造就不同的轨迹。他选择了军人的命运,枪林弹雨、生死存亡,用杀伐与死亡周旋。我们一家人远远地看着他的背影,消失在乡间的小路上。

　　他再次回到家乡已是近四十年之后,那是1987年,蒋经国宣布解除实施了长达三十九年的"戒严令"并通过了台湾居民赴大陆探亲的方案后,他成为第一批回到大陆探亲的台湾老兵。从桃园机场出发，飞过历史的海峡，横跨四十年蹉跎的光阴之后，他的双脚再次踏上故乡的土地。彼时他已经年近古稀，满头的银发像起伏的浪涛，滚滚的岁月让他再次成为重要历史时刻的见证人。

军人带着一生的感慨回到故乡，不忘来看看妈妈。他清楚地记得我们老家的住址，但当时我们家已经搬到县城，于是他又辗转从乡下赶到县城，终于见到了妈妈。台湾的软语没有同化他的乡音，但时间早已经改变了他的模样，在经过一番介绍和回忆之后，妈妈才从这个满头白发的老人身上想起当年那个英武的年轻军人。她感叹，时间啊。军人把带来的金耳环、金戒指等礼品交到妈妈手上，妈妈很高兴地收下了礼物，并像老朋友一样招呼他到家里吃饭。几十年后的重逢，讲述更多的是关于家庭和子孙的故事。见到妈妈家庭幸福、儿孙满堂，军人很为她高兴。从谈话中我们得知，他在台湾结识了一个湖南女人，婚后养育了一儿三女，生活也很美满。尘封的往事像风一样散去，但吹过的花香留了下来。我曾问过妈妈，对军人有什么样的想法？妈妈笑了，她说："对他哪有什么想法。不过他应该是一个蛮好的人，你看他都当军官了。"

其实我知道她和爸爸一样，一心一意都在家里面，都在我们这些孩子身上。认识军人的时候，虽然她还没有和爸爸结婚，但是她不会离开这个养育她的家庭。十多年的等待，她一直相信爹娘，相信会有好日子过，而且当时的爸爸也长成十足的男子汉了。

在结束与亲人的短暂团聚之后，军人联系到我，想让我带他去南京看看。当时，我在上海的一家国企担任领导干部，和下属交代了一下工作上的事，就叫司机开车载我到南京和他会合。我们相差二十多岁，看到他，我想起当年的情形，他也和我谈起那段往事。和我们拜别后，他随部队边打边退，最后到昆明乘飞机直飞台湾。我对这段历史还比较了解，当时机票非常紧张，很多人都是坐船到达香港再辗转到台湾，这从侧面说明了他身份的显要。到台湾之后，他依旧隶属宪兵编制，成为国民党广播电视台的保卫部队。

总统府位于南京市区，我带他参观了他们委员长的办公室。美龄宫坐落在东郊小红山上的一片林海之中，他触景生情、感慨良多。他很惊讶，为什么南京的美龄宫和总统府都保存完好。

我们一边游览，一边交谈，意味很浓。我说："你是一个穿过枪林弹雨、戎马一生的人，我对你的一生充满好奇。作为晚辈，我想请你讲些什么，回顾思考自己的一生。"他坦然地说："人生如寄，飘若浮萍，谁都不知道最终要走到哪里去，也不知道什么时候就走不动了。"说到这里，他停下来，看了看远方的风景，思忖半晌之后，语气明显深沉起来，他继续说道："在战争中，我见过太多的流血和死亡，我亲身参与了不少战斗，结果自然是你死我活。我亲眼看到很多敌人和自己人倒下的样子，我能活下来，安度晚年，其实是一种侥幸。"

谈到死亡，他说："死亡是人生必不可少的环节，没有人能回避。我们处在战争年代，面对死亡，面对炮火纷飞，我们想退缩都不能，只能听天由命。由此养成了我的一个'自然心'，就是面对任何事都泰然处之，因为没有什么比死亡更难面对的了。"他讲这些话的时候，时而若有所思，时而目露凶光，那是一个经历过无数次死亡考验的军人所独有的眼神。"我这一生中没有愧疚、没有罪过、没有凄苦，对那些倒在我面前的人，我也没有怜惜。这些都被生命的河流洗刷干净了，最终变成了现在的我。"他紧紧地盯着我，"你也要义无反顾地接受岁月的洗礼，人生不允许我们多愁善感，难道活下去不是我们的一切吗？"

多年后，当我面对渐渐老去的事实，当我同病魔孤身奋战的时候，我心里的那份淡然和从容，和那一次在南京的谈话不无关系。他对生命的理解、对死亡的不陌生，让我十分敬畏。他的果敢和洒脱影响到我，在我的思想中建起一道坚固的城墙，使我在如今的老病相煎之中依旧备受鼓舞。

他活到九十五岁，一生有很多传奇。我曾在香港接待过他的儿女，在他去世前两年，我还去台湾见过他。他们全家出动，看起来很和睦。他那时身体还很好，声音尤其洪亮，还能看到些许军人的风范，给我留下了深刻的印象。就在我完成这本书的初稿时，军人去世了。他的家人致电我，希望我去台北参加军人的追思会。我当时身体也不是太好，未能成行，只能隔着海峡，在这边默默哀悼。这成了我的一个遗憾。

❧

关于父母成亲的事，我从他们两人的口中分别了解过一些情况。时间是1944年腊月初八。那年冬天，乡下连续下了好几拨大雪。不过腊月初八那天清晨，天突然放晴了。那天爸爸起得很早，打开大门的时候，阳光撒在白雪上，闪闪泛光，仿佛一地鱼鳞。他说雪后的阳光很刺眼，但是很暖和，当太阳整个出来之后，大地一片喜气洋洋，真是个好日子。

妈妈说她早就知道家里准备安排她和爸爸在腊月初八圆房。早在腊月之前，家里就请木匠为他们做柜子、打花床。祖母开始缝制床单被罩，还特地在床单上绣花。妈妈心细，就猜到家里要张罗她和爸爸的婚事了。即将到来的婚姻让她既紧张又期待，但偷偷地，她也开始为自己做起女红。她给自己和爸爸各做了一双新鞋，她的鞋是一双绣花鞋，鞋面上绣着富贵牡丹，爸爸的鞋是一双黑绒布做的棉鞋，鞋底鞋帮都很牢实。

她还给自己做了一件绣花衣裳，衣裳针脚细密，绣花活灵活现。她擅长女红,织布、绣花、缝补,她都很在行。小时候,我们一家人穿的衣服都是她亲自做的。村里人都说爸爸娶了她是福分,她却说,一辈子的苦都让你爸爸受了,嫁给爸爸倒是她的福分。

他们在堂祠里拜过堂,又去坟山旁烧了香。回到家里,妈妈按规矩坐回新房,爸爸在外面接待亲戚朋友。来客皆带礼,有千层糕,有花生红枣,还有红糖,用荷叶包成一个尖尖三角,当中还放了一条红纸,也有送一两个银圆的。祖母端些饭菜给妈妈吃,并嘱咐她不要出房门。在他们新婚的房里,贴了一张和合二仙图,一张麒麟送子图,都是祖父为他们画的。新房里点了两根红蜡烛,另外还有一盏菜油灯,里面放了三根灯草。深红色的雕花大床置于房中,烛光下新漆泛光。花床排面宽大,床檐浮雕镂刻,楣罩鎏金彩绘,床顶置盖,盖上嵌钩,钩上挂账帷,帷幔轻拂,袅袅动人心。花床三面皆装方形栏板,栏板上亦雕花,只在前面留椭圆形的月洞床门,刚好隔出一个独立精巧的空间。床上被子铺得整整齐齐,被面熨帖,亦如洗练的夜色,只觉得一切都是新,都是静,都是好。床头两个枕头,床前两双新鞋,新鞋一大一小,鞋头朝外整齐摆放,油灯撑起柔和的光圈,鞋帮的条纹在油灯下显得更端正。妈妈说她坐在床沿边,心情平静,等待着爸爸走进屋。

时间不停,到现在,七十四年已经过去了。爸爸离开我们也已经十九年了。2014年,我们一家人回到家乡,为爸爸入土的事宜做了安排。在我们家乡,本来死者的灵柩是在外面停放三年之后,便可以入土了。但是,爸爸已经停在陵园里十五年了,十五年,一直没有入土,是因为妈妈希望等到她自己百年之后,和爸爸同时下葬,并合葬在一起。但是,2014年,当地政府出台了新的政策,要求所有停放在外面的棺材必须下葬。所以,我们全家人赶回了老家,把爸爸的灵柩下葬。坟墓在陵园里隆起,和老家的房屋紧靠着,就像他生前端着土碗坐在老屋边。为了一口生活,劳累了一辈子的爸爸,终于是入土为安了。我们兄妹几人在爸爸的坟前跪拜,十五年的时间冲淡了心中悲伤,但思念却更加浓烈。我们相顾无言,妈妈也站在坟前,眼睛久久地凝视着爸爸的墓碑,几十年朝夕相处,千言万语,我知道她一定有很多想说的。然而阴阳两隔,在冰冷的墓碑面前,她也只能和我们一样——沉默。

～⌒～

"我要回老家。"前不久,妈妈突然跟妹妹说。她在妹妹家已经住了十多年了,妹妹家在县城,老家在乡下,她的意思是她要搬回乡下老家去住。老家离县城五六十里路程,开车回去倒是用不了多长时间,但问题在于,老家的房子因为多年没人居住,年久失修,早就已经不蔽风雨,无法住人了。更何况,妈妈已年届九旬,真的是一位老太太了。

回去怎么住?就住在老房子里吗?谁去照顾她?回到老家居住她适应吗?毕竟这么多年一直生活在城里,各方面条件更方便。很多问题突然就摆在我们面前,我们一时找不到合适的解决方式。我们问她,为什么突然要回乡下,她只说想回去住,没有更多的理由。我们劝她,告诉她城里居住的条件好,离医院近,年纪大了,生病住院在城里更方便……但她都听不进去,似乎她说的要回去住这件事情就是命令,不容商量,我们兄妹几人应该做的,就是尽快去完成她的心愿。

她一共生养了九个孩子,先后夭折了三个孩子,其中有一个是我哥哥。哥哥夭折之后,我成了家里的老大,有四个弟弟和一个妹妹,妹妹是她最后的孩子,也是唯一的女儿。乡下人说"养儿防老",但生养了五个儿子的她老了之后,却选择和女儿住在一起,让我们兄弟几人都很惭愧,生怕她觉得我们不孝顺。但她没有这么想,她说她觉得和妹妹住在一起更方便,女儿是小棉袄,我们也就顺从她的心意,让妹妹照顾她。

妹妹和她相处得多，比我们更了解她，听她突然说要回老家住，其实心里就已经猜到了七八分。尤其是后来听她说"你们的爸爸在老家，我要回去"之后，妹妹就更明白她的言下之意了。原来，她是担心有朝一日自己百年之后，灵魂得不到安息，遗体无法进堂轩。这是我们乡下的风俗，一个人如果没有在自己家里去世，遗体是不能安放在家里灵堂的。

其实那段时间，她生病了。病是由感冒引起的，胃口不适，吃不下饭，年纪大了，一点小病也很难痊愈。于是她就开始担心起自己来，吵嚷着要回乡下住，实际上是提醒我们，她即便走，也要从家里走，毕竟她已经九十一岁了。

听了妹妹的话，我意识到我们是应该为妈妈考虑一下了。我决定重新修缮乡下的房子，供妈妈回家居住，但后来发现，乡下老房子即便修缮也已经不太适合居住了，更何况，修缮需要耗费的精力不亚于重新建造一幢新房。所以我决定在老屋的地基上重新修建一幢房子。妈妈得知我要重新修建房屋，又觉得有些浪费，出于乡下老太太节约的习惯，她劝我能住则住，不必专程修建新房，言语间似乎为自己执意要回家住感到抱歉。我告诉她老屋修缮的费用不低于新修房屋，而且新房修好之后，我们回老家也有地方可住，她才半信半疑地同意我们回老家建新房。房屋很快就动工了，得益于老家的亲戚帮忙协调，到现在，房屋主体部分已经基本上完成，很快就会全部竣工。我跟妈妈说，等新房修好，她想什么时候回去住，就什么时候回去住。她很高兴，一高兴，身体很快就好了，也没有再提要回去住的事情。亲戚们不时通过照片把工程的进度传送给我，有一次我把照片拿给妈妈看，她看着照片上还没有完成的房屋，会心地笑了，她说："房子的样子还是蛮好看的。"

"样子蛮好看的"是她夸奖别人的惯用语。想起70年代初期，电影《刘三姐》火遍大江南北，饰演刘三姐的演员黄婉秋成了那个年代人们争相崇拜的偶像,街头巷尾都是她的照片。我也喜欢她,和那时候大多数人一样,我也把她的一张一寸照放在我的钱包里。那时候我还没结婚,妈妈一直催促我早点解决婚姻大事,她哪里知道,那时候的我,正面临着严重的政治审查,生活一团糟,前途一抹黑,哪里还有女孩敢跟我靠近。有一年,我回家过年,她帮我洗衣服时,从我的钱包里看到了黄婉秋的照片。她拿出来仔细看了看,立即放下衣服,拿着照片就走到我跟前,兴冲冲地对我说道:"样子蛮好看的,你也不跟大人说,准备什么时候带回来?"我看了看兴冲冲的她,又看了看她手上的照片,哭笑不得,不知道应该怎么回答她。她对我的婚姻比我急,见我没说话,一副似笑非笑的样子,她又说:"有什么不好意思的,带回来我和你爸爸看看,儿大当婚。"不是不好意思,人家是明星,演《刘三姐》的,我怎么能带回来?她丝毫没有因此减弱兴头,反而更加强势,带着命令似的语气对我说道:"你总要带一个回来啊,你不带回来我就到上海来看。"

⁓

她果然来了。就在第二年,她说要来上海看我。她不识字,没出过远门,连县城都没怎么去过。从安徽老家到上海,要先从村子走路到沟口小码头,然后乘小火轮到安庆,再从安庆乘船到十六铺码头登岸,其间要转好几趟路线,换好几种交通工具,爸爸很担心她,我也担心,但她执意要来。

于是她就一个人出发了。我到码头接她,轮船靠岸,乘客像海水涌出来,我很快就在人群中辨认出她来。她个子不高,在拥挤的人群中显得更小,码头上声音嘈杂,急于上岸的人们推推搡搡、吵吵闹闹,她一边跟着人群往前挤,一边又谨慎地护着自己的包,生怕一不小心就把东西弄丢了。

我隔着人群向她招手,示意她朝我看过来,她也在人群中四处张望寻找我,但头转了一圈,也没有看到我。这让我有些着急,逆着人群走过去,终于走到了她的跟前,她终于看到了我,随即因旅途劳累而疲态尽显的脸上就露出了革命胜利般喜悦的笑容,像一次伟大的"会师"。

我接过她的包,那是她自己缝的斜挎包。想起我上小学的时候,书包也是她缝的。那时一个四块土布镶成的包,翻搭的布盖子上面系一根红绳子,在包的正面和盖子结合的地方再系上一根红绳子,两指宽的针织带做成书包带子,上面再绣上各种各样的花纹图案,便承载起了一个农村孩子的学习梦想。妈妈是花了心血为我做了这样一个书包的,她似乎知道她的儿子就是要走上读书这条路一样,或者说,她至少期待着她的儿子能够走上读书这条路,她知道她自己不能教给我知识,在我读书的路上不能起到引导作用,但至少可以为我做一个别致漂亮的书包,让我去盛放那些宝贵的书籍和丰富的知识。我至今仍清楚地记得妈妈为我做的那个书包,那个承载着我的梦想,也承载着她的心愿的书包,我当时背着它走上小学的道路,也带着她和一家人的期待走上了读书的道路。尤其记得我考上大学之后,离开家前往南京读书时,她把一个包递给我,对我说道:"所有的苦都让父母和弟弟妹妹吃过了,所有的罪家里都受尽了。上天一定会让你顺顺利利的。我会经常烧香拜菩萨,求他们保佑你。我们这里河很小,水也浅,听说外面有大江大河,世面很大,象伢要出去好好闯闯啰。"

我接到她之后,她对我说的第一句话是:"上海怎么这么多神经病?"我感到惊讶,我不知道她是看到了什么,为什么会问我这样一个不着边的问题。于是问她怎么这样子讲,"喏,你看。"她一边伸出手指着码头边上打拳锻炼的那些人,一边说,"你看他们手也在舞,脚也在跳,不是神经病是什么?"我顺着她的手看到那些手舞足跳的人,不由得好笑,原来她是把那些晨练的人当成了乡下的"神经病"。那时候上海已经流行晨练了,一些中老年人很早便起床跑跑步、打打拳之类,活动筋骨。而在我们家乡,从来没有过体育锻炼一说,成天和庄稼打交道的农民,做的本来就是最基本的体力劳动,哪里知道在城市里缺少体力劳动的人要通过锻炼的方式来维持身体健康呢?

我环顾四周,确定没人听到之后,对她说:"你小声一点,不要让人家听到,人家那是打拳做操,是在锻炼身体,不要说人家神经病。"

"怪不得好多个人都在那里舞来舞去的。"她听我说完之后,半信半疑地说,"真是搞不懂这些人。"

我把她带到我的住处,她从包里面拿出给我带来的许多家乡特产,说是特产,其实只是家里面的一些农产品,那是她精心为我准备的,她自己没舍得吃。她那次还在我住的地方用我的煤油炉子为我做了饭菜,我那时候单身一人,做饭是不在行的,大多数时候都是在食堂里面吃,她来的那几天,为我开小灶,做我喜欢吃的饭菜,对于一个漂泊在外的人来说,实在是莫大的安慰,而这种安慰,也似乎只有妈妈能够带来。

当然,她那次来还是没有见到我的女朋友。她倒是也没有多问,大概是看出我当时的窘迫,不便再给我增加压力了。住了几天之后,她便急着要回去,我也没有多留她,我知道她肯定放心不下家里内外的活,也放心不下家里面的父亲和弟弟妹妹。她老是放心不下,即使现在她也是这样,操劳了一辈子的她,仿佛操心就是她的命。

直到现在,她还记得家里所有人的生日,但她只记得农历生日。小时候,每到生日的时候,她都会为我们庆祝,后来生活条件相对好一点的时候,她会精心准备几道菜肴来庆祝孩子生日,在家庭困难,食不果腹的时候,她也从来没有忘记过孩子们的生日。后来我离家去外地,过生日的时候,多半不在家,有了电话之后,她每年都要给我打电话,提醒我自己在外好好庆祝生日之类。直到现在,我过生日的时候,她还会打电话给我,说她的老儿子也是七十多岁的人了,然后就在电话里自己笑了起来。我七十岁了,自己的儿女也长大成人,但在她眼里,仍然是个孩子。孩子过生日,做妈妈的最是高兴。

　　妈妈裹过小脚,那是从她五岁时候开始的事情。想来那时候已经是上世纪30年代了,辛亥革命过去已经近二十年,边远的乡村离革命很远,革命的喧嚣和烟火都没有在这个皖西的农村激起多大的波澜。旗头变来变去,脚下踩的还是土地,头上顶的还是太阳。换了国号无非是一种形式,事实上,乡下的农民只认老黄历。男人在外,辫子绞了,女人在家,"裹小脚"的传统却仍然盛行。祖母一手在妈妈的脚上完成了她传承的手艺。到了妈妈五岁那年,有一天,她不知从哪个柜子里取出一条冗长的布帛,把还在外面玩耍的妈妈叫进屋,让她把鞋脱了。祖母一边帮妈妈脱鞋,一边自言自语说:"女伢的脚,要裹了才好看。"妈妈说她并不害怕,因为她早就知道女伢要裹小脚,但她不知道的是,裹小脚会疼。当裹脚布在她稚嫩的脚上缠得越来越厚,她终于忍不住号啕大哭,祖母一边心疼地安慰她"乖,不要哭",一边又心狠地拉紧手上的裹布,交叉打上结,喃喃地说道:"多缠几次就不痛了,都是这么过来的。"

　　确实如祖母所说,多裹几次就不痛了。经年累月的缠裹,妈妈的脚终于变成了一双祖母满意的小脚。直到老得牙齿都掉光了,祖母还常常得意地提起她给女儿们裹小脚的情景,那是她除了女红之外的又一杰作。妈妈的小脚赶上了一个新时代,新时代的妇女不再仅仅是家庭妇女,除了操持一家老小的生活起居,还要和男人们一样下地干活。我出生时,她还在地里面干活,她是自己感觉疼了之后才赶回家生了我。生我弟弟妹妹时,她好几次也都是挺着大肚子在田地里干农活,等她感觉到痛了之后,才赶着回家生孩子。她挺着大肚子,拖着一双小脚,走在农村狭窄颠簸的小路上,我难以想象她忍着疼痛赶回家生孩子的样子,该是怎样的毅力支撑着她呢?

2010年,上海世博会的时候,我带妈妈到世博园区参观。那段时间来自世界各地的游客齐聚上海,共襄盛举。有些外国人在参观世博园区的时候,注意到了妈妈的脚,他们对她那双小脚感到惊叹,从来没见过这么小的一双脚!有些开朗的外国友人恳切地请求我,希望能够和妈妈拍一张合照留作纪念。我其实不大想应付这种拍照留念的事情,一来我认为这是那些老外大惊小怪,二来实在是妈妈的年岁已高,我不希望她再累着。但没想到的是,没等我拒绝,她从老外的手势里读出了他们的意图,欣然地同意和他们拍照,她似乎不大会拒绝别人的请求,只要她力所能及的,她便会应承下来。

好多个外国游客都和妈妈拍了照,我起先是担心她,怕她累着,毕竟那时候她已经八十多岁,一连要拍那么多张照片,光是站着也够累的,也怕她和这些外国游客拍照紧张,因为她不会说外语,连普通话都不会说。但是,当几张照片拍下来以后,我便放心了。那些外国游客把相机里的照片拿给我看,对着屏幕,我看到她站在世博园区里面,外国游客站在她的旁边,身后是来来往往的其他游客,背景里花团锦簇。她神情自若,脸上露出慈祥的笑容,就像和她的孩子们拍照一样。那一天天气很好,夏天的阳光打在她的脸上,她似乎并没有老。

2015年,我们给妈妈庆祝了九十岁生日大寿。她喜欢听家乡的黄梅戏,九十大寿的时候,我们为她请了一个戏班演唱。但4月份的望江,阴雨连绵,原本预定的场地在室外,下雨天无法演出。眼看着寿辰将至,天公却一直不作美,我们急得不可开交。

本来县城里有宾馆可以提供场地,我们也和宾馆的相关人员谈妥了价格和时间,但妈妈却执意不肯,她非要在高士镇看戏,因为高士镇离我们村近,在镇上请戏班唱戏,村里的乡亲们也能来看。母亲希望乡亲们,特别是那些上了年纪的老人,都能够看戏,便执意要求在镇上演出。

寿辰的前一天依然下着雨,天气预报说寿辰当天也是雨天,我们虽然不希望因天气而扫兴不演黄梅戏,但面对多雨的季节,又无可奈何。本来仅仅是家人听戏,一个稍大一点的房间即可,但乡亲众多,除了室外和县城的宾馆,我们实在找不出可以容纳上千人同时看戏的地点了。老实说,寿辰前一天的上午,我一度打算放弃当天的黄梅戏演出,因为那天一直下着雨,而且越下越大,完全没有放晴的意思。

就在一家人急得快要放弃的时候,原先预定场地附近的一家超市老板告诉我们,他们超市楼下的停车场可以供我们搭建戏台,安排黄梅戏演出。这让我们感到非常高兴,也非常意外,高兴的是妈妈寿辰当天可以和老家的亲人们尽情地欣赏她喜欢的黄梅戏,意外的是停车场与我们原本预定场地虽然相隔不远,但我们却没有任何人知道这个停车场,若不是老板主动提出让我们在他家停车场搭建戏台,恐怕母亲九十岁的寿辰就要留下一个小小的遗憾了。

寿辰当天仍然下雨,但停车场内完全能够容纳上千人看戏。那天的演出很成功,许多久违谋面的乡亲都来到镇上看戏,还有一些我不认识的年轻后辈,或坐或站在戏台下,认真地观看戏班的精彩演出。因为人多,我隔着人群,看母亲陪着家乡的一些亲人,看戏或者聊家常。她喜欢笑,讲到开心的事情时,就堆着一脸笑容。她早已满头银发,但却并没有因此而显得苍老,即将九十岁的她,在九十岁的寿辰上,精神矍铄,春风满面。

寿辰当天,我们举行了拜寿仪式。从我这一辈算起,妈妈膝下总共有四辈人向她祝寿。在拜寿台上,以我这一辈七兄妹的家庭为单位,我们按顺序向妈妈拜寿行礼,她坐在寿台中间,和蔼可亲地看着她的子孙后代,脸上洋溢着幸福。妈妈望着我们,看到拜寿的小重孙们,便伸手拉小重孙们坐在她的身边,孩子太多,她的身边很快就围满了一圈,像一簇花团,所谓天伦之乐,大概也就是如母亲这样,看着子子孙孙平平安安和和满满了。

妈妈九十大寿还有另外一件重要的事情,这件事情是她亲自去完成的,那是她近几年一直的心愿。在她寿辰的前一天,她终于完成了这个心愿。在她出生的村庄,也就是童前老屋附近,近几年政府兴建了一家养老院,养老院住着当地很多孤寡老人。妈妈曾经去养老院看过,她一直希望为养老院贡献一分力量,让那些住在养老院的孤寡老人过得更好一点。她在年初就告诉我们她的这个想法了,她告诉我们,她准备把我们这些年给她的零花钱捐赠给养老院。

我陪着她去养老院捐赠那天,她非常高兴,亲切地和养老院的那些老人交谈,实际上,养老院里面的很多老人,年龄还没有她大。在他们面前,妈妈像是一个大姐姐。她为养老院购买了被褥之类的生活用品,并给里面的每一位老人发了一个红包。

那天看到她去养老院捐赠,我突然想起小时候的一件事情。有一年,爸爸曾因被冤枉偷生产队的粮食遭受了毒打,后来队上查出了真正偷粮食的人,在被查出之前,偷粮食的人也一直冤枉爸爸,企图用父亲来掩盖自己的偷盗行为。查出之后,偷粮食的人心里过意不去,便在家里准备上吊自杀。他们家离我家很近,那人上吊的时候,妈妈正好撞见,她没有因为爸爸被他冤枉遭受毒打而记恨于他。见他上吊,妈妈本可以装作没有看见,毕竟那时候爸爸身上还带着伤痛,但妈妈没有坐视不理,而是毫不犹豫地将他拉了下来,救了他一条性命。

她一向是个善良的人,力所能及地帮助身边的人,对家人的照顾也无微不至。直到现在，她已经是耄耋之年了，仍然关心着家人。去年我的小孙子出生，她还提前为他准备了一双老虎鞋作为礼物。她已经是九十多岁高龄的老人，尽管年轻时候擅长女红，但如今再做针线活，她双手一定有些颤抖，眼睛也一定昏花。但她做出来的那双虎头鞋，让我们感到非常惊讶，针线细密，绣花精致，鞋头上老虎活灵活现，胡须似乎还在颤抖。我们都理解她是希望自己的子孙在此后的人生道路上昂首阔步，虎虎生风。

妈妈真的老了。从她那慈祥地望着我们的目光中，可以看出她对自己这一生的满足和欣慰。她和爸爸一起把我们兄妹抚育成人，在命运的岁月里跋涉，风雨无阻，一路上支撑起一个贫苦但温暖的大家庭。她在漫长的时光河流中，给生命留下了两件信物：一是善良，一是坚韧。两件信物都成为我人生道路上的宝贵财富。已经九十岁高龄的她，心境平和，与周遭的环境更加融洽。她的子孙枝繁叶茂，就是她无声却又可诗可歌，平凡却又并非所有人都能做到的一个好母亲形象的佐证。

雏鸟待哺

我们乡下小孩满周岁，家里要办酒席邀请亲朋好友到堂庆贺。周岁酒席上最受人关注的是小孩的抓周仪式。家人事先会在一个案桌上摆放好秤、毛笔、算盘、磬等物品，由小孩爬上案桌任意抓取，每种物品代表一种行业，比如秤指代从商，毛笔则指代读书，类似文学中"借代"的修辞手法，用一个行业所用的工具来替代这个行业。抓周是为了预测小孩的前程，小孩抓到什么物品就预示着他将来要从事什么行业。

我满周岁时，按乡俗在堂轩举办周岁礼。周岁礼当天，祖父请来邻近乡村十个颇有名气的算命瞎子，但规定只能由其中一人来给我算命，其他人坐在堂轩观看即可。母亲在一众亲朋好友的期待中把我抱到案桌前，我爬上案桌，几乎没看案桌上其他的物品，一把就抓住了放在中间的毛笔。在场的人都感到意外，对父亲说："这伢是块读书的料。"

1952年，也就是我六岁的时候，父亲把我送进了私塾。从那以后，我便真正走上了读书的这条路。

我就读的私塾就在我们村，老师名讳吴甫寅，单看名字便有老夫子之遗风。他是我们那里少有的读书人，但可惜生不逢时，清末新政废除了科举制度，他也就错过了考取功名的好时候。吴先生是隔壁村的，清朝末年生人，我们进私塾读书的时候，他大概已过半百。在私塾里，他教我们学习千字文和百家姓，主要是朗读和背诵，他告诉我们朗诵的时候要身心投入进去，读出古文的韵味，他自己在讲台上面朗读的时候就是摇头晃脑的。他教我们写字，写字用毛笔描红，他常常跟我们讲写字的一些口诀，比如说"一点如桃，一撇如刀"，然后，他就拿着笔蘸了蘸墨水，在纸上给我们写字做示范。我那时候初学写字，在私塾的同学里面写得算是好的，可就是怎么都看不出来一点像个桃子，一撇又像一把刀。

我们乡下上学的人少，在私塾和我一起上学的孩子总共就五六个，我当时千字文之类的背得熟，很得吴先生的喜欢。他看我背书和写字都有些天分，就认定我是一个读书的料，并且多次跟我父亲说："这伢聪明，读书狠。"他也教我们打算盘，我学算盘学得很快，口诀背得滚瓜烂熟，手指也灵活，他经常表扬我。我的算盘一半是跟他学的，另一半，是跟我父亲学的。

吴先生是有些严厉的先生，大概古代私塾的先生都严厉。《三字经》中就有"教不严，师之惰"的训诫，孔子遇到自己学生宰予白天睡觉的时候，也怒斥其"朽木不可雕也，粪土之墙不可圬也"。吴先生上课必带一把戒尺，他那把戒尺不知道是从哪里来的，看上去有些旧，但是，却代表着师道尊严，是不怒而威的象征。我们上课开小差的时候，他用戒尺打我们的手板，写字写得不好的时候，他用戒尺打手背。而他最让人印象深刻地打人方式是让学生手指伸直，手背朝上，然后把中指向上掰开，把毛笔夹在中指和食指及无名指之间，最后用戒尺打学生的手指。我们那时候都怕他，但现在想来，也是有趣。一个五十多岁的老先生，带着一群乡间野孩子读书习字，希望把一群乡下目光浅短、见识鄙薄的孩子带上一条读书学习的道路，这其中尝试的辛苦，只有他自己能领会。

我在私塾念了两年之后，便转到了初小，我的初小全名叫"胡大小学"，在我们隔壁村。因我上过两年私塾，所以我转到初小就念三年级。进初小之后,我发现小学的教育模式跟我念私塾时完全不同,学校不再教千字文和百家姓之类的传统启蒙读物,而是开始教语文和一些简单的算术。学校里不再用毛笔写字,而是用铅笔和钢笔。我记得开学第一天老师就教了我们一首儿歌,这首儿歌的调很简单,内容有些像小学生日常行为规范:

开学了,

背上书包上学校,

见老师,

敬个礼,

见同学,

问声好。

初小的老师叫范振庭,是一个从外地来的知识分子,不知道是什么原因来到了我们乡下。他给我们带来很多有趣的故事,也给我们讲外面一些地方发生的事情。他那时候很是喜欢我。初小的学生总共不到二十个,我当时因为读过私塾,尽管私塾所学的内容和初小不同,但实际上我学习知识的能力已经超过四年级的学生了。我在初小读了两年,也就是在初小读完四年级之后,便进入了高小。

~

高小名叫"胡祠小学",学校在距离我家十里路的一个村里。这个村大多数人都姓胡,故而村名叫"胡家老屋"。我们安徽的很多村子都是以什么屋为名的,屋前冠以当地所居住村民的姓氏,或老或破,或旧或新,像是给人起名的辈分一样。胡祠小学得名于胡家祠堂,因这所小学的前身是胡家祠堂,不知何故,祠堂后来被改建成一所学校,供附近几个村的孩子读书上学。在我们当地,祠堂分为宗祠、支祠和家祠,其中宗祠最大,支祠次之,而家祠最小。我们村的堂轩其实就是支祠，而胡家祠堂属于宗祠，是当地胡家几房人的大祠堂，比我们的堂轩要大许多，所以改建而成的胡祠小学很漂亮。

祠堂很大，正门很高，正门边挂着一块刻有胡祠小学四个大字的木匾。门楣上匾额肃穆，房顶飞甍鳞次，正对着的装饰梁上有两根悬下来的挂钩，应该是以前挂灯笼的钩子。屋顶和房梁间雕刻些图案，各式各样，整齐而又灵动，这祠堂和我们村的堂轩一样，总共三进，但比我们村的堂轩宽敞许多。祠堂内摆着课桌板凳，多数桌子板凳都是学生从家里搬到学校的，所以大小不齐，形状各异，有的桌子甚至是残破不堪的。祠堂里面本应该有的胡氏祖先的灵位也全部搬走了，供桌也不见了，不知道老师的讲桌会不会是祠堂以前的供桌？

祠堂前面是一个小广场，大概两个篮球场大小，那就是我们的操场。但是那个操场上没有篮球，实际上当时我还不知道篮球为何物。我们下课后在操场上面玩耍，上体育课也在这里，但没有专门的体育老师，更没有体育器材。所谓的体育课也无非是教其他课的老师带着我们在操场上做一些课外活动，最多的活动是踢毽子和跳绳，因为这两项活动所用器材简单，又可以一群人一起玩，所以便成了农村孩子最喜欢玩的活动。

我们乡下踢毽子的种类很多，花样各异，各个套路有不同的踢法，相同的踢法可以变化左右脚。清代人潘荣陆在《帝京岁时纪胜》中对踢毽子有过记录："京师小儿语：'杨柳青，放空钟。杨柳活，抽陀螺。杨柳发，打尜尜。杨柳死，踢毽子。'都门有专艺踢毽子者，手舞足蹈，不少停息，若首若面，若背若胸，团转相击，随其高下，动合机宜，不致坠落，亦博戏中之绝技矣。"我也踢毽子，可惜踢得不好，因动作别扭生硬，常常被同龄孩子取笑。跳绳的种类也有很多，有单人的、有多人的，有侧脚跳、有正面跳，又有各种飞花动作,需要特别轻盈灵活的人才能跳得好。女孩子最喜欢玩跳绳,男孩子也跳,相对少一些。

我的五年级和六年级都是在胡祠小学念书的。我念五年级的时候刚满十一岁,学校离家远,我就住在学校,学校没有专门的宿舍,也没有床铺供我们睡觉,我们离家远的学生就住在一个堆满棉花籽的空屋里,把从自家带的被子铺在棉花籽上,晚上就睡在上面。棉花籽上容易长虫,虫经常从棉花籽里爬到身上来。被棉花籽上的虫咬了之后,容易长疮,那时候洗澡也不方便,有时候大半年都没有洗过一次澡,脱了衣服之后,全身除了长的红疮就是垢痂。

我们每周回家一次,回家总共两天,星期天的下午便从家里赶回学校上课。学校的食堂只帮学生蒸饭,不供菜,我每周回家从家里挑米到学校,每周大概十斤米,还会带点家里面母亲炒的咸菜。咸菜用竹筒装,竹筒上面有盖,也是竹子做的。咸菜炒好之后,装进竹筒里面,还没到学校,咸菜就已经冷了,所以在学校吃的都是冷咸菜。一筒冷咸菜要管够一周,所以,还得省着点吃。冷的咸菜,带到学校之后可以拌着蒸熟的米饭吃,那时候读书的日子,其实就是白米饭拌冷咸菜的日子,究竟白米饭拌冷咸菜是个什么样的日子,我想各有体会,如是而已。

五年级和六年级都各有两个班,班上的同学来自附近的几个村庄,我是从胡大小学来到胡祠小学念书的,和我一起从胡大小学来读高小的只有三个人,初小的其他十几个同学大概是都不再读书,而是回家跟着父母参加劳动了。

❧

我在胡大小学时开始接触一些国外小说。学校有个不算图书馆的图书馆，就在我们上课的教室旁边，里面有一个书架，书架很旧，大概是附近人家之前用过的家具。我当时成绩优异，学校老师对我格外照顾，我能够从图书馆里借来几本书读。我印象最深的书是《钢铁是怎样炼成的》，那本书是三联书社在40年代出版的，白色泛黄的封面上用红色的字印着"钢铁是怎样炼成的"几个大字，繁体字，书名的上面好像印有俄文书名。书名的下方左边是小说的作者和译者，右边则是一幅图画，图画主色调和书名一样，呈红色，但图画的红色比书名的红色要淡，淡得甚至有些像是褐色。画上一个男子坐在一个长凳上，身体向左倾斜，左手放在长凳的靠背后面，右手则自然地放在腿上，应当是小说的主人公保尔·柯察金，那应该是他青年时候的样子，人很瘦，头发卷曲。他仰着头，望着天空，仿佛在思考，也仿佛是在眺望。最让我印象深刻的是他那双眼睛，大家都知道，他二十六岁的时候双目失明了，可是我当时看的那本书的封面上，保尔·柯察金有一双蓝色的眼睛，深邃而美丽。那本书还是用竖排繁体印成的，里面很多木刻插图，插图虽是黑白的，但也同样栩栩如生。

那是我第一次接触外国小说，我跟着奥斯特洛夫斯基的文字，仿佛就真的看到了俄国十月革命之后乌克兰地区广阔的生活画面，那里生活的农民和工人在贫穷中苦苦挣扎，白桦林在飘着雪花的风中哗哗直响。我看到保尔·柯察金苦难的童年，也见识到他为救老布尔什维克朱赫来而入狱之后的那份坚强不屈。在他的身上，我学习到了一种坚韧不拔的毅力。

在胡祠小学，我第一次接触了电影。电影名字叫《哈森与加米拉》，是上海电影制片厂于1955年摄制的电影，讲的是哈萨克族青年牧民哈森和他心爱的姑娘加米拉相爱的故事。他们的爱情故事很曲折，可是十多岁的我却看不出来电影要表达的思想，只是记得一些大概的故事情节。我倒是对电影很感兴趣，总觉得电影是个新鲜东西。在这之前，我们都只是看过戏台上面一些民间演员演黄梅戏，从来不知道电影为何物。

那次看电影就在我们学校的操场上，操场经过简单布置，放了两张课桌，课桌上面放着一台放映机，放映机由电影放映员控制，正前方悬挂着一块银幕布，布呈白色，有两扇门合在一起大小，又从教室里搬了一些凳子供人坐，但凳子不够用，大多数人都是站着看完电影的，有些同学个子矮，站在人群中看不到屏幕，就爬到操场边的大槐树上，老师那天竟也不管。大概是下午5点钟，日头还很高，操场上就挤满了人，是从附近的几个村子来的。看电影的多半是二三十岁的年轻人，他们都是下午放下半天农活专门赶过来的。6点钟，放映员示意大家安静，然后开始放电影。那次电影放了快两个小时，天黑了，操场上点了几盏马灯，昏黄的马灯下，我努力睁大眼睛望着大屏幕，看着屏幕上的人动来动去，或哭或笑，却始终不知道他们为什么会出现在屏幕里。据说1895年卢米埃兄弟向人们展现火车进站的画面时，观众们被影像中进站的火车吓得惊惶四散，那便是历史上的第一部电影，名曰《火车进站》。我第一次接触电影的时候没有被吓到，但也真真切切地感到了震惊。

在胡祠小学，我还第一次拍了照片。拍照片我早就知道，只是一直没有拍过，我记得那次拍照片是学校里组织的，是拍登记照，好像是要放在我们的学籍表上面。那照片现在我还保存着一张，黑白的照片，但仍能明显地看出我一脸稚气地瞪大着眼睛。

教我们语文的老师叫檀钟，檀姓很少见，但在我们那里很多，檀老师也是我们的班主任，他教我们的时候年纪不大，看上去文质彬彬的。他的身体硬朗，后来仍然在县志编辑组里工作。他文笔很好，且多年来笔耕不辍，至今仍在我们当地的报纸杂志上面发表文章。

我在高小的时候也参加过劳动，是学校组织的，所有的学生都下地里帮当地的农民干农活,虽然我们那时候年龄都不大,但我们都是一帮农村孩子,干农活却是一点不陌生。春季的时候,我们下地帮着附近的村民插秧,而秋天,我们也帮着他们收割稻子或者棉花。春去秋来,寒来暑往,在高小两年的日子很快就过去了。

⁓

小学六年级毕业之后,我考上了我们县里唯一的中学——安徽省望江中学。这所中学的前身是"雷阳书院",雷阳书院原名"来仙书院",据说是康熙年间,当地知县修建的。至我读书时,这书院已经有近三百年的历史了。学校有雷阳书院的古建筑群,这是学校最漂亮的地方,青砖砌成的院墙,中间一道圆拱形的大门,院墙的左侧是一排教室,教室为砖木结构,仅高十尺,屋顶青瓦覆盖,柱子呈朱红色,但因年代久远,有些斑驳。走进大门,靠右手边,有一排房屋,房屋朝外开门,进门,复开一小门,走出去,即看到砖木结构的古建筑,连成一个四合院。四合院面积不宽,但精致有余,檐廊连接,梁柱屹立,多格子的木窗玲珑精巧,四合院内有一棵柏树,但不知为何,这棵柏树并不挺拔,而是倾斜着生长,我们把这棵柏树称为"侧柏"。四合院当时是教师宿舍,但现在已成当地文物保护单位。

初中高中连在一起,分初中部与高中部,我后来所读高中也在这里。当时和我一起考进这所中学的同学中,我们高小只有两人。望江中学在县城里,据我们家有五六十里地。

初中开设了语文、数学、历史、地理、政治等许多课程,我尤其记得当时教我们历史的老师,他是我的本家,叫吴春森,春天的森林,名字充满着活力。他人也很有活力,上课富有激情,讲到兴致高时,常常潇洒地转过身去,在黑板上飞快地写下所讲的关键字。他不管板书的排版,所以一般板书很乱，而单独写关键字的时候更是随性而为，黑板上哪里有空白就写在哪里，没有空白的时候连黑板也不擦，直接在写满了字的黑板上写，似乎擦黑板也浪费他的时间，消解他的激情。他的字迹飘逸纵横，大有年少不羁的气势。实际上他也很年轻，他来教我们的时候刚从师范学校毕业，二十岁出头。他人长得很清秀，书生气很足，但一上讲台，便侃侃而谈，气势如虹。

吴老师后来被提拔为我们县的副县长，在政治上本可以大有一番作为，但可惜时运不齐，他在大概五十岁的时候便逝世了。要知道，五十岁对于走上仕途的人来说，正值壮年。他的儿子后来也在上海工作，是我给他安排的。他和我有些交情，我们在一起相聚时，总会谈到他父亲，在我们的谈话中，吴先生的音容笑貌便浮现在我的脑海中，依然还是他年轻时候的样子，似乎他在我的印象中就从来没有老去。

我念初中是从1958年到1961年。1958年，在"赶英超美"和"以钢为纲"的口号下面，全国各地兴起了轰轰烈烈的大炼钢铁运动。

那时候，各家都上交了家里的钢铁制品，包括铁锅、锅铲之类的生活用品，全国各地都修筑土炉，熔炼钢铁。我们学校里面也修筑了土炉，土炉是用来炼钢的，但当时却没有足够的煤来做燃料，便只好伐薪烧炭，用木头烧成的碳来做燃料。所以，我们学校的操场上被挖了很深的坑，这坑用来把木头烧成碳。木头是从当地的山林里面砍伐过来的，我记得，学校不远处本来有一片很大的树林，但是经过了大炼钢铁之后，那片林子便荡然无存了。

那时候，所有的人都投入到了国家大炼钢铁的运动之中，农民的农业劳动受到了极大的限制，他们被迫跟着国家的步伐参加轰轰烈烈的运动，交出了家里面的铁锅铁盆，放下了农活农业，在地面筑土炉、炼钢铁、喊口号。一年下来，农业受到了严重的影响，很多地方几乎颗粒无收。加之自然灾害严重，全国各地开始闹饥荒，一年好几个月没有粮食吃，人们便开始吃山上的野菜、树根，到后来树根都没得吃了，人们就吃泥土，而有的地方，甚至出现了人吃人的现象。那一两年，全国各地饿死了数以万计的人。

～

农业受到了影响，全国各地闹饥荒，我们在学校自然也没有东西可吃。那时候一连几天饿肚子成了稀松平常的事情，最困难的时候，甚至连野菜野树根都没有。如果要说到我的中学时代，我最先想到的便是饥饿，我和那一代大多数人一样，是从大饥荒中活下来的。在我的人生字典中，饥饿绝对是一个关键的词汇，它几乎伴随着我正当发育的那五六年。那几年，除了我自己总是在饥饿中挣扎外，我所能直接看到的和听到的几乎都与饥饿相关，全国各地的人民都在挨饿，因饥饿死去的人数以万计，用饿殍遍野来形容也一点不过分。所幸的是，我毕竟活下来了，吃树皮吃泥巴活了下来。

我们学校里有一个大木桶，木桶是食堂盛粥的桶。尤记得刚进校时，粥比较稠，放的米比较多，而渐渐的，盛粥的木桶里面便看不到米饭，只能看到汤。我们当时都是十二三岁的孩子，正是长身体的时候，没有吃的，每天饿得肚子痛。到了吃饭的时候，只要那个桶里盛上了粥，我们便拿着碗去盛粥。可是，学校规定，每个人只能盛一碗粥，一碗粥怎么够吃？更何况当时的粥完全是稀的，到最严重的时候，甚至连米都没有，所谓的粥不过是一锅野菜熬成的菜汤。

每个人一碗粥分完之后，木桶里的粥也完全没有了，运气不好的时候，那桶粥都不够每个人一碗，那么排在后面的同学便遭殃了。终究一碗粥不够吃，有的同学在吃完一碗粥之后，看到被分光了粥的桶壁上面还沾有一些糊嗒嗒的米汤和一点点白花花的饭粒子，就像是饿狼盯着了猎物一般，眼睛里面放出的光，凶狠而又衰弱。因为长时间以来都是每顿饭一碗稀粥，所以那桶壁上面黏着的一点糊嗒嗒的米汤和几颗饭粒就成了同学们争夺的宝贝，在盛完第一碗粥的时候，大家伙的目光和心思其实就已经放在了桶壁残留的米汤上面。这点米汤和饭粒显然是不能用勺子舀进碗里面的，于是同学们用锅铲把那米汤刮下来，然后再倒进碗里面。

既然都惦记着，就肯定有人去刮木桶，起先的时候，有那么一两个同学去刮一下，把那个木桶上面的米汤刮到自己碗里面来，吃得津津有味。本来那个桶被刮个一次两次还确实能够刮到一点边角料，但是后来同学们都去刮。你去刮，我也去刮，刮来刮去，连一滴米汤都不会放过，所以，那个木桶基本上是不用炊事师傅洗的，每顿饭之后，同学们都会把那个木头刮得比洗了还干净。到最后，那个木桶竟被刮得仅仅只有一张纸那么薄，活像那些靠刮它给自己加餐的孩子们，瘦得一副皮包骨的样子，没精打采的。

事实上，盛粥的顺序也是有讲究的。通常木桶里面的粥整体比较稠一点的时候，那么排队在前面的同学，盛到的粥都是比较稠的粥。因为粥本身比较稠，排队排在前面的话盛到的粥相对就比较好。可是，如果粥本来就比较稀的话，排队可就千万不要排在前面了，因为粥里面本来就稀少的一点米粒都沉到桶底了，在前面的同学盛到的粥只能是一碗米汤。学校里盛粥的师傅一勺子下去，再把勺子左右一晃荡，把浮在桶上面的一点米粒和野菜一撇，那么排队排在前面的同学碗里面盛到的，便只能是清汤寡水了。这种时候，排在后面的同学就比较享福，因为硬货沉到了桶底，而前面的同学把米汤都盛光了，后面打饭的同学能够盛到几乎是一整碗的干东西。这个同学盛完干货出来的时候，其他同学看到那白花花的干米饭时，羡慕得恨不得一把把那同学的碗抢过来，心里面狠狠地骂那个盛到干货的同学，骂得一塌糊涂。而那个盛到了干货的同学脸上的表情也是自豪并且洋溢着幸福的，因为一个学期没几次能够遇上盛到干货的日子，盛到一次干货简直就是享了大福,而如果是一个学期下来能有个四五次都盛到干货的话,那真能算是这个同学的老祖宗积了阴德,祖坟上冒青烟了。

经常饿肚子,同学们都瘦弱不堪,一个个黑脸黑嘴的,头发也都是干黄枯焦的。学校的老师看着我们的样子,心里面着急,但是也完全没办法,因为他们自己也挨饿。那时候晚上躺在床上,老师来宿舍看我们的时候,说得最多的一句话便是"孩子们,睡吧,睡了就不饿了"。因为是晚上,所以看不清楚老师说这句话时候的表情,但完全可以想象,当老师说出这句话的时候,他的表情该是多么的复杂,兴许是当时的我看也看不懂的吧。

我记得初中有一次回家,母亲特地留了一碗黄豆给我,据说这碗黄豆是她偷偷藏了好久都没有煮来吃的,而专门留给了在学校读书的我。她把那碗黄豆煮熟之后,让我带到学校里面去吃,她知道我在学校里面没有吃的,饿得简直就像个待哺的小鸡仔似的。她用竹筒把黄豆装好了之后,我便把那一竹筒黄豆带到了学校。可是,我带到学校还没舍得吃的时候,却被一个同学偷来吃光了,我当时气得慌,就差和那个同学动手打架了。后来,我放假回家把这件事情告诉了母亲,母亲听完之后对我说:"算了吧,大家都饿,别人吃了就吃了吧。"也确实,在学校完全没有东西吃的时候,谁不饿呢?别说是黄豆,就算是一竹筒野菜叶子,在当时也是救命稻草啊!我的那点黄豆如果能够挽救一个人的生命,也该是无量功德。

❧

我在初中的时候,学校安排我们去看了一次枪毙人。我不清楚为什么学校要安排我们去看枪毙犯人,即使是为了教育我们也不至于要把我们拉去看枪毙人吧?毕竟我们当时都是十多岁的孩子。可是,事实就是我们确实被学校拉去看枪毙人了。

我记得那是秋天，农历八九月份的样子，那天天色不好，灰蒙蒙的，阴沉得很，像是要下雨。我们被带到距学校不远处的一个桥头，那桥头我们以前经常去玩。

　　当时枪毙人大都是露天的，既然是露天，就自然有观众，并且观众不在少数，旧时的国人似乎有这样的传统，仿佛观看杀人有一种让人迷醉的快感。而政府似乎也乐意让群众来观看枪毙人，仿佛这样便可以起到杀一儆百的作用。

　　正当大伙还在谈论着这个即将被枪毙的犯人的时候，两个身穿制服的士兵便押着一个人走了过来，这时候大家伙不再谈论，而是把目光转向被押解过来的犯人，我听到有人在说"快看，来了，来了"。我也把目光转向被押解过来的犯人，隔着人群，我只能看到他像只鸭子一样被拖了过来，他的两只脚似乎没有力气，把头低下去，仿佛有意不让大家看到他的脸。他的头发蓬垢，在秋风中间或有些头发被吹起来。当他被押解到了桥头，我也被那些执意要看枪毙人的大人们挤到了前面，隔着大概两三米的距离，我清楚地看到他的脸。他脸色青黑，嘴巴不自然地张开着，嘴上胡须邋遢，但他绝不像乡间的老农或是街巷的市侩，他的眼睛显示出他是个有学问的人。

　　我看着他的样子，心里面想着他到底是犯了什么罪，为什么要被执行死刑？其实，我也不知道我当时为什么会去想这么一个问题，按理说，我不该去想这个问题，因为当时被枪毙的人很多，虽然我在那次之前从来没有看到过现场枪毙人，但是在那次之前我却早就好多次听到人说哪个地方又枪毙了人之类的话，所以，当时对枪毙人这种事情我不应该感到陌生，而至于究竟那些人犯了什么罪，大概直到现在也仍然没有人能给出让人信服的答案。我当时一直纠结这个显而易见的问题，大概是因为我真正站在了那个即将被枪毙的犯人面前，知道他即将被一声枪响打头，从此便消失在我的面前。

正在我思索的时候，两个押解的士兵把长枪举了起来，他们离犯人很近，两把长枪的枪口直抵犯人的后脑门。犯人跪在地上，身体在哆嗦，我的身体似乎也跟着哆嗦起来。我感觉他仿佛望着我，瞪大了眼睛望着我，我不知道他要表达什么，他的眼神是那样复杂，复杂得让人脊背发凉。许多年后，我仍然忘不掉他临死前看我的眼神，他对死亡的恐惧在他的眼神里显露无遗，而仇恨也在他的眼神里打转，他望着我啊，瞪大了眼睛望着我啊，这一切让我现在想来仍心有余悸。除了害怕之外，悲悯的情怀让我总觉得他向我发出了求救的信号，为此，我常常在内心里为自己当时的无能为力而自责。可是，谁又能真的"有力能为"呢？在历史和悲剧面前，我们都很渺小。

我离他离得近，我知道自己肯定会害怕，所以我想往后面退，躲到人群之中去。可是，后面看热闹的人太多，他们挤着我，我走不出去，而相反，在要枪毙的前一刻，我又被他们往警戒线前挤了一点，我的脚都已经踩到警戒线了，那些大人就差把我挤进去了。那时候我突然看到一个细节，是那个犯人好像张着嘴要说什么。他的喉咙动了几下，仿佛很费力气地在动，可是他终究没有发出声音来。我当时不知道是不是看错了，或者是我自己被吓到出现了幻觉，他张着嘴想要说话的样子后来一直留在我的脑海之中，我总是感觉他想要说点什么，那种想说却没说出来的痛苦全写在了他的喉头上。他拼命地耸动喉咙，喉结上下起伏，脖颈上青筋毕现。距离他枪毙了很久之后。我听人说当时枪毙人之前，都要把犯人的下巴生拉下来，让它错位，让犯人在临死前说不出话来，以避免很多犯人在枪响之前大声呼喊口号（不知道是出于本能的害怕还是已经克服了本能而完全不再害怕）。

来不及等我细想和镇静，两声枪响宣告了那犯人的死亡。我离得近，枪响之后，有那么一瞬间我好像脑子一片空白，待我回过神来，我看到那犯人囃地扑在了地上，直挺挺的，两只手被反绑在背上，像是个领结。那子弹打出去，枪口上的白烟在空中袅绕。他的脑袋被打碎了，两只枪杆抵着他的脑袋，两颗子弹从后脑门穿过去。他倒在地上，只能看到一具尸体，鲜血直喷。我不知道应该做什么了，我只是站着不动，眼睛盯着那一具尸体，浑身哆嗦。等我回过神来，我便真的感到了害怕，胃里面一阵翻腾，腥味冲上喉咙，我赶紧从人群中挤了出去，但那血腥的画面在我的脑海中留存了好久。

就这样，我看到一个活生生的人死在了离我不到三米的地方，我当时仅仅十三岁，那是我第一次真正地看到死亡，而死亡的方式竟如此残暴直接。一个人在面对死亡的时候，本能上总是会有一种厌恶的反应的，更何况是面对着那种直接用暴力方式结束生命的死亡。当尸体直挺挺地扑在地上，我除了害怕之外，也意识到其实害怕在那个时候没有任何作用，在那两柄发光的枪杆面前，人的生命是那么微不足道。可是，那终究是人的生命啊，在丝毫没有呻吟，丝毫没有反抗的死亡面前，人的生命与草芥有何不同呢？

观看枪毙的人很快就散了，那秋天的桥头上，只有秋风依然，流水依然。白色的火药味夹杂着红色的血腥味在空气中弥漫。

据同学说，我那次回去之后一连几天脸色都发白，我自己知道，面对那样触目惊心的场面，如果脸色不发白我倒是感到诧异。实际上，那之后的好几天我甚至连米汤菜汤都喝不下去，我老是想吐，那枪毙人的场面刺激着我，我吃任何东西都觉得恶心。在本来就饥饿难耐的日子，再加上根本一点东西都吃不下去，我那几天简直虚弱得像个快死的人，浑身乏力，一半是饿的，一半是吓的。那次枪毙人的事件对我的影响实在是太大，我在那之后的很多年都害怕看到任何血腥的场面，我甚至不敢去多想，一想我便觉得害怕。之后几十年，但凡是有体检，抽血绝对是我最害怕的事情，因为每次我看到自己的血被医生抽了出来，我准会晕过去。要知道，我1米8的个头，看上去是比较强壮的，我的晕血在别人看来简直就是不可思议。但是，只有我自己知道我晕血的原因，那不是先天的体质弱点，而是我脑海中无法抹去的血淋淋的场景一直在刺激着我。我那时候实在是想不清楚为什么学校要组织我们去看枪毙人这样的血腥场面，那时候我们都还只是孩子啊，十二三岁的心灵尽管在特殊的年代里比较早熟，但绝不至于成熟到能够从容地去接受死亡，尤其是那样血腥暴力的死亡。当然，那次观看枪毙人的事件也给了我一些正面的影响，比如我看到的那恐怖的死人场面启示了我在以后的人生路上，善待每一个人，因为生命是那么可贵，而又那么脆弱。

⁓ ❧ ⁓

　　初中三年很快就毕业了，那三年饥饿像是魔咒笼罩着我们一样，在本来就没有东西吃的年代里，学校又多次安排学生参加各种社会劳动，时常把安排的课程打乱，所以每个学期几乎都是在各种运动和劳动中断断续续上课的，很多学生便逐步地流失了。我看着我的那些同学一个一个从学校走了出去，心里面除了说不出的难受之外，还有一种坚定的信心鼓励着我，鼓励着我继续去完成学业，哪怕是在更艰难的条件之下。我常常想，那些初中就辍学了的同学，如果给他们一个安定的环境，让他们吃饱一日三餐，不再去参加各种社会运动，他们中间的很多人应该都会做出一番成就来，或许在日后，会有更多的文学家、科学家、哲学家。只是，一切都不容假设，我们不幸的，也许是生在了那个饥贫的时代。

　　高中三年其实和初中一样，饥饿恐慌依然像个噩梦一般，在学校没了吃的，能吃的野菜也被吃得精光的时候，人们便开始吃地里面的泥土了。有一次中午的时候，我实在饿得不行，便想着出去找点吃的（出去有时候运气好，能够找点吃的东西充饥）。我记得在那天之前，我也出去找过吃的。那时候田里面的稻子还没有熟，事实上，有稻子的田都少，好多田地都荒着，长满了野草。有一次，我饿得心慌，去学校外找吃的。我运气好，在校外找到了一块稻田，稻田里面的稻子抽了穗，但是还没有熟，我没有多想就抓住一把稻穗，把稻穗上面的稻子刷下来就灌进嘴里，那稻子还是绿色的，可是我管不了那么多，要知道，绿色的稻子或者黄色的稻子对于一个饥饿难耐的人没有任何区别。当饥饿腐蚀着身体的时候，人能够分清楚绿色和黄色就已经不错了，哪里管的上到底哪种颜色的稻子才能吃呢！我把那稻子连同稻壳和叶子都吃了，反复嚼，吃了几把稻子之后，我就到附近的溪流狠狠地喝了几口水，喝完之后，拍拍肚子，说不出来的满足感洋溢出来。还有一次，我看到一块地里种着一点蚕豆，蚕豆没熟，但叶子长得很好，绿油油的，我饥饿不堪，抓了一把叶子就往嘴里喂。吃完蚕豆叶子，牙齿上面留着一些残碎的叶子，绿油油的，惹得其他同学很是羡慕。可是，并不是每次都有这么好的运气，比如吃泥巴那次。

那是上午，我一连几天几乎没进过食了，便走出学校去找食物充饥。我出去之后什么吃的东西都没看到，我只有爬上学校附近的"南头山"，可是，山上的野菜和能吃的树皮树叶也都被人吃得精光。我走到山上的时候，看到有人在吃地下的泥土，我起先不知道泥巴能吃，因为在我们村的泥巴是不能吃的，而这个山上的泥巴是观音土，观音土据说是能吃的。我看到有好几个人都用手挖出泥土来吃，我也实在饿得不行，就学着他们挖出几块泥土放在了嘴里。泥土什么味道，我已经记不住了，在当时饿得腿软脚软的情况下，我估计也分辨不出味道来，但我记得那泥巴有点像糯米粉，很黏。那次吃完观音土之后，我也赶紧找到一条小溪，狠狠地喝上几口水，要不然那泥巴吃进肚子里，哽咽得慌，我当时觉得喝点水有利于消化。事实上，吃观音土这种东西，怎么喝水都不利于消化，我那次吃了观音土之后，一连好多天都拉不出大便来。每次感觉肚子疼得厉害的时候，在茅房里面蹲下去，尽管憋得脸红脖子粗,可就是拉不出来。因为观音土这种东西虽然可以吃,不会立马毒死人,但这东西人体几乎不能消化,如果吃得太多,就会有被撑死的危险,我所听说的吃观音土胀死的人就有很多。我那时候拉不出来大便,胀得肚子难受,实在没有办法的时候,我只得用树枝伸进肛门里面掏粪便。即使用树枝掏粪便,很多时候也是掏不出来的,因为一些观音土在肠胃里根本就没有被消化,即使消化了的,也因为干燥而硬得像石头。

我总共吃过两次观音土,只是我不知道观音土的名字从何而来,莫非是因为这泥巴可以如观音菩萨一样普度众生?

普度众生,在当时是一个滑稽的词。在南头山,我曾亲眼见过一个老人死在我的面前。那一次我并不是到山上去吃泥土,当时我身上还带有一点从家里带的饼。那老人大概六七十岁,满头白发,蓬垢如乱草,面部浮肿,但太阳穴已深陷如山谷,眼窝落凹。他蜷曲在南头山的地上,四肢已僵硬,面呈青黑色,嘴唇干裂,干裂处粘着泥土,凸显的眼球上还浮着两颗黑色的瞳孔,只有间或眨动的睫毛,把他装成一个活人的样子。他说他是劳教人员,本来是上山来参加劳动的,但由于连续挨饿,身体虚弱到极致,已经快死了,其他人发现他已经撑不下去了,便把他丢在了这山头上。我看着他青黑色的脸,尽管是将死之人,却在眉目之间藏着一种庄稼汉子没有的斯文。我从兜里拿出了一小块饼,那是我身上唯一的吃的,我已经放了好多天,一直没有舍得吃掉,那是我留着保命的食物。我看他饿得将死,心生怜悯,希望能用这块饼救他一命,便把饼喂到他嘴里,但是他突然闭上了嘴唇,拒绝了我的这一小块饼,他说没有用了,让我自己留着保命吧。我竟无言以对,只有望着他,望着他虚弱的身体渐渐冷却,最后双手从尘世中滑落。我没想到他会拒绝这块饼,仅仅是双唇吃力地一闭,他便选择了死亡。他提起眼睛看了看我,然后断断续续地对我说了几句话,他气息微弱,发音已明显不准,根本听不清楚，我把耳朵凑近他，听得到他喉咙耸动的声音，但却没听懂他所说的话，凭着说话习惯，我努力地拼凑他的内容，当时只大概懂了一句："你好好活着，将来能做点事情。"

我听着他的声音越来越弱，到最后，他努力地想把话说完，虽然我根本听不清楚，他突然喉咙响了一声，像有一口痰闷在喉咙里，咕噜一声，一口气提不上来，他的手便从我的手上滑落，身体也冷却了，他死在了我的面前。他死之后，不远处有几个人凑了过来，虽然都是一副无精打采的模样，但我却感到有些害怕。我立即意识到他们凑过来的目的，或许就是别人说的刮肉。便赶紧站起来，护住已经冷却僵硬的老人，像护住一堆野火的灰烬。那几个人再没有靠近，而是转身离开了。后来我把那个老人的尸体推进了一个沟壑里，只用手捧了一些泥土，便掩埋了他的尸体，我感到害怕，浅浅地掩埋了他的尸体之后，便赶紧跑下了山。我走之后，便不知道他的尸体怎样了。是被饥饿野蛮的人发现了，还是被同样饥饿凶残的野兽吃掉了？或者都没有，而是长眠在了南头山的沟壑之中，我都不得而知。

这件事情过了多年之后，我有一次在美国，晚上住在酒店，半夜竟然梦到了那个南头山上死去的老人。南头山上，依旧一片荒凉，但山上有很多人，一个个都虚弱不堪，老人还是临死前的模样，我蹲在他的身旁，他临死前对我说了一通话，那次在梦中，我终于听清楚了。他说："活着累，活着是折磨，但你要活着，现在是黑暗时期，每个人都将经历黑暗时期，但你要相信，你现在所学的东西，将来一定有用武之地。我是将死之人，不说谎话，我看你是个读书人，你要相信，知识是有力量的，不要只看现在，年轻人未来的路还很长，你好好活着，将来能做点事情……"说完之后，他就死了，天色突然黑了，山上的人也不见了，四周围过来一群狼，眼里发出绿色的光……

我被吓醒了，半夜里突然惊坐起来，冒出一身冷汗。我当时脑海中全是那老人的模样,面部青黑而浮肿,眼睛和太阳穴都下陷……那老人的身后,还有一群眼睛里发出绿光的狼。我赶紧起身下床,在房间小酒吧的柜子里,拿出一瓶威士忌。坐在沙发上,窗外的霓虹灯漂浮在半空中,房间里各种高档的摆设映衬着浮华的夜景,但我无暇顾及这些,只是一直想着那死去的老人,想着南头山下,我的中学坐落在那里,中学里,十几岁的孩子在刮着木桶,刮木桶本来没有声音,但我却分明听到了一声枪响,之后便是鲜血四溅……我一个人喝完了那一瓶威士忌,半醉半醒中,中学时代的生活都浮现了出来。之后大概是醉了,借着酒精的麻醉,我终于从一个噩梦的惊醒中又睡了过去。

高中时,我外语学的是俄语,教我们的老师姓宿,叫宿宪明。这是一个外地的老师,他的俄文水平非常高,据说是做过一些翻译工作的,但是,因为被划分为了"右派"分子,他就被派到了我们望江来教书。我俄文学得好,他非常喜欢我,上课的时候喜欢和我互动。他让我在课上用俄文朗读保尔·柯察金在墓地的那段话——"人最宝贵的是生命。生命对于每个人只有一次。人的一生应当这样度过:回首往事,他不会因为虚度年华而悔恨,也不会因为碌碌无为而羞愧;临终之前,他能够说:'我的整个生命和全部精力,都献给了世界上最壮丽的事业——为解放全人类而斗争。'"他听我朗读完之后,用一种语重心长的口气把这段话的前两句又重新朗读了一遍。"人最宝贵的是生命。生命对于每个人只有一次。"他的声音是那么地亲切感人,在那个荒诞的年代,他最想教给我们的大概便是珍惜生命。

可不幸的是,他自己后来却死于雷劈,死的时候还很年轻。可怜的宿老师,一个精通俄文的高级知识分子,被下放到一个偏远的小县城教习高中俄语,这已经是大材小用、壮志难酬了,而偏偏又在年轻力壮的时候,死于非命,埋骨他乡。天妒英才也如此,令人扼腕复叹息。

在没有希望的年代里，学习便成了唯一的寄托。在物质资料根本不能满足人生存的条件下面，我唯一能做的就是找点事情让自己忘记饥饿。我知道长期的饥饿是不能战胜的，因为这是人作为一种生物的基本规律，但是，一段时间的饥饿感是可以在其他事情中被忘记的。我当时便抱着这样一种态度，在感到饥饿却又没有东西吃的时候，便一个人拿着一本书到学校的小树林里面去，坐在小树林的石头上，我翻开书本，把自己放进知识的世界，去忘掉那个饥饿的世界。当我完全沉浸在书本里的时候，我便真的有那么一段时间感觉不到饥饿了。在那个小树林里，当我在各种数学公式和物理定理之间游走，在古代和现代之间来回的时候，我仿佛真的走进一个美丽干净的精神世界中，使我从稠稀饭、野菜汤中升华出来，把我和饥饿隔绝开来，好像是用一把刀斩断了似的，一端是空虚和饥饿，而另一端则是充实和满足。

我背那些古诗文，当我背到"固知一死生为虚诞，齐彭殇为妄作"的时候，我最大的感悟便是要好好地活下去。死亡总是和饥饿连在一起，饥饿成灾的地方，死亡便接踵而至，那时候，时不时就会听到有人死了，在我们那里，有好多人都是饿死的，据说学校里面也有学生饿死了的。王羲之说："固知一死生为虚诞。"这话说得不假，如果把生死都看成一样的话，那么那些死了的人和好好活在世界上的人又有什么区别呢？然而问题是，我亲眼看着人从我面前死去，那鲜血如注，叫我怎么去相信"一死生"呢？尽管活着会挨饿，可是活着依然比死去好，活着至少知道饿是个什么滋味，能真真切切地感受到饿，知道自己肚子饿了，说明自己还存在于这个世界之上，而死了连饿是什么滋味都体会不到，那才是真正的虚无。

我在小树林里面看了很多的书,课内的课外的我都看,倒不是为了高考能够考出个好成绩,而实在是饿得走投无路的时候,能够做出的唯一的选择,这种精神上带来的愉悦感是可以在一定程度上超脱现实的困苦和饥饿感的。当时,我不知道从哪里找来一本但丁的《神曲》,那本书是商务印书馆出的,好像是一个老师借给我的,也有可能是一个同学,我记不清了。这是当时极少的课外书籍。我翻开《神曲》的序曲《森林》的时候就已经被深深地震撼了。但丁这样写道:

　　　　我走过我们人生的一半旅程,

　　　　却又步入一片幽暗的森林,

　　　　这是因为我迷失了正确的路径。

　　　　啊!这森林是多么荒野,多么险恶,多么举步维艰!

　　　　道出这景象又是多么困难!

　　我感觉这首诗就是在写我,除了用感同身受来形容我当时的情绪外,我实在找不到更好的词。我十六七岁,虽然现在看来没有走完我人生的一半旅程,但当时,谁知道我的人生旅程有多少年呢?那几年对于我来说确实是步入了一片幽暗的森林,在那片幽暗的森林里面,我看到各种各样的荒谬。但丁在那个黑暗的森林里面迷了路,我也在我的人生道路上迷了路。也许是因为那几年被饥饿折磨,加上各种政治运动吞噬着很多无辜的生命,那时候十五六岁的我竟然觉得人生是灰暗惨淡的,是苦难的。那时候,我仿佛带着一双灰色的眼睛来观看这个世界,我看社会上的所有都是灰色的,那些高筑的土炉,那些深挖的泥坑,还有那些轰轰烈烈的各种名号的运动折磨着这个世上本来就弱小的个人。饥饿压迫着我,死亡恐吓着我,荒谬带着慈悲的面具干着吃人的勾当,这一切的一切,侵蚀着一个少年原本单纯明亮的心灵。我们的身体在受着饥饿的折磨,虚弱甚至在一点一点地侵蚀着我们的身体,饥饿让我们慢慢地瘦下去,瘦得皮都包不住骨头,眼睛直往下陷,然后又会让我们的脸变得浮肿,而脸色往往灰中带青,然后便会让你饿得昏迷过去,如果这之后还得不到任何食物补给的话,那么死亡就站在了你的面前。有的人支撑不过去,便饿得死了过去,而即使没有饿得死过去的,大多数也都是万念俱灰的,包括我们这些十几岁的孩子。张贤亮说:"有的人万念俱灰会去皈依佛教,有的人万念俱灰会玩世不恭,有的人万念俱灰会归隐山林……这都是有主观能动性的万念俱灰,他本人还有选择的自由。已经失去主观能动性的、失去了选择余地的万念俱灰才是最彻底的。"是啊,没有选择余地的万念俱灰该是怎么样的绝望和悲观,那种行尸走肉般的生活得靠怎样顽强的意志才能够忍耐啊!

因为生活根本看不到任何希望,前途是一片渺茫,在饥饿肆虐的时代,前途这个词显得太大而不当,如果这时候有人跟我谈前途,我甚至觉得是一种幽默。那种画饼充饥望梅止渴的把戏,只适合饿过一两顿饭的人,而对于真正一连几个月甚至几年都吃不饱饭,长期处于饥饿状态的人来说,这一切都显得那么的荒唐和苍白。我那时候真的觉得生活毫无希望,只要看看我身边的那些人就一切都明白了,我看所有的东西几乎都是死气沉沉的,都是荒谬的。除了在操场的角落里,几株野花在春天盛放。晴朗的清晨里,野花上面的几颗露珠,晶莹剔透,生机勃勃。可尽管那些野花开得生机勃勃,而大地上的人却在挨着饿,在受折磨。

豹子、狮子、母狼阻挡着但丁的去路,逼得他只有退回那个幽暗的森林,而对于我来说,饥饿、迷茫、恐惧也正像三头野兽一样阻挡着我前进的道路,当我因为饥饿而步伐变得沉重和缓慢的时候,迷茫和恐惧便仿佛要将我吃掉,它们要吃掉我,吃掉我那虚弱的、瘦小的身体,而幸运的是,我意志力还算是顽强,忍耐住了那勾魂夺命的饥饿,在生存的夹缝中间活了下来。

但丁后来遇到了维吉尔,在他最无助的时候,维吉尔告诉他说:

"倘若你想从这蛮荒的世界脱身,

你就该另寻其他路径"

我没有但丁幸运,我没有遇到古罗马伟大的诗人维吉尔,可是我遇到了但丁,他借维吉尔之口告诉了我应该另寻一条其他的路径。对于我来说,这条路径就是知识,知识像维吉尔一样指引着我的道路,使我在一个精神的世界里面虔诚地祈祷着。我不信上帝,但是我信人自己的"自由意志"。我在知识的世界里领悟到这种自由意志,这自由意志把我从一个幽暗的、举步维艰的世界里面解救出来,它以一个坚定的声音对我说:

"你随我来,

让人们去议论吧,

要像竖塔一般,

任凭狂风呼啸,

塔顶都永远岿然不动。"

❧

对于我来说,初中和高中那六年是我人生中最艰苦和最不堪回首的时期,那真是一个荒谬的年代,我们的很多老师都被打成了右派,被发放到农村去参加劳动改造,而我们文科有的课程,则不得不由一些没有被打成右派的理科老师来兼任。可是,这种事情却切切实实地发生在我自己的身上。这是我读中学时所经历的。

我高中本来读的是理科,可是后来高考却考的是文科。当时我们学校理科好,文科很差。文科每年考上大学的人数少之又少,有时候几乎为零。在高考还有一个月的时候,我的俄语老师宿宪明来给我做思想工作,让我转去文科参加高考。他了解我，觉得我的成绩好，转去文科考能够考上更好的大学，再说，我们那一届文科的水平着实比以往更差，在老师们的预测中，那一届文科是没有人能够考上的。他希望我能够转到文科去高考，为文科的录取榜上增加一个名额。我听从了宿老师的建议，在高考前一个月转向了文科，可是文科的历史、地理、政治几门课程我是几乎没有学过的。于是，在高考的最后一个月里，我便全身心地投入到文科的复习之中。我把高中三年的文科教材连续翻阅了好几遍，后来，我便去参加了文科的高考。结果自然是可喜的，我被录取到了南京大学，那一届，文科考上的，诚如那些老师所料，只有我一个人。值得一提的是，后来得知，我当时的分数是可以上北京大学的。

高中的时候，我们班上只有一个女生，那是唯一坚持到高三的女生。她留短发，面容清秀，常穿一件白色衬衫，配着一条蓝色裤子，我有时候看到她坐在教室里面看书，安安静静的，那样子，很是可人。

我高中时候写过一篇作文，是歌颂毛主席的作文。我那篇作文语言优美，感情充沛，被老师作为范文贴在了当时操场上面的作文示范栏上。那是个极其简易和寒碜的示范栏，用芦苇编成主栏，左右两边各一根竹子插在地上以固定主栏，再用茅草搭成一个尖顶的遮雨棚，就成了学校树立榜样最简单的设备。示范栏前后两面都贴着同学们优秀的作文，作为示范激励其他学生。我的那篇作文用工整的小楷誊抄，作文的题目下面，是我的名字——吴象彬。吴象彬三个字前面，被冠以作者的称谓。

负笈金陵

请君莫负金陵酒,霜月今宵亦倍妍。

——阮大铖

1964年9月的一天,我从颠簸了八个小时的船舱走出来,父亲挑着我的行李跟在我的后面,天气闷热,气压很低,濡湿的空气扑面而来,混杂着轮船停泊时汽油刺鼻的味道。码头上的人潮拥挤,码头下的浪潮拥挤,三教九流的人在码头上汇集。汽笛声拉长,喧腾声响起,走过连接码头和轮船的艞板,江水起伏,我双脚踏上了南京的土地,也踏上了一生颠簸的路程。

那是我第一次去南京时候的情景。码头名为下关码头,因孙中山的缘故,又名中山码头,我大学期间,往返南京,都是在这个码头上船或者登岸。我从家乡到南京去读书,那是我第一次出远门,父亲送我去的。到现在,已经五十多年了。五十多年,我老了,父亲走了,南京也变了。

我到南京读大学的时候,才十八岁,在去南京之前,我一直生活在我们望江,除了初高中六年基本上在县城里面生活之外,其余的时间都是在农村度过的。当我第一次到达南京的时候,一个乡下人进城的心理确实在我的身上得到了体现。60年代的南京虽然不像现在的城市,灯红酒绿,霓虹迷雾,但对于一个在农村出生和长大的人来说,当时南京的一切都让我感到新奇。

南京的马路宽阔，主干道竟有三四十米之宽，在汽车少见的年代，几乎没有如此宽阔的马路，在当时中国的其他大城市也罕有。我们望江县城当时的马路很多还是泥地，下雨的时候，坑坑洼洼，泥泞滋积，一脚踩下去，不小心便把泥浆溅到了自己或者是旁人的衣服上。南京当时的主要马路，几乎都是水泥路，年代久一点的马路，路面上难免有些残破缺损，但很少有坑洼，即使下雨，也鲜有积水。如果是新修的马路，则光滑油亮，黝黑平坦。我印象最深的是中山大道，这条路被誉为"民国子午线"，连接着鼓楼广场和新街口广场，也连接着民国和新中国。

中山路是一条纪念孙中山先生的路，全国好几个城市都有，但南京的这条是历史上最早的中山路。这段马路的历史要追溯到上个世纪20年代。1925年，孙中山病逝于北京，1929年春，国民政府为了迎接孙中山先生的灵柩，归葬南京紫金山南麓，便组织修建了这条马路。这条路在当时又叫"迎梓大道"，有迎接孙中山回归故乡的意思。显然南京不是孙中山真实的故乡，这位在中国近代史上叱咤风云的人物是广东中山人，但在政治上来说，南京确实算是他的政治故乡。这条路由民国南京首任市长刘纪文组织修建，刘纪文除了是南京市市长之外，还是宋美龄的初恋情人。宋美龄的初恋情人兴修道路迎接她姐姐宋庆龄亡夫的灵柩，历史有时候感觉是围绕着女人在转。

中山大道两旁种满了法国梧桐，此树学名叫二球悬铃木，南京人习惯叫它法国梧桐。有一次我在巴黎，看到路上也有这种树，但巴黎人不叫它法国梧桐，叫它中国梧桐。两国之间的文化差异，也真是有趣。据说南京的第一棵梧桐树是1870年的时候一位法国神父带来的，当时种在石鼓路上，南京人习惯把此树叫法国梧桐大约是此缘故。但法国人为什么把这种树叫作中国梧桐，我就不得而知了。南京的许多街道上都种植了法国梧桐，到了现在,这些法国梧桐树已经成为南京人引以为傲的城市名片了。

我们学校也种满了法国梧桐,从校门进去就有一条林荫大道。我每天都从那条林荫大道走过,我非常喜欢道路两旁的梧桐。中国有句成语叫一叶知秋,原意是指看到一片叶子凋落之后,就知道秋天的到来了。这多少显得有些悲凉,和中国古典文化中以悲为美的审美追求是密切相关的。但是,这个成语依我看来,不如乐观一点,说是因为一片梧桐叶子,便欣赏了秋天的诗情画意。

我几乎从来没见过哪一个城市马路两旁有南京那么多的梧桐树,这里似乎是梧桐树的王国,或许几年之后,南京会多上另外一个别称,曰"梧桐城",如福州一样,因榕树多的缘故,得"榕城"之雅称。

∼

南京,六朝古都,其深厚的历史底蕴自不必说,只消看那数不清的旧称和别称便可窥见。在历代文人的诗词中,对历史上的南京也多有描写。东晋诗人谢朓的《入朝曲》写道:

江南佳丽地,金陵帝王州。

逶迤带绿水,迢递起朱楼。

此诗固然有颂歌的意思,但其对古南京的描写,使我们能够看到历史上古南京的富丽繁华。谢朓是东晋诗人,东晋时候,正值南京的繁盛时期,所以,它在诗人的笔下也往往具有歌舞升平、闾阎扑地的景象。然而六朝之后,当南京不再作为国家的都城,昔日的繁荣昌盛也随着秦淮河的河水远去之后,其呈现于文学中的面貌便也发生了极大地转变。唐代诗人刘禹锡的诗歌《石头城》是写南京中落之后的代表作,也录于此:

山围故国周遭在,潮打空城寂寞回。

淮水东边旧时月，夜深还过女墙来。

用不着做笺注了，大家都非常熟悉。倒是要说一说南京六朝之后，便如同后宫里面的嫔妃失了宠，总有一种"莫向樽前奏花落，凉风只在殿西头"的落寞。六朝之后兴盛的隋唐，尤其是在唐代，当国运昌盛、民生安乐的时候，倒是还有一些诗人描写南京人杰地灵、钟灵毓秀的景象，比如盛唐诗人李白就有"天开帝王居，海色照宫阙"的诗句。当国运逐渐衰颓，民生逐渐凋敝，诗人们忧国伤时的情绪开始在心中滋生起来时，而这种情绪除了需要诉诸文字来寻找一种发泄之外，还需要找到一个现实的寄托。作为六朝古都的南京这时候已经繁盛不再，但因其历史上的繁华，又吸引着众多的文人墨客前来游玩娱乐。当那些以士大夫自居、心怀天下苍生的文人来到这六朝古都的金陵时，极容易把眼前所见的相对凋敝的南京和六朝时代的繁盛的南京做对比，又由此联想到自己所处时代和之前的变化，产生一种昔盛今衰、时过境迁的感慨。

因此，与其说这些诗人是在写南京，倒不如说是在凭吊昔日的繁华和讽刺当时的时局，他们往往是带着一种感伤的情绪来看待南京这个失了宠的城市，因而他们的笔端也总是流露出一种繁华世事不复再的凄凉。于是，南京的文学形象从一个纨绔少年变成了一个破落子弟。这样的情绪从唐代开始一直蔓延到近代中国，十分低沉地蔓延着，低沉得让人甚至感觉到压抑。

但不管是繁华也好，颓败也罢，讴歌赞颂也好，感伤落寞也罢，南京深厚的底蕴，便包孕在了历代文人的笔墨之下，或是在得意士人的弹指一挥间，或是在落魄文人的呕心沥血下，又或是在风流才子的浅唱低吟中，南京，便连同它的繁华和颓败一同走上了历史的舞台。

我是小时候在古代的文学作品中接触到秦淮河的，那"两岸河房，雕栏画槛，绮窗丝帐，十里珠帘"的秦淮河，流传着才子佳人的浪漫故事，也承载着历史的盛衰兴亡。对于那时十七八岁的我来说，更关注的似乎是秦淮河风流多情的一面。其实说来也奇怪，在大学毕业之前从来都没有谈过恋爱的我，居然对秦淮河那个多情的地方怀有浓厚的兴趣。

我到南京之后不久，便约着同学一起去了秦淮河。我们先走到贡院西街，贡院西街是一条繁华的街道，一路上鳞次栉比的商铺琳琅满目，华灯初上，街上便挤满了人，即使是白天的时候，这里也从不寂寞。喧哗声，小孩的哭闹声，间或有自行车的铃声在熙熙攘攘的人群中拥挤着、起伏着。

穿过贡院西街，就到了秦淮河畔，首先映入眼帘的是河边的石栏。石栏不高，齐腰身，但都光滑如油，凭栏向下望去，便看到了秦淮河的河水，河水不深，有些暗红，和文学作品中金粉荟萃、胭脂涨腻的印象相去甚远，有时候，微风拂过，还会有一股臭味扑鼻而来，但这并不使我厌恶它。想来一条本来便普通的河流，要承载着一个民族的历史和一个民族的想象力，该是多么艰苦的一件差事。它实在没有理由要供给我们心中的浪漫，也没有理由满足我们心中的美好幻想，所有对它的美好幻想，都只是我们人为地赋予它的，而至于它的河水变得脏了、臭了，也是我们人为地污染的结果。它就是一条河流，从西流向东边，不舍昼夜，这就是事实。不过话又说回来，这条河水在历史上倒也因为清澈而闻名，倒不如说，是因为闻名天下而给人留下清澈的印象，或许清澈也不对，怎么说呢？至少没到过这里的人不会以为它是一条臭烘烘的河流，而应该是一条略微带点香味的河流，不然怎么配得上那"一带妆楼临水盖，家家粉影照婵娟"的美好呢？

顺着河畔往右走，不远处有一座桥，这座桥名为"文德桥"。文德桥在当时是一座木桥，桥板因为年代久远而变得缝隙很大，透过缝隙能够看到桥下的秦淮水，围栏处的栏杆有些腐朽损坏，有的地方能明显看到榫头之间的断裂，这可正是应了南京那句俗话：文德桥的栏杆——靠不住。可就是这么一座残破的木桥,把秦淮河的两岸有机地沟通了起来。桥的南边,是青楼酒肆,烟柳巷陌,而桥的北边则是赫赫有名的江南贡院和夫子庙。据说当时来南京考乡试的秀才白天就在北边的号舍里搜经刮纶,晚上便经过文德桥,到南边的秦楼楚馆放荡冶游,这其中当然少不了落魄书生和风尘女子的故事,马湘兰终日望归船便是一端。

走过文德桥,我们便直奔乌衣巷。乌衣巷是一条巷弄,这条巷弄曲折狭窄,巷弄两旁的房屋保留着旧时的面貌,这里的房屋多半是砖木结构,上面覆盖着青瓦,有些房子的墙角上面已经布上了青苔。但是这里的房屋都不大,有院落的房屋已经很少了,至于王谢家族的宅第,连影子都看不到,早已经坍塌,变成灰烬了。而燕子,大概还是有的,只是不再属于王谢堂前了,而是在寻常人家低矮的屋檐之下。据巷子里的老人说,过去的朱雀桥就在乌衣巷的尽头,我们穿过乌衣巷,却没有看到所谓的朱雀桥,只知道那里是老人所说的朱雀桥遗址,但至于朱雀桥的模样,已经无从得知了。只有桥边的野草萋萋,野花萋萋。

不一一说了,秦淮河早就变了模样,不复当年了。但那次去秦淮河并没有留下遗憾,尽管我是抱着一份浪漫情怀去探寻秦淮遗风的,尽管现实的秦淮并没有满足我年少时候的那份诗意和想象,但我终究是到秦淮河走了一遭。凭栏远眺的时候,我依然看到历史上的秦淮河欢歌艳舞的景象,河上风流才子的贫穷诗句揉碎了一个舞女的心,河下乡野船夫的一柄桂桨揉碎了一河的平静。大红的灯笼在河的两岸高挂,河水在灯笼的光照下波光粼粼,而这时候一首小曲从细腻的歌喉中溢出,婉转悠扬,击节声碎,喝彩声醉,一段历史便荡漾开去了。

这才是秦淮河,它已经不再是一条自然的河流,而是一条文化的河流,这条河流里孕育出一方灿烂的文化。中国文人的血脉里,大多有一条秦淮河的支流,这支流或是浪漫的,或是伤感的,或是绮丽的:总之,这条文化的血脉发源于秦淮河。秦淮河,永远的秦淮河。

1964年,是我人生重要的转折点。我考上了大学,离开了家乡,到外地念书求学,这是我以后人生道路上最坚实的垫脚石。从很大意义上说,我的这大半生,也确实得益于我在大学期间所学习到的各种知识。大学的系统学习,使我之后在各个行业、各个领域摸爬滚打的时候,都能够运用一些所学的知识来应对,虽然谈不上游刃有余,但也确实让我在遇到困难和问题的时候更加从容不迫。从这一点来看,我应该感谢中国的高考制度。尽管现在很多人在批判中国的高考制度,但不可否认的是,高考制度让出身寒门的子弟有了鲤鱼跳龙门的可能,它至少在录取资格方面对所有的学生——无论是大户人家还是平民百姓——都是一视同仁的。1964年,我家乡实行了包产到户的制度,这让我们家庭的生活条件有了一定程度上的改善。我的父母兄弟,包括我自己,在1964年之后,饿肚子的日子基本上就没有了。我在初中和高中的阶段是完全饿着肚子坚持到大学的,到了大学之后,虽然家庭条件还是不好,但学校每个月所发的十三元五角的助学金已经基本上够我一个月的生活费用了。

南京大学在南京鼓楼区,与南京市中心和鼓楼广场相邻。一条汉口路将南京大学鼓楼校区分为南园和北园,南园是我们学生的生活区,有宿舍、食堂和浴室,而北园则是教学和办公的区域。我们早上从南园穿过汉口路前往北园上课,晚上又从北园穿过汉口路回到宿舍。站在南园,隔着汉口路,便可看见南京大学的校门。校门位于北园,呈方形,正门的左右两边各开一个小门,整体为三开间。校门的线条简洁笔直,左右严格对称,使其显得庄重而刚毅。正门的门头上以毛体写着"南京大学"几个大字,字呈金色。这字不是毛泽东亲自题的,而是集字。左右两侧的立柱上均印着毛泽东的字,左边书"团结紧张",右边书"严肃活泼"。这八个字是抗日战争时期延安抗日军政大学的校训,起先是"团结、紧张、活泼、严肃",并以黑色的字体贴在抗日军政大学的校旗之上。后来毛泽东亲自为抗日军政大学题词,并将"活泼、严肃"的顺序颠倒,变为了"团结、紧张、严肃、活泼"。但至于为什么这句话后来出现在了南京大学校门上,大概与新中国建立之后,对中央大学的改造重组有关。

南京大学给我印象最深的要数北大楼了,北大楼位于南京大学校园中轴线上的最北端,顺着林荫大道一直向前走,便可以到北大楼。它是南京大学的主楼,据说是由美国建筑师司马设计的。大楼西南侧墙根外有"1919"字样的刻石一块,说明这幢楼是在1919年竣工的,字呈红色,在白色的石头上面很是鲜明。墙壁上布满常春藤,常春藤藤蔓的末端微微上翘,显得有些顽皮,但更增添了一份生机。台湾诗人余光中曾经在诗中写到了北大楼,他说:"常春藤攀满了北大楼,是藤呢还是浪子的离愁?是对北大楼绸缪的思念,整整,纠缠了五十年。"这仿佛是在写现在的我,从1964年到现在,对北大楼的怀念,也确实是五十多年了。常春藤四季常春,五十年还常春,而浪子回头,五十年的岁月里早已爬满了离愁。

大楼地上两层,地下一层,不高,但对当时的南京来说,北大楼与鼓楼平齐,算是最高大的建筑之一了。大楼主要是砖木结构,采用中国传统的建筑形式设计,同时糅合西方的建筑布局。歇山顶筒瓦屋面,屋脊有螭吻一对。在大楼南对面的中部,建有一座高五层的正方形塔楼,将大楼分隔成对称的东西两半,塔楼顶部又冠以十字形脊顶,这是西洋式钟楼的一种变形。中西交汇的民国建筑风格,在这栋大楼上体现得淋漓尽致。塔楼的屋顶有一颗五角红星,是一种教会的标志。据说整座大楼以南京明代城砖建成,不知何缘故,但却更加典雅质朴。大理石门框,门前饰有抱鼓石一对,门厅幽深,顶部饰以天花藻井,绘仙鹤翱翔图案。大楼前有一道阶梯,不长,拾级而上,推开那扇朱红色的大门,便看见匡亚明校长所题的牌匾,牌匾上书写"饮水思源"四个大字,字呈绿色,飘逸灵动,协王右军之遗风。

北大楼的前面种植了许多松树,楼前的松树和墙上的常春藤常年装饰着这幢古朴的大楼,虽然已经有几十年的历史,但依旧是一派生机勃勃的气象。楼前有一块宽阔的草坪,在当时的中国极为少见。我在南京大学念书时,如果天气好,便喜欢坐在草坪上面看书。在阳光的照耀下,青草散发出淡淡的香味,抱一本书,看得懂或者看不懂都不重要,只要手里有一册像样的书本,便觉得是充实,或者和三五好友围坐在草坪之上,操着带有口音的普通话,天南海北,胡侃一通。

从图书馆前面的草坪往南走,经过一片小树林,便走进了南京大学的图书馆。图书馆在北大楼正南面,和北大楼一起构成了南京大学的中轴线,其余的建筑基本上都在中轴线的两端。图书馆和北大楼一样,地上两层,地下一层。建筑风格也与北大楼类似。屋顶为歇山顶,但与北大楼不一样的是,图书馆的屋顶为歇山顶中的重檐,类似北方建筑,尤其具有北京一些宫殿建筑的特征。图书馆的门前种了许多的树,以松树居多,其他的树也有,但很多我都不知道名字。

除了北大楼和图书馆之外,当时的南京大学还有东大楼、西大楼、东北大楼、礼拜堂等,每一幢建筑都各具特色,但都古朴而典雅,精致而大方。

❧

我在南京大学念书时,经常去图书馆看书。我之前所读的学校几乎没有书可供阅读，而偏偏我又是一个喜欢读书的人，所以完全可以想见，当一个爱好读书但一直缺书的人看到图书馆里面数以万计的图书时，该是多么的欣喜。我最喜欢看的是关于文学方面的书籍，这主要是因为我念的本就是法语专业，必然会要接触法国的文学。我对法国的文学非常热爱，尤其对文艺复兴之后的法国文学情有独钟。

我的法语老师名叫奥蒂尔，她是法国巴黎人。1964年中法建交之后，法国公派了一批教师到中国任教，帮助中国的学生学习法语，她就来到了南京大学教法语，我们是她在中国的第一届学生。她那时候还很年轻，二十三四岁的样子，黄色头发，眼睛介于蓝色和黑色之间。她的皮肤很白，个子高挑，确实洋气。我在来南京之前，从未见过外国人，第一次见到奥蒂尔老师的时候，心里难免有些紧张。奥蒂尔教法语从来不用中文表达，一上讲台就是一口纯正的法语腔，她是巴黎人，口音纯正。她通过演示道具的方式让我直观地认识和理解法语的单词，比如学习法语"livre"这个单词的时候，她就会举着一本书，告诉我们这个单词是书的意思。所以我们当时学习法语，没有经过中国思维的转换，而是直接通过法语思维来学习。这样的学习方式一方面使得我们的法语发音更加纯正和地道；另一方面，也使得我们学习法语和了解法国的文化有了更直观更具体的思维。我们不是在中国语言的框架之中去掌握法语，也就不会在中国思维中去领悟法语的结构，这对于后来那些从事翻译工作的同学大有裨益。

奥蒂尔老师非常活跃，这一点绝不同于当时的中国人。中国人大多拘谨腼腆，放不开，而奥蒂尔热情、活跃，浑身上下透露出生气。她总是在教室走来走去，有时候甚至坐在桌子上面就开始讲课，讲到兴奋处，还会突然背起法国的诗歌，或者是唱起法国歌曲。她不太会讲汉语，但对中国的文化非常喜欢。她当时住在"三门楼宾馆"（这是当时中国少有的宾馆），我去过她家中,家里的布置令人惊叹。似乎法国人天生就有艺术的眼光和才能,她所住的房间经她一布置,便与宾馆的其他房间截然分开。她把中国集市上用的秤挂在房间的墙上,秤砣的重心向下,秤杆的尾部向上翘起,既典雅又活泼,原本平常的秤,挂在她的房间里,似乎就多了一份特有的艺术气质。她还把乡间用的箩筐倒扣在地上,在箩筐底部铺上一块布,箩筐就成了她家中的凳子。她又在乡间用来盛一些杂物的匾萝上贴了一个中国的"福"字,然后把贴着"福"字的匾萝挂到墙上,大红色的纸,黑色的方块字,印着一个泛黄发旧的匾萝,古朴的乡间器具,经过奥蒂尔老师简单的布置,便全然一变,成了艺术品。

我喜欢上她的法语课,在她的课上,我发言是比较积极的。那时候,她经常给我们布置法语的小作文,当作练笔。我因为看过一些法语的原版书籍,每次的小作文中,我就会从我看过的书籍中摘抄一两句经典的句子作为点缀。所以,每次我的小作文得分都很高。奥蒂尔老师非常欣赏我的写作,也多次夸奖我。

记得有一次我向她打招呼,我用法语对她说:"您吃过饭了吗?"她听了之后觉得莫名其妙,以为我要请她吃饭,竟一时不知道怎么回答我。她当时心里肯定捉摸着我一个乡下来的穷学生,怎么会有钱请她吃饭,但却不知道其实在我们国家,这只是一个礼貌的问候语。奥蒂尔老师教了我们两年之后,回到了法国。在许多年后,我从当时的一个同学那里得知了她的电话号码,给她打了一个跨国电话,用法语向她问好。她说她完全没有听出来我是个中国人,她以为是一个法国人给她打的电话。她得知是我之后,非常高兴,一个劲地夸奖我语言进步很快。

和奥蒂尔老师一起教我们法语的还有一个中国老师,她的名字叫肖瑞芬。我上大一时,肖老师正好三十岁,当时应该还是助教,她负责我们班上的日常工作,并协助奥蒂尔老师的教学。肖老师是典型的中国女人,端庄大方,她的穿着总是符合她的身份和身段,若是开口说话,则必定是声音温和轻柔,所说的话也是极有教养的。她是长发,微卷,大概烫过,披在肩上,纹丝不乱。她的身上总散发出淡淡的清香,从她身边走过,便会闻到那淡雅的香水味,那时候用香水的人不多,肖老师算是比较潮流的女士,毕竟她是上海人,从小在繁华和前卫的上海长大,她的品位和审美多少受到西方时尚潮流的影响,更何况她又学习法语,身上的气质自然非常优雅。但她又绝不是单纯的西方人的优雅,在她的身上,有中国传统家教的影子,处处透露出古典女性的温婉贤淑。总之,她的一颦一笑都给人春风扑面的喜悦,上她的课也如沐春风。她几乎成了我们班上所有男生心中的理想女性,直到现在,我们同学聚会的时候,仍然会提起她,提起她的美丽大方和温婉优雅。

肖老师很喜欢我,她也邀请过我去她的家里做客。当时她居住的房间不大,但是收拾得非常干净,精致的家具摆放得十分整齐。她的老公学习德语,长得非常的英俊,在同学们的眼里,她和她老公简直就是天造地设的一对。大一暑假我放假回家,让母亲染了一块青花布,我把青花布带到学校送给了肖老师。肖老师非常喜欢母亲染的青花布,她把那块布铺在书桌上,浅黄色的书桌靠着窗,淡绿色的窗帘在微风中轻轻地舒展,阳光从窗户照进来,斜斜地打在书本里优美的句子上,也打在青花布的碎花上。在她温馨的房间里,那块青花布显得格外的美丽。

※

在大学期间,双休日,我便常常和几个同学结伴出去远足。我们去的最多的地方是栖霞山,栖霞山位于南京城的西面,距离南京大学约有六十里路,我们早上从学校出发,走得快的话,在傍晚时分能够赶回学校。

栖霞山当时还没有门票，不像现在成为少数人获利的景点。栖霞山西侧多枫树，深秋时节，枫树的叶子变得绯红，满山的红叶像秋天的晚霞，倒是觉得栖霞山这个名字实在是符合它的景象。不知是谁起的名字，竟如此富有诗意。山下有一座古寺，名曰"栖霞寺"，不知道这寺庙是因这山得名，还是这山因这寺庙得名，山寺同名，正好又相得益彰。也奇怪，在中国来说，寺庙大多数是依山而建或者是建在山上的，这样寺庙才显得更加幽深，而一座山上如果有了寺庙，便显得更加的有灵性。寺前立有一块碑，碑名为《明徵君碑》，碑文由唐高宗李治亲自撰写，通篇四六韵文，后用十首铭文结束，是为了赞扬歌颂一个名叫明僧绍的人的事迹。碑阴的"栖霞"两个大字，据说也是高宗亲自挥毫，笔力遒劲而雄浑。

翻开栖霞寺的历史，还有一件惊天动地的善举。那是1937年，日寇在南京屠城，好几万难民避难到栖霞寺。明常和尚临日寇淫威而不惧，力排众议，克服粮食短缺等困难，与日寇斗智斗勇，千方百计佑护难民，使其终免屠戮，几名僧人还因此献出了自己的生命，成就大道，可歌可泣。然而，这件事情却没有勒石纪念，我也只是听当地的居民说的。

我们有时候也去燕子矶远足，所谓燕子矶其实就是长江边上的一块大的岩石，这在长江中下游是比较罕见的，而在长江上游，奉节宜昌一带，则根本就不算什么。站在燕子矶头，临风而立，可以看到浩浩荡荡的长江奔腾而过，发出轰隆轰隆的巨响，迭起千层浪。这时候心生思古之幽情，而同时，看着大江东去，百舸争流的情形，也自然会激发起心中的豪情壮志。年少轻狂的我，也曾在燕子矶头立下志向，在千舟竞发的长江里，希冀着有朝一日能江中弄潮，劈波斩浪。

在南京读书的那几年，我们远足几乎跑遍了南京城内和市郊的各个地方，栖霞山和燕子矶是我们最常去的地方，除此之外，大概去的最多的就是紫金山。紫金山不高,大概三四百米的样子,我们那时候经常从紫金山的南麓登上山顶,一路上钻草丛、灌木丛,攀爬岩石,有时候荆棘把手划得鲜血直流,但我们几个同学似乎都喜欢这种一路攀登的感觉,因为登上山顶,可以一览虎踞龙盘的南京城,当全城的景象尽收眼底,偌大的世界都在脚下的时候,旷然之境便油然而生。

去远足一般只花三分钱,是买馒头用的。早上从学校出发,带两个馒头上路,中午便可以吃馒头充饥,渴了,就在路边喝点溪水。其实远足是一种锻炼意志的方法,我也有意识地通过远足来锻炼自己的意志能力。上大学之前,我几乎是饿着肚子从中学挺过来的,我知道意志力对于一个人的重要性,若不是因为我自己意志力比较坚强,我是绝不可能熬过初高中那几年,并考上南京大学的。饥饿恐惧的岁月里,意志力是唯一可以战胜一切的武器。所以到了大学,当我从初高中饥饿迷茫的日子里走出来之后,我依然坚持磨炼自己的意志力,这大概因为我受过苦日子的折磨。也确实,生活中许多事情的成败与否都取决于一个人意志能力的强弱,有时候多坚持一秒钟,事情的结局便全然不同。事实证明,通过出去远足来磨炼自己的意志确实对我今后的人生大有裨益,我从一贫如洗的农家子弟到如今小有成就,和我自己多年的坚持密不可分。而当年那些和我一起去远足的同学,也都在各自的领域里开辟了一片属于自己的天地,有的甚至是某个领域里不可替代的人物。如今回想起当年的远足,饱览了南京的风景名胜,也磨砺了自己的意志,不得不说这是我人生的一笔财富,激励着我在以后的人生道路中激流勇进。

❧

大二时,我在学校参演过一次戏剧。当时表演的剧目是莫里哀的《贵人迷》，我们念法语专业，挑选的剧本自然是法国剧本，而我们当然也是用法语来表演。演员由老师挑选，最重要的考量就是法语发音，被选中的同学都是班上法语发音优秀的同学。演出场地是学校大礼堂，外语系几乎所有的学生都来观看我们的表演了。当时没有专门的演出服装，我们自己用蜡光纸制成了简单的演出服，再用一些丝带结成花，用胶水贴在蜡光纸做成的服装上，做一点装饰。

《贵人迷》是一部喜剧，演出的时候会引起台下观众的哄堂大笑，但这又不仅仅只是一部供人一乐的喜剧，而是一部寓深刻的思想与嬉笑怒骂于一身的喜剧。这部剧又被译为《醉心于贵族的小市民》，我觉得说汝尔丹是小市民不太恰当，如果现在来译的话，汝尔丹倒有点类似于土豪，他毕竟是资产丰富的人，他所醉心的贵族其实就和现在有些人醉心于小资是一回事。这个汝尔丹为了成为一个贵族，具有贵族所拥有的气质和才能，便请了音乐老师、舞蹈老师、剑术老师还有哲学老师来教导自己，希望能够学习一些贵族所拥有的技能，从而变成一个真正的贵族。由于时间和场地等多方面的原因，我们当时只演了《贵人迷》这部剧的其中一小段，剧本根据演出的需要而被简单修改过。我们演的这一场主要是汝尔丹和哲学教师之间的戏码，我当时饰演哲学教师，在音乐教师、舞蹈教师和剑术教师三者为了争地位而吵得不可开交的时候出场。哲学教师在莫里哀笔下是一个滑稽的人物，一上场就对前面几位教师批评了一通，拿出各种玄乎的道理来显示自己哲学的优越性，这样的方式引起了另外几位教师的反感，结果四个教师吵了起来，现场变得一片混乱。

那次演出非常成功，赢得了台下观众的喝彩，奥蒂尔老师和肖瑞芬老师都坐在台下观看。演出结束之后，两位老师都对我们提出了表扬，认为我们作为大学生，用法语表演，做得相当不容易。这次演戏的经历给我以后的文娱生活奠定了一个基础。我后来在上海仓库工作的时候,便经常自己编故事,讲给其他的工友听。我后来也创作剧本,和其他的人一起排练和表扬。直到现在,我依然喜欢观看话剧,话剧在舞台上所展现出来的魅力具有一种摄人心魂的力量,这是任何电视剧和电影都达不到的。它永远是活的,不像电影或者是电视剧,被导演固定在了屏幕上,从而失去了再创造的可能。

　　南京是中国的军区,我读大学时,经常在南京的街上看到军人,但我们印象深刻的是女兵。女兵都穿制服,在街上逛街也依然英姿飒爽。关于她们所穿的制服,后来的样板戏《智取威虎山》唱得很贴切:"一颗红星头上戴,革命红旗挂两边。"红星指的是帽子上面的五角星,革命红旗指的是制服领口左右两边的红色领章。至于为什么所有的士兵都是这个装扮,是和当时取消军衔制的规定密切相关的。她们当时所穿的制服是65式军服,干部四个口袋,普通战士两个口袋。"文革"开始后,全国兴起佩戴毛主席像章热,各式各样的像章成为当时65式军服最时髦的佩饰。

　　在我们学生看来,女兵漂亮迷人。她们身着制服,一举一动都潇洒大方。她们制服的衣领呈 V 形,颀长的脖颈下露出雪白的皮肤,光滑而细腻。我当时有一位同学非常喜欢这些女兵,但却不敢表达心声。有趣的是,这位同学后来进了部队,做了将军。可是"风流总被雨打风吹去"啊,年轻时候的激情随着年龄的增大也慢慢地消失了。我在前几年给他写了一首打油诗,算是对他的调侃:

　　　　石头城下两穷鬼,紫荆山下长徘徊。

　　　　只羡女兵美如水,位卑何言去相随。

　　　　如今鬓白岁月催,杏白桃红杨柳翠。

　　　　取次花丛心先累,满园春色只心醉。

　　其实我们那时候,学生谈恋爱的并不多,即使有的同学在谈恋爱,也大多是悄悄地进行。那时候我们的感情都很含蓄,几乎没有人在学校牵手。奥蒂尔老师对这种现象感到诧异,在她看来,在大学没有轰轰烈烈的恋爱是不大正常的。她有一次十分好奇地问我为什么学校几乎没有人谈恋爱,我当时的回答我现在还记得清楚,我说我们都是为了国家学习法语,将来要投入到世界革命的大洪流中去,不能在儿女私情上面耽误时间和精力。

～

当时法语系的教授不多,我印象最深的是何如教授。何如教授当时已经六七十岁了,但看上去还比较年轻。他是留过学回来的,据说他在法国念书的时候,就以中国题材《贵妃怨》创作了一首法语长诗,轰动了当时的法国诗坛。从此人们对这位中国青年学生刮目相看,就连法国21世纪的、一向对他人评价很吝啬的伟大诗人保尔·瓦莱里也给予他高度的赞扬。

就是这样一位才华横溢的老师,回国后就投身于中国的教育事业和翻译事业。他一生译作颇丰,和其他翻译家不同的是,他更多的是把中国的文学作品翻译为外文,所做的是文化输出的工作。何教授翻译最多的是中国古代的文学,尤以古代诗文为丰。他所做的工作几乎是外人很少涉猎的,因为要把现代汉语翻译为法文就已经太难了,更何况他要把文言文或者是尤其讲究韵律和集中体现语言文化的诗歌翻译为法文,这无疑需要巨大的勇气和过人的才情。他还翻译过《中国古典文学简史》和《中国古代史》两本史学著作,为我国的文化输出作出了巨大的贡献。

据一个同学说,何教授有一次遇到一位法籍老华人,那位老华人知道何教授翻译了许多古代的作品到法国,便笑问何教授说:"先生何以厚爱古诗?"何教授答道:"好古,敏以求之者也。"这句话出自《论语·述而》篇,原文是"子曰:'我非生而知之者,好古,敏以求之者也'。"

我在南京大学读书期间，有幸和何如教授交流过几次，我记得有一次是用法文交流的，在何教授面前，本来就有一些紧张，用法语交流则更加紧张。他其实是个极温和、慈祥的教授，他跟我说，要多看法文原版的书籍，多看法国文学，这样才能体会到法语的精髓和法国文学的味道。他的这句话让我终身受用，我后来尽管所从事的工作和法语关系不算太大，但我在阅读法国文学的时候，也尽量去看它的法文原版，翻译的工作固然重要，但无论是多么贴切的翻译，总是会丧失原文的一些味道。

我那时候看何如老师翻译的毛主席诗词，心里面对他佩服得不得了。那时候作为一个法语专业的学生，心里最大的理想便是做一个翻译家，加上自己从小做着一个文学家的梦，就更希望能够通过法语把中国古典的文化作品传播出去。我那时候读《红楼梦》，非常佩服曹雪芹的才华，在大学期间，我就梦想着有一天能够把《红楼梦》翻译为法文，像何如老师一样把中国的古典文化输出去，让外国人也学习我们老祖宗的智慧。可是这件事情终究是没有完成，在我之后的人生路上，起先为了养家糊口而四处奔波忙碌，失去了继续学习法语及法国文化的机会，再加上对《红楼梦》本身的理解也与一个翻译者应有的水平相去甚远，对于翻译《红楼梦》这样一本皇皇巨著，实在是无能为力，不敢动笔，只能留一个遗憾在心中了。我现在每年仍然会读一读《红楼梦》，每一次读都会有不同的体会，这也算是一种弥补遗憾的方式吧。

何如教授在"文革"前，曾在一次发言中教导同学们时说了一句"和狼在一起，要学会狼叫"的话，这主要是教导我们在生活中要学会适应环境，要学会在不同的环境中生存，可就是这句话，成了他后来在"文化大革命"中的一个罪证。他的这句话被当成诬陷党的罪证，说他所谓的"狼"是影射党。其实，何教授敬仰毛主席，一生都跟着党走，这只要从他热衷于翻译毛泽东的作品的事实中便可看见。更何况，何先生一介文人，一心只沉醉于对外翻译，对政治实在没有太多希冀，也实在是冤枉好人了。

我印象中何教授总是穿一件蓝布中山装，似乎他的衣服并不多，这大概是因为他节俭的生活习惯。他常在学生面前用法语朗诵他译的两句中国古话："历览前贤国与家，成由勤俭败由奢。"他似乎喜欢这句话，或许这正是他一生恪守的准则。

当时法语系还有一位老师，叫马光璇。她是一位女教授，在当时还不是教授，只是副教授。马老师是大二给我们上口语课的老师。马老师出身于书香门第，据说民国史上赫赫有名的吴稚晖是她的舅父。马教授七八岁的时候，便随着她母亲出国了，她在国外多年，通晓多国语言。她的丈夫是我国著名的画家吕斯百先生，吕先生还专门为马老师画过一幅油画，题名为《夫人马光璇画像》，画像中马老师端坐在藤椅上，着黄色短袖衫，短发，微卷，她有些发福，但皮肤红润，一双眼睛注视着前方，神采奕奕。这画就是在1965年画的，我当时读大二，画作中的马老师和我所见马老师神似，但这画像应该是马老师在家时候画的，她在学校的时候穿着更加朴素。

马老师有一次带我和其他两个同学去她家玩，她家就住在学校。那时候，学校的教授都住在学校的教师住宿区，住宿区的房子全是小洋楼，这些小洋楼应该修建了很多年，但在当时，这些小洋楼是时髦、流行的代名词。小洋楼在学校的西面，是一个教师的居住小区，但只限学校领导和教授居住。它和现在的别墅区类似，房屋两层或者三层，一律采用西式风格，楼与楼之间间隔三米的样子，里面种植了许多的花草树木，松柏居多，也有桂花树。我记得马老师给我们端来茶水，还拿来一些饼干让我们吃，当时嘴馋，觉得马老师家里的饼干特别好吃。她的家里挂满了吕先生的画作，再加上书架上摆放得满满的书籍，无需其他任何装饰，便已经让人感受到浓浓的艺术气息。

我在学校的时候喜欢长跑，晚上，我常在学校的操场上面跑步。长跑的一个好处是可以锻炼人的意志力，据说这还和人体的血液肌肉等生理条件有关，但我觉得，最重要的是在长跑累了的时候，自己一次一次学会坚持下去，完成剩下的路程。在这个过程中，学会了坚持，锻炼了意志力。

　　学校有一个在体育馆管理体育器材的老校工，当时大概五十多岁，现在已经作古了。他本是中央大学的校工，一生未娶，独居多年，但却极富语言天赋，掌握多门语言。碰到法语系的学生，他就用法语打招呼，碰到西班牙语系的学生，他就说西班牙语。我在操场上跑步，经常碰见他，一来二去，也慢慢熟悉起来。有一次我问他是哪里人，他告诉我他是安徽人，得知和我是同乡之后，他对我就更加亲切起来。我跑步的时候，如果他在操场，我每跑一圈，他就数一圈，声音极低沉，像是给我记数，又像是自言自语。有一次我跑步经过他身旁，操场上有一个女同学也在跑步，老校工站在跑道旁，一边跟我打招呼，一边示意我留意操场上的女同学，知道我学法语，他便用法语对我说话，大意是那个女同学挺好看，去打个照面吧。我当时虽然在情感上也逐渐萌芽，但从来没有想过追女生、谈恋爱，毕竟从农村出来，爱情对于当时的我来说几乎是奢侈。我对他笑笑，对他说我是个乡下孩子，又用法语向他表示了感谢。

　　在南京读大学的几年，正好是我的青春时代，我一生中最美好的年华几乎是在南京度过的。在南京的那几年，最明显的变化就是我的个子长高了。我发育得很晚，在初中高中的时候还比较瘦小，大概是因为中学几年长期的饥饿影响了我的发育。到了大学之后，我的身体便长得很快，大学毕业的时候，我已经有1米8的个头了。这当然和营养有关，在初中高中的那几年,连饭都没有吃饱过,怎么可能长得高?而大学不一样,上大学之后,我虽然吃的穿的不算好,但是能够吃饱,不会饿肚子,我也就自然发育长高了。

我初到南京时,穿着打扮寒酸。当时穿的都是我母亲自己做的衣裤,青布蓝布做成的衣服,大多是民国学生装的款式,而裤子则是那种裤腰和裤裆都非常肥大的款式,穿这种裤子的时候,需要把裤腰从左右两边向中间叠起来,这样裤腰才不至于过大而穿不上,然后再系上一个布带子。因为穿这种裤子在裤腰上有一(从右边叠裤腰)、二(从左边叠裤腰)、三(系上布带)三个步骤,所以我们把这种裤子叫作"一二三"。因为这种裤子裤腰裤裆都很肥大,所以只要裤脚的长度合适,这种裤子就可以从十来岁一直穿下去,而裤脚要是短了,则可以用布再重新接上一段裤脚。我记得我上大学的时候穿的裤子都是接起来的,因为个子长高了,裤子短了,母亲便在裤脚上接上一段布,这样裤子就合身了,我有一条裤子被接了两段布,也就是说,这条裤子应该是从我刚满十岁的时候穿到了我二十岁的时候。多可喜亦多可悲啊,可喜的是我的个子长高了,说明我在长大,对于父母来说,就是盼望着孩子早点长大成人,能够自己独立;但是可悲的是,我的一条裤子穿了接近十年,而短了只能通过接裤脚的方式来满足我长高长大的需要。那时候的南京,已经流行西裤了,家庭条件好一点的同学都穿着西裤,而我则穿着一条"一二三"的接过裤脚的裤子,走在同学中间,显得有些格格不入。

刚开始到学校的时候,我几乎是一个不敢抬头和人说话的学生,尤其是遇到老师的时候,总是不敢正视着老师的眼睛和他交流沟通,大多数时候是老师问一句,我吞吞吐吐地回答一句。那时候从农村出来,到南京读书,和学校的其他学生相比,差距比较大,我尤其记得有一次我们班上交班费的时候,有几个同学交了两元,两元在当时是基本上够我一周的生活费的,而我自己却只能咬咬牙,最后交了3角钱。我最开始到学校的时候,心里有些自卑,学校的大多数同学都来自苏浙沪,从安徽来的同学很少,而至于穿裤子还需要接裤脚的,则几乎没有。

我记得刚开学不久,有一次班上组织全班开班会,轮到我发言的时候,我站起来双脚直哆嗦,手也跟着发抖,站在座位上,半天说不出来一句话。后来终于开口了,但是我的声音太小,很多同学都完全听不到,再加上我的头总是低着,同学们就更不知道我说了些什么,其实我也不知道我当时说了些什么,因为紧张,当我说完坐下之后,我把所说的一切都忘了。上课回答问题的时候也紧张,本来内容就说不流利,又说一口安徽普通话,惹来同学们的笑声,等他们笑完之后,我自己想要说的东西也就忘得一干二净了,所以瓷在座位上,沉默半晌,这就又引来了同学们的第二波笑声。

因为来自外地,他们说话我开始也听不懂,和几个江浙一带的同学走在一起,他们用家乡话交流,我开始是完全无法融入,所以只能走在他们的旁边,像个木头一样的杵着。在他们中间,我有一些边缘人或者是局外人的感觉,其实倒不是他们故意排斥我,而是因为我自己融不进他们的语言圈子而产生的自我排斥意识,好在后来和他们交流多了,能够慢慢听懂他们的谈话,这样我也才真正地融入他们的圈子。

真正让我变得自信的是学习,因为当物质条件不能和其他同学相比的时候,我只能通过学习的方式来弥补自己的不足,而学习也确实让我建立了自信,我的法语发音在同学中算是比较标准的,而我的法语小作文也写得比较流利,在结尾的时候经常用一点法国作家的句子来做点缀,使我的小作文带着一点文学腔调,这让当时的很多老师对我非常喜欢,奥蒂尔老师和肖瑞芬老师都多次在班上表扬我,她们的肯定和鼓励给我建立了很大的信心。我慢慢地克服了内心的自卑感,和班上的其他同学一样真正地融入群体之中。虽然在那个群体里面,我的穿着依然有些寒酸,走在中间依然显得有些老土，但我已经不因此而感到害怕和人交往，相反，我逐渐地活跃起来，和同学们在一起的时候，有时候我还要调侃他们一番，在班上发言的时候，我也变得积极起来，在大庭广众之下说话，尽管还是有些紧张，但却能够比较流利地表达自己内心的想法。其实我那一次参演戏剧已经说明了这一点变化，若是放在刚入大学的那一段时间，我肯定不敢在那么多人面前去表演，更何况是要用法语表演。我之所以能够站在礼堂的舞台上面，用法语为台下的老师和同学表演，是我自己逐渐地克服了内心的紧张和自卑之后的结果。如果要说变化的话，这才是我大学最大的变化。

我逐渐地变得开朗起来，在布满阳光的校园里，我心中的阴霾也逐渐地消散。中学那几年给我留下的人生阴影在大学期间就逐渐地淡去了，充实、温暖取代了饥饿和迷惘，年轻的岁月里弥漫着芬芳。那是我的乐园，我的一半青春在那里，另一半，留给了"文革"。在1966年"文化大革命"爆发之前，我的生活都是这样平静而美好的。很多次，当我坐在图书馆的椅子上，从图书馆的窗户望出去，看着北大楼草坪上的青草在阳光下绿油油的闪着光，而面前放着一本自己喜欢的书本，一字一句都似乎都敲扣着心灵，那时候灵魂真的是在一个干净的世界中得到洗礼，仿佛所有的风都是在向着我吹，所有的日子都在青春里沉醉。我那时候又重新觉得世界是温暖的，重新感觉到未来的生活充满着希望，我读着法文书，做着文学梦，尽管是两手空空，但也有一腔热情在胸中澎湃着。那些日子带给了我快乐，不管是在学校学习的时候，还是周末和同学一起出去远足的时候，我的每一天几乎都过得充实。学习本身就能带给我快乐，而远足的途中那些美丽的风景也陶冶着我的情操，更可贵的是，我遇到了一群志同道合的朋友，我们之间互相帮助着，踏在青春的路上，憧憬着明天的美好生活。

在大学期间，和我关系好的几个同学，现在大都事业有成，在各自的领域里面出类拔萃,这是我一生中都值得自豪的事情。他们有的成为赫赫有名的将军,有的成为常驻法国的外交使节,有的成为国内政界、商界举足轻重的人物,他们的成就让我为他们感到骄傲。值得庆幸的是,他们都是我要好的朋友,从大学时候开始一直到现在,从朝气蓬勃的少年到白发苍苍的老人。岁月不饶人,皱纹已经像北大楼的常春藤爬满了我们的额头,我们是老了,有的朋友甚至已经撒手人寰,先我而去了。但无论如何,我们之间真挚的友谊却如同酒一样,历久弥醇。

历久弥醇,五十年前的回忆历久弥醇,大学时代的青春激情、书生意气已不再,我们老了,老了之后,空闲的时间多了,便有了更多的时间来回忆。回忆五十年前,一群谈笑风生的少年,行五六十里路到栖霞山,深秋的时节,山上的枫叶尽染,天上的霞光向晚,两相辉映,相得益彰。现在又是深秋时节,栖霞山的枫叶又红了,若是能有幸再饮一杯金陵美酒,也不负这岁月的蹉跎。

风雨如晦

"文化大革命"已经过去四十多年了,四十多年,"文革"的痕迹似乎已经逐渐淡去,那些响彻云霄的口号声、呐喊声以及"武斗"的枪炮声,也已经隐没在山岗河流之中。

"文革"发生在1966年,那一年我念大二,处于大二即将步入大三的当口。大学的前两年本来是我人生中最美好的阶段,我告别中学时期饥饿、迷茫和恐惧的生活状态,开始了一段象牙塔里无忧无虑的生活。校园里的一切都让我感到新鲜,我就像一个婴儿一样,在南京大学健硕的身体里贪婪地吮吸着知识甘甜的乳汁。可就在我怀着美好的憧憬,在校园里吸收着雨露的滋润时,"文化大革命"发生了。

"文革"的出现,对于我来说,就是晴天里的一道霹雳,它把我从一个平静的生活中又重新带进了一个迷惘、混乱的世界,我求学的道路也就从那时起被无情地阻断了。

"文革"发生之后,全国各地的学生组织争先恐后地成立,几乎所有大学、中学的学生都戴上了红袖章,大部分工矿企业的职工也戴上了红袖章,走上街上。所见之处,就是一片红色海洋,一波又一波的批判高潮层出不穷,我所在的南京大学的学校领导从各个年级抽调了一批能够写文章的同学组成了大批判组,他们被组织起来专门从事大字报的写作,批判的很多人都是当时的学术权威。

我们学校可以说是"文化大革命"在南京的发源地，造反派通过对当时学校领导进行批判，使得南京大学在"文化大革命"中奠定了地位，几乎和当时的北京大学平分秋色。毫无疑问，这两所学校在当时几乎代表了中国的最高学术水平，精英俊杰都集中在这两个学校教书任教，这本该是学术的象牙塔，然而，政治运动却在当时如火如荼地开展着。学校的一切教学秩序都被打乱了，平日里那些体面的教授、学者一个个被揪出来批斗，而批斗他们的，正是平日里听他们上课的学生。这些学生当时之所以敢批斗老师，是因为他们对自己的身份认定已经不再是学生，而是"红卫兵小将"了，他们认为自己是国家未来的希望，是共产党养育的第一代接班人。在这种极端膨胀的政治热情中，他们忘记了自我，行使着一个"红卫兵"小将应该行使的权力，坚决和那些"牛鬼蛇神"做斗争，发誓要保卫新中国的利益。

那时候，总是把"人民"和"群众"这两个词连用，似乎这两个词天然就联系在一起似的。经历了"文化大革命"之后，我才知道，当作为政治概念的人民变成群众，而又虔诚地匍匐在某个思想理论之下的时候，他们就有了做任何事情的勇气和力量，甚至失去自己的判断。他们变得专横，变得偏执，变得不可一世，平日里不敢做甚至都不敢想的事情，这时候却肆无忌惮起来，他们可以做出刽子手的行动，也可以抛头颅洒热血慷慨赴义。然而，可悲的是，尽管他们看上去声势浩大、势不可挡，但在那个空头的理论面前，他们依然是渺小的，渺小得自己都看不见自己。

那是一场史无前例的无产阶级大革命，它像一场疯狂的海潮，席卷着整个国家的正常秩序，我很快地被卷进了这场革命，像一片树叶一样，被卷进这场狂风骤雨中。我那时候刚满二十岁，从农村到南京读书两年，虽然从小离开父母在县城求学，独立生活的能力较强，但对于政治革命来说，我的经验完全是一张白纸。可是，毛主席说了，白纸可以画最新最美的图画。我就和其他的那些同学一起，把我们这张白纸在革命的案桌上铺开，任革命的大笔在我们这张白纸上挥洒涂抹。我们学校最主要的两个红卫兵组织是"红色保卫队"和"八·二七造反派"，我当时就加入了"红色保卫队"，成为一个红卫兵。当时我还幼稚，不知道命运给我的果实，早已暗中打好了标签。这段经历成了我日后的一个祸根，若干年后，当我到上海参加工作时，表面上看顺风顺水，但加入红卫兵的经历让我被隔离审查了好几年才得到平反。

然而那时候，成为一个红卫兵是关系到一个政治觉悟的问题。如果你作为一个学生，而你不是一个红卫兵，那么你就是一个政治觉悟不高的学生，甚至你还会被当作反党反革命的代表而受到"红卫兵小将"们的批斗。那时候，人们最怕的就是被当作反党反革命的代表和走资派，而至于什么是反党反革命的代表或者什么是走资派，人们未必说得清楚，但理由会有千条万条，从你的家庭成分算到你的日常琐事，从你的政治觉悟算到你的生活作风，总之，会列出来很多证据，来证明谁谁谁就是走资派，谁谁谁就是反党反革命的代表。那些理由现在看来荒唐可笑，甚至是捕风捉影，但在当时，就是那些看上去荒唐的理由，把许多人都打入了反党反革命的集团之中，让他们受到广大人民群众的批判。

时隔多年，当我再回想起当时参加红卫兵组织的经历，会觉得那是一件没有任何道理的事情。我看见很多人参加，自己也积极去参加，看着身边许多同学都纷纷加入了组织，自己也不愿意成为组织外的边缘分子。但参加了红卫兵之后，自己到底想要做什么却不甚了解，只能听凭学生领袖的安排。虽然我不知道自己能在红卫兵组织中做些什么，但参加红卫兵的热情是高涨的，至少在"文革"初期是高涨的。那时候，我实在不是那种能够"激扬文字、指点江山"的学生，我没有那种站上台去便慷慨激昂、纵横捭阖的演讲能力，所以我完全没有做红卫兵领袖的资格，甚至都不能成为一个红卫兵的主力。我当时左臂上也戴着红底黄字的红卫兵臂章，然而我在那个组织里面，却只能扮演一个小角色，被学生领袖呼来唤去。尽管如此，那时候的我依然保持着革命的亢奋状态，当晚上9点广播播报了最新指示之后，我也会异常兴奋地去街上参加游行，使劲喊口号，有时候甚至把嗓子都喊哑了。

～❦～

8月18日，毛主席在北京接见了北京的第一批红卫兵。就在8月下旬，我也跟随着我们学校的红卫兵组织乘火车去了北京，接受毛主席的检阅。当时红卫兵乘坐火车去北京是免费的，沿途吃的食物有时候也是免费的，学校停了课，在学校里待着只有去参加各种批斗大会，所以，我跟着我们学校的红卫兵组织去了北京。到北京接受毛主席的检阅是多么令人高兴的事情。

全国各地的学生都乘火车跑到北京去，似乎都迫不及待地要接受伟大领袖的检阅，向毛主席表明自己革命的决心和勇气。那次去北京的火车上挤满了人，每一节车厢都超载了不止一倍的人数，人和人之间紧紧地贴在一起，像是田地里收割之后捆在一起的稻草。本来两个人的位置上，至少要坐四个人，车厢的过道上有站着的，有坐着的，还有蹲着的，但都贴得很近，有些根本没有办法站立的人就躺在座位下面的空隙里。当时外出的学生几乎都不会带什么行李，火车的行李架上就比较空，所以行李架上也都坐了人，只是没有下面挤，因为坐在行李架上总是没有坐在下面舒服。我当时没有位置，就坐在行李架上的。火车一路颠簸，轰隆轰隆的响声不绝于耳，火车上由于人多，散发出各种臭气，令人胸闷作呕。

车厢里几乎都是学生，左臂都戴着红卫兵的臂章，而胸前一律别着胸章，带着稚气的面容上，大都还带有一分傲气。被冲昏了头脑的学生，即使在那拥挤不堪的火车上,也依然高昂着那份饱满的政治热情。一路上有唱歌的,唱"鱼儿离不开水呀,瓜儿离不开秧,革命群众离不开共产党,毛泽东思想是不落的太阳",又唱"我们是毛主席的红卫兵,大风浪里炼红心,毛泽东思想武装我们,永远战斗向前进"。一首歌只要有人起头,所有的同学都开口唱起来,因为人多,声音响彻云霄,连火车轰隆轰隆的声音都被歌声盖过了。

从南京到北京,毕竟路途遥远,要在火车上面过夜。我记得那次我就睡在行李架上,行李架不长,不到一米的样子,而我有1米8的身高,是不能蜷在行李架上的,但好在我坐的那个行李架旁边的行李架也没有人坐,我就可以睡在两个行李架上。因每个行李架上都有一个三脚架固定,要睡在两个行李架上,我就只能把腰以上的身体放在一个行李架上,腰以下的身体放在另一个行李架上,而腰,则正好被拱起的三脚架顶着,我也被拱成一道弧线。但尽管这样,我也睡着了。

到了北京之后,几乎是没有休息,我就跟着红卫兵部队赶往天安门广场。在天安门广场附近,我看到一群戴着红底黑字的红卫兵,这些红卫兵手上都拿着铜头皮带,铜头上面还有颗闪闪发光的五角星。这些红卫兵是北京的红卫兵,重要的是,她们几乎都是女的,后来据说她们是"西城区纠察队"的成员,都是高干子弟,所以她们对外地去的红卫兵都比较凶,看到有不顺眼的或者是不符合她们心意的外地红卫兵就打,用铜头皮带打,有的甚至打脑袋,打得人满头鲜血。我那时候看到这些女红卫兵就感到害怕,她们在外地红卫兵面前永远摆出一副凶神恶煞的样子,操着一口纯正的京片子到处吼着、骂着,似乎是在向我们宣示她们至高无上的地位。我当时就被一个女红卫兵用皮带打过,但打得不重,只是警示。

我们是在8月31号见到毛主席的,那天天安门广场上围满了去接受毛主席检阅的红卫兵,我们凌晨2点钟就到了广场,一直等候在广场上。红卫兵把天安门广场里里外外围上了几十层，在里面的就出不去，在外面的也进不来。我那次因为去得早，所以是站在广场里层的。等了将近十个小时，最大的感受就是又饿又渴，几乎十个小时没有吃到一口东西，喝到一口水。上厕所也不行，不能出去在哪里上厕所？所以大家都憋着，实在憋不住的就当场解决。有的女生实在憋不住了，只能让几个女生围成人墙之后，躲在里面上厕所。

人群的味道自然难闻，既有汗味，又有口臭，还有尿腥味，但大家的心情却都激动，成千上万的红卫兵喊破嗓子要见毛主席，"毛主席万岁"的口号震耳欲聋。就在上午11点的时候，毛主席乘着检阅车来了。《东方红》的乐曲虽然一直在响，但毛主席出来那一刻似乎更加响亮。毛主席乘着检阅车正好从我的前面走过，隔着不到两米的距离，我看到了伟大领袖毛主席，当时的心情无比激动，几乎说不出话，唯有跟着同学们大声高呼"毛主席万岁！"我们拼了命地高喊着，千言万语汇成这一句口号，可知这句口号该是多么地响亮。毛主席向我们挥手，并且向我们高呼："红卫兵万岁！"

那次检阅活动大概持续了一个多小时，之后红卫兵也逐渐地撤离了天安门广场。见到了毛主席，接受了毛主席的检阅之后，红卫兵们来北京的任务也就完成了，或者说不是任务，是愿望，是愿望达成了。再没有比愿望达成更令人幸福的了！所有的红卫兵都感到幸福，尽管饿得发昏，渴得发焦。因为兴奋，我当天晚上在笔记本里写道："是伟大的毛主席给了我新的生命，我要把我的生日改为8月31号。"

毛主席接见了红卫兵之后，红卫兵就在全国开展起了轰轰烈烈的"扫四旧"运动。因为担心我们家的家庭成分好，在"扫四旧"运动中受到牵连，我从北京回到南京之后不久，就从下关码头乘船到了安庆，然后辗转回到了家。

回到家之后，我就在家里到处搜寻与所谓的"四旧"沾边的东西。首先在家里搜到了一些线装书，这些线装书应当是我曾祖父留下来的，他身体不好（可能是痨病），又上过学，有些文化，就在村里代人写信或者是红白喜事时写写对联，给村子里的一些借贷事务立立字据。因为从事这样的职业，他就留下了许多线装书，这些线装书有的是算命测字之类的民间书籍，有的是三字经百家姓之类的启蒙读物，而有的则可能是有价值的孤本善本。但是当时的滚滚洪流就是要荡涤这些"封建主义旧文化"的书籍，全国各地都在焚烧这样的书籍，从北京到上海，从城市到农村，"扫四旧"的浓烟在空中弥漫。我其实看不懂那些珍贵的书籍和历史文物为什么要被清除，也做了那个无知者。为了家里免遭牵连，我也把曾祖父留下来的那些书籍付之一炬了。那是在晚上，火光照亮了农家小院的夜晚，焚书的浓烟蔓延在夏日的长空。

家里的屋梁上吊着一个大布包，这个布包吊在屋梁上许多年了，从我记事起，这布包就一直吊在屋梁上。布包上面沾满了灰，结满了蜘蛛网，布已经看不出颜色了，只是黑黢黢的。我本没准备再把那个布包翻下来，但我在南京的时候，看到那些"扫四旧"的红卫兵在抄家的时候，把家里所有的角落都翻遍了。一旦查到跟"四旧"沾边的东西，不仅东西要全部毁坏，家人也要受到批斗。所以，那次我特别留了心，就爬上家里的阁楼，把屋梁上的布包取下来检查。布包上面积累了厚厚的灰尘，取下来灰尘腾腾，呛得鼻子难受，喷嚏不断。我打开布包之后，发现里面竟然装着一大包纸钞，这些纸钞花花绿绿，是解放前的钱币，以民国时候的钱币居多，有的钱币上面印着孙中山的头像，有的上面印着蒋介石的头像，都是中央银行发行的货币，也有印着我不认识的外国人头像的钱币，大概是美金。这些钱应该是我曾祖父几十年走南闯北积攒下来的,是留着给我们后辈人的。但是那个年代时局动荡,纸币通行期比较短,再说新中国成立,发行了新的纸币,所以我家里的那包纸币就没有任何用处了,只是一直高高地悬挂在屋梁之上,即使在三年自然灾害时期,一家老小都饿得朝不保夕的时候,它也只是挂在梁上,等着蜘蛛在上面结满了网。

可是我依然被这一包纸币吓得非同小可,一方面是我从来没有想到我的曾祖父当时竟然积累了这么多的财富,而那些印着半长头发外国人的外币我无论如何也不知道他是从哪里弄来的,毕竟我的家乡在当时是那么地封闭和落后啊;另一方面是因为这些纸币是典型的"四旧"物品,是资本主义的残渣,要是被红卫兵或者是其他造反派发现,我们一家人都会因此而受到牵连。所以,我在晚上的时候,也把那包纸钞毫不留情地烧掉了。

现在想起来,那时候烧掉的东西留到现在的话,应该会有很大的价值。我所烧掉的那些东西,跟当时全国所毁坏的东西比起来,简直是沧海一粟,不足为道。然而,在当时如火如荼的"文化大革命"运动中,很多东西被一群冲昏了头脑的学生肆无忌惮地摧毁着、焚烧着、破坏着,没有人心疼,也没有哭泣,只有欢呼声雀跃,呐喊声喧天。在每天高呼的口号之下,对这些东西的肆意损坏似乎反而成了一件大快人心的事情。只是,当那份热情冷却下来,当那盲目的头脑变得清醒之后,再回首那一段历史之时,又会有多少人在夜晚的时候,独自流一把眼泪呢?即使眼里因为饱经岁月的风霜而流不出泪水,但心里的痛楚却日见清晰,或是为自己的年少无知,或是为那些古籍文物的罹遭厄运,又或是为那个动荡的年代。

❧

有一次,我去安庆进行大串联,正好遇到安庆地区有一批红卫兵被抓进了派出所。那次安徽地区的红卫兵组织了一批学生,在公安局的门口聚众绝食,希望通过学生的绝食示威给公安局施加压力来营救被抓的同学。我当时受一个英语系学姐的鼓动,也参加了那次聚众绝食的行动,我们每天很早就跑到当地公安局的门口坐着,有四五天都坚决不吃食物,只在渴得难耐的时候,喝上一口水。最后那批学生确实被放了出来,我们的绝食行动奏了效,但实际上我连关在里面的人都不认识,至于他们为什么被抓进了公安局更是一无所知,但我竟然跟着当地的一群红卫兵采取绝食示威的方式来营救他们,现在想起来,实在不清楚当时为什么那么盲从和幼稚。

在大串联期间,我也和同学一同去西安参加过串联活动。我记得当时去的是西安交大,在西安交大认识了几个同学,其中有两个西安交大的同学让我印象深刻。在和他们交谈的时候,他们会说出很多哲学家的名字,但谈得最多还是马克思,我那时候基本上没有接触过哲学,虽然在政治课本上学过一些马克思哲学的内容,但远远不能和他们进行哲学上深入的探讨。我们去了大雁塔参观,西安给我留下了深刻的印象,它有着历史古都的文化底蕴,但这种历史底蕴似乎又和南京不同,到底哪里不同,我也说不上来。

在"文化大革命"期间,我有一个兴趣就是看大字报,那时候学校以及南京的大街小巷都贴满了大字报,几乎每天都有新的内容,而读大字报则几乎成了我每天的必修课。说句实在话,那时候有些同学写的大字报还是非常有才华的,有的字也写得很漂亮,但唯一的遗憾是那些大字报的内容都是批判别人的。那些本来才华横溢的学生,那时候在一张张批判性的大字报中埋没了才华和激情。

当时学校有一个同学,文学才华非常出众,他喜欢写诗,创造性地将法文和中文结合在一起,组成合辙押韵文采斐然的诗篇,受到学校许多同学的喜欢。他曾经写诗追求我们班上的一位女生,诗歌似乎信手拈来,却难掩风流。我认为这足以撩拨那位女生的芳心，其中有几句我到现在仍然印象深刻——亭亭玉立ELANCEE，我爱芳卿巧BOUDER。

在"文革"时候，他因谈论林彪、江青的事而被打为反动学生。打为反动学生之后，同学们都对他实行口诛笔伐。动口的就口头批判他，动笔的就笔头教育他，他从一个风流才子变成了众矢之的。我也写过大字报批判他，站在一个政治正确者的立场，以高高在上的姿态批判他。但事实上，我之所以写大字报批判他，并不是为了证明自己政治立场的正确性，而是为了展现自己的文学才华。我那时候也算是一个文艺青年，对自己的文笔多少有些自信，尽管欣赏他的文学才华，但毕竟年轻气盛，心底里对他多少有些不服。

我的那篇大字报算不得一份真正意义上的"政治"大字报，而更像是一份"文学"大字报，我所在乎的绝不仅仅是批判他的罪行，而主要是为了让其他同学也看到我的文学才能。那时候，我心里对他的才华似乎有几分忌妒，那一份大字报我精心组织了很久，文笔流畅自然，洋洋洒洒，算得上是一篇文质上乘的大字报。在大字报里，我极力地表现自己的文学功底不在其下，甚至不惜糟蹋他的名声。

这件事情过去了几十年，但我现在想来仍然感到非常愧疚，我多次和一些老同学提起，希望见到那位同学，当面向他道歉。可惜毕业之后，我就一直没有见过他，几十年过去了，我想他也和我一样双鬓斑白。回首往事，大概也和我一样暗自嗟叹，唏嘘不已。如果有缘再相见，我一定会为自己的幼稚和自私向他道歉。

❧

我之所以喜欢看那些大字报，大概跟我自己当时空虚的生活状态有关。那时候整个社会都处于极端的混乱之中，学校也停了课，老师大部分都被批斗。或许"文革"刚开始的时候，我还有一点政治的热情，但后来，我自己就变得像一个无头苍蝇一样，嗡嗡乱叫却不知道该在哪里落脚，我看着当时身边所发生的一切，也逐渐地陷入更深的迷惘之中，或者说，我当时连自己的迷惘都没有意识到。我不是造反派的中坚力量，在造反派中没有什么话语权，造反、革命、政治等事情对我的吸引也越来越小，我逐渐地对这些事情失去了兴趣，做了一个革命的逍遥派。

做了革命逍遥派之后，我再也无心于"文化大革命"了，1967年和1968年，我先后两次去过江西庐山。第一次去庐山是和南京河运学校的几个同学一起去的，因为他们学校有免费的船票，我们就从南京乘船前往九江，之后徒步爬上庐山。第二次去庐山是坐革命大串联的火车去的，当时虽然名义上是去交流革命经验，但其实我已经对革命失去兴趣，只是趁着这个机会出去参观庐山的大好风景。庐山的山路蜿蜒曲折，但一路的风景却美不胜收，站在庐山之上，怪石嶙峋，雪松参差，连绵的山峦在脚下的云雾中起伏着，凉风吹来，吹起头发飘飘，衣袂飘飘，空气新鲜，真令人心旷神怡，流连忘返。据说陶渊明所写的《桃花源记》正是以庐山康王谷为背景的，不知此事准确与否，未作考证，不敢妄言。但若以庐山作为隐居之地，触目为青山绿水，头枕着松涛竹浪，更有云雾缭绕，别有洞天，宛若仙境，何其幸哉！

在庐山的半腰，有十几户农家，土木结构的房子坐落在山腰之上，从远处望去，像是鸟巢一般悬贴在山上。袅袅炊烟从青瓦或是茅草的间缝中升起，微风过处，婆娑袅绕于青翠的树木之间，由浓转淡，最后消失于雾色之中。炊烟是农家诗篇中最美丽的韵脚，悠长而温婉的音节在氤氲之间舒展着，把韵调拖得很长，但又极柔，如浅唱，如低吟。不知名的鸟儿啼叫着，声音清脆，当是吃山泉水长大的。村子里鸡鸣声、犬吠声、泉水的叮咚声以及孩子们的欢笑声汇成一片，在山谷里面回响，爽朗而干净。他们说着豪爽的方言，嗓门大，语速快，和我家乡的方言类似，各自坐在自家门前的板凳上，和斜对面的人家交谈，岁月在脸上留下的沧桑掩盖不住真挚的笑容。我们完全被那种和谐的氛围所吸引着，那是这几年来最温馨恬淡的场景，正是"狗吠深巷中，鸡鸣桑树颠"。才知道天底下还有此亮堂世界，溪山秀竹，松风吹绿，日光疏疏于林中，山也是静，水也是清，人像溪水里游鱼一样鲜活，日子真是个水远天长，全然没有世事的污浊，亦没有时代的张扬跋扈。

这里的十几户人家大都养了鸡鸭牛羊，自耕自足，"文革"之风吹到这儿已如青萍之末。在半山腰，有一户人家给我们提供了一顿免费的午餐，江西菜又香又辣，咸鱼和咸菜都非常好吃，我们一行人吃得食指大动，却又辣得直喝凉水。这户人家有两个小女孩，一个约十五六岁，另一个小一点，十二三岁的样子，两个女孩子在风日里长大，常年与青山绿水相伴，秀山清泉让她们出落得水灵可人，她们给我们端茶送菜，一见到我们就露出纯真的笑容，那双黑色的眸子仿佛在山泉里洗过，一转动，则犹如山间的小兽物。

从庐山回来，"文化大革命"的运动还在继续，而我的"文革"却基本上结束了，至少我的心已经在"文革"之外了。但由于我曾经参加过红卫兵，当后来国家对"文革"进行整顿的时候，我依然受到了牵连，尽管那时候我已经到上海参加工作了，但后来我又被平反。"文革"对于我们这代人来说，是一个不可避免的话题，我们的学业被这场轰动全国的运动无情地阻断了，我们就像一叶浮萍，起先在革命的浪潮中随波逐流，浮浮沉沉，跌跌撞撞，之后便被浪潮拍打在某个角落里，忍受着无边的迷惘和黑暗。所以我们这一代人大多不愿再提起"文革"，因为那是一段不堪回首的历史，我们的青春还没绽放就凋谢了。

"文革"过去已经四十多年了,这之后的四十多年,我们这一代人的命运各有不同。我认识的一个朋友经历了"文革"后,四十多年里再没有流过一滴眼泪,晚上也再没有做过一次梦。我倒是经常做梦,梦到"文化大革命"中学校的南园,有女同学扯下一张刚刚贴上去的大字报,裹在自己的身上,像穿上一件白色的婚纱一般,可惜她一生都没有穿上过婚纱。她的嘴唇在动,我听不清楚她在嘀咕些什么,或许她根本没有嘀咕什么,只是我以为她在嘀咕而已。风吹着她裹在身上的大字报,哗哗作响,她的头发凌乱,遮住了她原本天真的笑脸。我梦到南园还有很多人都把大字报裹在身上,头发凌乱。我感到害怕,我意识到自己正在走近他们又像是刚从他们之中走出来。我记得弥尔顿的《失乐园》里面写过这样一段诗歌,那是上帝对亚当和夏娃偷吃了禁果,使得人类走向堕落之后的辩护,上帝说:

　　　　"不是我,而是他们自己的决定,

　　　　他们的反叛:如果说我预知此事,

　　　　预知对他们的过失却毫无影响,

　　　　即使没有预知,他们也必定如此。

　　　　所以完全没有丝毫定命的催促,

　　　　或者我的清晰预见之影响,

　　　　他们犯下罪过,咎由自取,

　　　　全是他们的判断和选择;因为

　　　　我把他们造成自由者,他们一直自由,

　　　　直到他们自己奴役自己。"

书生荷锄

　　我总是想，如果没有经历那几年的农场劳动，我的人生将会走向何处。或许我会成为一个翻译者，毕竟这是我所学的专业方向，至于口译或者笔译，我说不准；也有可能成为一个写作者，因为我从小就心怀作家梦，至于笔耕到现在"辍"还是"不辍"，我也说不准。我也许会有很多种工作可做，但其中任何一种，都只能是曾经的设想。人生的道路和设想的毕竟不同，比如我，我这大半生所走的路，就和我年轻时候所设想的完全不同。我不信命，我不是宿命论者，但我确实相信生命中很多东西，在冥冥之中，确有安排，这种安排不是出自上帝、神或者某种超自然力量的旨意，而只是因为人生中的每个环节，都不可避免地带有偶然性，正是这种偶然性，决定了人生中的许多事情。

　　我现在仍然十分清楚地记得我大学毕业之后乘着卡车离开南京大学的情景，说是毕业，其实当"文化大革命"发生之后，我们已经两年多的时间没有上过课了。很多老师在那个动荡的年代遭受了不公的待遇，即使侥幸躲过，对于学术也没有那么多的激情了。两年没有上课了，我们的毕业也就非常潦草，没有提交毕业论文，也没有进行过任何程序性的毕业考试，该毕业了，我们就在一波又一波的运动高潮中走完了大学的路程。

　　那是1968年，也就是我到南京的第四个年头，在持续闹了两年革命之后,我拿到了学校颁发的毕业证书。如果一切按正常秩序进行的话,我本该拿着学校所发的证书投入到国家外交事业的阵营中去。然而,革命还在继续,我们只能顶着"待分配"的帽子,走到最广大的基层去,接受工农兵的再教育。

9月16日,当学校安排我们那一届毕业生前往安徽省霍邱县城西湖五七军垦农场的计划尘埃落定之后,我们就被送上了前往霍邱的卡车。那是下午,9月中旬的南京已经渐入秋境,西风吹来,梧桐树的叶子在风中纷飞,像是在为我们送行。事实上,我们在离开南京大学前往城西湖农场之时,除了学校的军训团和校革委的负责同志之外,再没有人为我们送行。那些来送行的同志们也并非真心送行,只是履行一套既定的程序,勉励我们到城西湖虚心接受工农兵的再教育。我当然知道这是他们的职责所在,但我终究感到失落,一半因为离别时的冷清凄凉,另一半,是因为离别后的孤独迷惘。

路途遥远,时间紧迫,卡车司机和负责同志催促着我们上车,卡车喇叭拉长了催,但越是催促得紧,我越是感到不踏实。事实上,我们上车那批人中,没有一个人心里踏实。尤其是我,仅仅二十二岁的我,好不容易从中学饥饿迷惘的状态中走出来,过上了两年安稳幸福的大学生活,接着一场浩浩荡荡的革命,就把我从平静的生活中突然带入到一个近乎疯狂的世界中去,我跟着他们疯狂,也跟着他们迷惘,但等到这种疯狂劲头渐渐冷却之后,我只能陷入更深更深的迷惘之中。登上卡车的那一刻,我的心情是复杂的,一方面我希望离开南京大学,这个在"文革"中混乱不堪的地方,我企图逃避(这大概是人在感到厌倦之后最直接的反应);而另外一方面,我又不知道我所要去的农场到底是一个什么样的地方,我也不知道这个远在几百里外的地方会带给我什么,是幸运或是灾难? 在那个翻云覆雨的年代,你永远不知道下一刻将要发生什么,又将颠簸到哪里,就像我从来没有想到我会登上这一辆开往农场的汽车。

我们上了车厢，各自把行李放置妥当，近三十个学生挤在车厢里，车厢没有座位，大家都坐在自己的行李上，说是行李，其实无非是在学校时所用的一些生活用品。卡车没有顶棚，只有大约七八十厘米高的护栏，我坐下之后，正好可以探头从护栏之上望到外面。但我当时并没有立即望向外面，我把头低下，看了我屁股下面的行李，我看着那些行李，想起了自己四年前从家来到南京读书时候的情景，那时候，我也带着这些行李，从家乡辗转来到南京。四年过去了，我依然带着这些行李，从南京离开，去向一个我从没到过的农场。车厢里有些拥挤，被子之类的物品占了太多空间。我带的行李中，除了一本《法华字典》外，再没有一本书。而我的那些同学，有的甚至一本书都没带。这似乎有些出人意料，毕竟我们那时作为大学毕业生，在当时的中国，算为数不多的知识分子。在现在的人看来，我们或许是尽量少带其他的行李，而把宝贵的书籍一本一本地塞进箱子里。事实上，经历了两年多的动荡之后，大多数同学已经逐渐对知识灰心了，除了心灰意懒，意志消沉，我们实在没有其他的选择。我不知道我学习的那些知识还能有什么用，尽管知识在最迷惘最黑暗的日子里带给了我方向。可是，那时我对知识的信仰似乎被瓦解了，当我完全陷入一片迷茫时，我不再对知识抱有太大的希望。但我是矛盾的，一方面我开始对知识心灰意懒，而另一方面，我还是在临走之前把一本《法华字典》放进了行李之中。

我已经记不清当时的想法，或许当时根本没有多想。我不得不承认自己是一个理想主义者，即使在知识最软弱苍白的年代，我似乎内心中还依然存在着一点自己也没有意识到的信念，这或许是对理想主义的一种现实解读，如若这种解读能够成立的话，那本行李中孤独的《法华字典》也就不是个意外了。

同学们上车之后，似乎都没有说话，这是念大学以来大家最沉默的时候。沉默，或许是因为从此就离开了学校，也或许是因为过去的几年喧哗太久了。

在大卡车开动的瞬间，我突然站了起来，我忍不住地把眼睛望向了学校，校门上的"南京大学"几个字有些刺眼，这几个字在我心里的分量着实太重，毕竟这里曾经像母亲一样给予我营养。那一刻原本高大的正门似乎也显得有些矮小，依旧还贴着大字报的墙上，有些被风吹乱了纸张在风中哗哗作响。有那么一刻，我有些想哭，泪花在眼睛里打转，我忽然想起四年前我第一次到学校的情形，那时候大门高大威严，校园里诗意盎然，而现在，这所全国闻名的大学竟变得如此的颓唐和落寞，而我们这批新中国培养的外语专业学生，也不得不面临着未知的命运，搭上一辆军用卡车去不知何处的远方。望着校门，眼里噙着泪水，所有的理想和抱负在那一刻似乎都崩溃了，只有风啮咬着我，带我去一个从未去过的地方。

❧

卡车前行着，我陷入了更深的沉思之中。苦难教会了我思考，尽管我的思考并不成熟，但我始终相信，只要头脑还在思考，就一定会有不同寻常的力量。很多现象我当时始终想不明白，生活没有给我一双洞察一切的慧眼，我只能把这样的疑问留在心间，或者，交给时间。我也思考着我自己，那一次我是真的在认真地思考着，我被一张大网笼罩着，张网或者收网都不在于自己。我把自己完全交给了一个我没有明白过的真理，也交给一个不甚了解的集体，在所谓的真理和集体面前，我没有思考，缺乏判断，我甚至都不是我。当我逐渐成为革命的逍遥派之后，我开始渐渐地思考起自己来，但之前的思考都不及那一次在卡车上的思考深入。

我的思考其实来源于一种害怕,我害怕岁月的灰尘从此蒙上我明亮的眼睛,害怕那辆载着我的卡车在前行中一路荆棘、一路阴影,最后消失在无边无际的黑夜中。我意识到自己的软弱无力,何止是我,所有的人都软弱无力。我们都太渺小了,恐惧是我们唯一证明自己存在的方式。我证明自己存在,证明自己是个人,可是,当"人"这个词作为一个个体概念时,是软弱无力的,是微不足道的。人其实是敏感的动物,尤其是处在惴惴不安的状态中。但人总是矛盾的,有时候敏感往往和麻木并存,我便是这种矛盾的结合体。在"文革"的前期,我是麻木不堪的,在那个被机械地赋予着诗意和豪情的时代,我被表面的浪漫和激情麻醉着,任由浪潮席卷,风雨变幻,我始终一无所知。我又是敏感的,我敏感得对自己所说的每一句话每一个字都小心翼翼,敏感得连走在校园里也要时时警惕着身边的一切。但不管我自己如何敏感,我的感觉却始终是不可靠的,因为我抓不住这种感觉,我两手空空。在麻木和敏感交织的矛盾状态里,真正袭入内心的是空虚,空虚是极阴险歹毒的野兽,它虽然不直接向你发起攻击,给你致命一击,但它却偷偷地吃着你的心,一点点地吃掉,让你在麻木的状态中被吃掉心,最后慢慢地萎缩,剩下一具干枯的皮囊,直到死去。我那时候便常常怀疑自己,怀疑自己的精神和灵魂,已经被空虚逐渐地蚀去。行走在喧哗的人群之中,我只剩下一具干枯的皮囊,再回头,发现所有人都只是一具干枯的皮囊。

　　卡车出了南京城,就开始一路颠簸,乡村狭窄的公路上泥土飞扬,汽车的尾气卷起尘土扑面而来,路上的碎石被卡车轮子碾过之后,腾空而起,打在卡车的车厢上,发出当当当的响声,碎石偶尔也打在我们身上,没有响声,但是痛。

　　卡车行驶着,同学们起先没有说话,出了南京城之后大约一个小时,便陆陆续续有人交谈起来。我基本上没有听他们说话,只是把目光望向车厢外。9月份的乡村，正是收获的季节，沿路的稻田里，有农民正弓着身子割稻子，隔得远，我看不清那些农民的样子，只能看见他们弓着身子，弓得很低，头触地一般，在稻田里，弓成了一道弧线，只是这弧线并不美丽。尽管是收获的季节，我却分明看到了一片荒凉，即使有金黄的稻穗迎风摇曳，我也看不出任何物阜民丰的盛景。实际上，田地里的杂草更多，而道路两旁的一些树干上，贴着的或旧或新的大字报或标语也成了乡村里独特的风景，我不知道那些弓在地里面收割的农民是不是也在劳作之余高呼口号，但临近傍晚，他们一定也累了。

过了六合，便进入了安徽境内，安徽是我的家乡，我所要去的城西湖农场位于六安，六安与我们安庆相邻，但我从来没有去过。卡车最先进入的是滁州的地界，滁州是吴敬梓的故乡，我曾经读过他的《儒林外史》，被他酣畅淋漓的笔墨之下的一群儒生逗得笑声连连，笑过之后，也嘲弄他们的迂腐。卡车上坐着的也是一群读书人，我们的光明大道是到工农兵队伍中去，去和工农兵队伍结合，去接受工农兵的改造。我不怕被改造，基层的劳苦大众确实有许多值得我们学习的优点，但我害怕迷失，在人群中迷失。

卡车上有人唱起了歌，不知道是谁起头的，我被歌声从沉思的泥沼中拉将出来，天色渐渐地黑了，阴天的云层太厚，没有星星和月亮升起，但车上的歌声升起了，仿佛要迎接着黑夜的到来一般。"我们走在大路上，意气风发斗志昂扬，共产党领导革命队伍，披荆斩棘奔向远方……"我有时候跟着哼几句，有时候则根本听也没有听进去，坐在卡车上，我无心唱歌。那几年全国上下无比兴奋，到处都充满豪情壮志的歌声，似乎只有那种齐声合唱的方式才能表达热爱和赞颂之情。合唱是最能显示雄浑的气势的，尽管合唱中个别的声音并不和谐，但只要整体歌声嘹亮，个别的不和谐的声音谁又能听得到呢？合唱洪流浩浩荡荡，前进的方向岂能因为一两个不和谐的声音而改变？歌声还在响着，卡车还在路上，天色黑了。

～～

我们到达城西湖五七军垦农场的确切时间是9月18日凌晨2点。之所以叫城西湖军垦农场，是因为这里曾经是一片泽湖，当时的原南京军区调了三个师的部队在这里围湖造田，并分配北京、南京等地的高校学生来这里参加劳动，要在这片土地上创造农耕的神话。这里从1966年就开始围湖造田，我们去的时候这里已经是拥有十多万亩土地的大型军垦农场了。

到了农场，部队我们安排住宿。我们跟部队一样，住在人工搭建的营房里。营房起初是用毛竹搭建的人字形工棚，顶上覆盖着油毛毡，床板就放在土墩上。军垦农场的生活是相对比较辛苦的，住宿的条件太简陋，很多在城市里面住惯了的学生非常不适应，加上这里本来就是湖泊，湿气很重，有的同学在这里住了一晚上之后，身上就开始长满了疮，营地澡堂设施不健全，买疮药也不方便，一些女同学刚来就躲在营房里面哭。

农场实行军事化的管理制度，到农场参加劳动的学生也很快就被安排了编制。我们的编制都以"学X连"命名，连长、指导员、排长包括班长都是从部队派来的。他们带领着我们参加劳动，我们在农场里接受他们的再教育。我当时被分在学八连，在学八连的好几个排都待过，而待得最久的四排。

到农场的第一件任务就是安家。部队的营房不够安置学生，我们必须自己搭建营房。在这里，盖房子特别简单，我们用的材料总共四样：泥巴、木板、杂草、油毛毡。材料除了油毛毡之外，其他几种都是就地取材，所以搭建一所营房的速度也非常快。把泥巴用水和稀，加入一些杂草，让泥巴变得更有黏性，然后把泥巴灌进两块木板之间，等到泥巴黏合木板之后，就形成了我们营房的墙壁，再把油毛毡搭在顶上，营房就建好了。我们把这种建设营房的方式叫作"干打垒"，这种建舍方式最开始出现在大庆农场，之后开始全国推广，后来基本上全国各大农场的营房都是按照这种方式建设的。每一间营房住一个排，床一律是大通铺，学生们依次睡在大通铺上，但为了节约床铺的空间，床铺上相邻的两个人都是颠倒睡觉的，有的班人数多了，一个大通铺住不下，就用毛竹支撑和固定床铺，在大通铺的上面再加上一层，分为上下床。

在农场里，种的粮食多，我们饭是吃得饱的，但刚到农场的两个月几乎没菜，只有盐水豆，分量也不多。由于长期没有蔬菜提供维生素，有些同学的面部浮肿起来，幸好后来我们连队自己种了菜，才摆脱了每天都靠盐水豆下饭的日子。我们自己种了包菜、萝卜一类的蔬菜，萝卜啊，包菜啊，对于我们许久没有吃到过素菜的人简直就是山珍海味。我记得我们在农场第一顿吃上萝卜片和包菜的时候，大家的眼睛里都放着光。那真的是菜，有滋有味的菜肴啊，包菜是柔软细腻的，萝卜片也清新淡雅，这两种难得的蔬菜，让我们吃了两个月盐水豆的舌头美美地洗了一次热水澡。但农场的饮食就和农场的生活一样的单调，当我们幸运地吃上了包菜和萝卜片之后，之后几乎每顿饭都是包菜和萝卜片了，久而久之，我们也渐渐地厌倦了包菜和萝卜片的口感，开始觉得包菜味同嚼蜡，萝卜片也粗糙难咽。有一次农场用卡车拖萝卜，卡车在之前拖过煤油，煤油漏在了车厢里，所以那一次拖回来的一车萝卜全部都沾上了煤油。炊事班的同学炒出来的萝卜片全是煤油的味道，那车萝卜足足吃了有半个月之久，到后来，一连几天吃任何东西都感觉有煤油刺激的气味。

农场实行军事化管理，对吃饭的速度严格要求。起初，大家都非常不习惯两三分钟吃完一顿饭的节奏，但到了后来，我们甚至有时候玩起了比赛吃饭的游戏。过年时，农场会为我们提供饺子，饺子在平时实在是看不见踪影的食物，过年的时候，能吃上一顿饺子是非常幸福的事情。关键是饺子里面包着肉，肉啊，在平时的饭菜里实在见不到肉。更幸运的是，过年那一天饺子居然是敞开了吃的，我当时大概吃了七十个饺子，我这辈子从来没有哪一次觉得饺子有那么好吃，能够一口气吃掉七十个。不仅仅是我，当时其他的同学还有比我吃得更多的，因为那是饺子，饺子里面有肉。对于一群平时做着艰苦体力劳动而常年只是吃着萝卜片的学生来说，再没有什么比饺子更美味的了。

有一段时间，农场流行出血热，这种疾病由当地的黑线鼠传染，刚发病时发高烧，然后发冷发抖、恶心呕吐、全身酸痛，就像平常感冒。但如果把这种病当成了感冒来治的话，患者不久就会丧命。因为出血热若发现得早，有特定的药物，是可以治愈的，但一旦错过了有效治疗期，那就等于宣告了死亡。这种病在当时全国的许多农场肆虐，因为湖水被抽干之后，湖底也时常有各种生物，这些生物身上携带着各式各样的病菌，不经意就传染给了人。

出血热的肆虐给连队造成了极大的恐慌，大家都害怕突然被传染了这种疾病。在当时，因为缺少特效药，被传染了这种疾病就几乎等同于死亡。所以，要预防这种疾病的唯一办法就是防鼠，我们连队在营房周围垒起了防鼠墙，所谓防鼠墙，主要是用泥巴垒成一道一米左右的墙，然后用泥刀之类的工具把墙抹得光滑匀净，防止老鼠爬上墙来。防鼠墙外挖一条防鼠沟，沟里蓄水，这也是防止老鼠肆虐的方法。这种方法有些像古代的城池，城墙森严，护城河环绕，我们在城墙之内，过着相对安稳的生活，任老鼠在墙外叫嚣骂战。由于这种病的传染性极大，死亡率极高，所以尽管我们设立了防鼠墙，仍然担心有老鼠越过防鼠墙来到我们的营房之内，把病菌带来，于是我们还采用了另外一种以防万一的方法，用一块布缝成一个袋子，把袋子挂在墙上，然后把餐具放进布袋子里，这样，即便有鸡贼的老鼠钻进了营房，也不可能爬到我们的餐具上，被传染疾病的概率就大幅降低。那一段时间我们几乎处处都提防着老鼠，生怕有一点不小心而感染上病菌。但尽管如此，农场里还是有一些人因为得了出血热死了，二十岁刚出头的年纪，人生的路本来还很长，却不幸丧命。

当时在农场的解放军战士也有死在农场的，我便亲眼看见过一次士兵训练时发生意外的惨状。有一次，我看到他们在农场附近参加打炮训练，他们使用的是63式60迫击炮，炮弹从炮管前端放进去，一个士兵将炮弹放进炮筒，还没有发射，炮弹便炸膛了。轰隆一声之后，好几个解放军战士都死在了炸膛的炮弹之下。我带着对他们的敬意，目送他们在意外中离我们而去。因病和意外死去的学生或士兵大多都不过二十多岁，二十多岁啊，纵然有偌大的城西湖，试问，又如何载得动一个个二十多岁的亡灵？

⁓

我们的营房建在湖岸上，站在湖岸上往下望，可以望到被围造成田的湖泊。我小时候经常在湖边玩耍，湖水清澈，云影徘徊，一切的水意和诗意全在那水鸟掠过，涟漪泛起的湖面。可是，当我站在城西湖的岸上，在离湖底几十米的岸上，极目张望时，却看不到想象中的湖泊，只有宽阔的田地阡陌纵横，沟渠交错，统一的布局和单调的颜色和这里军事化的管理模式相适恰。9月下旬的湖地，春季农作物已经收割完毕，冬季的农作物还没有种植，整片湖地没有任何点缀，只有无边的荒凉，只有秋风哀号。

初到农场的那段时间，我非常不适应那里的生活。倒不是因为简陋的生活条件，毕竟我经历过苦日子，对于生活条件的简陋是能够接受的。但是，我忍受不了农场当时的单调，因为还没有种植冬小麦，大片的湖地除了泥巴和杂草之外，再无他物。至于我们的生活，除了劳动，就基本上是听取师团领导的各种报告。报告的内容千篇一律，全是中央关于青年和知识分子学习的指示。可以说，我在农场的第一个月是既充实但也无聊的，充实是因为每天的劳动和报告把我们的时间安排得紧张，几乎没有其他空闲时间。白天沉重的体力劳动之后，晚上躺上床也总能很快睡着。但我又确实感到无聊，我们生活的节奏太统一，生活的内容又太单调，没有任何可以给人去思考和选择的余地，我们就被安排着行走在既定的轨道里，没有脱轨的可能性，更没有出轨的胆量和勇气。

　　无聊尽管是无聊着，在逐步地适应着农场的生活节奏的同时，转眼间种植冬小麦的时令就到了。城西湖一年产两季，冬小麦在10月份中下旬开始播种，在翌年的五六月份就可以收获了。到了农场一个月之后，我们便投入到了抢种冬小麦的战斗之中。田地面积广阔，农业的时令又不等人，所以只能在一个月的时间里加紧我们的播种劳动，以完成冬小麦的播种。我的那些同学中，有许多是来自城市的，对于种植小麦，很多人一窍不通，我们这群学生就在部队的带领之下，进行着农业劳动。农场里种植小麦有专业的农用播种机，我们学生不需要进行播种，但要给小麦进行锄草之类的劳动。有趣的是，在田地里我们常常要弓着腰，很多戴眼镜的同学经常在干农活时眼镜从脸上滑落，掉到泥地里了，眼镜掉了，自己又看不清楚，就低头贴着土地去找眼镜，那姿势就像是要吃土一样，其他同学就笑称这是"饿狗吃屎"。

　　抢种小麦的劳动虽不是完全的体力活，但总是弓着身子，一天的劳动下来，真可谓筋疲力尽。晚上回到营房，多数时候顾不上洗漱，带着满身的泥巴和汗渍倒头就睡了。那时候人年轻，渐渐地也就适应了这样的劳动，在劳动的过程中，我也明显地感觉到自己的体力在增长。

　　抢种冬小麦的劳动虽然辛苦，但毕竟我还是欢喜的，因为种植上冬小麦之后，随着小麦的生长，湖地就逐渐变得翠绿起来，站在营房上面往下看的时候，不再是满目的荒凉，而是一席绿色的毯子铺开，一直和蓝天相接。那时候，我才感受到城西湖的美丽，尽管没有了令人遐想无穷的湖水，但一眼望不到边的翠绿多少能弥补一些丧失的诗意。等到次年的四五月份，麦穗长成的时候，微风吹来，麦浪起伏，你站在营房前眺望，远处的蓝天飘着淡淡的白云，白云底下麦子在抚摸着大地，再侧耳一听，你仿佛能听到麦穗彼此碰撞的声音、叶子互相亲吻的声音。有那么一刻，你会飘然忘掉身边的一切，想要跌进麦子的湖底，去拥抱痛苦生活中惊鸿一瞥的诗意和一年到头辛苦之后收获的喜悦。刚开始种上冬小麦的那一段时间，我每天早上起来都会有意识地往湖地里看看，那似乎成了我的一种安慰，我每一天都盼望着冬小麦长起来，每一天都希望它们长得更高一点，更绿一点，希望它们每一天都有改变，都能带给我新的惊喜。

我总是在寻找着生活的诗意，佛家讲人生有四谛，第一谛就是苦谛，在原本皆苦的生活里，如若连那么一点仅存的诗意都不去寻找和享受的话，人生将会是多么的淡然无趣。现在想来，我这一生支撑着我生活下去的力量除了意志之外，便是诗意。对，诗意给了我力量，它尽管是一个很温柔的词汇，但却蕴藏着无穷的力量，在现实生活煎熬困苦的时候，我总是努力把自己放进一个精神的世界里去，去呼吸不一样的空气，去渴望，去存在，中学时代如此，农场时候也如此。这大概是中国传统文化教给我的，我小时候读到的那些古诗词，让我学会了以一种理想主义的状态去面对生活，在没有诗意的年代，我努力地把自己活得诗意盎然一点，直到现在，步入古稀之年的我，仍然是一个"老不正经"的理想主义者，仍然在平凡简单的生活中极力寻找着诗意，像是在寻找另一个自己一样。当然，这也许和我对传统文化一知半解有关，但不管怎样，这种心态给了我力量，给了我人生的智慧，让我在绝望的生活里一步步地前进,越过山河,越过大海,直到现在。

❧

因为实行军事化管理,除了劳动之外,农场还实行野外行军拉练。连队每两周就会举行一次野外拉练。野外拉练是非常辛苦的锻炼模式,比农场里其他的体力劳动有过之而无不及。我所在的学八连实行野外拉练时,通常选择在傍晚从农场出发,在泥泞路上跑步行进,每个学生的身上都背着被褥和水壶,晚上就在庄稼地或野地里扎营。拉练通常进行三天,我们会在第三天傍晚回到农场。

每次野外拉练要行两百多里路,最初进行拉练时,大多数同学的体力和耐力都跟不上训练的强度,很多同学跑几里地就开始气喘吁吁,筋疲力尽了。但连队有规定,每次拉练有目的地,任何人都不能中途掉队。部队里面任何事情都只有一项条件可谈:听从上级的指令。经常有同学在拉练的途中出现上吐下泻的情况,有的甚至出现暂时性的昏厥。有一次拉练途中,一个同学见到另外一个同学晕厥了,立马跑上前去报告给连长,希望连长让部队停下来休息整顿。他跑到连长跟前,上气不接下气地向连长报告:"报告连长,后面有人晕倒了。"他本以为连长会停下来,但连长仍然小跑,几乎没看他,只是回了他一句:"你背着他跑。"报告的人听到这话,本来就已经疲软了的腿,这时候更软了几分。他没说话,连长转过脸来,看了他一眼,问道:"没听到吗?""是!"报告的人只得胸膛一挺,腰一收,有底气又没底气地回答,然后转身跑回部队后面,背着晕倒的人继续前进。

我们在一次又一次的拉练中得到了锻炼,体力和耐力都有了非常明显地增强,越来越多的人能够坚持完这两百多里地的拉练活动。有一次我们进行野外拉练时,一个女生在中途体力透支,完全跑不动了,但大部队仍在前进,就在她几乎绝望的时候,一个男生突然跑到她的身边,把身上的水壶递给女生,给她补充水分,然后主动背着体力透支的女生继续行进。余下来的三十多里拉练的路,那个男生背着女生以及他们两人的被褥水壶,在泥泞崎岖的小路上前行。女生虚弱无力地伏在男生的背上,男生则艰难地迈着步子,坚持前进。我走在他们后面,看着他们的背影,破旧的军装上满是稀泥,那女生的头发左右晃荡,背包和水壶也左右晃荡。男生走得并不慢,有时候停下来顿一顿脚步,用手和背上的力气,把女生往背上托一托,不让她从背上滑落,然后继续迈开步子。因为这件事情,那个男生和那个女生后来结为了夫妻,走到了一起,即便生活亦如拉练般艰辛,但他们相扶相持,过得很幸福。大概这是拉练除了锻炼我们耐力之外的又一个好处,若不是那次拉练,他们大概永远没有这样的缘分。

拉练在我的眼中,其实就是我在大学时期经常进行的徒步远行。因为经常参加这样的训练,所以拉练对于我来说是相对比较轻松的。事实上,我自己也比较喜欢这种拉练活动,在看不到前途,感到生活没有任何方向的时候,这种磨炼意志的体能锻炼活动能够重新燃起我对生活的热情,至少在大汗淋漓,筋疲力尽之后躺在床上,我还能够从四肢的酸痛中感受到生活不是一潭死水。

在进行野外拉练的同时,我们还会接受来自贫下中农的教育。我们被带领到当地的一些农村,由当地的贫下中农给我们上课,这种课称为"阶级教育课",内容主要是讲解放前地主是如何剥削贫下中农,而解放之后贫下中农是如何翻身做主人的故事,目的则主要是教育我们这些知识分子要爱国爱党。当时有一首儿歌就是唱这个活动的:"红小兵,地头坐,贫农大爷来上课。来上课,满眼泪,控诉万恶旧社会。"老农们大多不善言辞,讲课结结巴巴,磕磕绊绊,半天说不出一个字来,有的因为没有文化,尽管苦大仇深,但却分不清什么是旧社会,什么是新社会。我记得有次听课,一个老农讲起曾经在地主家做长工的经历,说到地主家一日三餐丰盛,闹出了不少笑话。

一般上完"阶级教育课"之后,连队还会安排我们吃"忆苦饭"。"忆苦饭"其实就是粗糙的饭食,当时组织为了教育我们知识青年,希望让我们体验解放前贫穷落后的生活,然后懂得幸福生活的来之不易,"吃水不忘挖水人"。我们连队经常做"忆苦饭",多半是用玉米面、萝卜叶子、谷糠之类混合而做成的饭食,有时候还会加上树根泥巴之类的东西。一般开饭前,连长或者是指导员要讲解吃"忆苦饭"的意义,并慷慨激昂地说道:"吃不吃这碗饭是一个态度问题,关系到你们的立场。"我们当时都很听话,尽管那饭实在难吃,但大都能吃上一碗,因为谁也不敢犯这种立场性、原则性的错误。

农场里面自力更生、自给自足,吃的粮食和蔬菜都是农场里种植的,我们还自己养猪、养鸡、养鹅等家畜家禽,供连队改善伙食。有一次,连队派我和另外几个人一同前往九十里地外的农户家买鹅苗,我和几个同学挑着箩筐到了农户家之后才发现我们身上所带的钱不够买鹅苗,只得回农场拿钱。大家认为所有人一起回去拿钱显得多余,不划算,最后决定由我回农场拿钱。我生性胆小,那天到农户家就已经是傍晚时分了,回到农场注定是晚上摸黑回去。当时我是有些胆怯不敢的,但大概是想锻炼一下自己,便决定一个人摸黑回农场拿钱。走了大概不到五里路,天就黑下来了,那天晚上没有月光,我一个人走在农村人烟稀少的小路上,路过庄稼地和山林,路过坟堆和陵园,一路上提心吊胆,脑海中总是出现各种妖魔鬼怪。走到中途,我被吓得只有在漆黑小路上快跑前进了,总是觉得后面有人跟着我,有一点点风吹草动或是虫鸣鸟叫的声音都让我紧张。当时真是叫天天不应,叫地地不灵,九十里的山路,除了我之外,再无一人。

我大概走了五六个小时的山路赶回农场,回到农场时,满身大汗,一半是累的，一半是吓的。我不清楚自己是怎么回到农场的，只记得一路都在小跑，生怕被阎王老爷黑白无常牛头马面勾了魂魄夺了阳气。一路上我头脑中除了邪魔鬼怪之外，几乎再没想其他东西，当我快到农场，看到了农场的灯光时，情绪才逐渐地镇静下来。那天晚上跑回农场，因为心里害怕，竟也没有感觉到劳累和疲惫。到农场之后，我还是处于兴奋的状态，拿到钱，我又立即赶九十里路去农户家买鹅苗。两天一夜的时间，我连续走了二百七十里山路，第三天挑着鹅苗回到农场时，我的脚底已经肿了，脚上的皮也被磨掉，皮下的嫩肉受到细菌的感染，化脓之后，粘在破旧的袜子上，黏糊糊的。

1969年2月13日，我们连接到上级通知，急行军二十里地到临淮岗，抢运即将被猛烈上涨的淮河水淹没的大量水泥。当时是冬天，天气极其寒冷，在指导员的带领下，我们冒着零下三四度的严寒，从农场一路跑步行进到临淮岗，路上因为有冰和水，而变得泥泞不堪。我们一路跑步前进，脚踩进泥坑里，还没到临淮岗，本来就单薄的鞋子已经全部湿透了，双脚浸在雨水和泥巴混合的泥浆里，冷且滑腻。

到了临淮岗之后，我们在听从了连长简单的安排之后，便很快投入紧张的抢运工作中。成堆的水泥被浸泡在水中，河水起起伏伏，水泥隐隐约约，浑浊不堪的河水上漂浮着碎布块、木头、树枝、油毛毡……腥臭味扑进鼻子，令人直打干呕，我们看不清楚水里到底有多少水泥，但据连长说有上千吨。上千吨的水泥，我们要一袋一袋从水里扛到岸上去，一袋水泥本来就有一百斤，被水浸泡之后，就变得更重了。天上下着雨雪的混合物，水泥被泡在水里，积水齐腰，堆积大量从上游冲下来的淤泥，我们就在这冰凉透骨的水和泥浆子里干活,脚踩在淤泥里,一步一陷,最深的地方可以陷到膝盖以上,淤泥黏稠,即使徒手也难以拔出来,更何况肩上还扛着百多斤重的水泥。雨夹雪落在脸上,脸上冒着热气,雪融化,水滴连成片,在脸上直淌。尽管是零下三四度的严寒天气,我们的身上仍然是大汗淋漓,热气从衣服里升腾出来,和雨水混成一片。

把水泥搬上岸要走一个上坡,地上结着冰,加上天上下着雨,上坡就变得尤其湿滑。我们扛着水泥往上走一步,有时会滑下来两步,如果重心掌握不好,脚下没有稳住,一滑就直接连人带水泥全从坡上滚下来。有一次,我从水里搬水泥走上岸,在走那一段湿滑的上坡时,因为筋疲力尽,脚上重心没有控制好,差点就带着水泥滚了下去。幸亏当时我迅速抓住了一根树枝,才不至于人仰水泥翻。有的同学可就没我幸运了,他们有的连人带水泥直接摔了下去,尽管没有发生重大的伤亡事故,但有好几个同学都因此闪了腰。不知道我们当时是以怎样的毅力来完成抢运工作的,其实只搬了几袋水泥之后,我就已经气喘吁吁,筋疲力尽了。我虽然从小生活在农村,但实在是没有做过这样辛苦的劳动,更何况是在大冬天,河水浸泡着水泥,也浸泡着我们的身体,我们就浸泡在水中和老天爷作战。

中午和下午的饭都是在临淮岗吃的,是连队的炊事班从农场做好饭之后送过来的。当时炊事班虽然给我们带了饭菜,却没有给我们带任何可以吃饭的餐具,我们只能就地取材,每个人都折了树枝来做筷子,又掰了一块油毛毡来盛饭,有的油毛毡是从上游漂浮下来的,上面粘着类似于大便的黄色的污秽物,但当时体力劳动强度大,我们一个个饿得心慌,恨不得一口把炊事班带来的饭全部吞进肚子里,所以也就管不了油毛毡是否干净之类的问题了,只要有个东西可以盛饭,可以马上填饱肚子,我们就感到无比地满足。有些没有找到油毛毡盛饭的同学甚至直接用沾满泥浆和水泥的手伸进盛饭的木桶，抓住一把米饭就往嘴里塞，有时候心急没注意，把饭往嘴里塞的时候，脸上鼻子上也都粘上了米粒。那次虽然吃相狼狈不堪，虽然炊事班带过来的米饭已经凉了，米饭上沾满了泥浆，但那天带来的米饭分量充足，填饱了我们二十岁的肚子。我们吃饱饭的需求被满足之后，接下来的劳动中，我们明显感觉体力大增，信心大增，米饭激发了我们年轻人的那股拧巴劲，顶着风、顶着雨，拼死了、拼活了我们也要把水泥抢运上岸。

从白天到晚上，一直下着雨夹雪，本来就零下的气温，一到晚上变得更低。紧张的劳动把风也逼紧了，从西伯利亚高原出发，一路高歌猛进的冬季风，到了异国他乡，气势也丝毫不减。夜深人静的时候，反而愈发猖狂，没有月亮的夜晚，飒飒阴风洒满了大地。我感到累，心脏像只小白兔，随时都要跳出笼子，四肢的感觉，我说不上是软弱还是僵硬，头晕、眼花、恶心、干呕，弯下腰去，再抓起一袋水泥，双脚一蹬，一股脆力，把水泥扛上肩头，一切的病状就消失了。等到卸掉身上的水泥，神经不再绷紧时，虚弱不堪的身体就又开始折腾虚弱不堪的我了。我已经记不住这是我扛的第几袋水泥了，也没人记得清，脚陷在淤泥沉积的水里，尽管浑浊不堪，但仿佛能听到水结成冰的声音，声音清脆，像山间野生的竹笋一层层爆开，又洁白光亮迷人，像月光泻在一望无际的雪地上。

那次抢运工作花了接近二十个小时，从13号的上午一直持续到14号的黎明，这期间我们就像是机器一样，除了搬运水泥，头脑中几乎再没有想其他任何东西。艰苦的劳作没有让我们分神的余地，即使全神贯注，都随时有可能一脚摔倒在地，更何况三心二意？在紧张又残酷的氛围中，我们只顾着把浸泡在水里面的水泥一袋一袋地扛上岸。黑灯瞎火中，我们从水里扛着水泥走上岸，又从岸上回到水里扛水泥，上百号人在这两点之间，来来回回，络绎不绝，如此循环往复，像一群搬家的蚂蚁。

抢运完水泥，我们的身上和脸上全都是泥浆，用蓬头垢面来形容已经非常不恰当了。我们从临淮岗回到农场，走在乡间狭窄的小路上，简直就是一群野人。有的同学在笑，为光荣地完成了任务而笑，也有的同学在哭，为自己吃的苦头而哭。个中滋味，没有经历过的人不会明白。我没有哭，也笑不出来，雨水夹着雪花，不肯安分，时而有不知名的野鸟在小丛林里扑哧扑哧。在回农场的路上，我想起了我的父亲母亲，在家乡的土地上，他们也正面朝黄土，挥汗如雨啊！和他们相比，我的辛苦又能算什么呢？想起父亲长年穿着带补丁的破烂衣服，手上的皲口像老树皮的裂纹，想起母亲拖着一双小脚在田地里劳动，我的眼眶湿润了，尝过了苦头，经过了磨难，想起父母亲，万般滋味，涌在心头。

回到营房，赶紧换衣服。穿的裤子长时间的泡在水里，沾满了淤泥和水泥浆，淤泥变干，水泥浆凝固，我们脱下来的裤子都变得沉重而硬挺。脱掉裤子，发现膝盖成了一个明显的分界线，膝盖以下的部分因为长时间浸泡在水里，角质层被破坏而变得浮肿，惨白不堪；而膝盖以上的部分，则沾满了泥浆和汗渍，像是在煤炭里滚过。天气寒冷，脚板和脚丫都裂开了许多的皲口，长时间的体力劳动，脚底板长时间承受重压，使得皲口感染发炎，后来只要走路就痛，但在抢运水泥的过程中却丝毫没有发觉。水泥遇水之后，产生热量，我们扛着水泥，肩膀、脖子和手都要接触到水泥，长时间的接触遇水之后的水泥，我们的肩膀、脖子和手都受到了不同程度的烧伤，尤其是脖子，扛在肩上的水泥直接接触到裸露的脖子，使得脖子被灼伤严重，发痒、脱皮，有些皮肤敏感的同学甚至一年之后身上还在脱皮。

实际上，那次我们抢运的水泥后来都成了废品，被水泡过的水泥已经不再起任何作用，我们的劳动其实是一件徒劳无功的愚蠢行为，但在当时"两不怕"精神的感召之下，我们不遗余力地进行战斗，把自己抛弃在严酷的环境之下，去抢救所谓的国家财产。我之后几乎再也没有遇到那次一样艰苦的劳动，我有时候甚至不敢想象当时的劳动场景，零下三四度的气温，雨雪交加，要考验怎样的勇气和耐力啊。后来，我们的劳动受到了上级领导的嘉奖，组织号召其他连队向我们学习，我们当然也受到了极大的鼓舞，在之后的劳动中就更加地积极主动了。现在想来，被上级嘉奖其实对于我们来说，可能就是那次劳动最大的意义了，而并不是劳动本身。那时，很多人大部分的热情和心血都耗费在了无意义的劳动之中。但那次劳动本身对于我却是非常有意义的，虽然艰苦，但它着实地锻炼了我的意志能力，让我一步步地在劳动中提高了自己的素质，苦累归苦累，苦累之中，我在一步步地成长。

在四五月份，淮河流域就进入了雨季，为了排水，湖地里就必须要开沟挖渠。4月份，我们的主要工作就是在湖地里挖沟。挖沟也是体力活，更是一项技术活，挖掘得好的沟渠既美观整齐又实用，而不好的沟渠则歪歪斜斜，并且排水性能差，造成阻塞。

从湖底往下挖，先松开一层表土，大约挖两米宽，然后一层一层地挖去泥土，宽度也逐渐缩小，最后形成一条上宽下窄的沟渠，其横切面是一个倒梯形，这样的沟渠比较牢固，沟渠两边的泥巴不容易塌陷，排水的性能好。沟渠一般有一米多深，松去表土之后，就要用铁锹一锹一锹地往下面挖，越挖越深，并且要控制好沟渠的宽度，从上往下，要越来越窄。挖到下面，铁锹够不着泥土的时候，人就站到沟渠里，一层一层地掘城西湖的老底。挖出来的泥土，要甩到沟渠的岸上去，而且尽量要甩到远处，以防岸上的泥土滑落到沟里。挖沟渠毕竟是一个体力活，并且这种体力活对身体的各个部位都有要求，挖泥土的时候要弓下身子，并且要求脚步扎稳，还要使用双手的力气把泥土铲起来。甩泥土的时候，则要身体站直，肩膀用力，手臂使出一股脆力甩动。弯下去，用力，站起来，甩动，一套固定姿势循环进行，这样劳动一天下来，整个身子骨简直就要散架。走在回农场的路上，你甚至感觉不到自己是用双脚在走路，你只是觉得身体轻飘飘，似乎你的灵魂已经脱离了自己的身体，这时候若是你思考一点哲学或者神学的话，你就会突然明白为什么身心可以分离，那是因为身体极度劳累，你已经麻木到感觉不到自己的身体，而只能意识到自己有身体了。而一回到农场，当你躺上床之后，你又能从轻飘飘的状态返回来，躺在床上，你会感到异常的沉重，仿佛骨头变成了石头，仿佛天空和屋顶都压在你身上。等第二天醒来，身上的酸痛让你起床都变得非常困难，但是第二天，你还得继续走在去湖地的路上，循环着前一天的生活。当时，我们常唱着"大铁锹扛在肩，紧紧握住手中枪。主席教导记心上，备战备荒为人民。"的歌曲，忍受着身体的疼痛大踏步地走向湖地，去经受折磨，或者是洗礼。

因为年轻，血气方刚，尽管平日劳动艰苦，但大都荷尔蒙分泌旺盛，许多人都开始想谈恋爱，想女人。但是部队对男女之事规定得比较紧，农场里有"三不准"原则作为规定：没谈恋爱不准谈恋爱，谈了恋爱的不准结婚，结了婚的不准生小孩。刚到农场没几天，在一次大会上，我们连长就对这事做了说明，他不允许我们谈恋爱，搞男女关系，并说道："谁要是敢谈恋爱，我就让他高山倒马桶——臭名远扬。"

尽管如此，年轻学生对爱情的渴望还是非常强烈的。有一次，我们排长的老婆专程从外地来看望他，但是农场没有夫妻房，也没有其他空屋可以供连长和他老婆住，为了解决他老婆的住宿问题，我们只能帮助排长在我们的大通铺上隔上一道栅栏。栅栏用芦苇梗编织而成，是几个学生帮他们编织的，当时有些没有结婚的同学故意把栅栏编的特别稀疏，栅栏本身就不隔音,加上稀疏,晚上排长和他老婆在栅栏的一边缠绵的时候,我们很多同学都不能安稳入睡。当时有幽默的同学就此事化用了一首泰戈尔的诗调侃我们的排长:"世界上最遥远的距离,不是生与死,而是你和我们就隔着一道栅栏,你却不知道我们在偷看。"

我后来做了我们连队里的"革命军人委员会副主席",这个职位有点类似居委会主任。为了帮那些结了婚的同学解决无法圆房的问题,我特地带人在农场新搭建了几间小屋,以便那些结了婚的同学享受夫妻生活。但部队毕竟是部队,不可能让那几对夫妻长期居住在一起,所以只能在重大的节庆,开放小屋,让那些结了婚的同学享受一天的夫妻生活。

我那时候已经逐渐适应了农场的生活,不管是单调的生活环境还是艰苦的体力劳动,我都能相对坦然地去面对和接受了。在每天的劳动之余,我也思考自己的前途,虽然在农场的那两年,我们根本看不到前途,除了面对大自然和农用机器,我们听不到外面世界的呼唤。我没有写日记的习惯,但那时候偶尔也会偷偷地在本子上记下一些只言片语,大多数句子是当时心情的自然流露,偶尔也会记录一下当时发生的事情。我记得我曾经在本子上写过这样一句话:"劳动是这个世界上最谦卑的姿态,可是有时候却谦卑到了看不到外面天地的地步,我认为谦卑是温柔的,是礼貌的,是优雅的,可我又害怕,害怕成为井底之蛙。"迷惘着,但我却希望得到锻炼,锻炼自己的身体,锻炼自己的意志。

在农场生活了大半年之后,不仅适应了农场的生活,有时候还会欣赏起农场的景色来。站在营房之前或者是站在大堤之上,伸向天边的田地如卷轴画般舒展开,空中飞过的鸟群映入眼帘,远方小路上的背影渐行渐远,置身于大自然中,真是感到天地辽阔。到了夏天的晚上,虫声升起,蛙声升起,半夜光着膀子走出营房,漫天的星辉洒满大地,湖水颤悠悠地舞蹈,含苞的水草花颤悠悠地接受新生，星光下万物自由，站岗的同学也是颤悠悠的，颤悠悠地呵欠连天，颤悠悠地昏昏欲睡。

在农场的时候，每个排都有一个"宝书台"。"宝书"是指毛主席的书，通常称为"红宝书"。"红宝书"非常漂亮，内页纸张全是最好的道林纸，每个字、每个标点符号都印得清清楚楚，没有任何讹错和缺损，宝书外壳是红色的塑料封套，鲜艳热情，高度体现着革命精神。"宝书台"就是专门供奉"红宝书"的地方，"宝书台"上除了供奉"红宝书"之外，还要供奉一尊毛主席的石膏像。

我因为从小跟着我祖父学习了一些绘画，有一定的美术功底，排长就把设计"宝书台"的任务交给了我。对于这个任务，我当然不敢马虎，就动用了自己小时候练出的童子功，来设计了我们排的"宝书台"。我在"宝书台"靠壁的正中横向写上"敬祝毛主席万寿无疆"九个隶体大字，靠壁两侧则是一副竖式的对联，左边写"战无不胜的毛泽东思想万岁"，右边则是"史无前例的'文化大革命'万岁"，再在半圆形基座的正凸面印上三朵向日葵，表示我们生产队全体社员都像葵花一样时刻心向红太阳。葵花和文字全用金黄的颜色印刷——红和黄，是"红海洋"的主色调。我先在硬纸上写好需要用的字，画好三朵葵花，然后镂刻出空心的字版和花版，再用字版和花版在"宝书台"上刷黄漆，一个个字、一朵朵花就印了出来，"宝书台"也就设计好了。

我设计的"宝书台"受到了排长和战友们的高度肯定，排长一个劲地夸我能干，其他同学也感到诧异，他们没有想到我竟然还有一些美工功底。"宝书台"设计好了，我们请来了"红宝书"和毛主席的石膏像。"早请示，晚汇报"都是在"宝书台"前对着毛主席的石膏像完成的。

我们每天早上起床洗漱完毕就要到"宝书台"前集合向毛主席请示工作，而晚上干完活也要到"宝书台"前进行汇报。"早请示"的时候，我们手上都要拿着一本《毛主席语录》，对着毛主席的石膏像高呼："敬祝伟大领袖毛主席万寿无疆万寿无疆，敬祝林副统帅身体健康身体健康。"然后背诵"一切反动派都是纸老虎""枪杆子里出政权""星星之火，可以燎原"……背诵完之后，通常还会请示一下当天要完成的工作。而到了晚上，则要汇报当天的工作完成情况，多半是要进行一天的工作反思，对自己工作中的态度和工作完成情况进行总结，反思自己工作中的问题，并保证在以后的工作过程中克服毛病，克服困难，积极主动，又快又好地完成党和人民交给自己的任务。

晚上的时候，连队也组织我们跳"忠字舞"。"忠字舞"是从北京传来的，但其实古已有之。《水浒传》第七十八回即有提到："朝鼓响时，各依品从，分列丹墀，拜舞起居以毕，文物分班列于玉阶之下。""拜舞"即是"忠字舞"的原型。宋人所编的《太平御览》也引《通礼义纂》云："古者臣于其君有拜谢稽首之礼，自后魏以来，臣受恩皆以手舞足蹈以为欢喜之极也。"由此可见，所谓的"忠字舞"其实是古代稽首拜谢的礼节。到了"文革"期间，这种舞被改成了我们当时所流行的动作和姿势。我们当时在农场经常跳"忠字舞"，尽管名其舞蹈，但其实并非舞蹈，它完全没有舞蹈的魅力，也丝毫没有展现舞者身段的优雅，甚至都没有展现运动的美感，只是机械而僵硬地手舞足蹈着。跳"忠字舞"的时候一般放《大海航行靠舵手》《在北京的金山上》等歌曲，手里还要拿着红宝书或者是红丝绸作为道具。"忠字舞"的每一个手势、每一个动作都具有鲜明的指向性，跳"忠字舞"通常是一种集体活动，农场里几乎每个人都要跳，再配合上慷慨激昂的歌曲，其场景之恢宏，气势之磅礴，可谓史无前例。

事实上，我对这些仪式化的活动是有些厌倦的，操场上的"忠字舞"跳得越是热火朝天，我越是感觉格格不入，但格格不入终究只是格格不入，没有人敢有一句怨言，更没有人敢公开抵抗。在那个时代，除了被动地完成一系列的仪式之外，大家别无选择。

❧

我在连队里算有点文字功底的学生，到农场不久，就参加了连队的"毛泽东思想宣传小分队"。这个小分队类似于现在部队里的文工团，小分队的活动以各种文艺形式展开，演唱、舞蹈、音乐剧、对口词、三句半……很多的文艺形式都需要台词，所以我就专门为小分队的各种文艺活动写词。

在农场的第三年，当时部队一个士兵为了救一个落水的小姑娘，不幸自己溺死在了河里，这件事引起了整个农场的高度注意，各个单位纷纷对他的光荣事迹进行报道，要把他树立成了一个英雄的典型。我们小分队当然也要对这个光辉事迹进行歌颂。小分队通过好几种形式进行了宣传，几乎所有的词都是由我写的，我记得当时为了歌颂那个战士的英勇行为，写了一句"红心能融百丈冰"，得到了连队的一致好评，这句话后来一直流传，成了典型的歌颂英雄行为的句子。其实我们当时所写的歌词唱词之类的东西都有固定的套路，几乎每一句话都离不开一个"红"字，红心、红旗、红土地、红太阳……再用这些红色意象配合宣传的内容，写出来的东西也就大致可以过关，如若文字功底较强，掌握了以上套路之后，还能够多少化用一点古诗词，翻出一点新意，又朗朗上口的话，就能得到连队上下的一致好评。所以，我那时候写起歌词之类的东西得心应手，而且几乎每一首歌词唱词都能得到大家的认可，渐渐地，我成了小分队里最主要的词作者。每逢小分队要进行文艺演出的那段时间，排长就不让我下地去干活了，而是专门把我留下来写歌词唱词、剧本台词。我也乐意干这个活，留在营房里面写这些东西当然比下地干活要轻松自在,而且还能不时抖抖文字,显摆显摆文采。其实,写作是有快感的,我那时候一个人在营房里进行写作,坐在马凳上,把床当桌子,尽管环境并不优雅,但我总是能从文字里面寻找到乐趣。床上歪歪斜斜摆着几张纸头,纸头上寥寥草草写了几行字,营房里昏暗的光线让我睁大眼睛,营房外有劳动的号子声传来,没下地干活的炊事班叮叮哐哐地拾掇着炊具。我人高,而床太矮,我坐在马凳上,必须得尽量弯下腰,才能进行书写,有时候太累了,我就索性把马凳踢开,一屁股坐在地上,双腿叉开,那时候又穿得破破烂烂的,头发蓬垢,嘴唇干裂,一副不修边幅的模样,不像二流子,就像文艺青年。但有时候灵感突现,我就瞬间感觉豁然开朗起来,仿佛眼前的一切都变了,只有各种各样的文字不断地跳跃,敲打着我的笔端,我也文思泉涌起来,一首一首的唱词也出现在了稿纸上。

我在小分队时写过一出剧本,剧本名为《一根扁担》,是一出忆苦剧,主要通过村子里一个老支书给一个高中毕业生讲解放前的故事来推动情节。我当时采用了回忆的形式来展开故事,通过老支书的回忆,舞台上解放前的故事一幕幕展开,又通过老支书给高中生讲故事的方式,来达到教育知识分子的目的。整出剧以老支书手上的一根扁担作为线索,这根扁担经历了解放前到解放后的不同境遇,以此来象征解放前和解放后的不同生活。这出剧主要是话剧,以不同人物之间的对话为主,但中间也穿插了音乐剧的形式,部分桥段采用演唱和伴唱的方式来增加演出效果。这出剧本在连队上演了好几次,我是在1月底写完这个剧本的,当我写完这个剧本的时候,小分队的成员们都对这出剧的期待很高,演员们无论是在排练还是在正式演出的时候,都很卖力。2月份的时候,我们冒着严寒为当地的贫下中农演出过这出话剧,很多观众看完这出剧之后,回忆起他们自己的生活,忍不住流下了眼泪。我们还给部队的官兵们演出过这部剧,演出完之后,他们先是热烈地鼓掌，之后便高呼"不忘阶级苦，牢记血泪仇。听毛主席话，跟共产党走。"的口号，演出效果非常轰动。当时因为小分队里缺少演出的人员，我也出演了高中生父亲的角色，但我只演过一场，后来有了其他演员之后，我便再也没有参加演出。其他连队的宣传小分队听说了我们的这出话剧之后，也希望在他们连队进行一次演出，问我要剧本，可我的剧本在我们演出一场之后就被我丢掉了，其他连队只能靠我们的演员回忆台词的方式来记录这个剧本。他们确实记下了这个剧本，但他们的演出效果如何，我却不知道，因为我未曾观看。

时隔多年，我也只能大致想起我曾经写过这么一出话剧，想起一些主要的内容，但至于台词、舞台布置之类，我已经记不住了，只是隐约记得话剧的开头是一个老支书划着船接一个村里的高中毕业生回家，在划船的时候，有这样一句台词："老支书开口把话讲，字字句句意深长。"而这之后的台词，已经被我忘得一干二净。前几年和老同学聚会，酒过三巡，聊起城西湖农场，不知怎么就说到了这出话剧，褒奖之余，有人问我剧本是否保留，得知早已丢失，便建议我重新整理出来，认为这是我们那一代人在城西湖农场的青春和回忆。我口上应承，但心知我已经记不住内容了。其实，年轻时候，我曾经一度想通过记忆重新整理这出话剧，但由于精力有限，时间不足，只得一拖再拖，最后终于忘记，整理不出来，只能当作回忆来回味了。

其实，我一直喜欢话剧，在写《一根扁担》之前，我就读过许多的话剧。关汉卿的悲剧也好，莫里哀的喜剧也好，或者是郭沫若的历史剧，曹禺的现实剧，总之，中外的许多剧本我都读过。我现在也会抽时间去剧院观看一些话剧演出，不只是消遣娱乐，更多的是一种爱好。我有时候甚至想动笔写剧本，话剧的剧本，或者是电视剧电影的剧本。我一生走到现在，有很多的经历，也见过各种千奇百怪的事情，但我现在身体遭遇疾病，很多事情于我来说，心有余而力不足，只能暂时搁置到一边。我已垂垂老矣，年月不饶人，我已经没有勇气像年轻时候一样说出来日方长的豪言壮语，但将来如若有机会，我定会竭尽全力来完成我的这个心愿，也算是重温一场年轻时候的文学梦。

～～～

1970年，是我们来到农场的第三个年头。这年秋天，学生要离开农场回城市工作的消息不胫而走了，不知道是从哪里传来的消息，大家都无比兴奋起来。消息传来也是9月份，和两年前我们来到农场的时节一样。整整两年了，在这一片广阔的湖地上，我们生活了两年，尽管大家也都渐渐地习惯了这里的一切，但回到城市工作的消息对于这批学生来说依然具有极大的诱惑力。

我也很快地得知了这个消息，和他们一样，我也感到无比的兴奋，站在营房前，9月份的城西湖农场晴空万里，只飘着些丝丝点点的云，湖地里的水稻翻滚着稻穗，一直翻到视野之外的远方，远方的小湖泊在阳光下水波荡漾，泛着光的湖面，溶溶滟滟，虫声沉落，鸟声响起，此起彼伏。软风吹来，吹动我的衣袂飘飘，蓝天之下，秋高气爽，竟感觉石头也是活的，泥土也在呼吸。脑海中出现一幕幕的景象，从我的家乡到南京，又从南京到城西湖农场，这一路上，我所见过的景象全部活灵活现起来，我仿佛乘坐在一辆卡车上，卡车飞驰而过，一路上的景象一一映入我的眼帘：远处的山峦起伏不断，路旁树枝摇曳多姿，田地里的麦浪翻腾，稻穗饱满……

这个消息就像"瘟疫"一样在连队里散播着，同学们则像感染了病菌一样，连队短时间内就被这场瘟疫侵占了，再没有什么比得知即将离开农场回到城市工作更令我们兴奋的了。仿佛只要走出这农场，我们的天地便辽阔起来，我们就能大展拳脚，雄心壮志就马上能够实现一样。于是，纪律逐渐松弛下来，人心也逐渐涣散，同学们开始相互打探，打探消息的真假，打探其他同学离开农场之后的去向，也开始盘算起来，盘算自己今后的工作，盘算自己的前途命运，是时候为自己的未来考虑了！当时上海南京等地的学生都希望分配到上海，毕竟上海是当时经济最发达的城市，其他省份的同学则大多希望留到大城市工作，我也希望分配到大城市，但我没有想过具体去哪里，只希望能够留在长江边上的城市，因为长江边上，距离家近。

陆陆续续地，已经有同学离开农场了，但仅仅是当时表现出色的几个同学而已，大部分的同学都是在年底才离开的。所有人都担心起自己离开农场之后的去向，我尽管也开始渐渐担心自己的去向，但是却依然看不清楚自己的未来，也不知道我将会从事什么样的工作。在农场劳动了两年之后，我们的前途其实仍然是一片迷茫。但离开终究是诱人的，农场之外，意味着更多的可能性，我们在农场里劳动着，锻炼着，经受各种考验，但我们心里始终怀揣着一个农场之外的世界。

11月中旬，农场的劳动也基本上停止了。我们待在农场里等待各自的分配消息，等待的日子是无聊的，尤其是庄稼收割完毕，农场逐渐变得冷清的时候。所幸到了11月份，离开的消息已经确定，连队的纪律松弛下来，实在无聊的时候，找来其他同学或者部队的官兵一起喝点酒，也能打发一点等待的时间。

有一次，我们连长和我一起喝酒，在农场期间，他是连队"革命军人委员会主席"，我是连队"革命军人委员会副主席"，因为工作关系，平时走得比较近，所以临走之前，他陪我喝了一顿酒。我记得当时我们吃的是一盘油炸鱼，那是我从沟里面捞出来的，清洗干净，抹上盐，用油炸过之后，就成了一盘香酥美味的下酒菜。我们边喝酒边聊天，酒席上，天南海北胡侃，已经忘了彼此上下级的关系，席间聊起很多事情，免不了提到我的分配问题。他问我想去哪里工作，我没有多想，就直接告诉他最好是留在长江边上的城市，因为乘船方便，离家近。他却突然用上海话说道："阿拉桑海宁，侬刚，侬想去桑海伐？"说得很蹩脚，我大致能够听懂。他其实并非上海人，而是土生土长的安徽人，只是喝酒喝到兴致之时，故意模仿上海人的腔调，和我开开玩笑而已。我当时对他这句话并没有想太多，毕竟当时很多同学都想去上海，我认为被分配到上海的机会并不大。但后来我真的被分配到了上海，也学会了上海话（顺便提一句，比他说得更标准），不知道和他有没有关系，但总之我是感激他的。

分配的结果下来之后，意外之余，松掉了一口气。得知分配结果之后的日子是轻松的，没有了辛苦的体力劳动，也没有了对分配结果的担心，余下来几天的日子便是处理好农场的一些杂事，等待着部队的卡车来接我们。12月的农场，已经凉了下来，早晨起床的时候，营房外面结满了霜，但那几天竟然不感觉冷，看到地上的霜也觉得可爱至极，当初冬的暖阳升起，鲜红色的朝阳洒在银白色的霜上，交相辉映，晶莹剔透，我感受到一切都富有希望。尽管是初冬，农场也显示出一派欣欣向荣的气象。那几天我真是感到兴奋，感觉世界很美好，包括农场里面的一切，但我又迫不及待地希望离开农场，尤其是想回家。1968年过完春节之后，我就再也没有回去过，到离开农场之时，我差不多已经三年没有回过家了。那时候交通信息都不方便，我来到农场之后，也几乎和家里面断了联系，父母尽管知道我去了农场，但至于我在农场的生活状况，他们一概不知，而究竟我要在农场待多长时间，什么时候能够离开农场去参加工作，于他们来说，更是未知。得知分配结果之后，我想做的第一件事就是回家，然后把分配的消息告诉父母，让他们了解我这两年在农场的生活，分享我即将前往上海工作的喜悦。

12月7日早上8点钟,我们终于等到了接我们离开农场的卡车,那天我们起得很早,有的同学兴奋得一晚上都没有睡着。那大概是最近几年来最让人兴奋的事情了,虽然在时代的潮流下,我们依然不知道自己的命运如何,但离开是让人兴奋的,因为离开便意味着新的可能性。那样的社会环境之下,在任何地方,人都会感到迷惘,迷惘之后,就一心想要离开,而离开之后,却又陷入更深的迷惘里。我想起余光中的一句诗:"你永远奔驰在轮回的悲剧,一路扬着朝圣的长旗。"是啊,我们这一路走来,风风雨雨,始终扬着朝圣的长旗,但却永远奔驰在轮回的悲剧里。许多年后,一个老朋友对我说个人的命运和国家的命运其实是紧密联系在一起的,这句话我觉得说对了一半,真正的问题是,于我们那一代人而言,在国家命运面前,个人命运是那么地微不足道。但农场的两年毕竟锻炼了我,无论是身体还是意志,远离了城市,农场在"文革"之中算是相对单纯的环境,迷惘尽管迷惘着,但身体素质和意志力在明显提高,艰苦的体力劳动,咬紧牙关总能挺过去,单调无聊的生活也在强化着我的意志。离开农场,虽然"文革"还没有结束,但我已不是"文革"初期的无头苍蝇了。很多人把知识分子前往农场参加劳动当成是一场文化的灾难,但对于我个人来说,或许仅仅用苦难来总结,有些草率。许多年后,当我再回想起这段经历,我更愿意说的是,那是一笔苦难式的财富,这场苦难教会了我许多,我从这场苦难中汲取了日后几十年拼搏的营养。

临走之前,我们把连队里喂养的猪、鸡、鹅等家畜家禽,以及我们自己种植的一些蔬菜都送给了依然留在农场官兵们。他们非常高兴,还回赠了我们许多的烙饼当作路上的干粮,一路上我就靠这些烙饼填饱肚子,然后辗转回到了家乡。

离开农场,本该是一件令人兴奋不已的事情,毕竟我们从来的那一天起就一直在期待着离开,但真正要走的时候,心里又有一种说不出的失落。登上卡车的时候,突然有一种离开家乡出远门的感觉,谁曾想无形之中,我们已经把农场当成了半个家。该走的终究要走,"围湖造田"的神话留不住学洋文的学生。和来农场的时候一样,我们把行李放在卡车上,然后就坐在行李上面,卡车上的人无一例外地把目光投向了农场,和农场告别,也是和自己告别。

卡车终于开动了,依旧颠簸。卡车前进着,越走越远。农场沉入了宁静之中,营房如火苗般跳动,但最后都消失不见。

抢滩上海

　　无比空虚的灰色包裹着田野。大卡车满载着一车学生，行驶在狭窄泥泞的道路上，浓烟从尾部喷出，源源不断地在路上形成一团团黑色的妖雾。风很大，卡车行驶得越快，风就越大，我们坐在卡车上，头发凌乱，但那时年轻，尽管穿得很单薄，却丝毫感觉不到冷。冬天的大雾笼罩着我的视野，所见之处，不过十来米，坐在车厢里，天空压下来，很低。

　　从农场出来，一切熟悉的景物映入眼帘，又在倏忽之间，顺势从眼前消失，隔着朦胧的雾霭，卡车把记忆带回到两年之前。两年前，我们刚从大学毕业，就被分配到农场劳动，坐在卡车上的车厢里，怅然而神伤。而两年之后，当我们再次乘上军用卡车，从农场回到城市去参加工作的时候，同学们都变得兴奋，毕竟我们大家等待这一刻的到来已经两年了。两年的农场生活，对于很多同学来说，其实就是一场漫长的等待。

　　农场生活把我的皮肤变得黝黑，长时间的劳动雕刻着脸部的线条，眼睛虽然不如此前清澈明亮，但看上去却更加地坚定和沉稳。我没有长胖，但身体看上去更加地结实了，柔弱斯文的书生气在我的身上少了许多，取而代之的是成熟和刚毅。当我挽起裤管，拿着铁锹，站在黄土地里挺直了身体的时候，你会由衷地赞美这是一把种庄稼的好手。若不是离开农场那天，我特地洗了头发，刮了胡须，穿上了一件干净的衣裳，我准会被一路上的行人当作茂腾腾的庄稼汉子。

坐在卡车之上，我习惯性地把头转向右边，目光或许显得有些深邃，也或许十分呆滞。我望着道路旁那些根本看不清楚的景物，思念着亲人，咀嚼着两年农场的磨难，也憧憬着未来的生活。空气中氤氲着的泥土的气味，我早已经习以为常，在曲折颠簸的道路上，绵延起伏的山脉和我们并肩向前，迎着道路延伸的远方，大卡车载着我，在空旷的大地上，踽踽独行。

卡车开向南京，但我在合肥便下了车。在前往上海之前，我先回了一趟家。从1968年春节离开家乡到如今离开农场，我已经接近三年的时间没有回过家了，信息不便，关于家里发生的事情，我一概不知。家里自然也不知道我在农场的生活状况，远在望江农村的父母，大概在三年的时间里，对我的担心和挂念也与日俱增。六安与安庆，虽同处一省，毗邻而居，但在交通不便的年代，相隔几百里，也难得见一面，更何况农场实行军事化管理，去一趟县城都不容易，更何谈回家。

从合肥下车之后，几经辗转回到家，家里的一切没有发生多大变化，除了房子显得更加地破旧。冬天的农村，显得清净又荒凉，进村的小路上，脚印叠加，有人的，也有牲畜的。父母亲见我回来，没有多余的话，只是丢下手上的活，忙里忙外的，为我张罗饭菜，完全把我当个客人。弟弟妹妹都围着我转，年幼的老五和老六叽叽喳喳兴奋不已，仿佛从我身上能听到很多有趣的故事。家里的一切让我感到熟悉，相比于农场，家乡让我感到亲切和放松，但那次回家，我也没住多久便匆匆离开了。我走的时候，是农历冬月末，离过年只有一个月的时间，家人都舍不得我走，父母仍然没有多余的话，只是默默为我准备了一些干粮，年纪不大但已经开始懂事的老四，在我走的时候，还偷偷抹泪。

我从安庆乘轮船前往上海,那是从武汉到上海的轮船,船很大,但行驶得并不快。船舱里嘈杂而脏乱,我坐在破旧不堪的座位上,硬挺的靠背咯的脊背有些疼痛。转头望向船舱之外,下游的长江,江面宽阔,茫茫不见两岸,时而能听到鸟叫声,凄厉鬼魅,使人心慌,江风引雨,让原本阴冷的冬天更加阴冷。"忆君遥在潇湘月,愁听清猿梦里长。"坐在船舱里,我一直在想我的那些被分配到南京的同学,他们在我离开农场之时,仍然留在农场里,等待着卡车来接。本来学生分批次离开倒也没什么奇怪,但这批同学的身上有两个共同点,其一是他们在"文革"中都表现得非常活跃,属于"文革"运动的积极分子;其二是他们都被分配到江苏参加工作,而报到的地方就是他们参加"文化大革命"的地方——南京。这样的安排让很多同学都开始怀疑,怀疑被分配到江苏的同学即将要受到之前的影响。在那个翻云覆雨的年代,稍有风吹草动都会让人心生惶恐。果不其然,我们离开农场之后不久,他们就被卡车接到了南京,到了南京之后,便被强行扣留,接受政治审查。在南京师范学院里,上级机关办了一个学习班,那些同学都被安排在学习班里面学习,说是学习,其实就是接受严酷的政治审查。因为在"文化大革命"的前期,很多同学参加了红卫兵组织,而到了1971年,参加过红卫兵组织的同学,被怀疑参加了反革命组织,被迫接受上级的政治审查。审查首先从南京开始,被分配到江苏的同学便首当其冲成为第一批被审查的人员。我虽然不大清楚这个消息,但心里一直放心不下,在前往上海之前,我决定到南京去探望一下那些被审查的同学。

　　船刚到南京,我便迫不及待地提起行李,从下关码头上岸,在码头行李寄放处寄存了行李之后,我便再度踏上了南京这座城市。"人生几回伤心事,山形依旧枕寒流。"两年前,从南京大学离开的时候,南京已然是一片萧条,潮打空城,两年后,再从下关码头上岸,萧条更甚。萧条之外,更添了一种肃杀的气氛。走过长长的舢板,浪潮拍打着码头,我不知道多少回在这里摆渡,但那次面对亘古的长江,我竟然感到陌生。走上码头,街道上人流稀少,偶尔有老人拄着拐杖走过。土灰色的墙病恹恹地连过来又连过去,一直延伸到青苔布满脏水横流的巷子深处,由于多年没有粉刷,墙面早已斑驳得看不出模样,贴在上面的宣传标语也无精打采,且大多被撕得破碎不堪。街道上西风呜嚎,吹得人直打战,走在南京的道路之上,我感觉到陌生和压抑,但又不明所以。

在南京师范学院的校园里,我见到了那些同学,短短一个多月的时间里,他们似乎已经变了模样。他们天天生活在高度的精神压迫之中,忍受着身体和心灵的双重摧残。

∽

我常在想,若是我自己当时也被分配到了江苏,我也被带进那个学习班,我肯定也会和他们一样,遭受到严酷的政治审查,一定会有人强迫我交代着各种材料,而事实上,我和他们一样,对这些所谓的材料一无所知。一切都像是风一样,你不知道这阵风什么时候刮过来,也不知道这阵风什么时候刮走,更不知道它将把你带到什么地方去。你就像是一粒尘土,被风刮来刮去,无论风把你带到哪里,你都只有默默接受。

可是谁愿意接受?尽管生活的变化无常已经打磨掉了我们的棱角,但年轻的激情却始终装在心里,或许不再如此前那样澎湃,但一定还在荡漾。有的同学被迫地接受着现实,和命运达成妥协,他们就像老牛一样,缓慢而痛苦地拖着现实的犁铧,犁过厚重的岁月。有一个同学从学习班出来之后,变得近乎有些冷漠，在学习班之后几十年的人生中，他竟然再没有流过一滴眼泪，也没有做过一次梦。这段经历磨平了他的棱角，也成为他生活中抵抗打击的盔甲。据他自己说，他的眼泪已经在苦难的岁月里流干了，他的梦也已经在苦难的岁月里做完了。

当时学习班有一个女生，安徽黟县人，黄山的灵气养育了她，在农场的时候，她在我创作的《一根扁担》的戏剧里，扮演高中生（我演高中生的父亲），她天生机灵，在舞台上，她声情并茂，把一个乡间姑娘演得活灵活现，受到很多观众的喜爱。后来连队排演《红灯记》，她就扮演李铁梅，我倒现在还记得她唱戏的样子。

她本来是个非常温柔善良的女孩，长得水灵可人，但有一天在宿舍，她竟然选择了上吊自杀。据说她当时是死在宿舍的窗台上的，窗台上晾了很多衣裳，她吊死之后，手和脚都缩进她穿的衣服里，头耷拉在胸前，其他同学走进宿舍，起初还以为是窗台上晾着的衣服。之后只听到窗台上晾着的衣服，在凛冽的寒风中，被吹得噗噗直响，响声中，有一个声音唱道"听奶奶讲革命英勇悲壮，却原来我是风里生来雨里长……"

去南京师范学院看望了几个同学之后，我很快便离开了南京，我实在受不了那种肃杀的气氛，它让我感觉到紧张和害怕。当时的南京，就像是一张大网，我们都在网里，而网正在一步步地收紧，我看不见网，但我完全可以感觉到那张网收拢时候的压迫感，我感觉到网绳越来越紧，甚至听到网绳紧箍的声音。人啊，多像一尾可怜的鱼，只是，笼罩着鱼的网是有形的，而笼罩着我们的网是无形的。无形比有形更可怕。现在想来，我当时去看望他们的行为，多少显得有些幼稚，毕竟我和他们一样，也曾经参加过红卫兵组织，我在南京师范学院的出现，很可能就意味着我也被扣留下来，接受政治审查，遭受和他们一样的折磨。但当时鬼使神差地，我竟然跑去看望我的那些同学。

欧阳修有词云："世路风波险,十年一别须臾。人生聚散长如此,相见且欢娱。"世路是险,欢娱却无,我至今仍然想起当时去南京师范学院看望那些同学的情境,他们和我见面的时候,几乎一句话没说,只是目光呆滞地望着我。西风萧瑟,南京师范学院的校园里,我和他们相顾无言,只得风尘两袖赶来,道一声再见之后,再走向茫茫的渡口,随着滚滚长江东去。

尽管离开了南京,但我的心里一直忐忑不安,坐在南京前往上海的轮船上,我的心跟着轮船一样颠簸。浪潮沉浮,翻云覆雨的时代,把我们带进沉沉浮浮的浪潮之中,潮涨潮落全不由我们。不去南京还好,去了南京之后,南京压抑和紧张的气氛,在我的心里成了一个长久的阴影,我也时刻担心着南京的这场风波牵扯到自己,毕竟我和他们的经历类似,只是幸运地,我被分配到了上海而已。忐忑尽管忐忑着,但随着轮船的前进,我也很快就到了上海。

轮船到达十六铺码头,就到了终点。从船舱出来,黄浦江蒸腾着的腥味扑鼻而来,油腻的江面像是抿了发蜡的油头,空气中氤氲着江面的雾气,茫茫然笼罩着宽阔的黄浦江。大吨位的轮船停泊在岸边,出港的船只发动了机器,进港的船只靠岸抛锚,远处驶来的船只撑起一根倾斜的烟囱,黑色的烟雾升腾而上,轮船过处,掀起白色的浪花,像铺天而来的云朵。还没下船,就已经看到码头上沸腾的景象,来来往往的人群攒动着,汽笛声喧嚣着,不远处的码头工人吵着,喊着。走过码头,走上中山东一路,宽敞的道路上,汽车驶过,电车驶过,三轮车驶过……

从中山东一路往东走,大约一公里之后,便到达上海市政大楼,那是中山东一路12号,我报到的地方。站在市政大楼的门前,这幢虽然只有五层但却威严无比的大楼让我感到震惊。大楼平面接近正方形,方方正正,扎扎稳稳,主体为钢筋混凝土框架结构,英国新古典派式的建筑风格,极富西方特色，其外贴花岗岩石材，典雅庄严，给人坚不可摧的力量感。主楼开三道门，圆拱形的大门，青铜铸造，高大宽敞，门上方立六根石柱，衬托起中央高出两层的穹顶。穹顶高高在上，又挑出建筑的主轴线，自然成为大楼最明显的标志。我当时站在大楼前，被这幢大楼所显示的力量所震惊。我感受到一种不同于自然山河的雄伟，而是一种人工所创造出来的壮美，它让人激情澎湃，浑身上下似乎被一道闪电击中，但又充满了力量，多么杰出的艺术，它唤起了我心中早已经被驯服的某种野性，让人感觉到前路宽阔平坦。

　　从侧门上楼，市政府三楼是报到点，出示相关材料，登记报到之后，接待人员就给我安排了住宿。我当时住在距离市政大楼约一公里的一幢楼房里，那幢楼房位于黄浦江和苏州河的交界区域，在如今的半岛酒店对面。新时代，楼房经过了重修装修，但整体结构没变，现在变成商厦，里面陈列着来自世界各地的名牌商品，无需进门便能感受到里面传来的繁华气息。我空闲的时候还会去这些地方转转，去寻找年轻时候的一些记忆。每次走到这里，总能遇到一些来这里消费的年轻人，年轻的女士踩着高跟鞋，高跟鞋的声音优雅作响。她们一手挽着名贵的包，一手挽着西装革履的男士，名贵的香水味从她们身上飘来，CHANEL或者DIOR。她们自信地左顾右盼，总希望引起别人的注意，于是有人便看了过去，没还看到女士，先看到男士腰上显眼的大H，那是爱马仕的皮带。不禁感慨，在这个消费的社会里，很多人对自己的身份认同，已经完全依赖于他们身上的物品了。看到此，我必定会想到四十年前的岁月，想起我们那一代人的遭遇。时过境迁，社会在发展，如今享受繁华的年轻人，必定不能理解我们这代人在苦痛中挣扎的岁月。其实对于我来说，当我经历过磨难之后，也曾享受过世间的繁华。作为新中国第一批出国的人，在上世纪八九十年代，我就已经在世界上许多国家留下了足迹。我飞遍了世界地图上能引起人们注意的所有国家，领略过许多国家的风景人文,也享受过世界上许多国家的美食。上世纪 80 年代,大多数中国人还没有机会出国的时候,我已经在国外过上了浮华奢侈的生活,那些年我的生活也真可谓是鲜衣美食,肥马轻裘。我当时认识国外许多富豪,受邀请到他们家里做客,或者与他们结伴到各地旅行。我们乘最豪华的游轮,或者乘坐他们的商务飞机,住在世界上最有名的酒店里,享受国外上流的生活。和国外这些富豪在一起,除了生意工作之外,会时常谈到艺术和哲学。他们从小受到良好教育,文化修养极高,具备国外上流社会所要求的一切素质。其实过奢华的生活,对于他们来说,仅仅是平常而已,并不算是享受,不过我倒是真正享受了,轻狂地享受了国外奢华富裕的生活。

～

从我居住过的楼房一直向北,仅仅几百米,就是有名的外白渡桥。据说这块区域是上海近现代城市的起源地。历史追溯到 1842 年,中国在鸦片战争失败之后,凶神恶煞的洋人越发气焰嚣张,在南京下关江面的一艘轮船上,强迫清政府签订了《江宁条约》,彼时南京在清王朝的版域里,被称之为江宁府,是江苏省的省会城市。此条约后称为《南京条约》,条约第二款即是清政府开放上海等五处为通商口岸。彼时上海仍属江苏,在清王朝夜郎自大的美梦中,上海只是一个不起眼的小县,其文化也与江南文化一脉相承。1843 年,英国人最早在黄浦江和苏州河的交界区域,建造起驻沪领事馆和传教机构,之后沿黄浦江向南扩张,才形成了今天的外滩。那块区域现在被称为外滩源,有外滩源头的意思。

上海开埠之后,鹰钩鼻子卷头发的洋鬼子气势汹汹地来到上海,在带来噩梦与惊厥的同时,也带来了咖啡馆和洋泾浜。昔日出没风波里的渔民摇身一变,穿上西装革履,抿了油头之后,便出入于十里洋场。无论是官场商场,还是情场风月场,只要是场面上的规矩,上海滩上的人似乎无师自通,管你是派头牌头,还是滑头花头噱头,只要用到头,当时的上海人就精明得行云流水。在半殖民地半封建化的"孤岛"上,世界各地的人都赶来上海,黄埔江口的万国旗风中招摇,百乐门在靡靡之音中昼夜颠倒,明明是纸醉金迷声色犬马的人间繁华,却偏偏要演一出缠绵悱恻一往情深的罗曼蒂克。

印象中的上海,扑朔迷离得很,隔着茫茫的黄浦江,历史翻到20世纪30年代,上海进入历史上最繁华的时期。老一辈上海人,但凡是提起上海,便总是提到那辰光。这时候,柔软的吴侬软语,一说到30年代的上海,便也清脆响亮起来,一番沾沾自喜的历史凭吊之后,却又陷入了无限的眷恋和感叹,纵使那亲身经历过的繁华上海,也只不过成了一个供香港电影消费的黄金代。但上海毕竟是上海,繁华毕竟是繁华过,几十年历史的变迁,旧上海的身影虽然已不见,但传奇的色彩却更加浓烈起来。于是,繁华时期的上海滩,在口耳相传的文化中,留下了一个模糊又神秘的背影,老辈的上海人凭着这模糊的背影,去寻找昔日翩翩潇洒的风流岁月,晚辈的好事者则凭着这神秘的背影,去想象旧上海软红十丈的光鲜面容。君不见国产电影里,霓虹灯下摇曳多姿的南京路,袅袅裙裾散出袅袅胭脂香,金银饰品在大姨太二小姐的皓腕上叮当响,这时候,落落大方的先生走出来,先是锃亮皮鞋的一个特写,继而是上浮的镜头,从笔挺的西装一直打到笔挺的鼻梁,再升到头顶,油亮的软发,和脚下油亮的皮鞋相照应:头上是一丝不苟,脚下是一尘不染。于是,才子佳人的故事便在狭窄的弄堂和漫长的历史中流传开来,一段一段的佳话在不断地给上海笼上神秘面纱的同时,也不断地丰满上海的文化形象。

一切的繁华,都离不开消费,上海也一样。各地而来的人流涌入上海,在都市灯红酒绿的场所里,他们带来了大量的消费。在消费的同时,他们又挟各种生产要素争利于此,在黄浦江的浪潮里,人们继续撒网,只不过,撒网的目的已有天壤之别。在开埠前的黄浦江,人们撒网,主要是为了捕到几条黄浦江的大鱼,满足一家人的衣食之需,而在二三十年代的黄浦江,人们要网起的,则是上海滩上一夜暴富的诡谲传奇。于是,上海也就越来越上海了。怪不得人们把上海称为"冒险家的乐园",外来的、本土的冒险家们,在这里上演着此起彼落的悲喜剧。

住在外滩的洋楼里,想着自己从安徽的农场来到中国最繁华的城市,突然感觉自己走进了另外一个世界。这里的一切都让我感到新鲜,让我感到惊讶,初来那几天,没有出过外滩,一直在外滩的马路上瞎逛,看来来往往的车辆,看来来往往的人。空气中飘浮着繁华的喧嚣,这里有着与其他地方完全不同的气息,一种说不清楚的魔力,驱使着人不由自主地加快行进的脚步,似乎所有的景物都是来不及细看的,只有走马观花,才能充分感受到在上海的乐趣。毫无疑问,我对于上海这座城市来说,是一个没什么关系的匆匆过客。在上海,来来往往的观光客和打工仔川流不息,如浮光掠影一般。外滩的建筑群,真正说来,在人们的眼里不过是一张明信片上的风景,当人们来过上海,又回到家乡之后,外滩便成了他们向同乡展示的标志。即便是生于斯长于斯,一口一个"阿拉上海拧"的上海本地人,所谓的外滩,也不过是与陌生人打交道时递出的一张名片,若是彼此真的熟悉之后,他们要讲的是石库门、是老虎窗、是一条条坑洼黝黑的弄堂。

但对于当时的我来说,外滩却具有非同寻常的意义。我在外滩住了两个礼拜,每一天,这座城市似乎都有新鲜的东西带给我,与生俱来的好感刺激着我,我几乎没有想到,一个安徽农村的孩子,能够来到上海工作,也没有想到,我初到上海,就能居住在外滩最高级的寓所里。那时候,我觉得上天是眷顾我的,尽管我心里仍然担心南京的政治审查会影响到我,但兴奋和激动毕竟掩盖了心中的忧虑。在黄浦江畔的两个礼拜,我就尽情地享受着上海这座城市带来的惊喜,生活的苦难和烦恼在那时候全都抛诸脑后,取而代之的是对未来生活无穷无尽的憧憬。毫不避讳地说,在那两个礼拜的时间,我被这座城市深深地吸引着,它到处散发着魔力,勾魂夺魄般地俘虏着我的心,在华灯初上的外滩街头,黄浦江的热浪袭来,我无比热烈地感受到我和这个城市的距离其实并不远。尽管作为上海文化符号的外滩,和我以往的生活形成了非常鲜明的对比,但这种对比并没有让我感到陌生,而是刺激着我的欲望。从我下船的那一刻起,这种欲望就从我的心中升腾而起,而当我到市政大楼报到,又住在外滩源的洋楼里之后,这种欲望便更加地明显起来。正是这种欲望,让我看到了生命的另外一种可能性,也让我更加坚定地去热爱生命和生活。

∽

在外滩住了两个礼拜之后,接到上级的通知,我被分配到上海电影制片厂做翻译。对于这个分配结果,我毫不意外,因为我大学所学专业本来就是法语。在农场劳动结束之后,农场给我的评语里,也提到我在文学艺术方面有些特长。但遗憾的是,我后来并没有进入上海电影制片厂,机缘巧合之下,我竟然和另外一个同学交换了工作。他本来是被分配到外贸局的,但因为受到家庭关系的影响,在当时的政治环境下,组织认为他不宜到外贸局参加工作,于是我便被上级要求和他调换了工作,被重新分配到了上海外贸局。人生的事情,真是说不准,我那时候要是进入了上海电影制片厂,做起了一名翻译,那我今后的人生大概都与电影相关了,即使不与电影相关,至少我的人生会与我实际经历的有所不同。但至于做了翻译之后的生活究竟怎样,我不敢断言,毕竟人生不容假设,世事难料。

在前往工作单位之前,上海市政府组织了一个学习班,类似于现在的职前培训。在学习班期间,我被正式确定前往上海外贸局下属的上海工艺品进出口公司上班。

　　经过了短暂的学习培训之后,我就带着报到证前往上海工艺品进出口公司报到入职。刚入职时,公司把我派往位于乌鲁木齐北路的仓库劳动,这座仓库是一个教堂,仓库里存放着许多的古玩,以陶瓷器为主,尤以元明清时候的花瓶居多。这些古玩基本上是"扫四旧"时期,从上海一些资本家的家中抄出来的物资,所幸粗鲁的运动没有将这些历史的瑰宝全部付之一炬,否则,后人就少了很多机会去瞻仰祖先的智慧结晶。当时仓库里到处都堆放着古玩,其中任何一件在现在都具有不可估量的价值,我的主要工作就是照看这些古董,并给这些古董分类、贴标签、编号。

　　成天与这些器物打交道,接触陶瓷的分类和编号,我很快也了解了一些陶瓷知识。在仓库里,我接触了一些紫砂壶,这些紫砂壶外形千姿百态,有浑圆流转的,有古拙质朴的,也有棱角分明的,样式各异,怪不得紫砂素有"方非一式,圆不一相"的赞誉。仓库里瓷器的种类很多,釉下彩里的红釉青釉蓝釉结晶釉,釉上彩里的粉彩斗彩金彩素三彩,在那个仓库里我都一一目睹过风采。给我印象最深的瓷器是一个玉壶春瓶,瓶主体呈杏圆状,曲线过渡柔和圆缓,颈部细长玲珑,而到瓶口处,又自然地向外撇开,如一朵牡丹绽放。此瓶产于宋代,是仓库里少有的宋代瓷器。汝瓷,天青釉,瓷质细腻,晶莹透亮,如月夜晴空,又如高悬明镜,釉层厚处,开片如鱼鳞,作蝉翼状,翩翩然欲舞。我当时即被那件玉壶春瓶震撼,本应该光滑细腻,小巧玲珑的春瓶,却感觉沉重无比,我不舍得去触碰它,生怕我粗糙的手指破坏了它空灵剔透的美。但我还是触摸了它的瓶身,像蜻蜓点水一般地去触摸,却感觉依然是奢侈。我不知道那个玉壶春瓶后来流向了什么地方,若是有个慧眼识珠的收藏家能得此瓶，大概也不枉混迹于收藏界了。"玉壶春"三个字曾出现于唐代司空图在《二十四诗品》的《典雅》篇，曰：

　　"玉壶买春，赏雨茆屋；座中佳士，左右修竹。白云初晴，幽鸟相逐。

　　眠琴绿阴，上有飞瀑。落花无言，人淡如菊。书之岁华，其曰可读。"

　　全篇录于此，稍显啰唆，但为此瓶之故，啰唆又何妨？此篇虽是品评诗歌典雅之美学境界，却正契合此瓶之韵致，其曰可远观，不可亵玩也！

　　当时我接触过的那批古玩珍宝，用价值连城来形容毫不为过。但当时我年少轻狂，不懂得珍惜这批宝贝，曾做过不少清泉濯足大煞风景之事。

　　上级安排我在仓库照看这批古董，所以晚上就安排我住在仓库里。从我睡觉的地方到厕所，要经过一条很长的巷子，巷子狭窄凄清，白天少人，到了晚上更显阴森。我本来胆子就小，加上半夜时候睡得糊里糊涂，就更不愿意走出仓库去厕所小便。但仓库里花瓶多，于是就地取材，半夜尿急时，顺手就拿一个花瓶当尿壶，没管它是什么青花玲珑，也没管它什么明代清代，只管一泡热尿浇下去，叮叮当当直响，清脆琅琅。尿完之后，我便躺在床上继续酣睡，等到第二天早上起床，再把花瓶拿到厕所，将半夜的尿倒掉，放水清洗。我不知道当时我用了多少个花瓶做尿瓶，但其中任何一个放到现在都具有不菲的价值。前几年，香港佳士得拍卖行拍出一个明代的粉彩，当时以七千多万元的价格成交，看到此，我便想到当时在仓库里照看的那些花瓶，这七千多万的粉彩，虽然价值不菲，但未见得比我当时撒尿的那些花瓶名贵。如此焚琴煮鹤之事，现在想来，简直荒唐至极。

　　在仓库里劳动了一个多月之后，公司很快把我调回了总部，安排我进公司的保卫科工作。当时保卫科与现在保卫科的性质完全不同，在上世纪七八十年代，保卫科可以说是一个公司里最重要的职能部门，它直接关系到人事的审查，也关系到公司里每一个人的处境。在当时的环境之下，毫不夸张地说，在保卫科里面工作的人往往能够操纵一个人的命运。我作为一个刚刚从农场来到上海的大学生，在没有任何工作经验的前提下，能被分往保卫科工作，当然是一件非常幸运的事情。

1971年，我在工作上可谓是顺风顺水，在保卫科工作了一段时间之后，很快就成为公司的党委联络员。事实上，我当时还不是一个党员，根本不具备成为党委联络员的资格。但领导信任我，提拔我做党委联络员是希望培养我。

其实在保卫科这样的部门工作，对于所谓的审查和批斗早就司空见惯了，但在审查他人材料的时候，还是会经常联想到自己，联想到南京学习班的政治审查。我总担心南京的审查会牵扯到自己，影响到自己的前途。该来的终究是来了。那是1971年秋天，我突然接到了上级的通知，要对我进行隔离审查，原因是南京有同学在交代材料中提到了我的名字，上面怀疑我参加了反革命组织。

当时是下午3点，隔离审查的消息对我来说，简直就是晴天霹雳。虽然我心里一直担忧，早有某种预感，但当预感变成现实的时候，我依然陷入了慌乱。害怕和恐惧占满了我的内心，我完全不敢去想象被审查的结果。恐惧之后便陷入了深深的无奈，在这场政治风波面前，我显然是渺小懦弱的，但我一直不明白的是，渺小懦弱的个人，为何却总被时代的浪潮拍来打去。我开始怀疑人生，怀疑自己，怀疑自己离开农场来到上海的决定。我本来怀着对生活的期待，到上海来是希望追求自己在艰难生活中仍然残留的一点理想，但到上海之后竟然得到了一个隔离审查的结果。我不敢迁怒于时代，但却开始埋怨起上天，认为上天安排的这一切毫无意义。若是真要把我推向生活的深渊，又何必费此周折，让我经历千辛万苦，背井离乡从安徽偏远农村来到上海之后，才完全地否定我呢？

纠察队的人让我立即停掉工作，接受隔离审查。我冷静片刻之后，恳求他们给我几分钟时间，去跟单位一位同事告别。实际上就在当天上午，单位里一位阿姨提出给我介绍女朋友。她让我下午6点半去外滩28路汽车站，说女方会在那里等我。表面看上去我的工作和生活都顺风顺水，但政治的暗流涌动，我随时面临触礁的危险。突然到来的隔离审查，是我完全无法预知结果的事情，所以我必须在被隔离之前，通知那位阿姨让女方不要来赴约。阿姨不明所以，听到我急匆匆地让她通知女方下午不要来和我见面的消息时，非常生气，说我不讲信用，一时气不过还骂骂咧咧地说："外地拧就是外地拧，格种事体，喇叭腔。"

事出紧急，我没有来得及向她解释，便被带到了审查室。我当然知道那位阿姨的好心，然而我当时被迫接受审查，上面不可能给我时间去相亲。而且在当时的环境之下，我如果接受审查的过程中，被定罪成了反革命分子，那我的人生可能就走到了尽头，哪里敢再去想儿女情长之事？对于我来说，政治的否定意味着对我一切的否定，在没有确定我是反革命之前，我是那个社会的边缘人，若是一旦确定我是反革命，我便成了人民的敌人，成了一切恶毒之词的靶心，我将被大时代抛弃，被社会完全隔离。

隔离审查的决定很快执行，我被关在公司进门处的一间小屋。公司当时位于外滩16号，现在是招商银行的大楼。在被隔离审查之前，顶楼中间靠东的房间便是我的办公室，坐在办公室里，从窗口望出去，正好可以看到黄浦江的风景。从高处望去，黄浦江仿佛一条绸带，鲜明地把上海分成浦东浦西两块，江水从上游奔腾而来，但两端被横截在天涯，茫茫然不见首尾。流到陆家浜处，画一道优美的圆弧，如一个臂弯，温柔地圈揽住浦东的江川岸滩。江面宽阔，白色的浪涛迭起，是天上飘浮的微云，又像层层叠叠的稻穗……隔着办公室的玻璃，黄浦江的景象尽收眼底，运输货物的轮船浩浩荡荡地来往于码头，排队如长龙，蔚然壮观，汽笛声拉长了黄浦江的肺活量，奏起江湾里激越的赞歌。我当时工作顺利，坐在办公室的沙发上，俯视茫茫黄浦江，也有"春风得意马蹄疾，一日看尽沪上花的"喜悦。

隔离审查之后，每天就被要求交代材料。在进门处的小屋里，除了写材料，便是反省。反省这个词，本来就是针对犯有错误的人，但当时的我并不知道自己犯了什么错误，所以我根本无从反省。有所反省倒好，无从反省，却要被关在房间里反省，让人感到极度的空虚。我被关在小屋里，每天面对空虚的自己，我仿佛跌入了无尽的黑夜里，小屋封闭，压抑着我，我在四处不见光亮的小屋里艰难地呼吸着，在现实的夹缝中，挣扎着寻求最后的避难所。挫败感和孤独感交替折磨着我，我仿佛是活在一个角落里的人，角落阴暗潮湿，我浑身长满了霉。

在隔离审查期间，有一次我看到小屋外的过道上，审查我的工作人员在清理墙壁的时候，用小刀去刮墙上的污迹。然而就在他所刮之处，有一个毛主席的画像。我见此情形，赶快告诉那个工作人员，不要直接用刀去刮墙面，以免给自己带来麻烦，并教他用一张红纸盖住毛主席的像之后，再用刀去刮墙上污迹，这样不至于对毛主席他老人家不敬，也就不会别生枝节了。他听完我说的道理之后，心惊失色，一个劲地感谢我，好像我是他的救命恩人一般。

当时隔离审查我的那间小屋现在放置了三台自动取款机，俨然成了一个吞吐钞票的场所。小屋被重新装修过，屋子里重新贴上了瓷砖一类的东西,阳光射进来,闪闪发光,但小屋已经不是以前的小屋了。我前不久去那里取过一次钱,站在那台自动取款机的前面,许多的往事涌上心头,感慨万千。自动取款机自动地操作着金钱的存取,我在完成一系列的操作之后,自动取款机给我吐出一张发票,却没有给我吐出相应的钞票。想起这间小屋也真是和我有不解之缘,直到现在,几十年过去,我们都变了模样的时候,还要和我开一个玩笑,像是老朋友见面似的。后来银行的工作人员告诉我,我银行卡里面的钱并没有被扣取,只是我的银行卡已经到期,需要重新到柜台办理相关手续之后,才能取钱。仔细想来,人生有时候真是滑稽,当时隔离审查我的那间小屋,现在居然成了吞吐钞票的场所,当年紧张的氛围在这间小屋里荡然无存,取而代之的是市场经济之下浓厚的商业气息,时代过去了,历史和文化似乎被瓦解了,所有的记忆,不过只是我们头脑中的一串符号,这些符号对于我们来说,是血和泪的经历,而对于我们之后的年轻人来说,大概就只是电影里面的一个桥段而已了。我望了望窗外,很快地离开了那幢大楼。

❧

隔离审查不久之后,就到了除夕。1971年大年三十,公司里所有的人都放假回家过年了。但我是隔离人员,单位没有让我回安徽老家过年。当天下午,我从隔离的小屋出去,准备去街上买一点吃的食物过年,可是那天下午我跑遍了黄浦区各个角落,都没有一个小店开门营业。我饿着肚子在黄浦区的大街小巷寻找食品店,最后只得空手而归。大街上,人影空空,上海的街道似乎从来没有那样冷清过,凄厉的寒风吹来,穿着旧棉袄的我,蜷缩着身躯,走在空旷的街上,像在异乡失群的大雁。街道两旁的百货店都紧闭着门窗,仿佛都在排斥我这个异乡人,我感觉所有的风都向我吹,孤独感在那一下午达到了极致,独在异乡的除夕,竟然是挨饿受冻的除夕。

那时候停了职,审查的结果,我根本不敢去想,无情的现实像是一扇巨大的石磨,把我对未来生活的憧憬一次又一次疯狂地碾碎。我当时甚至感觉到自己的后半生已如一团死火,我的人生似乎已经化作灰烬了。我不敢把我的遭遇告诉家人,我怕我那一辈子老实胆小的父母承受不住这样的打击,在政治的面前,他们比我显得更加无力和懦弱。

从街上一路走回到宿舍,病恹恹地走着,不知道是哪一阵风吹过了我的眼睛,我的眼泪就潮水一般地涌了出来,泪珠从脸上滑落到自己的鞋子上,我仿佛能听到杯子破碎的声音。我走在街上,像一只蔫掉的萝卜,身心无力,我甚至想到要放弃在上海的一切,赶紧逃回到农村老家去,至少在老家的除夕夜里,我能够享受到一家人团圆的欢乐,可在这座空旷凄清的大城市里,只有无尽的悲楚伴着寒风萧瑟。

回到宿舍,我抹掉自己脸上的泪水,尽量在与我同住的那位大爷面前隐藏起自己的悲伤。那位大爷已经六十多岁了,孑居一生。我回到宿舍的时候,他正在炒菜,漆黑的煤油炉上,锈迹斑斑,微弱的炉火如同当时的我,瑟瑟发抖。他见我沮丧地走进宿舍,大概已看出我没有吃饭,便问我吃过没有,我强忍着泪水直摇头,他再没有多问,只是继续炒菜。几分钟后,他端来一份饭菜给我,应该是他把自己做的那份饭菜分了我一半。他做的那份饭菜本来就不多,两人各吃一半就更是少得可怜,若是平时,我大概两三口就能吃完,但那天他给我的那半份饭菜,我竟吃了很长时间。我和他就着半碗的饭菜过完了1971年的除夕,在瑟瑟的寒风中,迎接着春节的到来。那天晚上,我躲在被子里又哭了很久,人脆弱的时候,稍有刺激便忍不住流泪。和我同住的大爷那天也没有和我多说话,一方面,他本来就沉默寡言;另一方面,毕竟我是隔离审查的人员,大多数人对我都是采取敬而远之的态度。

但我始终感激那位老年人，感激他除夕那天分我的半碗饭菜。可是没过几年，他就去世了，我还没来得及报答他的恩德，他就被早早地唤走了。时隔多年，每年过除夕，一家人团圆欢乐的时候，我都会想起1971年的那个除夕，想起黄浦区空荡的大街，想起自己找遍大街小巷也找不到食物的酸楚，想起那位老大爷，那位宅心仁厚的老大爷，他不知道他的离去成为我心里一个永远的遗憾，只愿他在天国安息。

1972年，我在上交的材料中写道："在"文化大革命"前期，也就是1966年，我参加了红色造反队，如果红色造反队是反革命组织的话，那我就参加了反革命组织。"上级组织对我进行了多次审查，但查不到任何证据能够证明我参加了反革命组织，又不敢轻易给我平反，便把我下放到当时上海水产学院里的一个仓库劳动。那个仓库也是一个陶瓷仓库，我的工作任务是搬运货物。当时和我在这个仓库里面工作的人员有很多是当时被下放的资本家，还有很多是高级知识分子，大多数都是因为一些子虚乌有的罪名被下放到仓库。其中有一个人据说是因为有一次在上海港务局堆放货物的地方闲逛，被定罪为有潜入外轮、准备偷渡出国的倾向，而被下放到这个仓库来参加劳动的。

在仓库劳动的期间，中午休息时，我经常给工友们讲故事。每天中午吃过饭之后，就是我讲故事的时间。那时候我年轻，记忆力好，常常好多天才讲完一个连续的故事，而故事前后基本上不会产生矛盾。因为故事讲得生动，许多工友听得非常认真，每天讲完一段故事之后，我便会故意留下悬念，吊起那些听众们的胃口，把故事留到第二天中午的时候再继续讲。通常情况下，我都是头天晚上编好故事，第二天讲给工友们听，但有时候头天晚上因为其他的事情耽搁了编故事，第二天便临场发挥，现编现讲。那时候反应较快，语言组织能力强，他们大多数时候听不出来故事到底是现编的还是早就已经编好的。那时没有其他娱乐项目，听我讲故事几乎成了他们唯一的消遣，我自己也在给他们讲故事的过程中锻炼了说话的能力。在陶瓷仓库劳动的那几个月，我讲了许多的故事，要是现在还记得，可以出版几本长篇小说了。可是很多故事讲过即忘，毕竟当时只是作为一种娱乐消遣，现在所记得的，只有讲故事的时候，大家围坐在一起的短暂欢乐了。

仓库里面的劳动非常辛苦，我们搬运的货物都重达一两百斤，幸亏我在农场劳动锻炼了两年，长期接触体力活，否则我根本不能适应仓库的工作。在陶瓷仓库劳动期间，我仍然没有得到平反，我的身上仍然贴着政治错误的标签。为了尽快得到平反，在劳动的时候，我总是表现得非常积极，重活我总是抢着干，希望能够用实际行动来证明自己对党和人民的忠诚。但长期的重体力劳动，不仅没有让我得到平反，反而让我患上了淋巴结肿大的疾病，我自己对此倒没有在意，毕竟当时年轻，一点病痛能够承受，好几天过去了，我都没告诉任何人，也没有向单位请假去医院治疗，依然每天卖力地搬运货物。直到有一次，和其他的一些工友在澡堂洗澡的时候，他们发现了我患上了淋巴结肿大，便有人询问我病情，叮嘱我去医院治疗，甚至有人好心地劝我干活不要太卖力了。我当时听到他的劝告感动得几乎要落泪，要知道，在当时是几乎没有人敢说出这样的话的。

白天干活，时间过得很快，然而一到了晚上，就显得有些无聊了。有一天晚上，我和一个工友发现仓库里停着一辆三轮卡车，三轮卡车平时给仓库送货，晚上一般都会开走。但那天晚上不知何故，竟没有开走。我们看到卡车之后，便想开着车在仓库里转转，反正晚上没有事情可做，百无聊赖。没有钥匙，那位工友就通过撬开点火开关，接通线路的方式，启动了三轮车。

开始的时候，是那个工友开车，我坐在他的旁边，当他带我转了一圈之后，我说我也想试驾一下三轮卡车，感受一下开车的乐趣，其实我当时根本不会开车，他听我说完之后，本来有些犹豫，但最终答应了我的要求，同意让我试驾三轮车，但条件是他必须要坐在旁边。

那次多亏他坐在我的旁边，否则我这一生的命运或许要大改特改了。因为不会开车，我把车辆发动之后，便径直地冲向了仓库堆放陶瓷的桩脚，慌乱中，我的头脑中一片空白，完全不知道应该怎么操作。卡车径直向前，眼看着即将冲向堆满陶瓷的桩脚，我的眼前一下全部黑了。命悬一线之际，坐在我旁边的工友用手死死地按住了刹车，控制住了那辆三轮卡车。我和那位工友都被吓得丢了魂，半天没有说出一句话，只是瞪着车窗，虚汗直冒，等我们回过神来，发现车辆和那批陶瓷之间，只有不到一尺的距离。

那一次若是撞向了那批陶瓷，我极有可能就被那批陶瓷砸死了。即使我命大，陶瓷器没有砸死我，我活着会更加痛苦，因为我本来就被怀疑为参加反革命组织的成员，当时仍处在接受政治审查的阶段，在那样的情况下，还因为贪玩损害了国家和人民的财产，简直是罪不可赦。但我是幸运的，在千钧一发之际，那位工友及时相救，为我免除了灾难。我的一生，在前三十年，经历过很多的波折，甚至有好几次都在生死的边缘挣扎，但我每次都能够化险为夷，走上新的人生道路，单从这一点来看，上天应该是眷顾我的。

政治问题一直得不到解决，我的生活除了偶尔的欢乐之外，大部分时候是苦闷不堪的，因为我始终是一个边缘人，孤独感和自卑感反复纠缠着我，没有什么人和我深入交往，我也不愿意和别人分享我的心情。我卑微地活着，尽量活得像个人一样，但我自己知道，我已被压抑得不成人形。白天劳动的时候，上百斤的货物扛在肩上，我一边劳动，一边回想自己的经历，生活像是铁锤一样捶打着我，我的骄傲和自尊一次又一次被捶得稀烂，我感到委屈,却又不知道向谁申诉,只有默默地承受现实的一切,把自己交给懦弱的命运。

～✦～

在陶瓷仓库劳动期间,我认识了我这一生最重要的人——我的妻子。她是仓库里面的工人,当时是一个小组长。当时很多人都是对我"敬而远之"的,毕竟我是一个受到组织怀疑的人。然而那时候,我的妻子(当时还不是我的妻子)却没有因为我是接受政治审查的人员而疏离我,她主动和我接触,而且经常从家里给我带菜来吃,我印象最深的就是她烧的带鱼。

她是上海人,周末回家的时候,便自己烧一些菜带到仓库,改善伙食条件。她知道我是安徽人,喜欢吃辣椒,在烧带鱼的时候,便特地放了很多辣椒。带鱼又辣又香,很合我的口味。一个身处异乡的人,在仓库参加劳动进行反省的时候,能得到一个姑娘的细心照顾,自然被深深地感动。接触多了之后,互生情愫,公司里的其他员工也有意撮合我们,一位阿姨有一次还给了我们两张电影票,让我们下了班之后去电影院看电影。

后来我们开始谈恋爱,我们的爱情平淡得像水,却静静地流过彼此的心田,在我迷茫的岁月里,她的出现,给了我精神上的支撑。我们之间,或许没有浪漫可言,但我们就相互扶持着,在艰难的生活中缓缓前进。有了爱情的基础之后,接下来就该是谈婚论嫁的事情,但那时候关于婚姻,我们两个都有些隐忧。因为我没有得到平反,和我结婚,很可能会直接影响到她和家人,若是我的反革命罪行成立,那她和她的家人都要因此受到非常大的影响。在和我登记结婚之前,她特地跑去咨询了公司的领导,所幸环境逐渐松动,南京方面的同学大多得到了平反,公司的领导当时给了一个令她放心的答复,并且专门为我开具了证明。那份证明材料的价值,在当时甚至胜过我们的结婚证,或者说,没有那份证明材料,我们或许就没有结婚证。总之,那份证明材料可谓是及时雨,有了证明材料之后,我们很快就办理了结婚手续。

1973年春天,我们在普陀区区政府领了结婚证。当天我特地穿了一件干净衣裳,因为我知道,领取了结婚证之后,便意味着我的人生进入了另外一个阶段。领取了结婚证之后,我们没有立即操办酒席举行婚礼。正式举行婚礼的时间是1973年5月初,当时是在她家办的婚宴,总共有两桌客人,主要是她家的亲戚,我的父母没有到场。婚礼进行得很简单,简单的仪式之后,大家一起吃了一顿饭,便算婚礼结束了。当时收了一些亲戚送的结婚礼物,主要是面盆、热水瓶之类的生活用品。我记得结婚的时候,我总共花了150元钱,那也是我身上仅有的150元钱了。

当时我们工资都不高,结婚的时候一贫如洗,甚至没有一间可供我们居住的房屋。结了婚之后,我们不能继续住在公司的宿舍里,只得租了一间房子暂时居住,那间房子位于杨浦区定海路爱国二邨里。

我所居住的爱国二邨,房屋以平房为主,泥墙石棉瓦居多,巷弄不算窄,两三米的样子,但泥泞不堪,坑洼处常有积水,垃圾倒在巷子两边,数不清的苍蝇在垃圾堆上乱飞,发出嗡嗡的声音。两边粗糙的泥墙上,附近的小孩子画着些不具名的图案,泥墙稍高处,贴有政府的宣传标语,或者是性病特效药的广告。70年代末的时候,上海女作家程乃珊发表了小说《穷街》,所写之处,即杨浦区棚户区,其中就包括爱国二邨。据说当时程乃珊在杨浦区做中学老师,经常去学生家中,在做家访的过程中,熟悉了这一带的环境和风俗,后来写成了《穷街》,引起了社会的广泛关注。后来这篇小说被改编成电视剧,女主角由上海电视台的主持人"燕子姐姐"担任,很多外景都取自爱国二邨。

我所租的那间房屋大概只有七平米,房东是一个寡居的老太太,她就住在我们隔壁,两家人之间就仅仅隔了一层木板。木板这边是我们的床,那边则是老太太的床,这两个房间原本是没有隔开的,但老太太为生活所迫,为了能够收取租金维持生活,便用一些破旧的木板把一个十多平米的房间隔成了两个房间,一个房间留给自己住,另一个就租给了我们。当时租金是七块钱一个月,我们住在七平米的房子里,吃喝拉撒全在里面。房间里放着一张床,一个煤球炉,一个水缸,一个桌子以及一个只有框架的衣柜。这几件仅有的家具是我从老家挑来木板做的。

　　在结婚之前,我请假回了一趟老家,那次回老家主要有两个目的,一是回家告诉我父母结婚的消息,另外一个则是回家挑一些木板到上海来做家具,毕竟我们结了婚,在柴米油盐的日子中,不能没有一件家具。我回家挑了一百八十斤木板来到上海,之后找了一个木匠做了几件简单的家具。但由于木板有限,当时我们家的家具都是徒有其表而已,除了一个基本框架之外,家具里面几乎没有任何内在结构,有的甚至连后面的木板都没有装上。但家具里面所放的物品着实不少,房间的面积小,很多的生活用品必须整齐地放置,否则房间里就容不下人,所以很多的杂物都放在残缺不全的家具里。

　　马桶放在床下,每天早上是我们倒马桶的固定时间。床下还放着几个盆,有洗脸用的,还有洗澡用的。房间里没有水,我们的生活用水要到房间外的过道处提,我当时有一个水桶,三桶水正好可以装满家里的水缸。洗澡在当时是最麻烦的一件事,房间狭小,洗澡的盆便不能太大,蹲在小盆里洗澡,横竖都抹不开。盆小,洗澡水从盆里溅出来,就形成泥泞。结婚初期,我们就在七平米的房间里艰难地维持着生活。

房间小，窗户更小，房间里有一扇窗户，朝南，白天取掉木板之后，通光透气，算得上是窗户，而到了晚上，镶上木板之后，则完全成了一堵墙壁。因为低矮，采光性能极差，房间里总是昏昏然不见光亮。

那时候，我走在上海的大街上，能看到一些普通人家的窗户，木制的窗框，明亮的玻璃，窗框上面还有拉手，可以方便窗户的开关。透过玻璃，看见窗子里一家人围坐在桌子旁吃饭的场景，父亲正给儿子夹菜，母亲站起来，似乎要去厨房拿东西，场面温馨，让我羡慕不已。我当时的梦想，现在想来实在是个笑话，我只希望在我七平米的房间里，能够有一扇像样的窗子，不需要精致，只要有玻璃就行，最好能带个拉手，方便窗户的开关。白天的时候，阳光从窗户照进房间，我可以坐在房间里看看书，或者一家人坐在房间里吃饭，阳光照在家人的脸上，孩子的嘴角边粘着一颗饭粒。

1973年年底，我的女儿出生了，她的出生让我又进入了生活的另外一个阶段，我从一个丈夫变成了一个父亲。1973年是我人生的一个重要转折点，在这短短的一年之间，我的身上多了两重身份，我做了丈夫，也做了父亲，每一个身份，都代表着一份责任，我的肩上，无形之中其实多了两份责任。每一份责任都让我感到沉重，生活的压力往我的身上累加，我开始和最简单的生活作斗争。柴米油盐酱醋茶，生活拮据的日子里，每一个生活的细节都够让人操心，在爱国二邨的出租屋里，我们在节衣缩食的夹缝中艰难地维持着生活，头上的政治帽子没有摘掉，生活的压力又加诸肩。1973年是我最煎熬的一年，但也是我最幸福的一年。女儿的出生，让我欣喜无比，她出生在冬天，从杨浦区中心医院抱回来的时候，我用一件二手棉制成的棉袄把她包在怀里，生怕她冻着，回家的路上，每走一步我都小心翼翼，但她在路上不哭也不闹,侧着脸熟睡着,享受新鲜世界带给她的一切。她出生在早晨,早晨代表着希望,而我在乌鲁木齐路仓库劳动的时候,接触了许多的玉,我希望我的女儿是一块纯洁无瑕的美玉,所以我就给她起了"晓瑜"这个名字,寓意着希望和无瑕。

她的出生带给了我希望,那种希望是一种可以触摸到的希望,不空也不虚,完全能够激发力量。每天下班回家,看到她那张稚嫩的脸,一天的疲惫便一扫而空,她开始只会哭,小小的身体里仿佛有巨大的能量,每一天都哭,想喝奶的时候要哭,想睡觉的时候要哭,但我并不觉得她的哭声嘈杂,相反,她的哭声让我感觉到了世界的鲜活。在经历过许多年生活的磨难之后,我很难再感受到世界的鲜活,而女儿的出生,让我重新用一种清明的眼光去观看这个世界。后来她学会了笑,对我笑,对她的母亲笑,世界在她的眼里,似乎只有美好,我们细心地呵护着她的笑容,在她的面前,我们也隐藏起生活带来的磨难,生怕一丁点的情绪破坏了她对这个世界的美好印象。

女儿出生后不久,母亲便大老远从安徽赶到上海来了,她风尘仆仆而来,带来一些农村常用的襁褓和抱裙,新的旧的都有。我从码头把接她到出租屋里,安排她在隔壁的房东老太太家临时搭了一张床。她当时大概完全没有想到我在上海的生活竟是那样的艰难,一家人挤在一个七平米的出租屋里,房间里没有一件像样的家具,衣服棉被都是破破烂烂的,连她来了都要安排寄住到隔壁家里。我不知道她当时对我有没有失望,毕竟在她的眼里,我一直是她的骄傲,但我确实见到她在那七平米的出租屋里抹过眼泪,偷偷地。她似乎怕被我们看见,流了泪之后赶紧用衣袖擦掉,然后装出一副高兴的样子哄逗她的孙女。这一切我都看在眼里,但我当时却什么都改变不了,她哭的时候,我也只有偷偷地哽咽。在出租屋里,她细心地照料着我们一家人,用仅有的煤球炉给我们烧菜做饭,她到上海期间,我的政治问题仍然没有得到解决，不过幸亏她对此一无所知，否则她对我的处境会更加地担心。

　　终于，在1974年的平反大会上，组织给予了我彻底的平反。三年的政治帽子从我的头上摘掉，在经历三年半人半鬼的生活之后，我终于等到了一个公正的结果。其实，经历了三年的磨难之后，平反并没有带给我精神上的兴奋感，尽管我一直在等待着平反的一天，但真的等到平反的时候，却感觉在时代面前，作为个人，我们很难掌握自己的命运。但平反之后，却带来了许多实际的好处，单位重新给我分了房子，让我住进了一个十几平米的房间，我也不用再支付每月七元钱的房租。我的工作当然也要重新安排，当时单位给了我两个选择，一是留在我劳动的仓库做仓库主管，二是回到公司业务科做外销业务，主要是分管除港澳台之外的亚洲地区的业务。我当时几乎是毫不犹豫地就选择了回到公司做业务，因为我当时刚走出政治风波，对此有了恐惧和抵触心理，而做仓库主管必然会和政治牵连，所以我选择回到公司做业务。到公司做业务之后，公司里很多女青年都不知道我在仓库劳动时已经结婚了，有些女青年甚至还主动与我交往，但我都拒绝了，这大概也算是平反的好处罢。

　　年轻的时候，爱好文学，读过穆时英的小说，他是新感觉派的代表人物，写了许多有关上海的光怪陆离的故事。他才华横溢，在《上海的狐步舞》里，他这样开头："上海，造在地狱上面的天堂。"真可谓是神来之笔。在上海这个地狱天堂里，我被审查的日子大概算是地狱吧，而我的天堂呢，它会在我被平反之后到来吗？

璞玉如琢

回到公司之后，我便开始做起了外销业务。起初我所分管的地区，名义上是除港澳台之外所有的亚洲地区，事实上，当时亚洲地区，和我们公司有进出口贸易的，除了日本，便几乎没有其他国家了。而即便是日本，和我们公司的贸易往来，也不算多。日本客户在我们公司所订购的抽纱制品，基本上都是生活所用的小件，诸如盘布、背垫之类，贸易额度完全不能和欧洲地区相提并论。

不过，我依然非常珍惜这份工作，对于一个刚刚被平反的人来说，能够得到一份外销员的工作，已经非常幸运了。在当时很多外人的眼中，我的这份工作应该是令人羡慕的。之所以说它令人羡慕，并不是因为从事这份工作能提高自己的社会地位，也不是因为从事这份工作能改善自己的经济状况，而只是因为从事这份工作的人能够直接和外国人打交道。在当时的中国，能够接待外宾，就意味着拥有一定的政治素质和业务素质。当时国内外国人少，而普通百姓又没有出国的机会，很多国民对外国人都感到好奇，走在大街上，见到一个外国人，大多数人都忍不住要多看他几眼。那些眼窝深陷，鼻梁高头发卷的外国人，在当时的中国人眼里，就像是珍稀动物一样。我在做外销员的时候，有一次接待外宾，那几个外国人提出要到南京路上走走，我陪着他们散步，从外滩走到国际饭店，身后几米远便跟着一群穿着蓝灰衣服的中国人,其中还有两个跑到前面来问我讲的什么语言,我们走在前面,他们就一直跟到国际饭店门口,看外国人像看什么稀奇的事。

这真是一种奇怪的现象。在20世纪二三十年代,来自世界各地的外国人都聚集在上海,颇负盛名的十里洋场,处处可见外国人,想来当时的上海人,对外国人并不陌生。不仅不陌生,应该是非常熟悉的,洋泾浜英语的兴起,便足以说明当时中国人和外国人之间往来很多。先不说中国人和外国人往来的方式,至少有一点可以肯定的是,往来多了之后,好奇应该是用不着了,毕竟中国人和外国人之间,无非是人种国别不同而已,与同一动物却分不同花色种类一样,想来凭我们的智商不会不能理解。然而,仅仅是过了四五十年,就连在上海这块地盘上生活的人,都对早已熟悉的外国人好奇起来,走在街上要跟随着多看几眼,和外国人交谈过便显得神气起来,即使八竿子打不着的关系,站在外国人的旁边,也似乎成了一件值得炫耀的事情。

我总觉得经历过鸦片战争之后,有些人便开始产生了民族的自卑心理。鸦片战争以前,中国向来以天朝上国自居,对海外的国家嗤之以鼻,泱泱大国,视西方各国为蛮夷,何等的自傲。但鸦片战争之后,做惯了夜郎自大的美梦的旧时中国人居然不自傲了,不仅不自傲,连民族的自尊心都在大烟枪里化作一口浓烟,陶醉地呻吟一声之后,吐掉了。反而自卑起来,一自卑便不可收拾,粗略算来,也有上百年的历史。解放以前,这种民族自卑心理表现为对外国人的谄媚,向外国人点头哈腰卑躬屈膝者比比皆是;解放之后,谄媚是用不着了,国家独立了,脊背伸直了,但却好奇起来,对外国人好奇,对外国的东西也好奇。好奇还不算,有些人崇洋媚外的心理开始变得严重,凡是外国人的东西似乎都是好的,凡是外国人似乎都是有钱的。面对国外来的东西,不管是什么,适合不适合,统统生搬硬套地嫁接在中国的枝干上,结果不仅没有改良,反而结出许多畸形的果实。

我当然不是完全反对接受外国的文化和产品,我深知文化要在交流和借鉴中才能发展的道理,并且国外确实有很多的文化精髓是值得我们学习的;但我也反对全盘的接受外国文化,鄙视崇洋媚外的人,在我看来,崇洋媚外是一种非常不健康的心理,甚至是一种文化幼稚的表现。我们这个民族,若是有一天,大家都能够理性地去思考问题,理性地去对待外来事物,那国家才能更加地强大。

做外销员之后,公司重新给我安排了住房,我离开了杨浦区的棚户区,搬到了公司分配给我的一间公租屋里。公租屋的房间也并不大,十几平米而已,好在租金少了许多,而房间之上,还有一个小阁楼。阁楼是和住我们隔壁的邻居共用的,但中间用木板隔开,他们占大半,我占小半。我所占的阁楼不到三平米,上面铺着被子,有亲戚来的时候,就供亲戚休息,没有亲戚来,就在上面堆放一些家里杂物。父亲几次到上海来,都是住在那阁楼上的。阁楼有一个小门,仅供人钻进去,从我们的房间上阁楼要爬一个小楼梯,楼梯是我请人做的。阁楼很矮,人在上面站不直,父亲在阁楼上住的时候,晚上便躬着身子,爬过楼梯,钻进阁楼里,第二天早上又弓着身子钻出阁楼,下楼梯。

房间虽然宽敞一些,但光线仍然不好,又潮湿,墙壁上霉迹斑斑不说,更糟糕的是经常有鼻涕虫黏在上面,如果不小心,鼻涕虫还会从墙上爬到身上来。家里时常有老鼠出没,窸窸窣窣,偷粮食或是啃衣服。老鼠胆大,连白天都公然在房间里行动,到了晚上,猖獗程度自然可想而知了。那时候,我们夫妻的工资都不高,加上女儿嗷嗷待哺,除却日常开支,已所剩不多,若是偶尔给家里一点支持,则几乎不剩,有时甚至入不敷出。

家庭负担重，生活困难，我们专门成立了互帮小组，通过来会的方式集资维持生活。当时，我和五六个人一起，组成了一个有若干个家庭参与的小组，几个家庭互帮互助，每月每个家庭出两块钱，凑齐十多块钱，依次把这十多块钱给其中一个家庭，帮助其解决生活困难。第一个月集齐的十多块钱就给了我们家，因为当时我家里的负担最重。这种互帮小组在当时底层大众里很常见，许多家庭都通过这种来会集资的方式度过生活的难关。

我做外销业务时，已经是"文革"后期了。尽管在"文革"后期，政治学习的要求仍然非常严格。当时周一、周三和周五晚上是公司规定的政治学习时间，政治学习的主要内容是阅读党报的重要文章和一些党政文件，读完之后大家相互交谈心得体会，以此检讨自己的工作。当时，公司很多职员都拖家带口，本来晚上都希望早点回家照顾家里老小、料理家务，政治学习给他们家庭生活带来了很多的不便。我当时也已经结婚生子，晚上也要回家照顾孩子，但我是政治学习的学习小组长，学习期间不能缺席，这给我的生活带来了很多困恼。到"文革"末期，政治学习也已经流于形式了，但职员们仍然还是要坚持到晚上8点多钟才能回家。当时公交车不便，很多职员参加完政治学习之后，要9点甚至10点才能回家。现在想起来，那时候人们为时代付出了多少啊！

做外销业务，在当时有一个好处，便是能够参加一些饭局。国外的客户到中国来谈生意或者考察时，作为接待方，自然要给他们安排招待。参加饭局对于那时的我来说，是一件非常具有吸引力的事情，因为生活拮据，平时吃不到餐馆里的菜肴，陪领导和客户吃饭便成了我改善伙食的方式。在做外销业务期间，有时候领导碰到我，专门叮嘱我下班之后先不要回家，那我便知道，大概是领导要我晚上一起参加饭局。这当然令我非常高兴，意味着我可以享受一顿丰盛的晚餐。参加饭局，筵席之上，谈笑之间，免不了喝酒，酩酊大醉是常有之事，但大概是年轻的缘故，即使上次醉得昏天黑地，回家吐得一塌糊涂，再有饭局的时候，便又推杯换盏，不醉不归了。

当时我们公司有一位经理，喜欢喝酒，每次宴会上面，他都会喝酒，酒文化在当时公司的饭局上非常盛行。有一次，他和一个日本客户吃饭，日本客户刚上饭桌就直接喝掉了大半瓶白酒，我们经理招架不住，但又不想丢失面子，便赶紧打电话把我从家里面叫到饭店。我当时骑着自行车赶到饭店，坐上饭桌不久，也同样回敬了那个日本客户一瓶白酒，算是为我们经理挽回了一点面子。那次喝完一瓶白酒之后，断断续续又喝了不少酒，加在一起，超过一斤，但当时并没有醉得不省人事，吃完饭之后，我还自己骑着自行车回到了家。但我记得当时喝完酒之后，做了一件有些失礼的事情。喝完酒离开饭桌准备回家的时候，我大概是酒精上头，竟有些放肆地用手拍我们经理的肩膀，像是领导鼓励员工似的跟他讲话。这在当时确实是失礼的事情，毕竟他当时是我的上司，我的举动是有些冒犯他的，但当时酒劲正浓，根本没有意识到这一回事，事后想来，才觉察到自己的无礼。不过当时经理自己也醉了，他已经完全不顾上下级关系，对于我的举动，他丝毫没有介意，反而拉着我的手搭在他肩膀上，像兄弟般地胡言乱语。当时酒桌上还不兴酒段子，但我话多，有点幽默感，时常能够活跃起酒桌上的气氛。后来酒段子兴起之后，我在饭桌上面讲过很多段子，引得酒桌上的人哄堂大笑。

❧

家里面除了马桶和澡盆之外，谈不上任何卫浴设施，洗澡便成了奢侈的事情。我平时洗澡少，即便是洗澡，也只是简单地用湿毛巾分段擦洗身体。真正意义上的洗澡，大概只能一个月一次。那时候上海有大澡堂子可以泡澡，我每个月会花一毛五分钱去澡堂洗一次澡。有一次在冬天，我负责在和平饭店接待一位外国客户,饭店暖气开得很足,几个外国人走进饭店,便将身上的黑色大衣脱掉,只穿着一件衬衫,在饭店的灯光下,显得十分潇洒。我当时身上穿了好几件衣服,外套相对像样一点,外套里面,起球的毛衣、破了洞的绒衣、加上裰子背心,臃肿而邋遢。我自然没有脱掉外套,在外国人衣着的对比之下,即使身上最光鲜的外套也显得又土又旧,更何况外套之下那些塞在身上纯粹是为了保暖的衣服杂件。饭店里暖气开得太足,已经很久没有洗澡的我,穿着臃肿厚实的衣服,本来就散发出汗臭气息的身体,在饭店强劲的热流之下,臭味便更加的浓烈。我的身体被捂在几乎不透气的衣服里,汗水直流,隔着相对光鲜的外套,我闻着身上浓烈的汗臭气息,感觉非常尴尬。

和外国人坐在一张饭桌上,我表面上装得大方得体,但内心里,我强烈地排斥那次饭局,心里一直盘算着找个借口离开。我额头一直冒汗,便一直用毛巾擦汗。有个外国人问我,房间里这么热,为什么不脱掉外套,我只得回答他说,我最近有些感冒,希望采取发汗的方式,来治疗感冒。对外国人来说,他们哪里懂让身体发汗,能治疗感冒。但我为了掩饰尴尬,便尽量说得生动,他们听得云里雾里,完全没有看出我的尴尬和窘迫。

我已经记不住那次饭局是怎样结束的了,但我自己一定是逃离似的离开了和平饭店。离开饭店之后,我对此事思考了很久,之前,我从来没有想过一个人的尴尬能够和国家联系到一起,我觉得个人和国家之间,有着很远的距离,但那次从饭店回到家之后,我却意识到自己和国家的命运,其实联系得无比紧密。对于当时的中国人,像我一样穿得臃肿邋遢且长时间不洗澡的人十有八九,若是他们和我一样,与衣着光鲜的外国人同坐在饭桌之上,打交道、谈生意,举杯问盏,在高档饭店的暖气之下,他们一定也和我一样,尴尬甚至自卑。那是一种带有强烈国别意识的尴尬和自卑,它已经不仅仅属于一种个人的心理状态了,把当时中国落后的文化经济乃至政治都浓缩在了一时的窘境之中。郁达夫在小说《沉沦》的末尾,用最卑微的语气乞求道:"祖国呀祖国……你快富起来,强起来吧!"他的这个结尾,在那次饭局之前,我没有体会,只是觉得他有些做作。但那次饭局之后,我却心生了和他相同的想法,竟佩服起他来,不禁产生一个疑问,该是怎样刻骨铭心的感触,才能写出如此低沉又铿锵的文字?

公司的办公条件简陋,我们公司所用的打字机还是国外几十年前就开始使用的老式打字机,而计算则用手摇计算机和传统的算盘,对外联络主要靠telex、电报和信函。我几乎每天都要处理大量的信件和电传,而当时打印外销订单,则全部用公司的老式打印机,打印机是英文键盘,订单内容基本固定,我在做外销业务的前期,便记住了订单的基本格式和内容,并苦练英文打字,后来我打字的速度变得非常快,处理订单的效率也相对较高,这让我成为一个比较出色的外销工作人员。

除了处理一些平常业务之外,做外销业务最重要的是把公司的产品销售出去。我前两年主要和日本人接触,向日本推销公司所生产的抽纱制品。做外销员的第一年,我在工作上非常努力,工作业绩优秀,对日业务也得到了扩展。1975年,我被公司派到日本进行考察交流。出国,在当时是一件让人感到惊讶的事情,普通老百姓,谁能有机会出国?即便是高官政要,出国的机会也实在不多。那次出国是由北京总公司的一位女处长带队,上海、山东、汕头、广州等地的公司分别派出职员,组成一个访日代表团,前往日本交流和考察。

我当时对出国也感到新鲜,听说公司要派我前往日本交流学习,一连激动了好久,毕竟出国在当时是一件非常困难的事情,我甚至在那次去日本之前,都完全没有想过自己有一天能够乘着飞机,飞过广阔的海洋,到国外去交流考察。要知道,就在出国的前两年,我还是一个在仓库里面劳动接受政治审查的人员,短短一年的时间过去之后,我居然有机会代表国家出国洽谈业务了。这两种生活和待遇,判若云泥,命运真是让人捉摸不透。更吊诡的是,从那次出国之后,我这一生似乎都处于国外国内来回的奔波之中,其间有好几年的时间,我都是在国外度过的。工作也好,游玩也好,从一个国家飞到另一个国家,从一个大洲飞到另一个大洲,可以说,但凡在世界地图上,能够引起人们注意的国家,我几乎都留下过足迹。

到日本去,我们要先到北京集合。我到北京是从上海乘飞机去的,那是我人生中第一次乘坐飞机。当时乘飞机是有特别规定的,只有局级以上的干部才有资格乘坐飞机。因为我是代表公司出国交流访问,所以也得到了乘坐飞机的机会。当时乘坐飞机,必须要开具证明。我记得我第一次拿到乘飞机的证明之后,从公司回家的路上,我一直把证明拿在手上,心里非常激动,生怕弄丢。

到北京之后,住在东四九条胡同的招待所。招待所房屋破旧,墙壁上白色涂料脱落,当是有些年头的老房子。招待所没有名字,只在进门处立一块牌子,赫然写着"招待所"三个大字。走进房屋,大厅里面摆设杂乱,后门处,晾着内衣外衫,两盆不知名的花草上灰尘极重,而地上,垃圾纸屑随处可见。在进门的右手边,摆着两张破旧的课桌,课桌上面放着两三本住房登记簿和一支钢笔,那便是柜台了。柜台处坐着一个大妈,懒洋洋的,除了看了一眼我的证明之外,完全没有抬头看过我。我登记住宿之后,便到了房间,房间不小,二十平米左右,但床很小,一个房间摆着十张床。当时的招待所,环境和卫生条件最为糟糕,被套被汗渍浸出了光泽,枕巾因为被无数的客人用来擦过皮鞋,而变得黑黢黢的,床下面灰尘很厚,蟑螂和老鼠时常出没。我在招待所住了几个晚上,但没有任何不适应,毕竟在当时的中国,绝大多数招待所环境都差不多。

各分公司的代表都到北京之后,便到北京总公司总务处去借衣服。因为出国代表的是公司和国家的形象,所以公司希望我们都能穿得稍微体面一点,但我们自己没有体面的衣服,公司便给我们每个人借了一套西装和一套中山装。这些衣服放在总公司的总务处,全部是别人穿过的旧衣服,但对于当时的我们来说,也已经是非常高档的衣服了。我个子高,总务处大多数的西装,我都穿不上,尤其是西装裤子,穿在我身上,袜子要露出一大截。后来终于找到了一套灰色的西装,尽管很薄很旧,但勉强符合我的身材,我就穿着那套灰色的,略微有些短的西装前往日本了。我后来在日本拍的照片,基本上都是穿的这套西装。穿西装,则必定要配衬衫和领带,总务处没有衬衫和领带,我们自己也没有,公司便给我们每人发了二十元钱,在北京的店铺里,我们各自买了两件衬衫和一条领带。

当时公司还借给每个人一个皮箱,供我们装出国所带的行李,但所谓的皮箱,不过徒有其名而已。当时公司借给我们的皮箱,其实只是一个纸箱,纸较厚,颜色呈褐色,与皮箱极其相似,如果不触摸材质,很难分清楚是皮箱还是纸箱。这让我想起当时在上海非常流行的假领衬衫,我们这一代人基本上都穿过假领衬衫,在六七十年代,很多家庭买不起真正的衬衫,便买只有领子的假领衬衫。穿这种假领衬衫,主要是为了好看,那时候大家都认为有领的衣服好看,尽管只有假领,也要穿在身上,让自己显得更精神美观。衬衫一般穿在外套里面,把外套扣严实之后,便看不出里面所穿的衬衫是真是假。当时上海很多工厂都制作假领衬衫,专门卖给那些想买衬衫但又买不起衬衫的人。我们公司的花边厂也制作这种衬衫,但我们并不主要生产这种衬衫，只是利用工厂里生产其他工艺品所剩的一些边角布料来制作假领衬衫。公司里很多员工都买过我们花边厂生产的假领衬衫，我当时也买了一些，有的是买来给自己穿，有的是亲戚或者朋友托我买的。那时候，走在大街上，看到很多人的衣服里似乎都穿着一件白色的衬衫，但却分不出到底穿的是真衬衫还是假衬衫，不过，也没有人会专门去观察别人穿的是真的还是假的，真假的东西，又如何区分呢？这世界上，把假当真的事情，又何止衬衫和皮箱？

❧

在北京总部集合，处理好出国前的各项事情之后，我们便乘飞机飞往日本了。北京当时只有一个机场，即南苑机场。据说南苑机场是中国历史上第一座机场，最初是在1904年的时候，来自法国的两架小飞机在南苑校阅场上进行了飞行表演，这是中国的大地上首次有飞机起降。1910年，清政府在南苑开办了飞机制造厂，又修建了简易的跑道，南苑机场才真正成为机场。南苑机场位于北京丰台区，在70年代，它只有一幢楼房用作候机室，楼房不高，也不宽，但在当时算是比较洋派的建筑。在北京的郊区，尽管是机场，这座楼房也显得冷清，尤其是春天，北京尘土飞扬的季节，南苑机场便显得更加的荒凉。到达南苑机场之后，我们在候机厅换了登机牌，当时的登机牌由机场工作人员手工填写，信息填完之后，加盖橡皮戳记。登机之后，飞机飞了大概两个小时，便到了日本成田机场。

刚下飞机，我便感到了震惊，仅仅两个小时的时间，我似乎从一个世界来到了另一个世界，本来就冷清的南苑机场，在与成田机场的强烈对比之下，显得实在有些格格不入。无论是机场的硬件设施，还是服务，成田机场在当时都已经是非常成熟的机场了。它的建筑气势恢宏，设施完全现代化，机场附近的交通便利,和机场形成了极为和谐的互动。航站楼高大宽敞,里面设有许多商店,商店装修精致,里面陈列的商品琳琅满目,包装各异,让我们既感到新鲜,又觉得不可思议。因为当时我们国家实行计划经济,供销社提供的物品种类单一,很多物品没有包装,即使有包装,也不过是用颜色单调的包装纸简单地包装。日本商品的包装则显得非常精致,样式五花八门,颜色五彩缤纷,赚足了消费者的眼球。我们一行人对此都感到诧异,大概来此之前,我们没有人想到,我们国家和日本的差距竟如此明显。从机场出来之后,我忍不住回头再看了几眼机场的建筑,在羡慕的同时,我有种怅然若失的感觉,但我并不知道,初到日本的我,到底丢失了什么,或许我知道,只是不愿承认罢了。

来接我们的日本人,穿着一套黑色的西装,他人高,背很直,大概二十多岁,礼貌而谦和,头发精心打理过,纹丝不乱。简单的寒暄之后,他便带我们前往地铁站,从机场乘地铁到东京。日本的干净给我留下了深刻的印象。从机场出来一直到地铁站,在路上我没有看到任何垃圾,路面上几乎连灰尘都没有,来来往往的日本人,穿着简练大方。设计极简单的衣服,穿在他们身上,也显得非常得体。地铁上的人坐着,有拿着一本书仔细阅览的,有夹着公文包打盹的,也有小声交谈的,我们坐在地铁上面,显得有些突兀。和我们相比,他们明显精致时尚许多,我们尽管也西装革履,打扮得像是讲究的人,但终究只是打扮而已,无论我怎么假装斯文和礼貌,举手投足之间,依然显示出不自信。坐在地铁里,我的心情是复杂的,来到另外一个国家,本来是一件让我们欢喜的事,但我们所见识到的东西,确实和国内所见有所区别。感受着异国的情调,我有一种自豪和满足感,但我同时又有些失落,我们穿着灰色的西装,坐在地铁的车厢里,每一个人的表情和动作都有些不自然。我们在国内也经常和日本人打交道,对日本人和日本文化本来已经不再陌生了，但真正来到日本，面对着众多的日本人，我们一行人似乎都感到陌生，这种陌生感不仅仅是因为来到了异国他乡，举目无亲，更是因为在另一种不同的氛围里，我们意识到自己和这种氛围的格格不入。那是我第一次乘地铁，也是我第一次穿西装。

⁓

到了东京之后，我们被安排住在新大沽酒店。标准间，我与总公司的翻译同住。房间宽敞明亮，酒店的走廊和房间里都铺着地毯，进房间处摆放着拖鞋和日式睡衣。房间里放两张床，床很宽大，床的前方放着一台电视机，电视机的两边，摆放着两架书桌，供客人办公。中央空调控制着房间的温度，卫浴设施一应俱全，洁白厚实的大浴巾让我感到非常惊讶。进门处正对着窗户，淡黄色的窗帘半掩，向窗外望去，霓虹灯漂浮在城市的上空，素雅和繁华被一道窗户隔开，窗帘因城市的灯光变幻而游动着斑点似的黑影，在白色床单的映衬下，显得更加雅致了。在新大沽酒店，床单每日必换，让我感到有些不可思议。在国内，我也去过专门招待外宾的宾馆，但那些宾馆当时都非常简陋，和日本的酒店相比，简直有天壤之别。

在日本期间，除了工作会谈，便是四处领略日本的风土人情。我们去了大阪、神户、横滨、名古屋等地，几个城市各有特色，但给我印象最深的是名古屋。名古屋是一个历史底蕴浓厚的古都，尽管二战之后，许多古代的建筑遭到破坏，荡然无存了，但即使是通过那些重建的建筑，也能够领略到名古屋浓厚的文化底蕴。据说德康家康在此修建了名古屋城堡，但后经战争损毁，我们当时所见到的名古屋城堡，乃是50年代末期重新修复的幸存建筑，这修复的建筑其实已不复当年模样了，但我仍然为之惊叹，尤其是天守阁。

从不明门进入古城堡，便来到了天守阁脚下。天守阁其实并不高，只有五层楼,整体为白墙大坡顶,底部呈梯形,由褐色的石头砌成,给人错落但厚重的美感。五层的城堡,每一层都有坡顶做装饰,坡顶之上又有拱起的小坡顶,两道小坡顶呈流线状聚拢,便形成飞檐。飞檐构斗,轻盈活泼又不失庄严,碧瓦飞甍,在蓝天白云之下显得更加富丽堂皇。这大概是学习中国唐代的建筑风格。天守阁白色的墙壁上,开了许多窗户,窗户大小不一,但整齐有序。这些窗户,据说是以前城堡的瞭望窗,在战争混乱的年代里,它发挥着不可低估的作用。而到了现在,这些窗户又发挥着审美的功能,它们使厚重的城堡,显得更加的灵动和自然。

古堡周围据说有上千株樱花,我们去时,樱花季节已过,只有零星的几株晚樱还在绽放,虽没有领略到上千株樱花争奇斗艳的视觉盛宴,但几株晚樱寂寞地守着春天,也给我了留下了极深刻的印象。全世界许多国家都种植樱花,但没有任何一个国家的樱花能与日本的樱花争艳,我不知缘故,大抵与日本民族气质有关吧。该是怎样一种气质呢?说不清楚,那便交予日本早春的樱花吧。

堡中最引人注目的是金鯱,仰望天守阁最高处的屋脊两端,那金黄色的神物便是金鯱。据说日本城堡大梁上悬挂金鯱的传统,始于室町时代后期,那时候城堡的轮廓初步成型,城堡之上,则往往用金鯱来做装饰,因其不仅外形夸张繁复,且传说中此物能防灾辟邪,故日本许多的宫殿和城堡上,经常会看到一对金鯱卧在屋檐左右两侧。它装饰着城堡,象征着权力,同时也在祈福平安。

其实金鯱也是从中国文化中演变而成的,在中国的俗语中,有"龙生九子,子子不同"的说法,龙之九子,名为螭吻,或作鸱吻。螭吻便是日本的金鯱,螭吻在中国的传统建筑中,也常常是作为不可缺少的装饰物而存在的,龙头鱼身,张口吞脊,凶神恶煞至极,但却是辟邪祈福之灵物。明代茶陵诗派核心人物李东阳便对此物有所考证,在其所著《怀麓堂集》中,便有"龙生九子,蚩吻平生好吞,今殿脊兽头,是其遗像"之记载。

日本有很多繁华的街道,高楼林立,车水马龙,但我却始终忘不了名古屋。我所惊叹的名古屋城堡也是后代修复的,从其外观材料便可看出。但大概也因其重建之故,我对此地更有情感。古代的建筑虽然已经随着战争的烟火归于陈迹了,战争和炮火带走了物质层面的建筑物,但却带不走历史和文化,名古屋的历史上,出现过许多光芒四射的人物,织田信长、丰臣秀吉、德川家康、加藤清正……这些名字,至今听来,仍然如雷贯耳。我对日本的文化其实不甚了解,但站在名古屋城堡之下,我想起了北京,那也是一个满目疮痍的古都,历史上经历过大大小小无数的战争,但它从来没有被战争击垮,而是倔强地在废墟之上绽放。清末的鸦片战争,残忍地践踏着北京城,疯狂的八国联军放火焚烧了城西皇家三山五园,最负盛名的圆明园也难逃厄运,园林的建筑被摧毁,无数的奇珍异宝被抢走,三天三夜的大火肆无忌惮地焚烧着园林中的一切,但最终却没能烧毁中国几千年的灿烂文明。在战争的废墟上,中华民族的文化长河仍然绵延不绝。面对重建的名古屋城堡,我心中升起历史厚重的美感,那是任何美丽诱人的风景都不能与之相提并论的美感。在历史底蕴丰富的城市面前,无论是秀美的自然风光还是迷人的都市魅力,都显得有些单薄了,任凭它们如何展现动人的风景,在饱经沧桑的历史古城面前,无非只能乱花迷眼,而绝不能让人有这么深刻的感触。那次在名古屋,即使站在重新修复的天守阁脚下,我也没有感到一丝的悲凉意味,尽管是瞻顾遗迹,却没有哀痛叹息,因为我知道,我不是来凭吊历史的,而应该把此当作一场庆典,庆祝这些古城凤凰浴火般的涅槃重生,名古屋如此,北京亦如此。

在本州岛东南伊豆半岛的东岸，有一个温泉城市，名为热海。热海多山地，在去热海的路上，便一路见到起伏重叠的山峦，公路两边是茂密的杉林，苍翠的树影在风中摇晃，敷衍着弯弯曲曲的公路。

热海是一个温泉城市，大大小小的温泉不可计数，当地的居民几乎天天泡温泉，从其他各地而来的游客，来到热海之后，也无一例外地要感受热海的温泉。我们当时所住的酒店都有温泉池，一般紧靠酒店大楼，温泉皆是露天的，酒店直通温泉，但要经过一个小门，小门仅容一人通过，上有门帘。我起初不明白酒店为什么要设计这样一个小门，后来听说，冬天的时候，热海天气寒冷，为了防止外面的冷空气进入室内，便设计了这样一个仅容一人走过的小门，来供泡温泉的人们进出。据说热海泡温泉在冬季最好，那时节，热海的气温很低，但温泉里的气温很高，热空气蒸腾，冷空气下垂，躺在温泉水里，只感觉眼前云雾弥漫，天地氤氲。那时候日本的酒店都发睡衣，我们穿着酒店的睡衣从小门过去，便直接进入温泉池，温泉池是多人的，不分男女，池中人或躺或坐，各自享受。泡温泉的时间过得特别快，大多数人都要泡上一两个时辰，有的人甚至泡大半天，在日本，泡温泉是一件极平常的事情。但我们，当时都是第一次泡温泉。

日本人爱卫生，除了公共卫生之外，个人卫生也非常讲究，他们每天都要洗澡，以保证自己在外以清爽的形象示人。但日本人在家洗澡的习惯与我们完全不同，我们去的时候，日本的很多家庭仍然共浴，他们一家老小，不分男女泡在一个大桶里，在洗澡的时候，家人之间完全不避讳身体的隐私。我们当时对此颇为惊愕，因为这在我们中国人的文化里，是不能接受的现象。但在日本的文化中，却是很正常的事情。不知现在的日本是否还有此风俗。

在伊豆半岛，除了热海之外，我们还游览了好几个景点，比如中伊豆、西伊豆、伊豆高原，几乎各地都有温泉，自然风景各有千秋，但都极清新，像在春雨中洗过。在中伊豆，我们到过天成岭，见到了《伊豆的舞女》一书中高中生和舞女走过的天成山隧道，只是在伊豆，我们没有遇到舞女，不知算不算遗憾。

说到舞女，我倒是想起了日本的歌舞姬。在东京，我们刚到日本时，日本的公司为我们办接风宴的时候，餐厅里就有许多的歌舞姬。这些歌舞姬都身着日本传统的和服，头发上盘，类似中国古代女性的圆髻，她们脸上施了很厚的粉脂，显得很白，但嘴唇很红。这些歌舞姬在餐厅的舞台上表演歌舞。歌姬通常一边弹琵琶，一边唱歌，我听不懂她们用日语所唱的内容，但细腻多情，有江南小调的婉转。舞姬与舞女是不同的，舞姬所跳之舞，是礼仪之舞，舞姿优美柔和，服装华美高贵，她们的舞蹈是高贵典雅的象征。

在日本，很多歌舞姬都是几岁或者十几岁的时候，便拜师学艺，接受严格的训练，之后才能从事这个职业。歌姬的唱功，舞姬的舞蹈基本功，都是经过长时间训练的，这一点和中国传统的戏曲演员类似，没有扎实的童子功，是根本不敢也不能登台表演的。但日本的歌舞姬除了学习专业的歌舞知识之外，还要学习许多礼仪，要知书识礼，否则不能显示出优雅高贵。这些歌舞姬在餐厅里表演，我们一行人享受着一场视听盛宴，但面对她们的搭讪，却有些不知所措。当她们走到我们身边，优雅从容地靠近我们时，我们都显得局促和扭捏。事实上，这只是她们的一种礼仪，完全没有任何勾引的意思，我们的扭捏和不自然，倒是失礼的表现。

❦

我们当时带了两个女工到日本，一个女工是汕头的，另一个是青岛的。

在日本的展览会上，两位女工在现场表演绣花，针线飞度，在东京三越百货公司，两位女工以高超的技巧，在众多的客户面前展示了我国传统手工艺的魅力。女工们非常朴实，但在展览会上，她们丝毫没有慌张，熟练高超的技巧，足以让她们在日本的舞台上博得喝彩。看到她们表演完成之后，面对台下众人脸上露出淳朴的笑容，我也感到非常高兴。因为她们的表演，那次在三越公司绣品柜台的销售额明显增加。

其实，在中国的民间，拥有高超绣花技巧的人很多，手工艺制品在当时的中国之所以能成为一个产业，除了与中国劳动人口密集有关，我觉得更重要的原因应该是中国有上千年的手工艺传统。在我的家乡，即使在八九十年代，仍然有许多人手工绣花，我的母亲、我的姑姑都是绣花的好手，家里面许多生活用品上，都有母亲的绣花，这并不是她们的职业，她们也没有把手工绣花当成一种艺术，在她们的眼里，绣花无非是一种装饰，绣花的手艺，顶多算是衡量一个姑娘手巧或不巧的标准。事实上，在中国几千年的小农社会里，传统的手工艺，又何止是绣花，很多民间的手工艺都是值得我们去发掘和发扬的。

我们在日本出差的那两个月，我所穿的西装因为长时间没洗，变得很脏。有一天，我们在房间开会，将没洗的西装放在房间，随我们同行的汕头女工出于好意，在没有告诉我的情况下，就自作主张把我的西装洗了。我开完会之后，发现我的西装被洗了，干净是干净了，但却因缩水变短了，本来合身的西装，被水洗完过后，穿在我身上，稍微一弯腰，衣服便缩到腰上去了。西装面料既薄又差，被水洗过之后，变得褶皱不堪，尽管后来用熨斗熨过，但仍然皱巴巴的，又薄，像件衬衫。我对此哭笑不得，女工倒是一个劲地向我表示歉意，但她又何错之有？她只是出于一片好心，我怎么会怪她呢？在日本期间，我还是一直穿着那件西装，尽管极不合身，稍一抬手，便露出了被扎进裤子里的衬衫，但那终究是我当时拥有的唯一一件西装。

那时候国内电话用得少，两位女工没有用过电话。在日本的时候，有一天，一个日本客户打电话给我，但当时电话是一位女工接的，电话那头说找我，女工一边大声叫我"吴先生，有你电话"，一边就顺手把听筒放了回去。等我过去准备接电话的时候，却发现，电话已经被她挂掉了。

在日本，每次拜访客户之前，工作人员会先给每位代表上一杯绿茶，茶喝到一半，我们的领队就开始发言，她当时是北京总公司的一个处长，在日本和客户谈判时，她总是作为中方代表第一个发言。但每次发言，她几乎都只是重复一句话："中日文化一衣带水，我们要世世代代友好下去。"现在中日之间发生这么多纷争，每次看到新闻时，我便想起她当时所说的这句话。

当时，我们拍了许多照片，过了大概一年之后，一个日本友人专门把照片从日本带给了我。我精心地保留着那些照片，用了三大本相册，将它们一一放好。家里搬了好几次家，每一次搬家，我都叮嘱家人和搬运的工人，不要把照片和书弄丢了。其实，搬家最麻烦的事情也莫过于照片和书了，照片多，有的用相册整理好了，有的没有放进相册，书虽不是古籍善本，但杂七杂八的书籍也确实不少。我从来舍不得丢掉这两样东西，它们是不能用金钱来衡量的记忆，照片记录着我外貌的变化，书籍是我思想的坐标。就在前不久，我还翻阅了那三本在日本所拍摄的照片，三本相册很厚，因为生病，同时拿着这三本相册对于我来说，已经有些吃力，但我坚持每一张都浏览一遍，尽管很多照片都是在同一个背景之下拍摄的。看着那些照片，我的记忆也回到了年轻时候，照片上，我们一行人都很年轻，对着镜头，掩饰不住脸上的笑容和神气。那笑容和神气是年轻人特有的，年轻的时候，想掩饰都掩饰不住，老了之后，怎么装也装不出来。我们同行的那一批人，现在都和我一样，老了，大概大部分人都已经退休，赋闲在家，含饴弄孙了，也有的同事甚至已经撒手人寰，早早地离我们去了。但所幸这些照片能够记录着我们年轻时候的模样，在扶桑之国，我们都穿着灰色的西装，在镜头中定格。尽管那时候出国有很多的窘迫，但从照片上看上去，年轻时候的我们仍然是潇洒的。

从日本回到国内，我买了一些涤纶布，当时国内几乎没有涤纶的布。我也带回了一台彩色电视机，14英寸。在当时的国内，14英寸已经算是很大的电视了，家里面的黑白电视才9英寸。彩色电视机带回到家里，妻很高兴，不到两岁的女儿也睁大两只眼睛，看着电视里的人又唱又跳，她也咿咿呀呀说个不停。那时候，国内几乎没有彩色电视机，我带回这台电视之后，有很长一段时间，一到晚上，家里面就变得热闹非凡，下班之后，邻居们都到我家来看电视，彩色的屏幕上，属于七八十年代的故事在上演着。

1975年秋天，公司派我作为代表去参加广州交易会，这是中国进出口商品的交易会，简称广交会。广交会一年举办两次，分春秋两季举行，每一季15天，春季是5月1号到5月15号，秋季则是10月1号到10月15号。我们参展商通常都会提前半个月到达广州。在交易会正式开幕之前，我们还有很多前期工作要处理，所以，对于我们来说，广交会的时间其实是一个月。参加广交会是一件非常辛苦的事情，比在公司上班更加辛苦，但广交会对参加的人员也有很大的好处，一方面，参加交易会能够提高外销员的工作业绩，另一方面，公司对参会人员有出差津贴，因此，当时公司很多人都希望去参加广交会。从日本回国以后，我连续四年代表公司去广州参加交易会，直到我离开中国到瑞士创办公司。

白天参加交易会，晚上则要处理很多与此相关的事情。在广州期间，我几乎每天晚上都要加班。好在晚上加班有夜宵供应，在晚上10点钟左右，食堂会提供夜宵。夜宵不要钱，通常是每人一个馒头和一碗米粥，有时候还有一点咸菜，但当时很多人晚上都舍不得吃掉食堂提供的夜宵，而是饿着肚子把夜宵留到第二天早上作为早饭。因为在交易会期间，公司会给我们出差津贴，如果我们把夜宵当作早饭，那我们就可以把单位报销的出差津贴节约下来，补贴部分家用，或者从广州带一点水果糕点回家。

有一年，我参加秋交会结束之后，特地在广州买了几斤荔枝，准备带回家给妻女吃。那时候交通不便，上海又不产荔枝，所以在上海，大家几乎吃不到荔枝。而广州盛产荔枝，秋交会结束时，广州的最后一批荔枝上市，价格正是最便宜的时候。从广州坐火车回上海，我把荔枝挂在车窗旁边的挂钩上，坐了两天的火车，荔枝因为天气炎热，坏掉了。一路上，我都在关注这几斤荔枝，看到留不住的荔枝，便赶紧剥了吃掉。我一颗一颗剥掉那些坏了的荔枝，等到火车到达上海的时候，我专门带回家给妻女的荔枝，所剩已寥寥无几了。

有一天晚上，我们居住宿舍的操场上要放映电影，电影的名字叫《望乡》，是70年代日本非常有名的电影，当时在国内放映机会很少。这部电影名气大，很多人都想看，放映那天晚上，几乎所有参加广交会的人员，都丢下手上的工作去操场上观看电影。但那天我要打印的交易合同实在太多，便只能放弃看电影的机会，一个人在办公室里忙着打印交易合同。那时候，打印技术落后，打印交易合同是非常辛苦的工作，我常常因此加班到凌晨一两点。好在我那时候打字速度快，效率高，否则加班的时间还要长。

记得有一年在广交会上，晚上打印合同的时候，淮安花边厂的厂长晚上来帮我一起打印合同，他不会使用打印机，我就让他帮我夹复写纸。那时候为了打印美观，我们使用的都是单面的复写纸，打印的时候，将有染料的一面向上夹在打印纸中间，就能同时打印两份相同的合同。那天晚上他一直帮我夹复写纸,我忙着打字,没有检查他加的纸张,等到了凌晨1点多钟,我以为我们那天的工作全部做完了,准备休息的时候,才发现打印出来的合同都有问题,原来他把复写纸有染料的一面朝下夹在了打印纸里,所以打印出来的内容全部是反的。我真是哭笑不得,那天晚上,我们又继续加班,几乎一夜没睡,重新打印交易合同。

广交会上有许多外国客户,有一次一个外国人来到我们公司的展览区,他不会说中文,但公司当时翻译人才少,无奈之下,他便通过打手势和参加交易的代表交流。据说他一直比画洗手的手势,我们的代表便以为他想要购买我们公司生产的手绢,于是带他到展览擦手巾的柜台,并拿出几款擦手巾给他看。他看完擦手巾之后,用手势表示不对,代表便以为他是要买手套,又带他到展览手套的柜台,拿出我们公司生产的手套给他试戴,他仍然表示不对,我们的代表就实在不清楚他到底需要什么,两个人始终没法有效交流。后来他只能做出小便的动作来作为交流方式,我们的代表才明白他是要找洗手间小便。当时我们还不把厕所叫洗手间,他洗手的动作,对于我们做外贸业务的代表来说,便是他要购买我们公司生产的擦手巾或者手套的意思。

1976年,在中国的历史上,是不平凡的一年。那一年,伟大领袖毛主席离我们远去了。四人帮倒台了,长达十年之久的"文化大革命"也结束了。那年10月份,我仍然代表公司在广州参加广交会。有一天晚上,大家都在忙着加班的时候,有一位参加广交会的代表,突然跟我们说起四人帮的事情,他说:"据说那四个人不行了⋯⋯"话只说到一半他就没说了,他大概突然意识到这个问题的严重性,便没有说完。当然我们也没有再问,大家心里都明白他要说的话。我当时听到他所说的话,心里突然紧张起来,那时候,我们几乎都不敢谈论政治问题,因为大家都害怕因此受到牵连。我是被审查过三年的人，对于政治问题，在经历过审查的痛苦之后，我变得尤为敏感和恐惧，我生怕因为不恰当的言论再次受到政治影响，因为对被戴上政治帽子之后的生活，我深有体会。所以我被解除审查之后，也不愿意做与政治密切相关的事情。当然，除了那个时代本身非常善变之外，也与自己当时年纪尚小，经验尚浅有关。我见识过许多政治上手腕非常的人，和他们相比，那时候的我完全很幼稚，没有任何资本去涉足政治领域。

果然，之后不久，中央便下发了粉碎"四人帮"的文件，宣告了四人帮在中国政治舞台上的瓦解。四人帮的倒台，也意味着"文化大革命"的结束。长达十年的"文化大革命"终于结束了，十年的时间，我经历了许多事情，不足一一为外人道，但一个时代过去了，另一个时代将开启。1976年对于我来说也是非常重要的一年，那年我三十岁，中国古语有云"三十而立"，经历了"文革"十年，我从二十岁到三十岁，从一个大二的学生变成了一个外贸公司的外销员，尽管那时候我绝对谈不上三十而立，但就是在1976年的时候，我如愿以偿地成为分管欧洲地区的外销员。

❧

欧洲地区当时和我们公司业务往来最多。当时欧洲许多国家，从我们公司进口各种抽纱制品。在意大利，中国的抽纱制品非常流行，意大利许多家庭的女儿出嫁，嫁妆里面便有我们中国的手工绣花品，包括床单、被罩、沙发垫之类。我之所以希望分管欧洲，是因为我自己所学语言是法语，和欧洲人商谈业务，我的语言能力能够得到发挥。

我记得1976年的时候，那时候我还分管除港澳台外的亚洲地区的外销业务。有一次，公司来了一个意大利人，他除了意大利语之外，还会一点西班牙语和法语，但西班牙语和法语都说得不好。公司当时没有人懂意大利语和西班牙语,他就希望用法语和我们交流,但他自己法语说得不好,很多法语不会表达的句子,他便用其他两种语言代替,所以他那次和我们的谈话,其实是三种语言混合在一起使用的。公司里懂法语的人当时都听不懂他所说的话,我当时在场,不知何故,他所说的内容我基本上能够听懂,那一次和意大利人的业务,我全程做翻译,促进了公司业务的开展,得到了领导们的认可和赏识。之后不久,我就开始分管欧洲地区的业务。分管欧洲地区的业务之后,我的语言优势得到了较好的发挥,很多外国客户来到中国,我都用法语和他们直接对话,他们在感到亲切的同时,双方的生意也进展得比较顺利。后来,公司把美国地区的业务也交给我管理,在这期间,我自学了英语,1978年之后,几乎所有从外国来的客户,我都能直接和他们交谈,或是英语,或是法语。在和他们交流的过程中,我的语言能力得到了很大的提高,后来我到法国去,很多人都夸我法语说得很好。

那时候,许多外国客户来到中国,公司都安排外销员带客户参观,参观的对象各种各样,从风景名胜一直到科学技术。我有次带一对外国夫妇参观中国的针刺麻醉。针刺麻醉是中国70年代医学界攻克的重要技术,是用现代技术整理本土医学遗产的重大实践,技术获得成功之后,成为医学界引以为豪的科研成绩。很多医院都以此作为向外国人展示的对象。我们当时参观的医院,采用半楼玻璃顶,我们在玻璃顶上参观,医生在玻璃顶下给病人做手术。当时医生对病人采用的便是针刺麻醉,病人被麻醉之后,医生便对他进行手术,手术非常血腥,要剖开病人的身体,外国夫妇从未见过这种场景,那位女性当场就被吓哭了。

在做欧洲的外销业务期间,我的销售业绩直线上升,有时候一天的销售额度能达到600万元,我渐渐地成为公司的销售骨干。事实上,对于一个公司来说,销售在很大程度上决定着公司的发展,只有产品销售之后,公司才能确保继续生产。销售的关键就在于专门做销售业务的销售员,销售员的销售成绩决定着公司总体销售量,做销售无疑是一件非常有压力的事情,但压力同时意味着动力,销售的工作虽然辛苦,但销售是最锻炼人的一个职业,它要求销售员对公司生产的产品非常熟悉,达到如数家珍的程度,也要求销售员具备与客户周旋的能力,做过销售的人都知道,做过一段时间销售之后,各方面的能力都会得到很大的提升。我的年轻后辈中也有一些做销售业务的,市场经济之下,做销售意味着更大的挑战,有些做销售的年轻后辈偶尔会向我抱怨他们的工作,我告诉他们,尽管做销售压力很大,但做销售毕竟是最锻炼能力的一个工作,我常常鼓励他们,趁他们还年轻,先做几年销售,锻炼自己各方面的能力,为以后做好其他工作奠定基础。

从1975年做外销业务开始,我自己就一直在工作之余学习相关知识,为了在销售上取得成绩,我必须熟悉公司的产品以及产品的材质,所以,做销售的那段时间,每周四我都会从公司回到仓库,去仓库里参加劳动,熟悉商品。我们公司当时生产的工艺品种类很多,单是普通的桌布,根据材质到形状的不同,细分下来,竟达三四十种,至于其他小件商品,则更是种类繁复。商品种类多,材质也多,棉、麻、化纤、混纺,这些都属于大类,几乎人人都能看出,主要是这几个大类下面又分为若干种小类,比如棉分为纯棉、精疏棉、涤棉等,麻又分为亚麻、苎麻、剑麻……我那时候对商品的材质真可谓是了如指掌,各种商品的材质我几乎都能一眼看出。手工艺用彩线多,彩线的颜色繁复得无以复加,我们一般所见到的颜色,其实会因色度差异,被细分为几十种,这些色度差异极小,有的甚至是凭肉眼很难一眼看出的。据说真正的画家与普通人的眼睛便有差异,他们的眼睛分辨颜色的能力比普通人强,普通人看不出来的颜色,他们都能区分。我的眼睛倒是没有画家厉害,否则我便弃商从艺了,但我凭借后天的努力,认真细致地观察每一种色度的彩线,也充分学习了这方面的知识,对颜色的区分能力有了很大的提高。掌握了这些知识,对于做销售的人员来说,自然更加地得心应手,在与客户谈生意时,我从商品的种类讲到彩线的色度,极其细致地向客户介绍公司的商品,得到了很多外国客户的信任。对于客户来说,最不喜欢的大概就是泛泛而谈之辈,毕竟许多客户也是他所订购的产品行家,如果一个外销员连起码的商品知识都一无所知,那基本上是没有客户愿意和他有生意往来的。

大概是90年代,当时原中国纺织大学聘请我做他们学校的客座教授,有一次在中国纺织大学,我还和他们学校的师生举办过一次小型的讨论会,当时讨论的主题便是中国纺织品的海外贸易。70年代中期,我就专门从事纺织品的外销业务,80年代,又在世界各国经销中国的商品,讲中国纺织品贸易方面的知识自然是游刃有余,所以那次讨论会的效果很好,也获得了一些掌声和鼓励,上海电视台当时还对我进行了一个简短的采访。我所掌握的这些商品知识,不仅对我的外销业务大有裨益,而且对我后来的穿衣品味也有很大的影响,不同材质的衣服所呈现出的风格是迥然不同的,不同颜色的搭配所呈现的效果也有天壤之别。衣服款式材质颜色的选择至关重要,更重要的则是搭配,有些材质和颜色是相互排斥的,而有的材质和颜色搭配在一起则相得益彰。八九十年代的中期,即使在上海,人们的衣着品味也相对较差,很多人完全不会穿衣服,搭配更是一塌糊涂。我对这方面的知识了解较多,加上出国早,见识相对较广,在穿衣方面有自己的看法和品味。80年代末的时候,我专门在《上海服饰》上发表文章,讨论穿衣的风格和品味。

❦

经常和外国客户接触,我很快便取得了许多外国客户的信任,在和他们合作的过程中,我学习到了很多非常有用的知识,在做外销业务方面,我的综合能力不断提升,逐渐成为公司业务方面的精英。1978年的时候,公司为了响应国家号召,发展上海郊区的绣花产业,专门成立了大发展组,负责发展上海郊区的产业,我当时被任命为大发展组组长,和十多个公司职员一起,策划开发上海郊区的绣花产业。那一段时间,我每周有一半的时间都在郊区,为了开发郊区产业,我那时候几乎跑遍了上海的郊区。

1978年改革开放之后,中国的市场相对活跃起来,外贸行业也有了更大的发展空间。1978年年底,一个经常和我打交道的意大利客户,到中国来洽谈生意的时候,向我发出了到瑞士开公司的邀请。他认为我们公司的抽纱制品尽管已经在海外有了一定的市场,但事实上,我们公司对国外市场的潜在需求了解仍然不够,毕竟我们公司没有真正地走出去。他希望和我合作,在瑞士创办公司,经营抽纱制品以及手工艺品方面的业务,我当时对他的邀请非常感兴趣,事实上,从分管欧洲地区的业务之后,我就一直希望扩大公司的市场和业务范围,但1978年之前,国家政策比较封闭,我的想法只能被扼杀在头脑之中。他向我发出邀请之后,我和他就此事商量了很长时间,他向我大致分析了欧洲的市场情况,并希望通过瑞士开拓欧洲市场。我们的想法尽管一拍即合,但我当时仍然心存疑虑,因为尽管当时国家实行了改革开放的政策,要申请到国外投资仍然是一件困难重重的事情。

在1978年之前,新中国一直实行计划经济,政府对生产、消费等各个方面都事先进行计划,并严格按照计划配置资源、发展经济。改革开放初期,国内受这种经济体制的影响,对海外投资的态度还是非常保守的,没有人敢尝试这件事,很多人甚至从心里面排斥这件事。他们一方面受意识形态的桎梏较深,另一方面,则对国门之外的世界没有任何了解,受桎梏深则排斥新鲜事物,不了解则感到害怕和恐惧。我当时到瑞士投资的申请无疑是一件破天荒的事情,毕竟在我出国投资开公司之前,中国除了在当时尚未回归的香港、澳门有公司之外，在其他国家和地区没有任何投资，而至于到国外的市场上，去投资创办中外合资的公司，在当时是几乎不能想象的事情。

当我熟悉销售业务之后，心里便一直在想，中国的商品要真正地打入国际市场，公司便要真正地走出国门，只有在国外的市场上，我们才真正了解外国市场对商品的要求，公司才能根据市场决定商品的生产。改革开放之前，这个想法显然是行不通的，不仅行不通，而且根本不能提出。但改革开放之后，尽管当时受各方面的控制仍然较严，但毕竟有了更多的机会，所以和那个意大利人协商之后，我很快就起草了申请书，向公司的领导提交了申请。公司专门组织了审批大会，对我的申请，公司内部首先进行了讨论，许多老一辈的退休干部，也被邀请回公司对我的申请进行商议。

公司对我的申请进行了批复，他们是同意我的申请的，但当时到国外投资不是任何一个公司可以决定的行为，他们必须将申请一层一层递交，直到国家专门负责外贸业务的部门批准。公司首先把我的申请材料交到了上海外贸局，外贸局又将材料递交到上海财经委，财经委在阅读了我的申请材料之后，专门成立了审核委员会，对我的申请材料进行审核。我记得当时自己多次被招到财经委面对委员会的质疑，其中一位审核委员会的老干部在质疑我的时候说道："你烟杂店都没有开过，凭什么到海外去开公司？"也确实，在改革开放之前，国家实行计划经济，商品供应完全按照配给制度，国家只有供销社，而没有任何的私营商店，在计划经济的体制之下，几乎没有人真正从事过商业。即使是那些供销社的职员，看似每天与商品金钱打交道，但事实上，在没有任何竞争的市场上，他们所做的工作无非是履行单位分配的职责，所以那位老干部怀疑我经商的经验，也是在情理之中。但事实上，他没有看到我本身是做外销业务的职员，在当时的国内，算是和商业打交道的人，尽管我没有开过烟杂店，但我所从事的外销业务为我积累了很多经商的知识和经验。当时另外一位委员会的成员认为我不懂瑞士的法律，担心我所提出的到瑞士投资创办公司的事情，会因为不懂法律的缘故而不可行，毕竟在国外市场经济体制之下，开办公司会遇到许多法律问题。他的质疑没有浇灭我去瑞士开公司的念头，反而提醒了我应该拿出更全面的方案去争取上级同意我的申请。

那次审核答辩之后，我便到当时的华东政法学院去借瑞士的法律资料来读，但出乎我意料的是，华东政法学院当时没有关于瑞士的任何法律资料。为了解决这个困难，我专门托了一个国外的客户在瑞士给我买了一本瑞士的债权法，债权法是法语版的，我因为懂法语，所以内容我能大致看懂，但我知道我的申请想要获得上级的审批，必须让他们也看懂瑞士的法律，所以那段时间，我便决定将那本法语债权法的重要内容翻译为中文，以取得上级领导的信任。那段时间我利用工作之余，对瑞士债权法的部分内容进行翻译。翻译本来就是一件困难的事情，何况是对于严谨度非常高的法律条文，尽管我大学所学专业是法语，但翻译法律条文对于我来说，仍然是一件非常困难的事情。很多法律的专业术语对于我来说，是完全陌生的，很多法语的词汇，也找不到一个恰当的中文词汇来表达。我四处请教懂法律的朋友，还托人在华东政法学院里借了很多的资料，每天下班之后，我就开始逐字逐句地琢磨瑞士法律，那段时间，我经常熬夜看资料到凌晨一两点钟，因为我必须确保我所翻译的法律没有大的差错，在最重要的法律问题上，力求专业和细致。翻译那本债权法，耗费我很多的时间和精力，但对我语言能力的提高却有很大的帮助。我把那本债权法的部分内容翻译出来之后，专门拿到上海财经委去交给审批委员会的干部，他们对我翻译的法律感到非常满意，之后不久便通过了我的申请。

然而上海财经委的审批通过仍然没有完成最终审批，上海财经委又让我将申请材料递交到北京的外贸部。那时候到北京的火车票很难买,常常为了买一张车票,要等上好几天的时间。我记得我到北京送报批材料那一天,坐了一天一夜的火车,但那次在火车上,我只吃了一个苹果,到了北京之后,匆匆吃了点东西,便赶快把材料送到外贸部等待他们的通知,然后又买车票从北京连夜赶回上海。外贸部当时对我的申请审批得似乎比上海财经委更为严格,我被电话招到北京去了好几次。晚上北京的招待所特别紧张,好几次我都没有找到招待所住宿。没有地方住,我便住在总公司的办公室里,没有床,我只能把办公室的几个凳子拼起来,但我人高,几个凳子拼成的床根本不够我把身体伸直,所以在北京的办公室,我晚上是蜷缩在几个凳子上面睡觉的。凳子是木头做的,很硬,没有被子铺在上面,早上醒了之后,身上被硌得很痛。

～

那时候女儿还小,我因为工作,照料得不多,家里事情基本上全由妻打理。1978年年尾,妻又怀上了儿子,常常挺着大肚子忙里忙外,家里的一切全由她操持着。我在家的时间不多,即使晚上下班回家,也经常因为忙着准备出国的申请材料,而顾不上家里的事情。妻对我工作方面的事情向来知之不多,也问之甚少,但她全心全意支持我的工作,从来不因为家庭的琐事影响我的工作,她精心地料理着家庭,抚育着孩子,在精神上给了我很大的支持。

1978年9月份,我儿子出生了,也就是在他出生的前不久,我出国的申请终于在经过重重审核之后,通过了最后的审批。我不知道是哪个部门做了最后审核评定,但据说那份申请材料最后被递交到了当时的国务院副总理那里。无论如何,在经过重重困难之后,我的申请总算是通过了,这对于我的人生来说，是非常大的一次转折，从那之后，我算是真正迎来了我人生新的旅程。我总觉得我的一双儿女是我生命中的一对天使，女儿出生之后不久，我就被平反了，儿子出生那年，我申请到国外开公司的材料被审核通过了，他们给我带来了幸福，也给我带来了好运。

儿子的出生，其实并不顺利，不知何故，他在腹中发育太好，生下来的时候已有九斤六两。但因为胎儿太大，妻正常分娩困难，便只能选择剖腹产。我们是8月底到医院的，9月2号，是他的生日，但那天，其实也是他受苦的日子。在剖腹产的过程中，他被羊水呛到，从腹中抱出来之后，一直处于昏迷状态，他出生的过程就是一个抢救的过程。我当时一直在产房外等他出生，在产房外的楼道里，我来来回回地跺着脚，兴奋又焦急，既担心他们母子的安全，又想象着他张着眼睛望我的模样。楼道里有另外几位父亲也和我一样，那种心情，只有做过父亲的人才能真正理解。终于等到他出生的消息，但医生却告诉我孩子被羊水呛到，需要马上进行抢救，本来就焦急的我，当时被这样一个消息吓得两腿都发抖了，我其实当时不知道刚出生的孩子被羊水呛到之后，会是什么样的反应，但医生告诉我，要马上对他进行抢救，我便知道他当时的情况非常糟糕，试想，一个刚出生的婴儿能够经得起多大的折腾呢？

我得知这个消息之后，一直瞒着刚做完剖腹手术的妻子，装着非常高兴的样子面对她，照顾她。但当天晚上，当护士把别人家的婴儿抱到产房给其他母亲看的时候，妻便察觉到了事情不妙。她开始一直在等护士把儿子也抱到她跟前，像个孩子似的张望着产房的门口，但产房里其他的孩子都抱来之后，她也没等到护士把儿子抱来，她便开始紧张起来，一个劲儿地问我儿子的情况，等不到我回答，便继续问，她一紧张说话就非常快，那天她一口气问了我好几遍，我后来把情况如实告诉了她，她听后竟哭了起来，生怕儿子受到更严重的伤害，又一个劲儿地嘱咐我要找最好的医生，抢救儿子，不能让儿子再受伤害。我紧紧握着她的手，安慰她鼓励她，让她好好养身体，但我知道她肯定不会好好养身体，她本来性子就急，何况在她的眼中，孩子的身体比她自己的身体重要百倍，刚生完儿子的那段时间，她几乎没有一天是安心地度过的。

儿子被抢救过来之后，一直吃不下东西，只要喂一点奶粉给他，他的脸上便开始发紫，于是医院只能天天打点滴给他补充营养。在那段时间，他又昏迷过去好几次，每一次都把我和妻吓得几乎随他昏迷过去。每次昏迷之后，医生便通过打他的屁股，让他回过神来，我看他稚嫩的屁股上，被医生的手拍打着，既心疼却又希望医生拍重一点，最好是一巴掌就把他拍醒，再也不要生病。因为小，手上血管看不见，医生给他打点滴都是打在他头上的，我到现在也难以想象，一个刚出生的婴儿头上被针头扎进去，每天不止一次地扎，最后连头上也找不到一块可以扎针的地方。我那时候真是可怜他，又心疼他，但还是每天让医生扎他的头，给他打点滴，补充营养。妻那段时间常哭，有时候坐着坐着便哭了，但好在后来医院的护士长找来了一位专家，专家姓石，在当时非常有名，正是得益于那位专家的帮助，儿子才顺利吃上了奶。那次他在医院住了十二天，那十二天，我和妻都是在煎熬之中度过的，尤其是妻，刚刚做完手术，本应该是安安心心坐月子的人，却没有安心过一天。

十二天之后，儿子病情好转，医院给他办理了出院手续，但我们刚刚把他抱回家，他又昏迷了过去，把我们一家人（孩子外公外婆也在家）吓得惊慌失措。我赶紧在厂门口打了一个电话到医院，并赶紧把他送到医院，之后又在医院住了几天之后，他才真正恢复了健康。看着他健康成长，我和他妈妈比做其他任何事情都高兴。他小时候一直多病，现在倒长得非常健壮，他现在自己也有一双儿女了,我所体会过的做父亲的幸福和忧虑,他现在大概也有了相同的体会了。人生大概就是这样,很多事情必须真正经历过后才有体会,我有了一双儿女之后,才懂得自己父母亲的心酸艰难,生女儿和生儿子的时候,我们家庭的条件都非常艰苦,在艰苦的生活中,我和妻相互扶持着,抚育着两个孩子成长,和我们自己的父母养育我们的时候何等的相像。我吃得苦终究没有父亲多,但作为父亲,对子女的那份心情,我想我们都相同。

儿子出生之后的第二年,公司派我和另外一位职员去瑞士做公司前期的筹备工作,我便离开了上海前往瑞士日内瓦。到瑞士去开办公司,在新中国的历史上,是工艺品走出国门的标志,也是中国国有资本走向国外的标志。我们当时在瑞士创办公司的资金是150万元人民币,到21世纪的今天,中国在海外的投资资本已经超过了4500亿美元。不到四十年的时间,海外投资的额度节节攀升,屡创新高,形势已经发生了翻天覆地的变化。我当时在瑞士开办的公司大概算是中国海外投资的星星之火,到现在,这星星之火已经呈现出了燎原之势,我对此当然感到欣慰,但欣慰的同时,又有很多感叹,大概是人老之后,勇气少了,感叹多了的缘故,伤感的事情容易引发感叹,欣慰的事情也容易引发感叹。看到中国海外投资目前的态势,便感叹中国海外投资发展过程的曲折艰辛,也感叹自己到瑞士创办公司的筚路蓝缕。

事实上,对于刚刚改革开放的中国,要跨出到海外投资的一步确实是需要很大的勇气的,毕竟这在新中国的历史上,是绝无前例的一步。我那时候年轻力壮,正是富有创造力的时候,凭着一股子年轻人的闯劲,向上级提出这个申请,尽管遇到了很大的阻力,但最终借着改革开放的春风,把中国海外投资的种子播撒在了欧洲的大地上。我这一生经历过许多的事情,或许值得为外人道的,便是改革开放后到瑞士投资开办公司的事情了。但事实上，一件值得为外人道的事情背后，总会有许多不足为外人道的艰辛和愧疚。

1980年，当我离开中国，前往日内瓦筹办公司的时候，我的女儿不到七岁，儿子还不到一岁。妻除了要照顾两个孩子之外，白天还要工作，家里所有的事情全部落到了她的身上，好在孩子的外婆时常来家里帮忙，照顾两个孩子或者料理家务，为妻子分担了很多的压力。儿子那时候多病，妻小心翼翼地照顾着他，生怕他出任何意外，女儿开始念小学了，妻每天要照顾她的生活。其实这些压力都是我带来的，我在家里最困难的时候去了国外，长年不回家，缺失了对家庭的照顾，尽管我有很多理由来解释我的离开，但对于妻和儿女，我终究是有些愧疚的。

在国外期间，我曾经写过两句打油诗："生意小船行或颠，一双儿女肚肠牵。"那时候我还年轻，儿女都小，两地分隔，心头总是挂牵。现在儿女都大了，我年纪也大了，辞去了以前所有的工作，赋闲在家，便有了充足的时间和家人相处。我去医院看病的时候，儿子女儿同时陪我，在医院对我悉心照料，让我非常感动。我其实生了很重的病，但我一直保持着乐观的心态，甚至除了要去医院接受治疗之外，我根本没有把疾病当一回事儿，因为我非常享受现在和家人相处的时光，或许这样温馨的时光已经不多了，但事实上，在家人温暖的笑脸上，我已经忘记了自己的年龄和疾病。

年轻的时候，为了生活，东徙西迁，全世界四处颠簸，命运交错，岁月汇流成河。时间是最精巧也最残忍的艺术家，它精心编织生命的经纬，却最终让生命破绽百出。所幸家是生命温柔的港湾，也因此，我尽管一生风尘，老来却尽享天伦。

素履海外

　　在我上海的家附近，有一间我常去的咖啡馆，这间咖啡馆平时人不算多，但一到周末人就多了起来。我只要没事情，便会到这间咖啡馆里来喝一杯咖啡。店里的服务生见我常来，自然也和我熟络起来，见我年纪大了，常常会安排舒适的座位给我。若是客人不多，工作不忙，他们还会亲切地和我聊天，聊他们的家乡或者工作，也聊我的一些经历。

　　说起来，喝咖啡的习惯，我还是在瑞士养成的。在瑞士创办公司的那几年，一位意大利的同事喜欢喝咖啡，跟他接触多了，我也就渐渐养成了喝咖啡的习惯。在瑞士期间，工作之余，我便喜欢在莱蒙湖畔的咖啡馆里，点上一杯咖啡，尽情地享受异国他乡的闲暇时光。

　　咖啡馆里年轻人居多，二三十岁的青年男女常常会选择在咖啡馆约会，未经世事蹉跎的年轻人，不是来品尝咖啡的苦涩的，荷尔蒙分泌，他们全然忘了咖啡馆外的一切，窃窃私语或是呵痒轻轻，暧昧柔和的灯光下，他们把本来就黏稠的咖啡喝得更加黏稠。

　　在爱情上，咖啡有时候也起到酒精的作用。

　　此刻，坐在这家咖啡馆靠落地窗的沙发上，我又点了一杯咖啡，准备在这家咖啡馆里，回忆一段属于80年代的异国往事。

　　冰美式，多加冰，是我喝咖啡的习惯，即使在冬天喝咖啡，也不例外。起初服务生对我的这个习惯感到奇怪,他们奇怪于一个满头银发的老头如此喜爱吃冰,但渐渐熟悉之后,他们也就习以为常,每次到店里,即使我不说,他们也会在给我的咖啡里多加冰块,喝到中途,他们还会专门给我加冰。

今天这杯咖啡喝到一半的时候,他们一定会热情地给我加冰,而等到这杯咖啡喝完,我所回忆的往事大概也就告一段落了。

长途飞机飞了十多个小时之后,终于在日内瓦的上空徐徐下降。掠过舷窗,透过轻纱般的雾霭,瑞士境内的山脉随着飞机的下降而逐渐清晰起来,起伏的山脉,从上空看去,蜿蜒曲折如大地的经脉。紧接着映入眼帘的,是一个明镜般的湖泊,湖泊镶嵌在山峦和林带之间,墨绿色的山峦林带映衬出它清晰的轮廓,那是莱蒙湖。从上空望下去,莱蒙湖算不得精致,山地地形勾勒出的湖泊,呈现的是一种粗线条的美感。飞机继续下降,城市也出现在视线之中,玲珑如棋局的城市建筑,在略显狭窄的地势之上横布星陈,隔得远,更有逼仄紧张之感。

飞机最终降落在日内瓦克万特兰国际机场,这座机场位于瑞法边境,简称日内瓦机场,据说有一半属于法国。没下飞机之前,我就极力睁大自己因长途旅行而疲倦的双眼,隔着舷窗,从机场开始,随着飞机的滑行,用目光打探这座欧洲中部的城市。

那是1980年,我从上海机场出发,乘了十多个小时的飞机,第一次来到瑞士。与我同行的是公司另外一位同事,我和他一起被上海工艺品公司派往瑞士,筹办中国改革开放后第一家在海外投资的公司。从飞机下来,提着有些破旧的行李箱,振作长途奔波后疲惫的精神,我便第一次踏上了欧洲的土地。那是初春,日内瓦的天气还很冷。

与我同去的同事个子不高，大概1米6的样子，我1米8，在机场的大厅，我们相对而立，身高相差悬殊，一高一矮，站在白皮肤黄头发的日内瓦人中间，辨识度极高，引来许多目光的打量。在机场到达大厅，我们两人低声交谈着，等待驻联合国代表处的同胞前来迎接。站在大厅，举目四望，全是鹰钩鼻子卷头发的外国人，初到欧洲的我，站在人群之中，一时间竟感觉有些无所适从。

但无所适从是短暂的，我们当时属于国家外派人员，到日内瓦是为了筹办中国改革开放后海外投资的第一家公司，我那时候三十多岁，在事业上逐渐崭露头角，到海外筹办公司虽然面临着巨大的压力，但初生牛犊不怕虎，我清楚地知道自己将要完成的事情，将开启中国海外贸易新的篇章，而这件事情在中国海外投资的历史上，也会成为一个全新的开始。

事实上，当国家批准了我到国外投资创办公司的申请之后，我就变得非常自信了。我知道到国外创办公司会面临很多困难，毕竟在此之前，我完全没有任何创办公司的经验，更何况瑞士对我来说是一个完全陌生的国家。但从另一方面讲，在从事几年外销工作之后，我对市场的理解以及对职业的规划，都驱使着我尽自己最大的努力去争取到国外投资创办公司的机会，并全力以赴地去处理创办公司过程中所遇到的任何问题。所以在日内瓦的机场，初到欧洲的我，自信和创办公司的激情，完全可以掩盖因陌生环境而引起的局促和不安。

或许当时在日内瓦机场，没有人会想到是，这一高一矮甚至显得有些滑稽的两个黄种人是从中国来的，在当地许多人的记忆之中，在大街上见到的黄种人要么是日本人，要么是韩国人，中国人几乎很少在瑞士的土地上出现。而他们更没有想到的是，这两个来自中国的黄种人竟然是到瑞士来开办公司的，因为在当时的整个欧洲，中国没有任何的海外投资，在欧洲任何一个国家，都没有中国投资创办的公司。

我们在日内瓦创办的公司名为"上海工艺品股份有限公司"，由意大利梅康公司和上海进出口贸易公司合资创办，当时主要经营中国出口的工艺品，包括古玩、字画、手工艺品等。这家公司填补了当时中国海外投资的空白，我自己也因为在瑞士创办公司的这段经历，从一个普普通通的外销员逐渐地成为公司的领导层，并一步一步地开启了属于自己的事业和人生。

在瑞士创办公司的过程非常顺利，准备好资本和运营场地之后，最主要的两件事情就是到银行开立企业账户以及到会计师事务所登记注册。在会计师事务所注册公司，主要是填写申请表格和选择公司名字，我们公司的名字以上海开头，在当时的国外，完全不用担心重名的问题。

在瑞士的一家银行开立企业账户时，我们被安排在银行的贵宾室里，银行工作人员的态度周到，让我甚至有些受宠若惊。瑞士银行的工作人员衣着尤其讲究，他们穿着笔挺的西装，皮鞋锃亮，胸前佩戴着精致的领结，举手投足之间，尽显优雅和大方。我到瑞士之后，也在日内瓦买了两套西装，那时候国内穿西装的人很少，我买的那两套西装虽然不是名牌，但做工精致，穿在身上显得非常精神。在瑞士生活了几年之后，我的穿衣风格便完全发生了变化，我学习了欧洲人的穿衣风格，更加注重衣着品味，从国外回国后，我的外在形象发生了很大的改变，如果说在出国之前，我仍然是一副乡巴佬的形象的话，那么从瑞士回国之后，由于衣着气质的变化，我看上去应该算得上是风度翩翩的。

❦

公司在日内瓦设立了一间商店，展览和销售中国的工艺品。商店位于佛罗伦萨广场，具体地址为 1, PLACE DES FLORENTINGS, 1204 GENEVA。

正门对着举世闻名的英国公园，正门上方悬挂着"SHANG HAI ART&CRAFTS CO. LTD"的店牌，从正门望出去，英国公园里的花草树木清晰可见，来来往往的行人在郁郁葱葱的树木间穿行，如入画中一般。商店还有一个侧门，侧门为黑色镏金的落地窗，落地窗面向佛罗伦萨广场，从侧门出去，便直通佛罗伦萨广场，顾客多从侧门进出，故侧门处设有柜台，方便顾客咨询和买单。

商店分两层，两层皆展览商品。第一层为大堂，大堂宽敞，天花板很高，大堂中间摆放着中国古代的家具，这些稀有木材制成的家具，历经几百年仍完好无损，暗红色的油漆仍泛着光亮，彩绘的莲花纹或牡丹纹栩栩如生，透过光滑的油漆，可见木材的纹理，质朴清晰的纹理隐约暗示着历史的沧桑。大堂左右两边墙壁处皆摆放着高大的欧式橱柜，橱柜正面是两扇装饰繁复的玻璃橱窗，橱窗上雕着葡萄藤枝蔓和一串串葡萄，枝蔓娇嫩，葡萄玲珑，金色的森林中，几个妙龄少女披散着金发，正陶醉于牧神的笛声之中。橱柜内部按陈列商品的需要被分割成若干橱格，橱格上摆放着各式各样的工艺品。

大堂中所有的橱柜都是20世纪初期欧洲流行的款式，但橱柜中所有的商品都是来自中国的艺术品，明清之前的玉雕、玉镯，明清时代的家具、陶瓷，近现代艺术家的画作、木雕，包括当时国内生产的一些手工艺品，都在我们的商店里展览出售。暗槽中的射灯发出淡蓝色的光，照射在橱柜里晶莹的玉雕上，让原本就精致的玉雕显得更加高贵。弥勒佛或是观世音，冷光下的翡翠，剔透中带着庄严和肃穆。大堂的地板由大理石铺成，淡白色的地板上，偏黑色的花纹像是冰裂一般，没有特定规则的纹样，自由地在地板上舞蹈，把自然界的云层、流水、葵花、叶脉带进房间之中，铺伸开去，与天花板上颜色绚丽的花纹相呼应。天花板上悬挂着大大小小不同的吊灯，吊灯上装饰着水晶坠子，把整个大堂装饰得繁缛但不失典雅。大堂靠后的位置有两个扶梯,欧洲人喜欢扶梯,许多家庭都设有扶梯,有些扶梯甚至不是为了上楼的方便而仅仅是作为装饰。我们商店的扶梯由木头制成,扶手呈朱红色,与商店内古代的家具颜色相似,扶手光滑,楼梯上铺着颜色较深的地毯,使氛围显得更加幽静。大件商品诸如古代家具之类多放在第一层,而小件工艺品则陈列在第二层。

由扶梯向上便到了商店的第二层,第二层与第一层装饰风格类似,但因其面积较小,便显得更加精致。第二层陈列着许多中国画家的画作,挥毫泼墨浓淡适宜,独特的国画笔法,漂洋过海来到西洋的舞台,一枚枚精致细腻的印章,就这样将大自然的钟灵神秀毫不客气地据为艺术家一己所有。第二层靠窗处摆放着藤制扶手椅和当地手工制作的皮凳子,供顾客稍做休息,轻纱般的窗帘让阳光偷偷翻进房间,偕同着房间内的各式灯光,渲染着房间内的艺术氛围。

我们精心装修着商店,将西方现代设计风格和中国传统元素相结合,营造了一个时尚且典雅的环境,吸引来自欧洲各国的顾客,销售我们从国内出口的各种艺术品,为中国艺术品的出口打开了一扇大门。1981年2月27日,上海工艺品有限公司在日内瓦正式开业,因为是中国在海外投资的第一家企业,所以它的开业引起了当时日内瓦各界人士的广泛关注。我们在商店门前举行了剪彩礼,日内瓦州州长、瑞士大银行和企业界的代表、中国驻瑞士的商务参赞以及部分在欧洲各国的华侨华人都出席了我们的开业典礼。开业典礼非常隆重,瑞士多家媒体对我们的开业进行了报道,开业当天,瑞士法语电视台还专门对我进行了采访,我全程用法语回答记者的问题,让他们感到非常惊讶。

日内瓦位于瑞士的西南部，是一座群山包围的城市，西迎汝拉山，东与阿尔卑斯山最高峰——勃朗峰遥遥相望，扼瑞士走廊而通阿尔卑斯各山口，控罗纳河而接地中海，镶嵌在阿尔卑斯山和汝拉山之间，东、南、西三面都与法国接壤，处咽喉要道，自古便是兵家必争之地。

日内瓦地区最著名的风景区大概非莱蒙湖莫属了，莱蒙湖是西欧最大湖泊，分属法国和瑞士，其靠近日内瓦的部分，又被称为日内瓦湖。莱蒙湖是冰碛湖，据说在第四纪冰期时，发源于阿尔卑斯山的罗纳河在埃克吕泽地区被冰碛物质所阻断，因此汇水而成湖。湖水整体由东向西，形状似新月，分属于法国和瑞士，湖泊的西南端，日内瓦仿佛婴儿一样蜷在莱蒙湖的怀里。

我在瑞士生活那几年，在莱蒙湖畔消磨了许多时光。莱蒙湖畔有许多咖啡店，坐在咖啡店里，点上一杯咖啡，然后欣赏莱蒙湖的美景，是最惬意的享受。向莱蒙湖望去，远处是天与山与水自然衔接，深蓝色的天空和蔚蓝色的湖水把山也染成了蓝色，只是略深一些，但颜色的过渡非常和谐，大自然在这里极其任性地挥毫泼墨，却毫无顿涩艰生之嫌。长天、远山、秋水，三种奇观，任何一种便足以让人游目骋怀，得视听之极，更何况三者合一，上下碧蓝，直延伸到视线之外，想象之外。这时候只想让身体漂浮在莱蒙湖上，闭上眼睛，在透明的湖水中漂游，倒映在湖水中的云彩从我的身边经过，成群的鱼儿在我的身边游来游去，油油的水草抚摸着我。我躺在湖水中，湖水和风把我带到水天相接的远方，一觉醒来，睁开朦胧的双眼，便打开了一重澄澈清明的境界。

视线拉近了，莱蒙湖便也生动起来，阳光洒在湖面，粼粼泛着波光，金色的波光随着湖面的荡漾而跳跃，仿若琴键上轻快活泼的音符。银灰色的海燕在湖面掠过，洁白的天鹅漫不经心地在水面徜徉，因为隔得远，野鸭的姿态也显得优雅。这时候，你最好是驾一叶扁舟，纵一苇之所如，去湖上领略那天光云影共徘徊的美景。若是清风徐来，水面上的波纹便也清晰可见，波纹摇摇晃晃，像是舞会上易碎的红酒杯。水底的荇草招摇，湖水蘸饱了山色，但又是懒洋洋的，像是准备打个小盹。

湖中央有一个大喷泉，名曰德依奥喷泉，老远便可看见水柱直射天际，据说水柱可高达150米，若是风力强劲，半空中的水柱被风吹弯，未散开时，远望如翻滚的稻穗，如果散开来，则形成一道水帘。阳光照射，水帘的颜色在阳光中变幻，铺开半空的彩虹，形成一道水荧幕，俨然如一匹精美的绸缎。水珠四溅，半空中因水雾而朦胧起来，眼前霎时一片迷离，分不清哪里是水，哪里是天。我在瑞士时，有一次大喷泉突然不喷水了，起初以为是大喷泉设施损坏，后来电视台报道是因为当地的好事者恶作剧，用水泥将大喷泉堵住了。

靠近堤岸的湖水最为活跃，轻柔地拍打着堤岸，像是母亲的手。湖岸上建筑的倒影映入湖水之中，浮光闪闪，倒影绰绰，走近了，便可看见自己在湖水荡漾中褶皱的影子。尽管只是影子在水里，但确实感觉到自己在莱蒙湖里被水洗过，浑身上下格外清爽。湖水与岸上的建筑之间，有成片成片的草坪作为过渡，草坪被修剪得非常整齐，一格一格的方块草坪，如规整的棋盘。草坪上有许多长椅供游人休憩，满头银发的老夫老妻，朝气蓬勃的妖童媛女，坐在莱蒙湖畔的长椅上，即使相对无言，也彼此心有灵犀。松鼠时常在草坪上出没，精灵一般地，在长椅下蹿来蹿去，又或者爬上草坪的某座雕塑，在雕塑的头上瞪大它们清明的眼睛，毛茸茸的尾巴招摇着，像是在炫耀它们又捡到果实的"战功"。

日内瓦南面是勃朗峰,在莱蒙湖畔,远眺便可望见终年积雪的勃朗峰。勃朗峰法文名 MONT BLANC,原意为洁白的山峰,因勃朗峰峰顶常年积雪,远远望去,峰顶一片雪白,故有此名。勃朗峰直耸入云间,云雾缭绕峰顶,分不清何处是雪,何处是云。陈毅总理1962年访问日内瓦时,站在莱蒙湖畔,远眺勃朗雪峰,曾赋词《南歌子·西行》,词曰:"湖光晴最好,轻鸥款款飞。白峰真如玉山堆,看她素装淡雅让人窥。此游咸满意,算得平生魁。登高比赛前后追,道多腰脚顽健不可摧。"日内瓦城中还有一条河,名曰罗纳河,罗纳河穿城而过,湖与河的汇合处,有一座宽阔的大桥——勃朗峰桥,桥正是得名于可远眺的勃朗峰。

❧

咖啡馆走进一位老人,脚步声很轻,但也把我从过去的回忆中拉回到现实。这位老人年龄和我差不多,不算高,但背很直。我看他从我身边走过,穿一件白底蓝色条纹衬衫,搭配一条卡其色裤子,显得比较年轻。他戴着一副圆形眼镜,镜框很细,但镜片似乎很厚,从厚的镜片中望去,他的眼神显得很温和。他走到咖啡馆靠角落的位置,然后坐下,服务员刚走到他身边,准备让他点单时,他又站了起来,坐到了他旁边的另一个位置上,大概是因为空调的风对着他开始坐的那个位置。服务员让他点单,他点了一杯拿铁,然后取下眼镜,用手揉了一下眼睛,他大概有些累。

他让我想起我曾经在莱蒙湖畔的咖啡店里遇见的一位老人,那是一位瑞士老人。

80年代,我在莱蒙湖畔的咖啡馆里遇见他时,他大概和我现在的年龄差不多。他当时穿着一件驼色格子西装,头戴一顶毡帽,没有打领带,但在翼领上,他用女士常佩戴的丝巾打了一个蝴蝶结,蝴蝶结在他格子西装的映衬下，显得格外别致。当时他坐在我对面的位置上，神采奕奕，像是个艺术家。他的桌子上放着一本书，书打开着，已经看了一大半，我本不知道那是一本什么书，但他中途合上过书一次，在他合书的刹那，我看到了书本封面上的名字，那是《忏悔录》，卢梭的代表作之一，法文本。

当时咖啡馆人不多，他一边啖咖啡，一边看书，我则一边啖咖啡，一边望着莱蒙湖。他大概见我一直望着莱蒙湖，便合上书端着咖啡走过来和我交谈。他说他自己年轻时是一个画家，一生走过许多地方，但最喜欢的便是莱蒙湖。他认为莱蒙湖能给他带来灵感，年轻时，便经常到莱蒙湖边写生，老了也经常到莱蒙湖畔的咖啡馆里啖咖啡，即使不画画，看看书也能让他感到非常美好。

他说莱蒙湖是艺术家的摇篮，卓别林晚年在莱蒙湖畔创作了他的最后一部喜剧——《一个国王的故事》；李斯特则在莱蒙湖畔创作了钢琴组曲《瑞士游记》；柴可夫斯基完成了《D大调小提琴协奏曲》，而他最喜欢的思想家卢梭就出生在日内瓦，莱蒙湖上有一座小岛就以卢梭命名。

他所说的小岛名为卢梭岛，跨过勃朗峰桥便到了。据说这座小岛原名巴尔克岛，但为了纪念思想家卢梭，小岛易名为卢梭岛。卢梭曾经在莱蒙湖畔写下了举世闻名的《忏悔录》，也就是那位瑞士老人在咖啡馆所看的那本书。老人告诉我，卢梭曾经居住过的房屋位于洛桑的一个小镇，他说那间木屋虽然已成咖啡小吧，但在它的墙端高处依然悬挂着"卢梭"和"忏悔录"的标牌记录。

我没有去过卢梭居住的房屋，但我跨过勃朗峰桥去过卢梭岛，岛上大树参天，树丛中间耸立着一座高大的卢梭铜像。卢梭的铜像是著名雕塑家普拉迪埃的杰作，铜像的卢梭做沉思状，他坐在高高的花岗岩基座上，身体微微前倾着面对着莱蒙湖，一手握着一管鹅毛笔，一手捧着书本，目光深邃但略显抑郁,好像正在全神贯注地思考什么问题。雕像的基座上镌刻着一行大字:日内瓦公民让·雅克·卢梭。莱蒙湖畔,到处都留下了卢梭的足迹,他虽是法国国籍,却出生于日内瓦,日内瓦给了他生命,他在莱蒙湖畔吸收着天地的精华,给后人留下了非常宝贵的思想财富。而对于他自己,或许莱蒙湖上有一座岛就够了,岛上绿树成荫,清幽自然,碧蓝的莱蒙湖蓄满高山雪水,湖中白帆点点,沙鸥款款,呈现一片生气勃勃的景象,这不正是他毕生的追求吗?

我记得那位老人给我讲了许多艺术家,包括库尔贝、塞根蒂尼、巴尔扎克、拜伦、卢梭、瓦格纳、卓别林等。可惜我不是艺术家,我不懂艺术,面对着莱蒙湖,我甚至找不到一个合适的词来表达自己内心的感受,我只能想起拜伦曾经这样写道:“你千姿百态的湖水,我在这荒野的世界上对你端详。以你的宁静,使我警醒。你清澈的泉水向上喷涌,你是使人忘却人间烦恼的湖水。”这是让人忘记人间烦恼的湖水,在莱蒙湖旁,人们可以走近上帝和天堂。

最近我又去了一次瑞士,瑞士的山水和风景都与几十年前变化不大,城市的建筑也没有变化,即使是破旧损坏了的建筑也大多是按原样修缮。这个国家和日内瓦这座城市依然保留着固有的模样。见此景象,让我感到非常亲切,我完全可以感受到三十年前的生活情境,老实说,如果城市变化大,三十年后我再来此地,必有物是人非之感,所幸瑞士坚持其一贯的风格,让我在年老之际仍可以回味三十年前在此地的生活。

再次置身这座西欧的小城,青山绿水着实美得让我有些目瞪口呆,站在勃朗峰桥上,三十年前的情境如在眼前。但或许与三十年前不同的是,如今的我,不必再为了工作和生活四处奔忙,可以更加从容地欣赏瑞士的湖光山色。再次来到莱蒙湖畔,面对了无烟波的莱蒙湖,我不禁想起范仲淹的句子："至若春和景明,波澜不惊,上下天光,一碧万顷;沙鸥翔集,锦鳞游泳;岸芷汀兰,郁郁青青。而或长烟一空,皓月千里,浮光跃金,静影沉璧,渔歌互答,此乐何极! 登斯楼也,则有心旷神怡,宠辱偕忘,把酒临风,其喜洋洋者矣。"除了范仲淹《岳阳楼记》里面的句子,我实在想不出任何更好地形容莱蒙湖景色的句子,我惊叹于几百年前的范仲淹为何能够写出如此贴切的文字,尽管他的本意并不是写莱蒙湖。或许,语言本身就有穿越时空达到心灵共通的魔性⋯⋯

❧

初到日内瓦时,我们被安排居住在中国驻联合国代表的宿舍。宿舍位于 Rue Amat,宿舍楼不高,共五层,我被安排住在第二层。宿舍楼后面是食堂,我们平常都在食堂吃饭,过年的时候,食堂也会设宴。食堂的后面,是一条很窄的街道,这条街道是日内瓦一个非常出名的红灯区。在瑞士,妇女卖淫是完全合法的,她们只需要定期进行身体检查,并向政府交税,便可以公然地在大街上展示风姿,吸引顾客。宿舍后面的那条街道上,有很多站街女,但有一个非常奇怪的现象是,日内瓦有许多年老的妓女,她们的脸上尽管抹了很厚的粉底,但皱纹和神态却完全出卖了她们的年龄,徐娘已老,风韵也不复存在,但她们仍然在从事性工作。

瑞士很多家庭都有极为可观的积蓄,很多人都是含着金钥匙出生的,况且瑞士政府给公民的福利也足够他们过上较为富裕的生活。我曾经接触过瑞士一个顶级富豪,他家住在瑞士的一个山顶之上,山顶与山下有盘山公路沟通,盘山公路牵引着汽车一直向上,走到公路的末端,也就到了他们家。与他结缘是因为他儿媳在我们商店买了一个花瓶,花瓶是清代的。他儿媳当时在我们店里挑选商品时,告诉我希望买一件礼物送给她公公,为她公公祝寿,我便向她推荐了那一款花瓶。她自己不懂这个花瓶的历史和寓意,便邀请我到她家去给她公公讲解有关这个花瓶的知识。

汽车在盘山公路上行驶,公路两边是茂密的松树丛,在稍平缓的地带,则有大片大片的草坪。汽车行驶到半山腰,便隐约可见山顶别墅,红色的屋顶,因公路的蜿蜒而起伏。汽车开到家门口,公路也就被锁进了山顶别墅之中。别墅前面是一个喷泉池,泉水从铜制金鱼的嘴里喷出,别墅的主体为三层,斜屋顶层层叠叠,有四个角楼的穹顶显得优美匀称。双层正厅上有山墙,宽展的三层侧翼使别墅显得非常宽大厚实,正门前有四根大理石柱子,柱子上花纹繁复,卷草舒花,缠绵盘曲。别墅以白墙红瓦为主,底部是灰色的大理石,再底部,则是翠绿的草坪。

家里的用人各司其职,进门处有专门的接待人员为我放置外套,坐定之后,先给我一杯热咖啡,然后递给我一份熨平的报纸,让我稍等。她的公公在会客厅接待我,向我询问有关这个花瓶的历史,我向他大致介绍花瓶的历史之后,以花瓶上的印花为素材,杜撰了一个有关中国祝寿的故事,让他们一家人感到非常高兴。在会客厅里,富豪的孙女穿着一件白色衬衫,别一只黑白格子相间的领结,走在同样黑白相间的地板上,显得非常清新优雅。

我们公司曾经有一个职员,是我的下属。有一次他带我到他的家里去做客,在他的家里,他从房间的保险柜里拿出两个黑色的小袋,袋子不算大,大约可容一只普通的玻璃杯,袋子口用金色的编织绳系住。他把袋子摊在手上,看得出里面装着一些小物件,但猜不出来里面装的是什么。等他把小袋子打开,我顿时看得有些眼花,原来两个袋子里面装的都是钻石,晶莹剔透,闪闪发光,随便拿出几颗都够一个人一辈子衣食无忧。我感到非常惊讶,要知道,在当时,他只是我们公司的一个普通员工,而我是他的上司,他家里的这些钻石完全可以买下我们当时整个公司。据他说,这些钻石是他家祖传下来的,瑞士很多家庭都存放着许多钻石珠宝,这些珠宝一部分来自他们先辈人的积蓄,一部分则是两次世界大战的遗留物。两次战争的确为瑞士留下了许多财富,当时许多战争国家的政府、军官都在瑞士的银行存钱,但随着战争的结束,许多的存款成了死账滞账,银行找不到相应的存款人,便只能将这些财产充当国家的财富。

瑞士尽管富裕,但大多数瑞士人并不奢侈,相反,瑞士公民普遍倾向于勤俭节约的生活方式,他们对于手中的财富,从来不挥霍,倒不是因为他们悭吝,而是在他们的观念中,节俭是一种美德,节俭是对上帝的尊重,而挥霍和浪费则是有违上帝意志的表现,这或许与他们受加尔文教的影响有莫大关系。众所周知,加尔文教是16世纪瑞士宗教改革的产物,瑞士人也因自己是加尔文的子孙而十分自豪。瑞士人受加尔文教的影响颇深,他们的许多生活作风都严格遵照加尔文教的教义。在加尔文教的教义之下,只有宗教上的得救才是唯一的目的,所以加尔文教反对一切浪费和奢侈。加尔文曾经想在日内瓦建立一个上帝主城,这个上帝主城的目的就是借着戒令去禁止一切的娱乐与奢侈,它要求每个人每天的生活就是工作与祈祷,成为一个十足禁欲苦行的信徒。一方面,在预定论的观念之下,人们必须积极进取,重视善功,努力创造财富,这使得日内瓦人养成了努力严谨的生活态度;另一方面,加尔文教主张使上帝荣耀而非自己享乐,所以瑞士人又养成了节俭严谨的生活习惯。

我公司另外一位日内瓦职员是一位女性,她平时处理公司的一些文秘工作,但因她的业务能力不算出众,我便辞退了她。被辞掉工作之后的第二天早上,她又出现在我的办公室,我原本以为她是来向我求情,希望我让她继续留下来工作的,或者不是求情,而是骂我。但她的举动却让我大为意外,原来,她之所以第二天早上还出现在我的办公室,是因为她要在离职之前处理好她之前没有做完的部分工作,并将处理这份工作的注意事项一条一条打印在纸上,以保证接任她工作的人能够尽快上手,而不影响公司相关工作的运行。我被她的行为感动了,我因为自己辞退她而愧疚,面对着将工作注意事项一条条打印在纸上的她,我几乎不知道说什么,只能一个劲地向她表示感谢,我甚至无法正视她的眼睛,因为那双真诚的眼睛让我内疚。很难想象,一个被辞职的员工竟然在离职之前将她自己所有的任务都处理掉,并将后续的工作一一安排到位,无论她的安排是否稳妥,但那份严谨的态度足以让我们大多数人汗颜。尽管我最终没留下这位职员,但她那份严谨认真的工作态度却深深地打动了我,正是这样一位普通的瑞士职员,却成了我学习的榜样。在此后的工作中,我常常想起这位职员,以她那份严谨和踏实端正我自己的工作态度,争取把工作做到最好。

我们在中国驻联合国代表处的宿舍住了一年,当时这个宿舍住了许多高官政要,国内许多官员到瑞士访问都住这里,时任联合国日内瓦办事处的中国代表俞沛文当时也常住在此。在瑞士时,我还给他做过好几次翻译。当时出国人员不多,但出国人员在外的管理非常严格,我们在瑞士初期,外出或者参加其他活动都必须两个人同时前往,因为两个人可以互相监督。在改革开放初期,即使我们出国在外,组织上也会定期向对我们强调外事纪律。我们居住的房间里有电视,但当时房间里的电视上了锁,需要用管理人员的钥匙打开锁才能观看,观看电视的时间也有严格的规定,并且开始只允许我们观看电视台的体育节目。后来我们搬离了这个宿舍,住到日内瓦的一间公寓里,控制便相对减少,我们在国外的活动也相对自由了一些。但事实上,我们当时在国外都是非常谨慎的,做任何事情之前都会思考是否违反了外事纪律,即使没有了严格的监督,在外事纪律上,我们也丝毫不敢有所懈怠。

日内瓦处于一个盆地之中,因山地环绕,境内又多水域,所以冬季多雾。但多雾的天气却反而使得日内瓦更加美丽,在冬季的早晨,如果你起得早,从日内瓦城到附近的山上去,便可看见整座城市都被笼罩在云海之中,初生的朝霞映照着茫茫的白雾,蜘蛛网笼罩般的雾霭中隐约闪现着璀璨的光芒。雾渐渐散去,太阳渐渐露出,赤红色的光圈,镶嵌着金色的光晕,从东边隐约的山峰探出头来,日内瓦便被镀上了一层金红色的光辉。有人说,建筑是凝固的音乐,当朝霞从浓雾中散射出来,把光辉洒在建筑上时,这凝固的音乐便要随着起伏的节奏而流动了,你就站在半山腰上,尽情地享受由日内瓦带来的一场视听盛宴吧。

　　日内瓦的冬天因雾显得格外美丽,即使不是冬天,日内瓦也绝对是美得无可挑剔的。日内瓦有许多公园,其中英国公园是最大的公园。公园里绿树成荫,花团锦簇,每天都有很多市民在里面散步。公园的中央,有一个双层烛台式的喷泉,名曰"四季喷泉",喷泉呈环形,上下两层交相喷射,在阳光之下,折射出七彩的光芒。公园里最出名的当是花钟,花钟随着季节变化而改变色彩,但总保持着鲜艳和芳香。瑞士素有"花园之国"的美誉,同时又是"钟表之乡",故瑞士的能工巧匠绝妙地将花卉之美同钟表的制造工艺完美地结合起来,别出心裁地创造出了"花钟"。瑞士人民对"花钟"的设计,颇为自豪,日内瓦市的地图,就采用"花钟"作为该市的标记。在瑞士其他许多城市的公园里也都可以看到这种"花钟",现在许多国家的旅游景点都有了"花钟",但只有英国公园的"花钟"才是真正的"始祖"。

　　瑞士素有花园国家之美誉,它也的确不辜负这个美誉。我从来没有见过任何一个国家对鲜花的喜爱程度超过瑞士,在瑞士的任何一个角落,你都会见到五颜六色的鲜花。鲜花装点着中欧的这个国家,把缤纷和芬芳留给在这个国家居住或者是路过的每一个人。如果驾车到瑞士的乡下去,乡间的小路上车辆和人都不多,沿路的鲜花却开放得非常热闹,成片成片的花圃在公路两旁,争奇斗艳地绽放着。微风过处,鲜花的芬芳从车窗外飘进来,即使大部分的鲜花你都不能准确地说出名字,但也一定会沉醉于缤纷的色彩和馥郁的芬芳中。

瑞士人爱花,日内瓦则俨然是一片花海,马路旁边有花池,十字路口有花坛,商店门前有大型花钵,凡是你目光所及之处,必定能看到成簇的花团。公共场所到处是花,日内瓦各户人家也都养花,走在马路上,稍微抬头,便可见窗台上和阳台上的鲜花。叫得出名或者叫不出名的鲜花,随着季节的变化而随时更换,所以在日内瓦,一年四季你都可看见绚丽多彩的鲜花。因为热爱鲜花,所以有关花卉种植的图书和杂志在瑞士也非常畅销,许多人都通过这些图书来学习鲜花栽培的技巧。当然瑞士还有许多园艺俱乐部,这些俱乐部会定期组织活动,吸引喜爱种植鲜花的人。

除了鲜花,瑞士还有很多草坪,莱蒙湖畔的草坪自不用多说,即使是瑞士的一些山上,也有很多草坪。这些草坪都有专门的园艺工作人员打理,倾斜的草坪,一年四季绿草如茵,映衬着四周的鲜花或树林,显得格外精致。我在瑞士期间,闲暇之余,也喜欢到瑞士的一些山上游玩,山上的部分草坪允许游人行走,但有的则不允许游人行走,年轻时候,我很喜欢到那些可供人行走的草坪上坐下,有同伴的时候,就谈天说地,一个人的时候,就独自想事情。即使那些不允许游人行走的草坪,也能够带给我美的感受,那成片的如泼的绿色,让人感到非常富有活力和生机。在我看来,瑞士人对鲜花和草坪的喜爱其实是一种生活态度,他们用花草来点缀生活的环境,让单调枯燥的生活环境因大自然的花草树木而变得生意盎然,在生活节奏越来越快的现代都市里,花草所能带给人类的,不仅仅是一种美的感受,更是一种闲适和谐的心境。这种心境教人以一种积极阳光的态度去面对生活,也教人以一种朴实自然的态度去面对环境。

我到瑞士的乡村去,那些住在山上的农民,也把自己的家园打理得非常精致,他们的阳台上也开满了鲜花,像是欢迎每一个到他家的客人,很多乡村的房屋虽然不大,但在风景优美的山上,也显得别有一番味道。冬天的时候,许多乡村的人家都用壁炉取暖,壁炉烧木柴,许多人家在入冬之前便备好了一个冬季要烧的木柴。有一个冬天,我到日内瓦附近的一个乡村游玩,发现那些人家把冬季的木柴劈好之后,错落有致地将木柴堆在房屋旁边,那些原本普通的木柴,经这些人家的摆放,便显得极富艺术美感。成堆的木柴,错错落落但又整整齐齐,创造出一幅西欧乡村独特的风景。我被那些木柴所营造出的美感所感动,很难想象,这种美感仅仅是出自一些乡村的农民,我不知道他们是否刻意地在营造这样一种美感,但有一点至少可以肯定的是,他们是非常认真地在对待这批即将被扔进壁炉燃烧的木柴,无论是出于怎样的目的,他们的态度都是诚恳的,艺术也好,生活也好,其实有时候并没有那么严格的界限,而仅仅只是一个态度。

日内瓦不大,日内瓦人常说,日内瓦是所有大城市当中最小的城市,又是所有小城市当中最大的城市。这句话颇耐人寻味,它非常恰当地定义了日内瓦这座国际城市。的确,如果把日内瓦与全世界有名的大城市如纽约、东京相比,它的规模和气势显然是微不足道的,它不属于那种繁华和嘈杂的国际大都市,它的气质就和它紧紧依靠的莱蒙湖一样,宁静、清新。然而,也正是因为它的小,才有了大城市所没有的妩媚和宁静。但是,从另外一方面来看，日内瓦又是一个闻名世界的国际活动中心，联合国的许多机构都设在日内瓦，国际红十字会也设在日内瓦，交通便利、消息灵通，各国政界要员、商界大贾常云集于此，从这一点看来，相比任何一个同等规模的城市，日内瓦都算是抢尽了风头，即使是比起那些所谓的大都市，它也没有丝毫逊色。

日内瓦的建筑不高，但都整齐和谐，在这个城市里，无论是国家组织的办公楼还是普通居民的住房，都不高。日内瓦政府有专门的规定，在日内瓦的任何建筑都不能超过37.5米，之所以是37.5米，是因为100多年前的圣彼尔教堂的高度正好是37.5米，日内瓦政府为了保护这座教堂，便规定任何建筑的高度都不能超过37.5米。规定如此，日内瓦人也严格按照规定办事，他们修建的房屋的确没有超过37.5米的。

这让我想到日内瓦人在莱蒙湖畔钓鱼时的情境。在莱蒙湖畔，几乎每天都有人在钓鱼，但奇怪的是，他们经常钓起来一条鱼之后马上又将那条鱼扔下湖去，原来，这也是日内瓦政府的规定，政府规定了在莱蒙湖所钓之鱼的长度，超过几厘米和不到几厘米的鱼都不能钓，所以在莱蒙湖畔的每一个钓鱼的人手上都拿着一把尺子，把鱼钓起来之后，用尺子量鱼的长度，超过了限制的鱼就放回湖里。我惊叹于一个国家公民的自觉性，要知道，在莱蒙湖畔，几乎是没有人监督这些垂钓者的，他们放与否全在于他们的自觉。然而，我在莱蒙湖畔，见到的每一个垂钓者，手上都拿着一把尺子，除此之外，他们每个人的心中还有一把尺子，用心中的那把尺子去约束手上的那把尺子，形成莱蒙湖畔一道靓丽的垂钓风景。

瑞士的监禁制度也非常有趣，我们公司曾经有一位管理财务的职员，因为吸毒被抓进了监狱。有一天晚上，我在街上散步的时候，突然遇到了他，他向我问好，我感到非常惊讶，心想他被抓进去也应该不会这么快被释放出来，便问他是否已经被释放了。他告诉我他还没有被释放，只是当天是双休日，监狱给他们放假，让他们出来休息。

这是一件让我感到非常惊讶的事情，监禁的人居然还会有双休日！其实，在瑞士坐牢本身就不算是一件非常痛苦的事情。瑞士的监狱大概是全世界最豪华的监狱，监狱的设施甚至超过许多国家的居民住宅，监狱是单人房间，房间里有电视、空调等设施，并且一日三餐完全免费，只是限制了人身自由而已。当时有很多从南美到瑞士的穷人，都希望违法被带进瑞士监狱，因为进了监狱，他们便可以省掉高昂的房租，并且可以免费享用监狱提供的饭食。所以，很多在瑞士的南美人，他们会选择在有瑞士警察在场的时候违法，故意让瑞士警察抓到他们，将他们带进瑞士的监狱。

❧

在瑞士工作期间，我曾经去过李政道先生家。李政道虽入籍美国，但常年居住在瑞士，因他与他太太在我们公司买过珍珠，我便有缘与他一见。李先生的夫人喜欢珍珠，他们夫妇经常去我们商店选购珍珠，我当时经常留一些上乘品质的珍珠给他夫人，他们也对我非常友好。我曾去他家拜访，一则是对他尊敬和仰慕，一则是因为我知道他太太喜欢珍珠，便留了一些顶级的珍珠准备送到他家。他留我在他家小叙，各自一杯清茶，从工艺品谈到中国艺术，从中国艺术谈到国情，又从国情谈到他自己的一些经历。后来他谈及自己得诺贝尔奖的故事，讲到他自己的专业理论，我听得似懂非懂，甚至完全不懂，但却非常认真地听他讲解，他见我谦虚诚恳，也耐心地给我普及了一些简单的物理常识。他那时候不到六十岁，精神矍铄，容光焕发，谈起话来语言风趣，俨然如一个年轻人。那次拜访让我印象非常深刻，或许李先生已经完全忘记了这件事情，毕竟光阴荏苒，一晃已经过去了几十年。

几十年过去了，李先生已入耄耋之年，而当时四十岁不到的我，现在也已经年近古稀，岁月从来不曾饶恕过我们，但我们却对此无可奈何。我后来虽不曾和李先生谋面，但在国内却经常从一些报纸杂志上看到李先生的近况。他大概仍常年居住在瑞士，瑞士的山光水色，最适合安度晚年，只是不知道李先生是否愿意安度晚年，一向严谨辛勤的李先生，即使到现在，恐怕也是闲不住的吧。

日内瓦有一个工艺品店，店址位于瑞士一条非常繁华的街道上，但店不算大，主要经营一些手工艺品，此前主要卖欧洲的商品。我到日内瓦开公司之后，引进了中国的一些工艺品，小店也开始销售一些东方的商品。因为老板经常买我们公司的古董和珍珠，我和老板便熟络起来，有一次，我在他的小店里喝咖啡，在他商店不起眼的角落里，我突然看见了一幅中国画，仕女图，落款为潘玉良，标价为五千瑞郎。我问老板从何处得到这幅画作，他具体也说不清楚，大意是从朋友处偶然得之。他不懂中文，也不了解中国文化，只知道这是一幅中国画，至于画家是谁，画上内容是什么，他一概不知。他说这种画不好卖，这幅中国画已经放在店里许久，一直没人买。我向他简单介绍了潘玉良其人其画，然后建议他把这幅画的标价从五千瑞郎改成五万瑞郎，并将画作摆在商店显眼处。他听从了我的建议之后，没过多久，这幅画便被一个华人买走了。

这幅画卖出之后，这个小店的老板为了对我表示感激，多次邀请我吃饭。老板那时候大概五十多岁的样子，和我建立了非常友好的关系。最近一次去瑞士，我还专门去了那条大街，大街依旧非常繁华，但那家工艺品商店已经不在这条大街上了，房屋还是那间房屋，但门面经过了改装，生意也不再是工艺品生意了。我猜这家店已经易主，便没有再去店里叨扰。突然想起那家工艺品小店当时五十多岁的老板，现在已经是八十多岁的高龄了，他肯定是没有办法经营生意了，时间无情，我甚至不知他是否健在。

那时候，我们自己的商店也销售许多中国画家的作品，这些作品皆出自当时名家之手，包括很多有名的国画大师。我们公司当时和这些画家合作，将他们的画作带到欧洲市场销售，但他们的画作在当时销路并不可观，大多数画作没有卖出去，二十多幅作品被我卷起来放在我房间的浴缸里（浴室有喷头，我不用浴缸）。

我们公司当时从画家手上买这些画作时，价格非常低廉，70年代末80年代初，书画作品在中国几乎没有市场，我们以每幅二三十元钱的价格从画家手上买到的这些画作，到90年代，价格不断攀升，现在已经任何一幅都具有不菲的价值了。

我后来提前回国，临行匆忙，没有妥善处理这批画作，导致画作下落不明。我心里一直惦记，后来听说公司转让时，接手公司的意大利商人低价把这批画作卖给一个德国商人。这个德国商人或许也没有想到他低价买到的这批画作，现在成为艺术市场上的珍宝，那批在欧洲市场上销路不畅的画作，经过短短二十年，摇身一变，就成了价格高昂的作品，我猜他心里一定偷着乐开了花。前些年去瑞士的时候，我又特地去了一趟公司以前的仓库，在仓库的墙上，我找到了一幅程十发的画作，据仓库的工作人员说，这幅画作一直挂在墙壁上，没有人拿走，实在是万幸。

⁓

在瑞士期间，我受聘做过两个非常有趣的工作，当然，这两个工作对于我来说都只能算是兼职，然而这两份兼职我都没有拿过任何工资，因为我当时在瑞士是国家公派人员，工资由国家下发，不便接受其他的工资。

我曾被瑞士海关聘请为海关顾问，也许我说到这个工作，许多人会觉得和我所从事的职业八竿子打不着关系，但事实上，他们聘请我做这个工作，正是因为我有相关的知识背景,能够帮助他们鉴定一些进口的古玩。在古玩进出口条例中,古玩的历史若是超过一百年,进关时就无需交关税,而如果没有超过一百年,则需要上交关税。当时瑞士海关没有相关专业背景的人士,几乎无法判断这些进口古玩的年代,得知我在日内瓦所从事的职业便是销售中国的古玩和工艺品,便聘请我做他们的海关顾问,判定那些古玩的年代。

由于曾经在公司的仓库劳动,我接触过许多古玩,对古玩的知识略懂一二,能够断定部分古玩的历史和材质,但也并不是每一件古玩,我都能如火眼金睛一般看出其年代。对于那些无法判定年代的古玩,老实说,我只能做相对粗略的估计,毕竟我并非这方面的专家,我所做的也无非是向瑞士海关提出一些建议。好在在瑞士海关的工作人员眼里,我比他们更具慧眼,所以他们基本上都以我所说的年代来断定是否收税。

我还被瑞士保险公司聘请做过保险顾问,当然也是因为我在瑞士所从事的工作就是销售中国的古玩和工艺品。瑞士很多人家会给自己家的古玩投保,保险公司没有专门的人员对投保的古玩进行估价,便聘请我做他们的保险顾问,主要负责对古玩进行估价以协助他们对投保的古玩进行赔偿。做这份工作,让我成了保险公司和投保人员都要讨好的对象,因为在保险公司和投保人员之间,我事实上充当了一个第三方的角色,他们之间的较量总是需要在我这里找到一个平衡点,而这个平衡点大多时候来源于我的鉴定。某种意义上讲,一旦投保人员所投的古玩发生了意外,保险公司所要赔偿的价钱和投保人员能够得到的赔偿都由我来决定,所以,他们都希望通过讨好我来获取利益。

有一次,一个犹太富豪家的花瓶被盗,向瑞士的保险公司申请理赔,我受邀去鉴定其花瓶的历史和价值。花瓶被盗,只能通过投保前拍摄的照片进行鉴定，保险公司将照片给我，我拿着放大镜看了照片一会，没有看出花瓶的年代，也不清楚花瓶的价值。但那位犹太富豪一直盯着我看，似乎希望从我的眼神中得到信息，但又明显不够自信，我看他时，他眼神明显有躲闪，我猜他是希望趁机勒索保险公司，希望通过给我传递相关信息达到这个目的，但又担心我铁面无私，所以眼神闪烁。保险公司虽然对此心知肚明，但也着实吃不准这位富豪丢失的花瓶究竟价值多少，为了平衡双方的利益较量，我最后给出了一个折中的价格。那位富豪虽然表面上装着对此价格不太满意，但他心里知道我暗中帮他赚了几十万美金，而保险公司认为我的鉴定为公司减少了几十万美金的赔偿，也非常高兴。在瑞士从事这个工作，我经常遇到类似的情况，而最后基本上都是采取折中的方式处理，这也使得保险公司和投保人员对我的态度都非常友好。不得不说，中国人中庸的处世哲学即使在欧洲的人际关系处理上，也能够发挥非常重要的作用。某种意义上讲，所谓中庸，其实就是在处理问题时寻求到一个彼此都能够接受的平衡点，这个平衡点的拿捏是需要分寸的，所以那些精通世故之人便尤其能够拿捏好分寸，把中庸之道发挥到极致。

⁓

　　喝拿铁的那位老人站起身来，他大概是要结账走了，服务员给他找零，他双手接过零钱，同时说了声谢谢，声音不大，但此时的咖啡馆人不算多，我听得非常清楚。我看他离开之后，喝了一口咖啡，咖啡的冰化了许多，但咖啡还剩下半杯。我的桌子上摆着一束鲜花，鲜花不算香，但应该是早上刚送来的，花瓣还没有完全张开，正对着我的那一片花瓣上，沾有露珠的痕迹。这家咖啡馆桌子上喜欢摆花，基本上两天或者三天一换，黑色镏金边的桌子上摆放着白色的花瓶，花瓶里插着五颜六色的花朵，因为靠窗，下午2点多的时候，阳光会跳到鲜花之上，在黑色桌子上洒下星星点点的疏影。

记忆就像疏影一样，时光把真实的故事投射成记忆，也变得星星点点。但我总希望从这些碎落的疏影中，勾勒出此前经历的大致轮廓。刚刚说到哪里了？是说在瑞士经历的故事吗？瑞士的故事虽然让我印象深刻，但下面我要说故事的就更加的有趣了。

因为要在海外开拓市场，故在瑞士期间，我全世界到处颠簸。80年代初期，我因工作关系，几乎走遍了世界各地。我形容自己的一生，最常用的一个词便是颠，少年时生活在自然灾害和政治运动交替折磨的环境中，经历着颠沛困苦；壮年时为求生活常年在外，颠簸奔波；现在老了，却仍然颠性不改，竟苦心颠夺起文字来。

我一生都在颠，所以所做之事，也多是半吊子。60年代，在南京大学学习法语，那时候国内懂法语的人少，我们本是作为外交部翻译界的储备人才，却因时代的颠沛癫狂失去了做翻译工作的机会。年轻时喜爱文学，读过不少文学作品，幻想过成为文学家，但终因现实所迫，不得不放弃文学梦；80年代在国有企业做经理，四十多岁的年纪，本来还可以在政治上多走一程，却放弃继续从政的机会，转而到香港经商，经商虽然略有些成绩，但受到各种原因限制，也终究没有取得应有的成绩。我定位自己是半吊子，半吊子商人，半吊子官人，半吊子文人，从事过许多的工作，尝试走过不同的道路，尽管每一条路都算不得成功，但一生的经历却因这些不同的事情而显得比较丰富。

宋代词人周敦儒有词云："不系虚舟取性颠，浮河泛海不知年。"我没有他那份不系虚舟的旷达和超脱，但也确实因为工作和生活浮河泛海，四下颠簸，直到忘乎年月。我本出身贫寒，父母艰辛地养育我们兄妹七人，若不是我一直都在颠，或许我现在仍然生活在安徽西部的农村。不安于现状，我从安徽一个贫穷落后的农村颠到了南京,南京四年的大学生活,因为时代的动荡,我颠到近乎疯癫。然后我从南京颠到上海,繁华的大都市,昼夜颠到,我却因为接受所谓的审查而导致生活颠连不堪。后来我又从上海颠到瑞士,在各种交通工具的颠簸中,我颠到了全世界众多的国家和城市。

我多次到德国去,德国位于瑞士北部,从瑞士乘火车或者开车都可到德国。那时候,瑞士的中餐馆价格较贵,而德国的中餐价格相对便宜,味道也更正宗,所以我们晚上经常开车到德国的边境吃饭。在德国,高速路是不限速的,有一次我一个同事开车,在德国的高速路上,时速达到了240公里,而那时,中国还没有高速路,时速最多只能达到三四十公里。我在瑞士的时候,有很多德国客户,和德国人做生意是让人非常愉快的事情,他们做任何一件事情都是一丝不苟的,在生意方面,他们会考虑到各个细节,并认真对待每一个细节。他们非常讲究诚信,所以和德国人做生意,完全不用考虑款项问题,只要是谈好的生意,他们一定会以最快的速度让款项到位。

德国人以严谨闻名,他们完全按照规定处理事情,有一些规定甚至严谨到近乎冷酷无情。我曾经和一个同事到法兰克福出差,工作之余,我们到街上游玩,过马路时,我的那位同事因为闯红灯被一辆汽车撞倒在地,断了两根肋骨。街上的交警很快赶到车祸现场,我们原本以为交警会处罚司机,让司机承担我同事的医疗费用,但没想到的是,交警居然让我那位同事拿出500马克给司机,作为对司机受到惊吓的赔偿,这让我们感到非常气愤,在这场车祸中,我那位同事明显是受害者,却还要交钱给司机作"惊吓费",简直是荒谬。

我自以为是据理力争地向交警讨要说法,告诉交警我的同事在车祸中受了伤,肇事司机应该承担受伤人员的医疗费用,但交警却援引德国的法律告诉我们,司机在这次车祸中不应该承担任何责任,因为我的那位同事在过马路时闯了红灯,他受伤也是因为闯红灯,所以在这场车祸中,我那位同事应该承担一切责任,他闯红灯而引起受伤事件对司机造成了惊吓,故他必须交出500马克的罚款作为司机的"惊吓费",若不然,司机则可以上诉要求我们赔偿他的损失。我与交警周旋一番之后,最后协议交200马克的罚款,司机见我同事受了伤,拿了200马克的"惊吓费"之后也就不再追究责任,开着车扬长而去了。可我的那位同事,却始终觉得自己在车祸中受了伤,是受害者,受害者理应得到赔偿,然而他不仅没有得到任何赔偿,反而交了200马克作为司机的"惊吓费",十分不合理。所幸的是,他的伤势在瑞士很快便得到了治疗,但大概是他心里对此一直愤愤不平,所以在瑞士期间他一直要求回国治疗。

在法兰克福,一位德国朋友带我去过一家酒吧,这家酒吧的特点是聚集了许多变性人,男性通过手术变为女性,女性通过手术变为男性,到这家酒吧里的人几乎都是那些做过变性手术的人。在去这家酒吧之前,我从来没有接触过变性人,甚至完全不了解变性人这个概念,因为好奇,我跟他去了那家变性人酒吧,但进去之后发现,酒吧里灯光魅惑,男男女女,让我分不清楚性别,里面大多数人说话的声音都很奇怪,有些明显鼓着胸脯的女性,喉结也鼓得特别突出。在中国传统伦理观念的影响之下,我心里对此感到非常排斥。在那家酒吧里,除了我,所有人都很放松,劲爆的音乐鼓动着人们,酒精刺激着人们,人群在酒吧里狂欢,我本来点了一杯酒,但只喝了两口之后,很快就逃离了那家酒吧。

我在德国期间,德国还没有统一,东柏林和西柏林之间被一堵柏林墙严格地划清界限。柏林墙赫然屹立,冰冷高大,东德和西德,虽只有一墙之隔,却呈现出完全不同的形态。我们只能在西德活动,那时候在西德,经常会听到东德的人民翻越柏林墙逃到西德的故事。1990年,柏林墙被拆除,意味着德国的统一，在柏林墙被拆除的那几天，我正好在德国出差，目睹了德国人民因德国统一的欢喜。在德国分裂期间，有不少人因为翻越柏林墙而被枪杀，柏林墙拆除之后，德国政府专门为这些遇难者设立了纪念馆。很多德国人甚至到坍塌的柏林墙附近捡拾一些柏林墙的砖石，作为德国重新统一的纪念品。

⁂

我也经常去法国，法国给我印象最深的布洛涅森林。这是一个位于巴黎西部的森林公园，临近塞纳河，自然景色和人工景点相结合，使这个森林非常美丽，吸引着世界各地的游客。森林里有动物园、游乐场、赛马场，马术比赛是这个森林的特色，但我去这个森林的时候，不是赛马季，除了看到赛道之外，没有观看过马术比赛。这个森林曾经是情人幽会的场所，在很多法国的小说里，便经常出现情人在这里幽会的场景。确实，森林的人工湖边就时常坐着很多的情侣，他们或依偎在一起窃窃私语，或在湖边吵着闹着打情骂俏，甜蜜浪漫。除了情侣，布洛涅森林附近还有很多妓女，这些妓女在森林附近公然揽客，揽客的方式也确实很"巴黎"，很多妓女都在森林旁边燃起一堆篝火，然后在篝火边抛媚眼、撩发丝，有的甚至直接对着男性脱衣裳。巴黎素以浪漫闻名，男女风情之事，想来巴黎人最是拿手。夜晚的布洛涅森林，篝火燃起的欲望巴黎。

法国境内有一个国中国，名为摩纳哥。摩纳哥位于法国南部，除南部靠地中海的海岸线之外，其他三面皆由法国包围，它是全世界排名第二的袖珍国。我曾经去过摩纳哥，摩纳哥以博彩业而闻名，许多欧洲的富豪都驾豪车到摩纳哥蒙特卡洛赌场赌博，这也使得摩纳哥成为一个非常富裕的国家。在摩纳哥，一个朋友指着一个身材高挑的女人叫我看，那女人正打开车门，准备上车，那女人一身的珠光宝气，座驾也是一部名车，俨然是一位欧洲贵妇，但朋友告诉我那是一个妓女，让我颇感意外，一个国家的妓女居然能如此富有，实在是超出我的想象。

在摩纳哥和法国尼斯之间，有一个小村庄，名为埃兹，埃兹也被称为石城，因其房屋完全建在悬崖峭壁之上，且房屋多由石头砌成。著名哲学家尼采曾居住在埃兹，故埃兹有一条小路便被命名为"尼采之路"。漫步于石城埃兹的尼采之路，闲逛悬崖边倾斜的花园，站在曾经的高台城址遗迹上，据说可以遥望到拿破仑的出生地——科西嘉岛。但当时我站在那高台上时，一眼望过去，除了茫茫大海之外，却没有看见任何岛屿。

我有一个非常好的法国朋友，他叫约翰，是一个犹太人。我和他在我没去瑞士之前便已经认识了，他是我们的生意伙伴，我们经常有生意上的合作。约翰比我年长十几岁，我在瑞士时，他已经五十多岁了。但无论是他的外貌还是谈吐，都完全看不出他的年龄。约翰是一个非常幽默的人，他有讲不完的笑话供大家消遣，他的笑话可雅可俗，从国家首脑谈到底层民众，从政治事件侃到床笫之间。他所讲的笑话未必都有深刻的意义，但一定可以供人一乐，引人大笑，所以和他交往总是非常轻松的。他也喜欢和我聊天，因为他在给我讲笑话的时候，我也把中国的一些笑话讲给他听，他讲一个笑话，我讲一个笑话，两个年龄相差十几岁的人，有时候便在一个咖啡厅里接二连三地讲笑话。

我们一般提到英国，便会想到绅士。的确，英国人很有绅士风度，在公众场合，他们一定会表现出优雅大方、彬彬有礼的态度。约翰曾经给我讲过一个调笑英国绅士文化的笑话，他说英国一个独眼龙，与人交往时极有教养和风度，有一次，英国独眼龙和别人打乒乓球，乒乓球飞过去，不小心将独眼龙另外一只眼睛也打瞎了，独眼龙没有生气，而是一手捂着被打瞎的眼睛，一手向与他打乒乓球的人示意，然后说："Good Night！"

约翰曾经还给我讲过一个关于中国的笑话，他说："一个美国宇航员和一个苏联宇航员在月球上散步，他们忽然遇到了几个中国人，两个宇航员都感到非常惊讶，于是便问那几个中国人：'你们是怎么上月球来的？''我们人多啊，人多好办事。'其中一个中国人说道：'你爬上我的肩膀，我爬上他的肩膀，后面几个人不就登上月球了吗？'"

那时候，美国和苏联都已经登上了月球，而中国航天技术比较落后。但现在，载人宇宙飞船已经飞上了太空，嫦娥三号无人登月探测器也已经实现了月球软着陆，在几代科学家的努力下，中国的航天技术不断成熟，离登上月球的日子也应该不远了。

除了喜欢讲笑话之外，约翰的顽皮也给我留下了非常深的印象。他就是一个老顽童，尽管五十多岁了，但仍然非常的顽皮和可爱。和他一起吃饭的时候，他会突然宣布他要送给你一个礼物，你以为他只是说着玩玩，他却马上从手里拿出一个烟灰缸给你，告诉你这是他送给你的礼物，你根本不知道这个烟灰缸是从哪里来的，他就告诉你这是酒店饭桌上的，让你好好藏着，别被酒店的工作人员发现。他其实并不是想偷东西，但他总喜欢拿酒店饭桌上的烟灰缸送我，我不抽烟，但却因为他经常送我烟灰缸，让我养成了一个收藏烟灰缸的习惯。在国外的几年，我收集了许多烟灰缸，一部分是约翰在酒店饭桌上"顺手牵羊"送给我的，另外一部分则是我养成这个习惯之后，在世界各国买的。我当时把这些烟灰缸放在房间里，摆满了房间的橱柜。这些烟灰缸有水晶的、玉石的、玻璃的、陶瓷的、大理石的、木头的……形状各异、尺寸不同，有的表面上雕刻着精致的花纹，有的则印着动感的图案，非常漂亮。我回国时，没有将这批烟灰缸带回来，而是扔在了出租屋里，回国之后，便再没有收集过烟灰缸。

在瑞士时,和约翰相处的时间很多,回国后,他还来上海见过我,随着光阴的流逝,他逐渐的老了,但即使是白发苍苍,他仍然保持他一贯的幽默,仍然有讲不完的笑话,仍然有说不完的故事。法国人的热情和机智,在他的身上体现得淋漓尽致。前几年,约翰去世了,消息从法国传来,让我非常伤心。一位幽默可爱的好友离开了人世,人间少了一份智慧,天堂多了一份欢乐。我常怀念约翰,约翰在我的印象中始终是一个年轻人,尽管我认识他的时候,他就已经接近五十,而最后一次见面,他已经白发苍苍,满脸皱纹了。但他的形象却始终没有因为外貌的变化而变化,他在我的脑海中仍然是那个充满活力、机智风趣的年轻约翰,这大概是因为他对生活永远保持了一个年轻人的态度,即使是华发苍颜老态龙钟,但仍然乐观开朗幽默风趣。我不知道他临终前说了什么,但以我对他的理解,即使是面对死亡,他也应该是从容而乐观的,如果不是因为疾病,恐怕临终前他会给家人朋友讲一个笑话,大家勉强笑过了,他也就安详地闭上了眼睛。美国作家海明威的墓志铭为"恕我不起来了",我猜约翰该会喜欢海明威的这个墓志铭,这符合他一贯的诙谐。

我们公司在意大利有许多客户,前面说过,意大利很多富裕人家的女儿出嫁,都喜欢陪嫁中国的抽纱制品。在国内时,上海的公司就已经和许多意大利客户形成了合作关系,我们在瑞士开办的公司也是和意大利合伙的,我的老板就是意大利人。

意大利与瑞士接壤,位于瑞士的东南部,在日内瓦湖边远眺能看到的勃朗峰便位于意大利与法国的边境。从日内瓦到意大利境内,开车几小时便可到达。提到意大利,最先想到的大概便是罗马,赫赫有名的古罗马,横跨欧亚两洲的庞大帝国,在欧洲文明的发展史上,古罗马帝国在政治、法律、文化等许多方面都开创了辉煌的篇章。在罗马的传说中,罗马城的建立与一匹母狼有关,罗马人把罗马城的建立归功于英雄罗慕洛斯,据说罗慕洛斯与其同胞兄弟被遗弃在台伯河畔时,是一匹母狼用狼乳喂养了他们长大,后来兄弟俩在母狼喂养他们的地方建立了新城,新城名为罗马,以罗慕洛斯的名字命名,罗慕洛斯便是新城罗马的第一代国王。

因为在罗马有这样的传说,所以罗马城的城徽即是一匹狼,而在罗马市政厅前面最显眼的位置,还摆放着一个饲养着一只母狼的兽笼。据说在公元前6世纪,古罗马人便制作了一尊青铜母狼雕像,母狼高大修长,乳房健硕,乳房下两个男孩正仰着头,贪婪地吮吸着狼乳。在意大利,有一些朋友和我谈起他们国家的文化时,也经常谈到这个故事和这尊铜像,据说这尊铜像现在仍保存在意大利卡比托林博物馆,在国外工作期间,我一直准备去卡比托林博物馆参观,但其间因为各种事情耽搁,直到现在,我也没有亲眼看到这尊铜像。不过在许多的书本上,我经常看到这尊铜像的照片,两个男孩赤裸着身体,站在一匹母狼的身体下,吮吸着狼乳,母狼双目圆睁,齿牙龇咧,凶狠的外形与其对两个孩子的态度截然不同。看这张照片,心中会因此而感动,尽管这或许只是欧洲的一个传说故事,和中国的许多传说故事没什么不同,但看到一匹母狼用它健硕的乳房喂养着两个男孩的照片时,内心不自觉地便会被某种东西触动。罗马人自认为是狼的后代,这与我们认为自己是龙的传人相似,狼也好,龙也好,都已经成为一个民族的图腾,或者是一种文化的标志。在现代社会,当人类朝着文明方向发展时,或许,我们需要反思的地方还有很多。

古罗马帝国留下了许多建筑遗产,其中出名的有罗马斗兽场、君士坦丁凯旋门、万神庙等。三座建筑都位于罗马市中心,宏大壮观,集中体现着古罗马时代的艺术特色,也成为古罗马辉煌历史的一个缩影,让后人通过这些雄伟的建筑,便可穿越历史,窥见几千年前古罗马时代的政治文化风貌。

中国的丝绸在罗马非常受欢迎。据说恺撒大帝在一次观看戏剧时,身穿一件紫色的丝袍,全场的观众都为之喝彩,那件丝袍就是经丝绸之路从长安来到罗马的。不知此事确切与否,但据记载,那时候罗马人对蚕丝知之甚少,有罗马学者甚至误认为蚕丝是中国森林中的某种毛料。中国的丝绸品传入罗马后,很快便成为罗马上流社会的奢侈品,许多贵族男女都以身穿中国的丝绸为时尚,丝绸品在罗马供不应求。我曾经和意大利的一些商人谈到过中国的丝绸之路,谈到中国和意大利在贸易上的历史渊源,很多商人对这段历史非常感兴趣。其实,在某种意义上讲,我们公司将中国的抽纱制品、手工艺品销售到欧洲各国,加强与海外市场的经济联系,为中国的出口事业开辟市场,不正是秉承着祖先的精神,沿着丝绸之路继续前行吗? 只是,当时代发展到20世纪80年代,我们再不需要如张骞及他的同伴一样,依靠马和徒步到达大秦.但海外贸易的道路从来都不是一帆风顺的,张骞在开辟丝绸之路的过程中遭遇过许多挫折,我们在海外开拓市场的道路也可谓是荆棘密布。我想,所谓的丝绸之路,除了是一条连接中西、互通有无的贸易之路外,也是一条披星戴月、风餐露宿的创业之路,这条道路沟通着中西方的经济文化,也留给后人一串串数不清的脚印,沿着先辈的这些脚印,后人将继续开拓这条路,使之更长更宽。

意大利的威尼斯也给我留下了非常深刻的印象,威尼斯位于意大利东北部,众所周知,威尼斯以水城闻名,莎翁的戏剧《威尼斯商人》更是让许多人进一步了解了威尼斯。威尼斯是水城,水道纵横,房屋临水而建,水道即是马路,船舶是唯一的交通工具,上百条的水道、各式各样的桥梁将城市连为一个整体。威尼斯有一条大水道,那是贯通威尼斯全城最长的街道,大水道将城市分割成两大部分，水道两岸建筑林立，有古老的拜占庭式住宅，也有哥特式、巴洛克式的建筑，但都雄伟壮观，富丽堂皇。顺着水道游览威尼斯，仿佛是一次朝圣之旅，因为水道两岸有很多教堂，教堂的钟声不时响起，激荡着心灵。大水道上横跨着三架桥梁，分别是里阿尔托桥、斯卡尔齐桥和学院桥，三座桥梁连接着水道两岸，桥上的行人来来往往，桥下的船只熙熙攘攘，若是在晚上，两岸建筑的灯火点亮，水道上、桥梁上、船只上的灯光都点亮，一片繁华的威尼斯夜景在大水道上便一览无余。

在威尼斯水道上，我和国外同伴乘着贡多拉游览。在贡多拉上，我向国外的同伴讲到中国的秦淮河，我告诉他们在秦淮河上，也有专门供游客乘坐的小舟，秦淮河上的小舟是木舟，别有趣味。我还给他讲秦淮河的历史，讲秦淮八艳的故事，他们听得非常认真，叮嘱我下次到中国一定要带他们去秦淮河。我口里应承，但其实我知道秦淮河已经不是当年的秦淮河了，我在南京读大学的时候，秦淮河就已经变了模样，他们如果真去了秦淮河，恐怕会感到失望，所以尽管我跟很多外国朋友讲到过中国的秦淮河，但我从来没有带外国朋友去参观过秦淮河，他们对秦淮河的印象，只是我口中的那条秦淮河，是那条桨声灯影中罗裙翻酒的秦淮河。威尼斯倒是一直没什么改变，商业气氛一如既往的浓烈，作为亚得里亚海附近重要的港口城市，威尼斯的经济贸易曾一度在整个欧洲都举足轻重，而到了现在，尽管随着地中海时代的终结，威尼斯的贸易中心地位也随之衰落，但威尼斯集商业贸易旅游为一身，仍然创造着巨大的财富总额。

关于意大利，还不得不提到一些南方的小岛，给我印象最深的就是伊斯基亚岛，伊斯基亚岛位于那不勒斯湾西北部，是那不勒斯港湾最大的岛屿。伊斯基亚岛是一座火山岛，火山土肥沃，岛上植被非常茂密，盛产葡萄、油橄榄、柑橘。伊斯基亚岛地势较为险峻，最高峰的海拔达到七百多米，地形以山地为主，许多房屋都建在岛上的山坡之上。岛上悬崖竦峙、山石嶙峋，海风海水把山石雕刻得古拙刚毅，远远望去非常壮观。

伊斯基亚岛的海岸线较长，海滩众多，温柔的地中海让意大利南部的海滩成为度假胜地，蓝色的地中海，金色的滨海沙滩，海风和煦，海浪温柔，这时候坐在沙滩上，再喝一杯伊斯基亚岛上生产的葡萄美酒，可真算是春暖花开了。

我有一个非常要好的朋友就住在伊斯基亚岛上，他是我生意上的合作伙伴，在伊斯加岛的一座山上。他拥有一幢很大的别墅，住在山顶，并花重金打通山岩，从他家挖掘了一条直达沙滩的隧道。在此之前，我从来没听说过私人隧道，从他山上的别墅出发，开车经隧道便可以直接到沙滩游玩。隧道不算长，但照明灯和交通设施非常规范，私家隧道本没有双向交会的车辆，但仍然设计为双向车道，车道中间界线分明。我多次到过这位富豪朋友的家里做客，在伊斯基亚岛上，他热情地招待我们，带领我们体验从山顶别墅乘车直达海滩的乐趣。

伊斯基亚岛上最有名的建筑当属阿拉贡城堡，阿拉贡城堡是15世纪建成的古城堡，集歌德式和罗马式建筑风格为一体，气势雄伟，恢宏壮观，是欧洲历史上建筑艺术的经典之作。从主岛望去，阿拉贡古堡显得威严而孤单，城堡矗立在火山岩海崖上，海崖四周是茫茫的大海，海崖上植被稀疏，灰色的城堡建筑让海崖显得更加陡峭。从主岛到阿拉贡古堡，需经过一座桥，站在阿拉贡古堡上，海景与古镇的风光尽收眼底。

意大利南部有许多小岛，在地中海沿岸，这些小岛各自呈现出不同的风情，许多世界闻名的电影都到意大利南部的这些小岛上取景，当然，很多浪漫的爱情故事也发生在意大利南部的这些小岛上，温柔的地中海，大概是爱情的同义词。据说伊丽莎白·泰勒在伊斯基亚岛拍摄《埃及艳后》时，便与理查德·伯顿传出了绯闻,那时候,两人都已经结婚。

关于伊丽莎白·泰勒和《埃及艳后》,我倒是想起了我们公司曾经一位女职员,那位女职员是埃及人,人长得漂亮,身材高挑,风情万种,独有的阿拉伯风情让她格外吸引人,恰似由伊丽莎白泰勒主演的埃及艳后。巧合的是,后来我有一次到美国去游玩,在好莱坞的星光大道参观时,一位美国朋友告诉我说伊丽莎白·泰勒就住在星光大道附近,他说自己和泰勒私交很好,经常互相拜访,那次他还带我去了泰勒的家,但遗憾的是,我们去的那一次,泰勒恰好外出,只是由她家的工作人员为我和那位朋友每人沏了一壶茶,失去了与泰勒相见的机会。

～

我在瑞士时,担任的职务是上海工艺品有限公司的珠宝抽纱部经理,因为我的外语水平较强,业务能力比较出众,所以便担负起了公司开拓国外市场的任务。我曾经带着公司的许多商品去南美洲销售。

我最先去的国家是玻利维亚,玻利维亚是一个高原国家,平均海拔超过3000米。我从欧洲乘飞机到玻利维亚,在拉巴斯机场下飞机。拉巴斯机场海拔超过4000米,空气稀薄,被称为外交官的坟墓,不少人因为长期在这里工作,患上了气管炎、咳嗽、肺部肿大以及心脏早衰等慢性疾病,在70年代,据说某国大使在这里刚下飞机,便因缺氧而死了。和我同去的是玻利维亚的一位工会党员,他是我们公司的一位合作伙伴,正是因为他的引荐,我才会带着商品前往南美。当然,那次前往玻利维亚,除了销售公司的商品之外,我还收到一个任务,是前往南美地区推销国家生产的药品。刚下飞机,我便有了一些高原反应,但除了有些胸闷和气短之外,并没有感受到过多的不适,同行的玻利维亚伙伴非常担心我的状况,不停地问我的身体反应,担心我适应不了玻利维亚的环境。得知我并无大碍之后，他叮嘱了我一些注意事项，比如走路和爬楼的时候都要尽量放慢，到了酒店之后不要急着洗澡等。

住进拉巴斯的酒店之后，我的高原反应便逐渐强烈。拉巴斯的酒店设有氧气瓶，但氧气瓶都放置在卫生间，刚到拉巴斯的那天晚上，我几乎没有睡觉，而是一直待在卫生间吸氧。但毕竟氧气罐不能带在身上，我到拉巴斯的前几天陷入了缺氧的折磨之中。胸闷气短、四肢无力、头昏眼花，身体处于恍惚之中，意志也不清醒，血脉里的血液仿佛是凝结了一般，身体陷入既僵硬又完全瘫软的状态。不用氧气瓶，肺部似乎被外部的气压提了起来，心跳的速度和声音你完全能够自己感觉到，这种感觉让自己害怕，但害怕也不能让自己精神振奋起来，最大的痛苦便是昏昏欲睡却又完全睡不着。极度缺氧的时候，一闭上眼睛就会感觉到天地在旋转，而睁开，地面又高低不平，四周塌陷。我在玻利维亚的前几天，一直处于这种状态，完全没有食欲。没有食欲便意味着身体里缺少相应的营养，照这种状态下去，不出几天，人就完全垮掉了。

拉巴斯有一个中餐馆，中餐馆的老板是一个中国人，此人后来做了玻利维亚驻中国广东的使节。餐馆的老板见我状态萎靡，极度厌食，便知道我是因为缺氧，产生了高原反应。她给了我一杯可乐，并拿出几片鲜嫩的叶子，用这种叶子榨汁，然后把榨出来的汁液加进可乐里，让我喝掉。我听了她的建议，喝掉了那杯可乐。喝完可乐之后，我很快便感觉到神清气爽，身体完全轻松下来，呼吸顺畅，头脑清醒，我问她这杯可乐加了什么东西能够治疗我的高原反应，她告诉我她所加的是古柯叶的汁液。古柯是当地的一种植物，古柯叶的汁液能够扩张人的血脉，促进人的呼吸，这是当地缓解高原反应非常有效的方式。我知道这个方法之后，每次在她餐馆吃饭，都会要一杯可乐,并让她在可乐里加一点古柯汁,前几次,她一直给我,但到第五次的时候,她便只给我可乐,不给我加古柯汁了。所幸她不再给我古柯汁,若是她一直给我,我很可能就染上毒瘾,陷入万劫不复的境地了。

为了销售商品,开拓市场,我在拉巴斯的聚会上发表了一次演讲,我用法语发表演讲,由玻利维亚的同伴为我翻译,记得在那次演讲中,我引用了一句中国古诗——相逢何必曾相识——来作为对玻利维亚的问候。经玻利维亚同伴用西班牙语翻译之后,现场立即响起了雷鸣般的掌声。我那一场演讲算得上精彩,现场收获了很多次掌声,这当然也与玻利维亚同伴的精彩翻译有着密切关系。他精通法语,并且对中国的文化有一定的了解,最让我惊讶的是,他居然会背诵毛主席语录。

拉巴斯地处大山坳内,老百姓的平房多在山坡上。拉巴斯印第安人众多,走在大街上,印第安人非常引人注目,他们的装束具有浓厚的民族风格,男子戴着五颜六色的编织小帽,披着羊毛斗篷;女子戴着又高又尖的毡帽,服装厚实而鲜艳。他们的穿着打扮让我想起西藏人,而仔细看他们的外貌,则会发现他们的轮廓和肤色都与西藏人极其相似,大概是因为地形和气候条件相似,环境孕育了西藏和拉巴斯类似的文化。有一次,我在圣克鲁斯的一个度假村旁边的森林散步时,看到两个穿着、外貌都非常像藏族同胞的玻利维亚人。他们在小路旁边卖点心,因为觉得和藏族同胞相像,我还专门买了一份他们卖的食物,他们所卖的食物应该是面粉做的,味道类似油条,但不蓬松。

圣克鲁斯是位于玻利维亚东部边境的一个省份,西朝巴西,南接巴拉圭。地形为平原,是玻利维亚少有的低海拔地区。我和同伴驾车去过圣克鲁斯,从拉巴斯到圣克鲁斯,起先是起伏曲折的公路,一到圣克鲁斯境内,道路便平坦开阔起来。和拉巴斯不同,圣克鲁斯由于海拔低,气候条件便更适宜。在圣克鲁斯，我完全可以舒畅地呼吸，没有任何不适之感。与拉巴斯相比，圣克鲁斯最明显的特征便是地表植被茂密，拉巴斯地处高原地区，降雨量少，地面植被稀少，主色调呈黄色，显得荒凉、粗犷，而圣克鲁斯植被丰富，主色调是绿色，郁郁葱葱的植物覆盖着大地，放眼望去，是一片苍翠，给人清新温和之感。据那位玻利维亚的同伴说，因为环境和气候好，很多玻利维亚人都从其他省份搬到圣克鲁斯居住，甚至一些外国人都到圣克鲁斯买房买地。在圣克鲁斯的一个乡村，有一个美国加州的富豪买了一块很大的土地，在那块土地上，他建造了别墅和私人机场。家住圣克鲁斯，而工作又在美国，所以他便每天乘自己的私人飞机在美国与玻利维亚之间来回。

❧

在玻利维亚待了一段时间之后，我们便向西去了秘鲁。在秘鲁时，我趁着一次妇女聚会的机会，到她们聚会的地点销售我们公司的珍珠。当时是在秘鲁的首都利马，我从一个当地人那里打听到有一次非常隆重的妇女聚会将要举行，便带着我们公司的珠宝找到了当地妇女聚会的地点。那次聚会是一次非常隆重的聚会，聚集了当地很多上流女性。在去聚会现场之前，我特地找来了一支毛笔，用中文、英文、法文三种语言写了一份珍珠的鉴定书，然后盖上我的印章（我在国外从事珠宝行业时，既是国家的公职人员，也是国家认可的鉴宝专家）。聚会开始之后，我便带着这份写着三国语言的鉴定书和珍珠到了聚会现场。等那些妇女享用完晚餐之后，我便将珍珠拿出来，放在她们的聚会现场，同时将鉴定书放在珍珠上面，用毛笔写成的三国语言的鉴定书引起了她们的注意，她们很快便围观过来。她们对这些珍珠非常感兴趣，向我咨询这些珍珠的价格和质地，我用法语向她们介绍这些珍珠，告诉她们这些珍珠来自中国，是纯天然的。她们鉴赏挑选了一段时间之后,就有妇女拿出钱包,要购买我们的珍珠了。其他人见有人够买,也都纷纷表示要购买这些珍珠。她们挑选好了之后,一个接一个地付账,那天晚上,秘鲁聚会的妇女买了我们很多珍珠,我们因此赚了很大一笔钱。

80年代的利马,还是一个非常不成熟的城市,城市的建筑和欧洲相比,显得非常落后,马路上随处可见垃圾,人行道、车行道一片混乱。更糟糕的是,在利马,大街上经常出现偷盗和抢劫事件。我和那位玻利维亚的同伴刚到利马时,他就叮嘱我利马经常出现偷盗事件,让我管理好身上的钱财,我听从他的叮嘱,特地把钱包放在了衣服里面的口袋里,最后我的钱没有被偷,反而是玻利维亚同伴的钱包就在我们的眼皮底下,被一个当地的小偷偷走了。那次是我和他在利马逛街,走到一个人流量较多的地方时,他叮嘱我看管好自己的钱包,谁知他刚说完不久,一转身,他的钱包便被一个头发卷曲的年轻人拿走了,年轻人拿了钱包之后,很快便转身离开了,我和玻利维亚的同伴看着他在人群中快步离去,但却不敢追上去,只能眼睁睁看着他的钱财丢失。

秘鲁靠近太平洋,利马西部连接着太平洋沿岸的港口城市卡亚俄。我是生长在内陆地区的人,家乡虽然有大江和湖泊,但小时候却没有见过海洋。我到日本和欧洲之后,经常到海边去游玩,大海的汹涌澎湃带给我非常震撼的力量,但无论是我在中国见到的海洋,还是在日本或者欧洲所见到的海洋,都比不上我在秘鲁的那个晚上所见到的海洋。那天晚上,我和玻利维亚的同伴工作完之后,便在一家饭店吃饭,吃完饭之后,便各自回到酒店的房间,大概是因为吃饭的时候喝了一点酒,那天晚上我感到特别兴奋,在酒店的房间里,我丝毫没有睡意。我知道秘鲁靠近太平洋,白天的时候又听说从利马乘车到海边不远,一时兴起,便穿好衣服到街上叫了一部出租车,让出租车司机一直往海边开。

晚上的利马不算热闹,当地时间9点过后,街上人流便特别稀少,出租车司机载着我一直往利马附近的海边行驶,车窗全部摇下来,风从车窗吹进来,头发和衣服都被风吹动起来,出租车行驶得越快,风就越大,衣服也就鼓动得越厉害。行驶了大概四十分钟之后,终于到了海边,还没下出租车,便能听到大海咆哮的声音,车的速度快,风力大,海浪的声音混合着萧萧风声,俨然一曲雄浑的交响乐。我让司机把车停在海边,继续打表,我照时间付给他费用,让他在附近等我,因为我要下车到悬崖边去看看晚上的太平洋海湾。

秘鲁的海岸线比较曲折,岬角与海湾相间分布,岬角向海突出,海湾深入陆地。由于波浪和海流的作用,岬角处侵蚀下来的物质和海底坡上的物质被带到海湾内堆积起来。陆地的山地丘陵被海侵入,使得岸边的山峦起伏、奇峰林立、怪石峥嵘,海水直逼崖壁。我所在的悬崖很高,大概离海平面有一百多米,海浪和风暴雕刻出陡峭的崖壁,但崖顶却较为平坦。晚上月色明朗,月光照着太平洋波涛起伏的海面,也照着我,我站在悬崖之上,心情澎湃,任海风扑来,如一把呼啸的流弹。从悬崖上往下望去,月光下的太平洋,呈现出的不是宁静的画面,相反,因狂风,因巨浪,海水变得诡谲而恐怖。一排一排的海浪气势汹汹,从夜色中看不见的远方一路奔腾而来,气势如虹,响声震天,冲到视野的近处,则以完全不计后果的方式撞向悬崖,先是轰隆一声巨响,天崩地裂一般,迸溅出无数被悬崖撞击得粉碎的白色浪花,接着便有后面的海浪腾空跃起,顺势朝悬崖向上攀爬,层层叠叠的海水推高了潮势,海浪在近乎垂直的悬崖上足足攀爬了三四十米。一波尚未退去,另一波又已经临近悬崖,仿佛发疯了的潮头只顾拼命地撞向海崖。而远处,夜色笼罩之下,太平洋一片苍茫,空虚得似乎要吞噬掉整个世界。那个晚上,我在太平洋的海崖边待了许久,看着波澜壮阔的海洋,听着悬崖之下海浪的巨响，我激动得浑身打战。深夜、悬崖、孤海、巨响，伴着飒飒风声，让我感到恐惧。那是一种我完全不能把握的场景，即使我身临其境，耳闻眼见。过于庞大的声响和过于汹涌的海洋让我畏惧，人在自然壮美的力量面前，除了恐惧和兴叹，再无其他。星辰坠入深夜，仿佛也坠入海洋，海浪袭向悬崖，仿佛也袭向了我，所幸我所处之地是上百米的悬崖之上，相对平坦的崖面和坚硬的海岩给了我一个安全的位置。海水澎湃，夜色却格外宁静，不知为何，我尽管心生恐惧，但却完全不想离开。陡峭的海崖矗立着，乱石崩空，惊涛拍岸，有时候，恐惧似乎也能成为一种美感。

出租车微弱的灯光向我召唤，我最终离开了海崖，离开了那片野海。坐在出租车上，我仍然心有余悸，但却无比兴奋。我让司机把车开快，离开苍茫夜色中卷起千堆雪的太平洋之后，便只有用速度来满足那份快感。利马郊区一片死寂，城市也沉入深夜之中。我回到酒店，睡了，梦在深海中击鼓，心脏在月光下跳舞。

❦

在南美，还有一个国家不得不提，那就是阿根廷，位于南美最南端的一个国家。我们去阿根廷的时候，正值阿根廷金融危机，通货膨胀到了极端恶劣的地步。通货膨胀严重影响了阿根廷的经济和生活，整个国家当时似乎处于一种完全无序的状态，政府的措施对经济完全无效，普通民众在金融危机中苦不堪言。我这七十年，经历了中国非常重要的几个转折期，也到过世界上许多的国家，中国出现过经济危机，其他国家也出现过不同程度的经济危机，但我那次在阿根廷所见到的通货膨胀，完全打破了我对经济危机的认识，它让我感到不可思议甚至不敢相信。直到现在，提到那次在阿根廷的遭遇，我还是只能用神奇来形容。那时候，在阿根廷乘出租车，如果不了解这个国家的经济危机,下出租车时,你一定会被车费的数字会吓到目瞪口呆,那是你在任何国家、任何地方都不会遇到的车费数字,它完全超乎了你对出租车的认识,甚至超乎你对金钱的认识。了解了这个国家的经济危机,你仍然会被它的经济危机吓到,因为在付出租车费的时候,你是拿出一捆钱给出租车司机。司机拿到钱之后,不会一张一张地数,他们会拿出随时带在车上的卷尺,用卷尺衡量所给钱的厚度,厚度差不多就算付过钱了,厚一点薄一点,司机都不做计较。单凭此,完全可以得出阿根廷是世界上最豪爽国家的结论,车费以卷尺衡量,厚薄都只看个大概,全世界哪一个国家能有此举动?

出租车司机用卷尺量钱的厚度,而酒店则用天平衡量钱的重量,金钱的交易,本该是一件细致入微的活,但深陷经济危机无法自拔的阿根廷,在金钱交易上所创造的壮举,真可谓是前无古人,恐怕也将是后无来者。那段时间,阿根廷的每个酒店都设有天平,我们付房费的时候,酒店就用天平衡量纸币的重量,一捆一捆的纸币放在天平上,称完之后便被工作人员提着扔向角落里。这举动和废品收购站工作人员的举动一模一样,这哪里是钱,简直就是一堆废纸。酒店的房费当然也是天文数字,他们把金钱的数字转换成重量,以方便付账,真是提高了效率。但其实这仍然算不得极致,在我看来,何必还要那些所谓的数字呢,索性连数字也不要了,数字和重量之间还要经过转换,酒店的房费直接显示重量就好了,商务大床房3千克一间,家庭套房5千克一间。出租车的计价器也不用显示那些没有任何意义的数字了,起步价30厘米,超过起步价则以10厘米每公里计算。

阿根廷货币严重贬值,据说当地人家装修房屋时,购买墙纸的实际价格,要高于用当地最大面值的纸币贴满墙壁。阿根廷政府无力应对国内恶劣的通货膨胀形势,纸币贬值的速度超过了银行印刷钞票的速度。阿根廷政府倒也潇洒,索性不再印刷钞票了,而是采取直接在已经印刷的钞票上加

0的方式来加大货币发行量,阿根廷的钞票以每天多一个0的速度贬值,对于那段时间的阿根廷货币来说,真可谓每一天都是新的一天。

阿根廷的通货膨胀给我留下了非常神奇的印象,除此之外,阿根廷的牛肉也给我留下了非常深刻的印象。在距离布宜诺斯艾利斯一百多公里的一个草原上,有一个农庄饭店,这家饭店在当地非常有名,烤牛肉是这家饭店的特色。阿根廷是一个草原国家,因为临近海洋,湿润的气候条件非常适合草类的生长,鲜嫩多汁的青草喂养着草原上的牛羊。在阿根廷吃牛肉,即使在经济正常时期,也非常便宜。玻利维亚同伴对这家农庄饭店比较熟悉,到阿根廷不久,他便带着我到这家农庄吃牛肉。这家饭店在草原上,附近人烟稀少,但专程驾车到这里吃饭的人很多。饭店的门口挂着几头刚宰好的牛,顾客可以在这些新宰的牛身上选择一块自己想吃的部位。等顾客选好牛肉之后,饭店的厨师便将顾客选好的牛肉切片,然后放在铁架上烤熟供顾客享用。这样做出来的牛肉非常鲜嫩,满足了顾客自由选择的要求,又极具特色,受到了当地顾客的一致青睐。我当时专门挑选了一块牛腱子肉,纹理清晰均匀,色泽光鲜,工作人员切下来之后,放在秤上一称竟有两千克之多。

牛肉很快就烤好了,肉片较大,呈网格状的铁架痕迹印在肉片上,让牛肉显得更加紧致和美观。牛肉被烤到七八分熟,整体呈深褐色,痕迹处则为暗红色,外焦里嫩,很有弹性,味道胜过我以往在其他任何地方吃的牛肉。当然直到现在,我所吃的牛肉,还得数阿根廷牛肉为最佳。我那次吃得食指大动,本来看似超出食量的两千克牛肉,被我很快就吃完了,甚至连随牛肉一起上来的几片烤面包也被我吃得一干二净。我对自己的食量感到有些惊讶,但转头看见旁边的一个女生吃的那块牛肉也不比我少。在那家饭店,几乎每个人所吃的牛肉都超过了一千克,一个人吃两千克或者三千克甚至四千克,都不会有人感到意外。

除了在阿根廷一次吃完两千克牛肉之外，我还一次吃过七个大闸蟹，那当然不是在阿根廷，而是后来在荷兰发生的事情。我们到荷兰出差，在一家中餐馆里吃饭，中国老板告诉我们饭店有大闸蟹。他说这些荷兰的大闸蟹是从中国带过来的，因为没有天敌，大闸蟹在荷兰的繁殖速度惊人，短短几年时间就到了泛滥的地步。他们饭店里的所有大闸蟹都是免费获得的，荷兰大闸蟹泛滥，已经影响了当地生态，有关部门将这些大闸蟹免费提供给需要的人，餐馆便成了受益者。我们点了餐馆的大闸蟹，味道鲜美，让我们吃得非常愉快，我们每个人都吃了六七个大闸蟹，最后结账的时候，只花了10美金。

༄

服务员送来冰块，他用小夹子将冰块夹到我的咖啡里，只剩一半的咖啡因为冰块又满了。咖啡馆内的装潢整体是有些艳丽的，吊灯上悬挂着紫晶坠子，灯光偏暖，让咖啡馆显得格外静谧。装饰用的鸟笼里，五颜六色的鸟儿在暖光下显得熠熠生辉，还有站在横木上的鸟儿，作振翅欲飞状，它的下边还有一只青花瓷。墙壁的装饰倒是相对淡雅，白墙，绘有树枝，树枝上开几朵花，当是桃树桃花，但墙上的绘画没有上色，只是勾勒出这样的轮廓，所以显得素雅，却又与咖啡馆内整体的风格协调。这种装潢似乎不适合我这样一个老头，年轻人倒是喜欢。我也曾经年轻过，我现在不就是在追忆自己年轻的时光吗？

在南美游历了几个国家之后，我们便乘飞机北上，去了美国。玻利维亚的同伴和我一同飞往美国，他到美国后便因其他事情和我分开了。在美国，我和意大利的一位同事会合。当时在南美赚到的钱，我全部带到了美国，没有银行卡，我所带的全部是现金，钱放在一个普通的手提箱里，因玻利维亚同伴的特殊身份,我得以提着一箱现金通过海关到美国纽约。

到美国之后不久的一个晚上,我和意大利同事到酒店楼下的酒吧喝酒。我当时有一个习惯是白天工作之后,晚上便会要一份加冰的威士忌,工作压力大,威士忌便成了一种放松的手段。在酒吧喝酒的时候,意大利同事结识了一个女人,喝完酒之后,他便带着那个女人到他的房间去了。当时我们住在纽约一家非常豪华的酒店,他住的房间比我的好,为了安全,我便偷偷把装着钱的箱子放在了他的床下。第二天凌晨,他突然来敲我的门,敲门声非常急切,我便猜到可能是有急事发生,匆匆开门之后,见他神色紧张,举止匆忙,我一下睡意全无。他急忙告诉我他睡着之后,那个和他进房间的女人偷走了他身上所有的钱物和他随身携带的一条祖传金链,我听到这个消息之后,吓得脸色惨白,因为我担心我悄悄放在他床底下的那一箱钱也被那个女人偷走了。那一箱钱有七八万美元,钱的数额倒在其次,关键在于那一箱钱全部是在南美销售珍珠所赚来的,完全属于公司财产,如果这批钱在我手上丢失了,我无法向公司和国家交代。

那次手提箱没有丢失,公司的钱财没有受损。不过意大利的同事确实丢了很多财物,但真正让他伤心的是,他祖传的那条金项链被那个女人偷走了,据说那是他祖母留下来的,先是他父亲一直带着,后来他父亲给了他,他就一直带在身上,但不幸的是,那条链子在他手上丢失了。那条链子本来不算值钱,和他丢失的财产相比,用价格来衡量的话,简直不值一提,但他却对此最为伤心,生命中确实有很多东西的价值大于金钱和财富,很多真正宝贵的东西是金钱无法衡量的。我想他之所以伤心,也无非是因为那条链子所承载的意义是金钱买不到的。后来我把这件事情讲给他儿子听,他儿子听完之后,感到非常有趣,认为这件事情超出了他对他父亲形象的认识。

美国是一个潜力很大的市场,但在我们去美国之前,我们公司在美国没有任何销售渠道。我们去美国的目的，主要便是拓展公司的销售渠道。初到美国时，我们像是无头苍蝇一样，找不到任何市场开拓的方向。后来我们通过黄页寻找客户，众所周知，在黄页上寻找客户，某种意义上就是大海捞针。黄页上的很多信息都是陈旧甚至错误的，我们就采取全面撒网的方式，在黄页上筛选所有可能的客户，然后通过电话或者传真的方式和客户联系，很多电话完全打不通，有的电话打通了但是却与珍珠生意没有任何关系，有的甚至除了地址之外没有其他联系方式，我们便只能根据黄页上显示的地址去寻找客户。

在黄页上，我们找到一个位于美国迈阿密的客户，黄页上显示他从事珠宝生意，长期收购珍珠。由于没有其他联系方式，我们便乘飞机从纽约去了迈阿密，根据黄页上显示的地址去寻找那位客户。找到地址之后，我们发现所谓的客户不过是一个摆地摊销售珍珠的美国老太太，老太太大概已经七十多岁了，头发花白，骨骼突出，脸上布满皱纹。在迈阿密的一个山洞前面，她开了一家小杂货店，杂货店前面还摆着一个地摊，地摊上放着各种杂物，包括一些珍珠。她坐在门前，招呼着前来购买杂物的顾客，生意不算好，倒是有很多老年人和她闲谈。见此场景，我便已经知道没有多少希望，但还是礼貌性地和她交流了一下，得知我是从中国来的，主要销售中国的珍珠，她感到非常惊讶，完全没有想到一个中国商人会专程去拜访她。但她告诉我们她虽然在这里长期摆摊卖珍珠，但在她这里，珍珠的销路不广，她虽然购买珍珠，但都不过是小批量进货，即使是进货，也需要在上一批购买的珍珠接近卖完时。那一次，她没有购买我们的珍珠，但我们却从她那里得到了一些关于美国珍珠市场的消息，这为我们后来开拓市场起到了重要的作用。

黄页上的信息毕竟太多，没有针对性，所以除了通过黄页与客户取得联系之外，我们也采取实地走访的方式寻找美国的客户。为了寻找客户、开拓市场,我们到过美国很多城市,利用各种信息去与潜在的客户取得联系。我们甚至到过美国很多的小城镇和乡村,拜访当地一些珠宝商人,向他们推销商品和学习经验。即使是一些从事珠宝生意的小商人,我们也积极地和他们交流,希望从他们那里得到更多的销售渠道。在寻找客户的过程中,我们碰过很多壁,有时候连续找了几天,却一个客户都找不到。但所幸是功夫不负有心人,通过大量的走访,积极地与潜在的客户取得联系,我们在美国逐渐地找到了一批客户,销售市场逐渐地扩大,珠宝生意在美国得到了良好的发展,到1983年时,美国已经成为我们公司珠宝销售最主要的市场。

1983年,我在美国四十七街开了一家分公司。四十七街位于纽约曼哈顿第五与第六大道之间,珠宝店聚集,有"钻石道"的称号。四十七街是纽约的第一个珠宝中心,珠宝首饰店林立街道两旁,短短几百米的距离,便有数十家珠宝店。这里是纽约最大的珠宝交易市场,全美大概百分之七八十的珠宝交易都发生在四十七街。我在四十七街租了一间办公室,主要经营珠宝批发业务,为纽约大大小小的珠宝商提供货源。

在四十七街从事珠宝生意的犹太人很多,他们形成了一个类似商会性质的组织,在纽约的珠宝市场上,犹太人占了绝大多数的商业份额。犹太人以生意经营有术而闻名,在世界各个国家,似乎都有犹太商群,他们靠从事生意积累了很多财富。在四十七街从事珠宝生意时,我和很多犹太商人打过交道,在珠宝生意方面,他们确实有很多独到的经验,但要真正说到犹太人的生意经,其实无非是诚信。犹太人非常讲究诚信,尤其是在犹太商人内部,他们之间互相信任,方便调货取货,降低了很多生意成本。现在很多人都在讨论犹太人做生意的策略,但在我看来,做生意的策略好学,而犹太人相互之间的那份信任不易学,学不会诚信,生意便很难做大,这是我从犹太人那里学到的最高的生意策略。

中国古话讲："塞翁失马,焉知非福。"说的是任何事物都有两面性,在一定的条件下,祸福优劣是可以相互转化的。初到美国时,我的英文水平很差,只是勉强能够和人交流,蹩脚的英文成为我与客户交流的一个障碍,很多时候我想表达的内容不能很好地用英文呈现给他们,导致了我在寻找客户的过程中经常碰壁。但另一方面,正是因为我蹩脚的英文,让很多美国的客户更加地相信我是来自中国的商人,也相信我所销售的商品全部是来自中国的商品。物以稀为贵,在做生意上,这是一条永恒不变的真理。当时的美国市场上,中国的珠宝非常稀少,一些客户确定我所销售的商品是中国的珠宝之后,便有了与我们合作的兴趣。

80年代的美国,尽管经济水平处于世界顶尖水平,但贫富差距比较严重。在美国迈阿密的海边,有一个海边别墅区,美国很多富人都居住在这个别墅区内,意大利品牌范思哲的创始人当时便居住于此。别墅区面朝大海,当时最壮观的场景是海上的水上飞机起飞,别墅区内几乎每一家人都有水上飞机,数十家飞机在海上起飞时,浪涛如雷,壮观非凡。别墅区后面有一条林荫大道,我到迈阿密时,到这个别墅区游玩,走在别墅区后面的大道上,看着那些富丽堂皇的别墅和风光秀丽的海滩,我非常羡慕和向往,但与此同时,我又想起了美国贫民窟里面的那些穷人。在美国,富人和穷人的生活简直是两个极端,富人拥有豪华的别墅,而穷人却挤在破烂不堪的贫民窟艰难度日,这大概是导致美国部分城市治安差的重要原因。美国那些以底层人民为主的城市治安环境非常恶劣,一些无业游民扰乱着城市的治安。我在美国时,因为好奇,有一天晚上我专门去过布鲁克林,为了安全,我专门穿上了破洞牛仔裤。在布鲁克林这种地方,穿得越随意越不会受到伤害。那天晚上我没有受到任何伤害,但在布鲁克林,确实经常发生抢劫、偷盗甚至是枪杀事件,这些事件多半是由美国下层的穷人和黑人所为。除了布鲁克林,纽约四十二街当时更是被称为"纽约的毒瘤",走在四十二街,经常会遇到一些年轻人,他们会突然走近你,并问道:"Smoke? Smoke?"那是一些下层的青年在街上兜售毒品。后来百老汇上演过一出名为《Forty Second Street》的话剧,我还专门去看过,里面包含了许多四十二街乌烟瘴气的场景。不过现在经过美国政府的治理,四十二街当年的情境已经不复存在了。

～

咖啡馆里,服务员送来一杯柠檬水,打断了我的回忆。柠檬水装在琉璃杯里,淡绿色的琉璃杯,看不到柠檬片,但可闻到柠檬的香味。柠檬水放在桌上,水因琉璃杯的映照而显得翠绿,琉璃杯的杯壁上刻着树纹,不繁复,但细腻,隔着杯壁,隐约可见柠檬瓤,柠檬瓤漂浮在水中,像碎花。我意识到自己的一生似乎也如这柠檬瓤一般,漂浮着。

我看着这些漂浮着的碎花,记忆又被带回到了三十多年前。我想起除了欧洲、美洲,我在瑞士期间还去过非洲。那是1983年,我接到公司派往非洲的任务。非洲部分商人与我们国内的公司有生意往来,我那次接到的任务主要是前往非洲催一个客户偿还欠款。我本来可以选择不去,毕竟这个任务同时交给了几个人,只要这几个人中最后有一个人前往非洲就可以了。但当时我与我大学一位非常要好的同学联系时,他告诉我他那时候正在非洲做援外翻译,为了和他见面,我便去了一趟非洲。

我当时去的国家是尼日尔,尼日尔位于撒哈拉沙漠南缘,气候干燥,长年无雨,自然环境非常恶劣。我去的城市是尼日尔的首都尼亚美,尼亚美是尼日尔最发达的城市,但城市建筑设施仍然非常落后。这座城市有两个非常独特的现象,第一是城市没有下水道,这大概和当地气候干燥有关,全年降雨少,雨水落在地上很快便干了,完全不用下水道。第二是房屋没有门牌号，走在尼亚美的大街，街道左右两边的建筑除了店名之外再没有其他标识，要顺着门牌号找位置，在尼亚美完全是痴心妄想。我与同行的同事当时到尼亚美去找公司的客户穆罕默德，照着公司所给的地址，我们找到了他家所在的那条大街，但他家具体是哪一幢房屋，却完全分不清楚。我们向当地人打听他的住宅，在一位妇女的帮助下我们找到了他的家。走进他家的时候，有人问找谁，我们回答说找穆罕默德，话音刚落地，屋子里坐着的四个女人齐声回答"你找我丈夫啊。"原来是穆罕默德娶了四房老婆，尼日尔实行一夫多妻制，一个男人在能够承担相应经费开销的情况下，完全可以娶多房老婆。穆罕默德是尼日尔的大商人，以他的经济实力，在当地娶四房老婆是非常正常的。我们去他家的时候，穆罕默德外出办事去了，我们说明来意之后，他家的女人们便热情地招待了我们。下午时候，穆罕默德从外面回来，与我们一番交流之后，偿还了我们公司的欠款。

尼日尔人喜欢清凉油，与他们相处，送他们清凉油作为见面礼会让他们非常高兴。当地蚊虫多，蚊虫经常叮咬人，清凉油有镇痛止痒的功效，所以尼日尔对中国人的清凉油情有独钟。我们去非洲之前，特地带了很多清凉油，在海关或者边防时，如果给相关工作人员一瓶清凉油，便能够减少很多麻烦。

在尼亚美的大使馆里，我见到了我的朋友，四年的大学同学，让我们建立了非常深厚的友谊。大学毕业之后，各自为工作奔波，经历着不同的生活。80年代，我们在非洲重聚，环境恶劣的尼日尔，让我们的重聚显得格外特别。老友重逢，叙旧是免不了的，其间谈到大学很多事情，包括一些同学的生活、遭遇，各有不同，但大多数人在经历了六七十年代的艰苦之后，到80年代，基本上都过上了正常稳定的生活。

我们那一批学生，见证了新中国的成立，经历了许多苦难的生活，也目睹了改革开放给中国带来的巨大改变。我们算是一个时代的亲历者和见证者,但最终都将被时代抛弃.如今我们都老了,从工作岗位上退下来,空闲时间多了,住得近的,时常相聚,但离得远的,常年没有联系,年纪大了,记性常常不好,提起一些同学的名字,已经不能立即想起他们的模样了,但我从来没有忘记那些同学,常常还会想起他们,想起曾经在南京大学的青春岁月。

　　　　　　　　　　　∽

　　这杯咖啡的冰已经全部融化,咖啡就快要喝完。时间过得很快,今天我已经在这家咖啡店坐了三个多小时了。而我所回忆的这段往事已经过去三十多年了,三十多年和三个小时,都很快。我起身去洗手间,在转角处,墙壁上一张照片吸引了我的注意,黑白照片,一个年轻男子坐在阶梯上,他眼光望向别处,在照片上看不到他的脸,只看到一团头发,有些乱。他的背后是一幢大楼,大楼很高,楼下的他,显得很小,他所坐的阶梯上除了他之外,远处还有一个人,但极小,在照片上差不多就是一个黑点。阶梯呈弧形,层层弧形使照片的构图饶有趣味,男子留给我们的背影也呈弧形,在高楼的映衬之下,背影显得非常落寞。这是一幅典型的表现现代人孤独感的摄影作品,高楼之下,繁华之下,其实人的内心是非常孤独的,人与人因交通工具和网络而看似离得更近,但事实上,现代元素包裹之下的每个人都是绝缘体,交通和网络构建的人际关系,实际上只是表面的亲密,而每个人的内心,其实都是孤独的。

　　照片该是有意调成黑白色的,色调把孤独感诠释到了极致,可惜我看不到男子的眼睛,我不知道他眼睛里流露出什么情绪,但或许这正是摄影师有意为之。他以背影来展现现代人的孤独感,我突然意识到这正是摄影师的高明之处,在这样的时代,我们留给别人的不只是一个背影吗?还有什么比背影更能体现孤独？仔细想想，我的年轻时光，不也只剩下一个背影了吗？

我在瑞士工作的几年，尽管走遍了世界各地，生意也做得风生水起，但因为长年在国外，与家人聚少离多，我仍然是非常孤独的。工作上面的事情，总归不是一帆风顺的，尽管取得了一些成绩，但也着实遇到过很多的困难。在国外，工作生活不如意的时候，最先想到的就是家人，那时候给国内打电话非常不方便，和家人的联系主要靠信件。我们当时在国外，寄信通过信使，信使负责将我们的信件带回国内，然后在国内的某个城市通过邮局将我们的信件寄回家中。当时一个信使负责欧洲好几个国家的华人信件，大概每个月会到日内瓦来一次，来的时候会带来家人寄给我们信件，也会带走我们寄回家的信件。信使来之前，我们会收到通知，告知我们在信使离开之前将信件写好让他带回国内。信件很慢，一封信寄回家，要等很久才能够收到来信。所谓乡愁，便是信件两头。

我那时候在出国人员里面算是比较幸运的，因为我所做的工作是出口贸易，跟国内的公司联系紧密，所以每年都能够回到国内一两次。而当时在欧洲工作的很多出国人员，一年到头都没有回国的机会，有的甚至七八年都没有回过家。上世纪80年代，因为交通、政策多种原因，出国工作的人员，几年不能回国是常态。说来也是奇怪，很多人为了出国工作，即使出国之前被告知四五年、七八年不能回国，许多人还是选择了离家背井，去往国外。长时间不能回家，大家聚在一起时，自然谈得最多的就是祖国和家庭。异国他乡，祖国和家庭是最遥远而又真切的存在。大多数在国外的工作人员都长期忍受着思乡的煎熬，当时在欧洲的出国人员中，有的甚至因此患上了严重的抑郁症。

中国人向来追求团聚团圆，在文学和生活中都如此，中国文化就是追求圆满的文化，中国的文学作品几乎都是以大团圆为结局的，即便是梁山伯与祝英台这样的爱情悲剧，结尾的化蝶双飞也仍然是一种圆满。中国人在生活中也注重团聚，逢年过节，最重要的就是家人团聚。即使生活条件简陋，甚至连饭都吃不饱，也仍然希望一家人能够聚在一起。所以，那时候离开家人一个人在国外工作生活，最怕的就是过节。每逢佳节倍思亲，在越洋过海的欧洲国家，这种思乡之情更加浓烈。端午、中秋、重阳或是除夕，日历一页一页翻去，传统的节日一个一个出现，每一个传统节日都仿佛是深夜敲响的钟声，那是催我回国的钟声，漂洋过海。钟声在国外的深夜更加清脆，只是千山万水，妻子的笑脸，孩子的哭声，都遥遥不可及，除了在异国冷清的街道上，寒风从身后袭来，袭我以凄清、以孤寂。

瑞士的冬季非常寒冷，零下二三十度的气温笼罩着大地，街上人少，清冷之极。中国的除夕在冬季，在国内，即使是冬季，除夕当天也会因家人的团聚而热闹非凡。但在国外，我们的除夕便显得非常单调和冷清了。到瑞士的第二年，我过年的时候没有回国，除夕当天，大多数没有回国的华人都聚在驻联合国中国代表处，不能回国与家人团聚，便与在外的华人团聚，至少算是一次团年。

在驻联合国中国代表处的大厅，食堂为我们准备了年夜饭，菜肴丰盛。在饭桌之上，大家喝酒聊天，互相祝贺，显得非常热闹。但这种热闹与家人团聚的热闹有非常明显的区别，欢声笑语的背后，每个人的心里都有一个寂寞的角落，酒杯碰撞，仿佛能听到孤独的声音。后来，吃好饭的人就逐渐离开了，大厅里人越来越少，我当时没有急着离开，而是继续坐在饭桌上，独自喝酒。

大厅里张灯结彩，工作人员在街上买了红灯笼和红蜡烛，红灯笼上印着福字，红蜡烛的光芒把大厅映照得非常喜庆，可似乎没有人喜庆得起来。年夜饭散了之后，大厅就更加清冷了。我坐在饭桌上继续喝酒，后来饭桌上过来两个四川女生，一个学德语，一个学英语，离家多年，但豪放的西南口音一直没变。她们也和我一样，因为工作，过年没有回家。她们过来和我聊天，也和我继续喝酒，当时出国人员在外过除夕，免费特供五粮液，她们过来之后，我们又开了一瓶五粮液，喝酒、聊天，用酒精来暂缓思乡的孤独。

话匣子打开，似乎是不可避免地谈到家乡和家人。异国他乡的除夕夜，这是最敏感却又最容易提到的话题，不喝酒还好，几杯酒下肚，酒精刺激着神经，家便成了最浓的酒精和最敏感的神经。在外颠簸多年，其实早该学会了承受孤独，但所谓的承受有时候也不堪一击，尤其是自己有了孩子之后，对家的依恋变得更甚。两个四川女生刚开始的时候陪我喝了几个小杯，但她们显然没有准备和我一醉方休，喝了几杯之后，她们便放弃了继续喝酒，而是一个劲地催我喝。我倒是老实，且越喝越兴奋，仿佛喝酒成了逃离忧愁最快的捷径，所以我只顾着一口一口喝光杯子里的酒，完全不管杯子之外的世界。喝到中途，我起身上了个洗手间，在洗手间的镜子里，我看到自己的脸上有些微红。那时候，我大概已经喝完了一瓶五粮液，但具体多少，我记不清了，不过我记得那天晚上我一共喝掉了两瓶五粮液。

从洗手间回到大厅，一个女生说我好酒量，另一个则夸我生意成功之类，我听得尽管糊里糊涂，但多少有些高兴。她们劝我再喝，我也没有丝毫推辞，拿着杯子倒酒。她们似乎还断断续续地敬过我酒，但她们的杯子里装的已经不再是酒，而是水。我当然知道，不过喝酒喝到真正兴奋的时候，已经完全懒得理会别人了，只要有人喊干杯，就会毫不犹豫地举起酒杯。举起酒杯，喝……

那天晚上喝到深夜，喝完之后，回到宿舍，仍然非常兴奋。借着酒劲，我打电话吓唬同事，差点闯出大祸，所幸意志还没有完全模糊，吓唬之后，又赶紧打电话解释。但那天晚上终究是醉了，两瓶五粮液，灌倒了一个思乡情切的人，后来发生的事情可想而知，同事打电话叫来了医生，医生是中国人，姓陈，当时是联合国卫生组织副秘书长。他来到我们宿舍，想尽办法让我呕吐，然后给了我一些药物，叮嘱我饮酒要适可而止。

我很快从那场酒醉中恢复过来了，但乡愁却一直是一个解不开的心结，在瑞士时，我曾经寄过一盘录音带给家里。我希望家人能够听到我的声音，了解我在瑞士的生活状况，便把自己的生活情况通过录音带记录下来，然后寄给了家里。我记不清楚当时寄回家的那盘录音带里所说的所有内容了，但一定是一些在瑞士生活的琐事，离家在外，最希望和家人分享的也就是那些琐琐碎碎、零零散散的小事情。或许乡愁的根，也就生长在那些生活的琐事之上，因为生活，本就是琐碎的，回忆也一样。

一段故事回忆完，就仿佛是从酒醉中清醒过来一般。咖啡喝完了，往事也该告一段落了。咖啡馆的空调开得有点低，长时间坐在咖啡馆里，能感觉到一丝凉意。回忆终究只是呢喃自语，它是破碎的，四年的瑞士生活远远比回忆精彩。录音带里说过的大部分话我记不清了，但有两件事情我记得非常清楚，第一件事情是告诉家人瑞士的冬天虽然气温在零下二十多度，但房间里都有空调，基本上不会出现在大街上，所以不要担心我受冷；第二件事情是告诉家人我想吃家里烧的菜，最好是辣一点的鲫鱼。除了这两件之外，还说了什么，我真的想不起来，也不用想了。我看了看从瑞士带回来的手表，5点37分，该回家吃晚饭了，遂起身，离开了咖啡馆。

责之劳之

许多年以后，当我再次回想起协泰中心封顶典礼那天，我站在大楼门前，迎接中外来宾时，我内心仍然交织着愉悦和遗憾。让我愉悦的，当然是一幢大楼落成，上海抽纱公司搬了新家，一切都呈现出崭新的气象。而让我感到遗憾的是，彼时我已经离开了上海抽纱公司，风尘两袖南下，到香港去经商了，然而落成的协泰中心正是在我的主持之下修建的工程。

协泰中心位于虹桥开发区，楼高21层，是上海第一幢现代意义上的写字楼。是我在上海抽纱公司任总经理时申请的项目。申请过程中遇到过很多困难，但所幸工程最终被市政府批准。大楼于1988年正式动工，1992年封顶，前后历时四年。

虹桥开发区市政项目投标之时，协泰中心本属2号标的，当时的太阳广场为1号标的。1989年，许多外国人错误地估计了当时的国内形势，纷纷撤离上海，许多工程也因此停工，虹桥开发区的1号标的太阳广场便在运动之后被迫停工。我从意大利赶回上海，经香港转机，从香港回到上海，飞机上除了机务人员之外，只有我一个乘客。上海许多路段都设置了路障，汽车无法通行，我从机场回到公司，只能由公司司机踏着黄包车来接我。

那时候，协泰中心也面临着停工的压力，资金筹集就面临着更大的困难，何况外国人和商户纷纷撤离，建成的大楼恐成一幢空楼。所幸当时上海市政府一位领导与我见面时，鼓励我不要停工，继续将工程完成下去，协泰中心才能在1992年顺利完工，成为当时虹桥开发区率先完工的建筑工程。

在协泰中心修建的过程中，我曾前后多次到香港、美国等地考察，学习当地的建筑经验，那时候上海没有玻璃幕墙的建筑，协泰中心学习西方的现代建筑风格，主楼完全采用玻璃幕墙，成为上海最先采用玻璃幕墙的建筑。协泰中心外观华丽现代，墙面折光，大楼因而总是显得光彩熠熠，晚上，月光、灯光投射在外墙上，隔老远便可看见斑斓的色彩。

当时上海的施工团队建筑工艺不成熟，在修建协泰中心时，裙楼外墙采用大理石，因工艺落后，墙内水分渗进大理石，大理石墙因而出现大块黑斑。我让施工团队改革工艺，大理石砖全部重贴，后来的裙楼因重贴大理石砖而显得非常美观。协泰中心的修建，花费了我很多心血，从整体规划到装修的细节，我几乎全程指导。封顶典礼当天，当我乘着工程电梯从一楼直升到最高楼时，我内心的成就感也似乎跟着电梯在上升。

协泰中心的封顶典礼于1992年举行，那是我已离开了上海抽纱公司。但封顶典礼时，抽纱公司仍然邀请我回上海参加剪彩仪式。我感到非常高兴，毕竟协泰中心凝聚了我的心血，是在我的主持之下完成的办公大楼，所以我专门抽出时间，从香港回到上海参加协泰中心的封顶典礼。

封顶典礼非常隆重，上海多家媒体都报道了那次典礼，也报道了协泰中心的落成。典礼现场留下了很多珍贵的照片，至今我的家中还保留着许多。当时我站在大楼门前，接待中外各界来宾。来宾众多，许多都是曾经的老朋友，而事实上，当时在接待来宾的我，也应该算是典礼的来宾了。

协泰中心建成之后，上海抽纱公司搬进了新大楼，许多商户也争相入驻协泰中心，协泰中心成为当时虹桥开发区非常红火的商场。据说入驻协泰中心的商户都挣了钱，公司后来一直流传的说法是，很多生意上不如意的商人，都会到协泰中心租赁场地再次开张，希望在协泰中心这块福地上重新开始，东山再起。

几十年过去了，随着城市的发展，上海建造了数不清的写字楼，新的写字大楼高大也高档，协泰中逐渐变得不再如以前那样引人注目。长江后浪推前浪，大楼也一样，在城市发展的过程中，协泰中心的地位一定会逐渐被新的大楼所替代，甚至是完全被淹没。但不可否认的是，协泰中心在上海现代办公大楼的历史上，有着非常重要的地位。

我住在上海，也常常路过协泰中心，每次在车上，透过车窗看到现在的协泰中心时，总有一种惆怅之感。在放眼皆是高楼大厦的上海，协泰中心逐渐显得落寞了，谁曾知道，90年代初期，协泰中心是上海最高档的写字大楼。或许除了我之外，没有人会有这样的体会，毕竟在外人眼中，协泰中心无非是位于虹桥开发区的一幢90年代修建的写字楼房而已，但他们不知道的是，我当时主持修建的这幢大楼，从项目申请直到建筑完工的过程中，经历过多少困难。

无论如何，协泰中心当是我任上海抽纱公司总经理期间主持的一个大型工程，我所认识的这幢大楼，或许不仅仅是这幢大楼本身，因为协泰中心除了见证着一个大写的20世纪八九十年代的上海之外，还完成了我任上海抽纱公司总经理七年时间的个体书写。

❧

时间追溯到1984年，那时候我还在海外工作，为开拓美国市场，在美国创办了分公司。公司开设在纽约四十七街，由一个加拿大员工打理。当然，我也经常去四十七街。在我的印象中，纽约四十七街似乎从来都没有变过，至少从我1983年在那里开分公司到我回国工作的一年多时间里，四十七街每天都是一个模样：客户商户，熙熙攘攘，人流车流，利来利往。一条不长的街道，却堪称世界珠宝生意最敏感的神经末梢。

1984年，春末夏初，纽约，天气晴朗。在四十七街的办公室，我接到一个陌生电话，电话那头的人告诉我，从国内来的一位领导在中国驻纽约总领事馆，希望能在纽约见我一面。接完电话之后不久，我就赶到了总领馆，去拜访了那位从国内来的领导。

在中国驻纽约总领馆的会客厅里，那位领导向我了解了纽约市场的一些情况，也肯定了我在国外工作几年的成绩。我向他汇报了我在瑞士的工作经历，然后谈论起抽纱制品的出口情况。我当时在国外已经工作了四年，四下颠簸，对世界很多国家的市场情况都有一定了解，所以和那位领导谈论出口业务时，我提出了一些独到的看法，我从中国的出口环境谈到公司的出口品种，针对海外市场的基本情况，分析了中国出口业务的现状和发展前景。那位领导听得很认真，不断地鼓励我继续往下说。他听我说完之后，对我当时谈到的想法给予了很高的评价，并邀请我回国，告诉我公司需要像我一样有国外工作经历的人。

我对那位领导的邀请感到非常意外，但当时却完全不知道回国能给自己带来什么。坐在领事馆的会客厅里，我和那位领导之间隔着一张不宽的桌子，他坐在沙发上，很随意，我则身体前倾，略显拘谨。当时放着两杯热茶，茶叶在热水中舒展开来。听到他邀请我回国，我没有立即回答，而是下意识地端起面前的那杯绿茶，没有喝，抿了一口而已。但很快，当我放下茶杯那一刻，我就同时接受了那位领导回国的邀请。

其实当时我端起茶杯和放下茶杯的过程中，头脑中没有多想，我只是白描似的将自己在国外几年的经历勾勒了一遍，像电影快退时的画面，一闪而过。从在瑞士开办公司到在纽约开办分公司，经营出口生意的流程我已经算得上非常熟悉了，世界各地奔波，我对海外市场的把握已经比较到位。几年的时间，我也的确为公司创造了一些利润和价值，国外的工作和生活总体来说比较惬意，但长期的漂泊让我感到有些疲惫。

我本是一个生性爱颠簸之人，很多年之后，当我再回首自己的人生，我发现颠簸是我这一生中最常见的状态。颠簸似乎是我骨子里流淌着的血液，血液的贯通和循环让我一次又一次躁动起来，在生活中不断地折腾，不停地奔波。但尽管如此，我有时候依然在颠簸中感受到了疲倦，只是这种疲倦不是对颠簸本身的疲倦，而是一个不安分之人不安分的疲倦。这种不安分的疲倦是短暂的，其最终目的不过是为了重新踏上另外一段颠簸的旅程。

我一生踏上很多段颠簸的旅程，但我尤其感谢我在国外那四年的工作经历。四年的工作，四下颠簸，既为了生意，也为了生活，四年的时间，我到过全世界许多的国家和地区，结识了社会上各色各样的人，尝过人情冷暖，看过人生百态，这些经历过时间的积淀之后，便成了我此后工作和生活中不可多得的经验。如果我一生中算是略微做出了一点成绩的话，毫无疑问，国外四年的工作经历是我取得日后成绩的垫脚石和源源不断的养分。我一直在想，如果1984年我不回国，也许我在国外的工作可以做得更加出色，毕竟我在国外市场的生意做得正式红火之时。但尽管红火，当时的我，的确是有些疲倦了，出国四年，与家人聚少离多，工作的压力和思乡的愁绪让当时的我感到疲倦，常年在外的漂泊，把游子变成了诗人，四时叹逝，落叶悲秋，满目所及，皆有去国怀乡之惆怅。

当时我们出国在外，属于国家公派人员，如果要回国，则要得到上海市政府的批准。那位领导让我尽管安排好了就回国，至于上海市出国人员的调配问题，则完全由他来处理即可。所以我接受了回国邀请之后，也很快完成了纽约工作的交接任务，然后简单地收拾了行李，便匆匆回国了。

回国之后，我便到上海抽纱公司报到。报到后一个礼拜，我被宣布担任公司的办公室副主任，成为公司五人领导小组中的一员。当然，我是领导小组中最年轻也是排名最后的一位领导。在抽纱公司担任办公室副主任的那段时间，我过得算是比较轻松。在工作上，当时刚从国外回到上海，工作经验比较丰富，见识相对广泛，既得到领导的赏识，也得到员工的信任，不用像在国外一样四处奔波，去开拓市场和销售商品，所以显得非常轻松。在生活上，有更多的时间和机会与家人相处，漂泊颠簸的疲惫，被两个孩子稚气的笑脸一扫而光，从国外给两个孩子带回一些漂亮衣服，他们非常喜欢那些衣服，也喜欢我这个刚从国外回来的父亲。带回一些家用电器，有的电器妻子一开始不会使用，老说不好用，后来越用越顺手，又说不用这些电器已经不习惯了。

做办公室副主任半年左右，有一天，总公司负责人找我谈话。他当时住在国际饭店，我从公司赶到国际饭店见到他之后，他提出到要到人民公园走走。于是我陪他走到人民公园，暮春时节，柳絮纷飞，公园里知名的不知名的花开得有些拥挤，引来五颜六色的蜂蝶。天气暖和，归来的燕子似乎也感到新鲜，竟跑到公园来凑热闹。

我们坐在广场的长椅上，他向我问起工作状况，我向他汇报了回国半年的工作情况，同时也谈到公司的发展情况。恰如半年前在纽约领事馆一样，我稍显拘谨，但那位领导却不断地鼓励我，并在我谈到自己的工作时，不失时机地夸奖了我的成绩。然后告诉我公司领导非常欣赏我的业务能力，经过上级领导的商议决定，准备任命我为上海抽纱公司的主要负责人。

我当时感到非常意外，坐在长椅之上，一时间我竟不知该如何回应那位领导。那时候的我虽然自信，但确实没有做好管理整个公司的准备，海外四年的经历的确让我拥有了比较出众的业务能力，但是我也知道，做公司的主要负责人不仅仅需要出众的业务能力，还需要各方面的协调能力，并直接地关系到整个公司的发展。我那时候还不到四十岁，深知自己其他方面的能力还不足以胜任一个大型国有企业的主要负责人，于是当时对那位领导的任命急忙推辞，向他解释自己各方面的能力不足，希望能够继续储备工作经验，等各方面能力具备之后再考虑升职问题。

总公司的领导却坚持要我就任上海抽纱公司的主要负责人。"小吴，我让你任职公司主要负责人，是我们领导层经过商议之后做出的决定，我们一致认为你有能力胜任这个职位。"他看了看我，然后继续说道，"我们知道你在国外工作了四年，工作经历丰富，业务能力出众，对海外市场、出口环境都非常了解，从国外回来的半年，你担任上海抽纱公司办公室副主任，公司的员工和领导都非常认可你的能力。你现在正是年富力强的年龄，有能力有干劲，公司未来的发展需要你这样的人才。"我仍然推辞出任公司主要负责人的职位，我毫无保留地跟他谈到自己的想法，认为自己管理经验和从政经验薄弱，各大国有企业的负责人都是南下干部，他们在管理企业方面的经验突出，而我自己是一个外销员出身，或许我具备能力主管公司的出口业务，但要全盘管理公司，我还需要积累经验。但他却一直肯定我，坚持要我出任上海抽纱公司的主要负责人。"还是那句话，我们一致认为你有这个能力出任公司主要负责人，你就尽管放心大胆地做，不要顾及太多，把你的聪明才能和工作经验运用到公司的管理之上，公司就一定会取得更好的发展。现在市场越来越开放，国有企业的干部需要革命化、年轻化、专业化、知识化，你是这样的人才，无论如何，希望你不要再推辞。"

直到现在，我回想起自己成为上海抽纱公司主要负责人的经历，仍然觉得仅仅只是机缘巧合。的确，那时候我是公司里为数不多的大学毕业生，也曾浮海泛舟漂洋过海到海外工作并积累了一些工作经验，但出任大型国有企业的主要负责人，远非当时的我所能及，若不是处于那个特定的年代，我没有那么大的机会受到领导的器重。

在自认为能力不足而多次推辞却最终无果的情况下，我成为上海抽纱品公司的主要负责人。但接受公司任命之时，我仍然是觉得有些慌乱的，当上级领导把一个大型国有公司交到自己手上时，你会感觉到手上权力的那份重量，但更多的是，你会感觉到自己身上所承受的那份压力。毫无疑问，上海抽纱公司作为一个大型的进出口公司，尽管公司本身戴着许多的光环，但在改革开放之后的80年代，海外市场逐渐扩大之后，公司也将面临巨大的挑战。我知道当自己就任公司主要负责人之后，公司所面临的这种挑战在某种意义上就成了我将要面临的挑战，而除此之外，公司内部的人事协调、财政开销等都将是我要面对的问题。

当天晚上回到家里，本应该高兴的我，却感到非常焦虑。我从来没有感觉到自己肩上的责任如此重大，似乎公司上上下下几百双眼睛都在看着我。尽管那位领导一直鼓励着我，但我对自己的能力仍然有所怀疑，我甚至有些害怕，毕竟上任之后，各种各样的问题将会接踵而至，而所有的问题几乎都需要我去解决。

❧

因为那时候还不到四十岁，在当时上海所有外贸企业的负责人中，我成了最年轻的负责人。在市政府参加许多大会时，上海其他单位不认识我的领导一度以为我是上海抽纱公司的办公室秘书，有的甚至还指责上海抽纱公司派秘书来参加会议。

出任公司主要负责人之初，我在工作上几乎是如履薄冰。作为一个年轻的总负责人，我必须处处小心翼翼。那时候其他国有企业的总负责人，几乎都是南下干部，他们老到，沉稳，应对各种问题的经验丰富，我没有管理大型企业的经验，所以我必须谨慎地处理公司的各种问题。那时候的我似乎一瞬间就变了一个模样：收敛了年轻时候的锐气和光芒，变得格外的沉稳和严谨。

我大概属于适应能力比较强的人，能够很快适应一个陌生的环境，并能够自己做出改变去适应环境。我的人生谈不上大起大落，但也不是一帆风顺，命运把我裹挟进时代的大环境中，生活随着时代的浪潮起伏而起伏，外在的环境转瞬即变，所幸我不至于在环境中迷失自我，而是能够随着环境的改变而自我改变。很多年过去，一个曾经的老友每次见到我时，都会对我说："老吴真是一个善变之人，做什么就像什么。"打趣之中自然不乏恭维的成分，但大概也算是对我环境适应能力和身份调整能力的一种肯定。

上任之初，确实遇到过很多困难，有的困难甚至是之前完全没有预料到的，但之所以会遇到那些困难，其实归根到底，无非是自己管理经验缺乏。一个缺乏管理经验的人成为管理公司的负责人，不可避免地会遇到各种各样的问题，我当然非常清楚地意识到这一点，所以从上任开始，我就经常向公司的老干部请教相关的问题，倾听他们关于公司管理方面的建议，认真学习他们的管理方法和管理经验，以弥补自己的缺陷。我还经常到各个地方的工厂考察，了解各个工厂的具体情况，从具体的问题出发，落实公司的各项决策。

当然，我也具备一些其他领导不具备的优势，毕竟我是那个年代为数不多的大学毕业生，从"文革"中断高考招生以后，80年代适龄的大学生就更少了。大学四年给我打下了坚实的基础，法语的专业学习让我在外销业务上非常顺利,在当时所有的外贸公司中,我是极少数不带翻译的公司领导。除此之外,我是一个外销员出身的负责人,我曾经做过多年的外销业务,是从最基本的业务做起的业务员,长期和外国客户打交道,让我对于商品出口和市场开拓,逐渐形成了一套自己独到的理解。加上后来在国外工作四年,直接在国外的市场上经营生意,使我对海外市场和出口环境都非常了解,这些自然都成为我出任公司总经理之后非常宝贵的经验。在公司的发展上,我形成了自己的一套理念,当时我主要着眼于世界大市场,希望通过大力开发对外业务和继续开拓海外市场来带领公司发展。事实证明,我当时从大局着手,利用自己的优势开拓海外市场的方针是非常正确的。我上任之初,公司的出口总额是七千多万美元,而我离职到香港时,出口总额已经增长到了两亿五千万美元。

❧

在我上任之前,抽纱公司主要对外出口抽纱制品,业务比较单一,没有形成一条资源充分利用的产业链条。我上任之后,开发了室内纺织品,将公司的抽纱制品再生产,变成家用纺织品诸如桌布、床单之类,这些商品既可以出口海外,也可以在国内的市场上销售。当时我受到乡下百衲衣的启示,根据国外的流行趋势开发了绗缝制品,绗缝制品由各种各样的小方块花布拼贴而成,精致美观,在国外市场非常受欢迎。当时公司生产的绗缝制品主要是床盖、窗帘,其中绗缝窗帘在美国市场常常供不应求。

在公司的业务开发上,我似乎是带着一股初生牛犊不怕虎的劲头的。那时候年轻,精力充沛,干劲十足,凭着对国外市场的深入了解,我不断地开发公司的业务,使公司的经营范围不断扩大,当然,公司也随着经营范围的不断扩大而不断地得到发展。

我上任之后不久，就在公司成立了服装部，专门开发服装，向海外市场销售服装，以增大公司的出口额度。那时候我们公司几乎没有服装出口，我在国外工作的几年，发现在海外，服装业务具有非常广大的市场。考虑到公司主要经营抽纱制品出口的业务，下属工厂的抽纱工艺相对成熟，与布匹打交道，是我们开发服装方面的天然优势，所以我便专门成立了服装部。

服装部成立之后，很快便开发了属于我们公司的服装。为了扩大服装的销售量，我成立了中国最早的一支时装模特队。当时的模特都是年轻女工，我们公司女工少，很多模特是从上海工艺美术品公司的女工中挑选出来的。这些女工身型条件优越，经过培训之后，就成了时装发布会上的中国模特。

我曾经带着那支时装模特队到米兰参加过时装周，那是中国时装第一次亮相国际舞台。我们当时花费了昂贵的租金，在米兰租赁了位置靠中的展示场地。众所周知，国际几乎所有的大牌服装都到米兰去参加展览，在时装周上，星光熠熠，大牌云集。我们所开发的时装和那些国际大牌比起来，似乎还没有进入时装世界。但当我们的模特穿着公司设计的时装走在T台上时，却吸引了很多的观众前来观看，因为西方人对中国的模特和时装充满了好奇，这是他们第一次在国际时装周上看到中国时装。

在米兰参加时装周之后，我带着两个模特到米兰附近拜访一位意大利商人，那位商人经营纺织品原料生意，我去拜访他的目的，主要是要向他购买生产透明窗帘的原料——涤纶长丝。他家住在米兰附近的一座山顶之上，盘山公路直达家门。府邸整体呈三间，中间较矮较深，两侧各有一侧间，横翼突出较多，而且有一个较短的后横翼。大理石的石柱矗立着，双坡屋顶，让房屋总体显得很陡，内有多层阁楼，屋面和山墙上开着一层层窗户，墙上挑出轻巧的木窗，每一扇窗户都极大，用许多直棂贯通分割，窗顶是较平的四圆心券。

在他的别墅旁边，还有三座同样富丽堂皇的建筑。在别墅的右边，有一座高耸瘦削的建筑，建筑外墙上有许多像竹笋一样瘦长型的装饰物，窗上拱形大门之上，有一个尖顶作为装饰，尖顶之上，是一个十字架标志，这是一座教堂。我起先以为这是当地的公共教堂，但后来管家告诉我，这座教堂是他们家私有的，教堂内有主教、牧师，都是那位富豪专门聘请的。教堂的旁边还有两座建筑，建筑风格类似，但外形更为宽大，其中一座是图书馆，一座是博物馆，都是属于他家所有。我们一行人感到无比震惊，谁也未曾想到一个家庭会独立地拥有教堂、图书馆和博物馆，教堂金碧辉煌，图书馆高四层，馆内藏书丰富，浩如烟海的图书分门别类地放置于每一层楼，而博物馆特制的展览柜里，收藏着许多价值连城的历史文物。这一切完全不可思议，有那么一瞬间，你甚至怀疑自己眼前所见的真假，面对着豪华的别墅我就已经瞠目结舌了，更何况私人的教堂、图书馆、博物馆耸立在山顶，我不知道我该选择一个什么样的词汇来形容当时的震惊，它超出想象，却又因为那些图书和文物而显得无比真实。我所惊叹的，除了他堆金积玉的富有之外，或许还有其他。

那一次在意大利，我带着模特队到卡普里岛的一家餐厅就餐，餐厅的墙壁上挂着许多照片，这些照片都是餐厅老板和各地名人的合影。老板将这些照片挂在餐厅的墙壁上，既做装饰又做宣传。我们一行人进餐厅不久，老板就向我打听来历，我开玩笑告诉他，我们是一个中国剧组，我是剧组导演，其他人是演员，我们正在拍一部电影，到卡普里岛来是为了电影取景。他听说我是导演之后，希望能与我们剧组合影，并主动提出合影之后餐费减半。我们于是与他合影，餐费当时也确实只付了一半。后来他把合影的照片也挂在了餐厅的墙壁上，与那些名人的照片放在一起。但这个所谓的中国导演和中国剧组，不知道能为他的餐厅带来多少价值。

在写这篇文章时，上海电视台正在播放一档真人秀节目，名为《花样姐姐》，这一期的录制正好在意大利那不勒斯岛，在电视里，我看到几条非常熟悉的街道，几十年过去，这些街道几乎没有多大变化。那不勒斯岛距离卡普里岛很近，不知道录制《花样姐姐》的团队在岛上是否遇到了类似的餐厅，餐厅里挂满了老板与名人合影的照片，老板精明，面对中国来的剧组，以餐费半价作条件邀请剧组与他合影。

其实很多年以后，有一次我去意大利时，专门去找过那家餐厅，但不知是我记不清餐厅的具体位置还是岛上已经没有了那家餐厅，总之我没有找到，也再没有看到过曾经挂在墙上的那些照片，包括中国导演和中国剧组。之所以再去寻找那家餐厅，主要是为了再见见那位有趣的老板，告诉他多年前我跟他开了一个玩笑，我不是什么导演，其他的人也不是剧组演员，我们只是当时中国一家企业的普通职工，如果非要与名人挂钩的话，我只能说当时与他合影的那些女职工是中国第一支踏上米兰时装周的模特队队员，而我，算是她们的领队吧。

❧

我是一个有着厚重家乡情结的人，尽管我很早就离开了家乡，到世界各地奔波，但我心里似乎一直种着望江的根。我曾多次在望江开设工厂，希望带动当地的经济发展，当然，那是我南下香港经商之后的事情。不过在80年代，当我在上海抽纱公司担任总经理时，我就曾在望江开设过钩针制品收购点，收购当地的钩针制品。

那是80年代中期，望江仍然非常落后，几乎没有工业带动当地的经济发展。我看到望江贫穷落后的景象，心里总希望能以有限的力量帮助当地发展经济。出于厚重的家乡情结，我就投资在望江开设了钩针制品收购点。

公司向当地钩针人员提供花稿，提供原料，并完全收购当地按公司要求加工的钩针制品。当地许多妇女都加入了钩针队伍，为公司生产钩针制品，望江历来有注重手工艺的传统，所以当地妇女加工的钩针制品非常美观。当时我们公司的钩针制品在国外销售渠道众多，市场广泛，价格较高，所以向国内劳动者提供的报酬也相对较高，在望江设立的钩针制品收购点，增加了当地不少农民的收入，在一定意义上，也活跃了望江当地的经济。

当然，我们公司开设的钩针制品收购点也不仅仅是望江，在全国很多地方，我们都开设了收购点，大量收购手工制品，保证公司的货物供应。我们还参与了许多不属于公司下属工厂的投资，通过参股的方式与工厂建立稳定的合作关系，这些工厂属于我们公司的联营厂。建立联营厂实际上是公司与工厂取得双赢的经营方式，我们因为这些联营厂，取得了稳定的货物供应渠道，也加大了公司的控制权。而那些联营工厂因为取得了我们公司的投资，工厂规模得以壮大，稳定的销售渠道也降低了这些联营厂的经营风险。所以，许多工厂纷纷与我们公司建立合作关系，我在任时，积极投资相关工厂，大力增加公司联营厂的数量，既保证了公司外销产品稳定供应的渠道，也壮大了公司的经营规模。

公司下属工厂和联营工厂数量多，有一年，我召开了一次厂长会议，我在会议上做了一篇报告，总结公司当时的发展状况，提出了公司的战略规划，当然，也强调公司将继续与各个工厂建立长期稳定的合作关系，以取得双方的共同发展。会议之后，我与所有厂长在酒店就餐，当时总共坐了二十八桌。酒桌上，我作为公司总经理，向各个工厂的厂长敬酒，人多，不能做到与每一位厂长都开怀畅饮，但我向每一桌的厂长都敬了一杯酒。一轮敬酒结束，二十八杯，我足足喝了一斤。

为了扩大公司的市场,我到许多国家和地区都做过展览会和发布会,最轰动的一次时装发布会是在香港举行的。丽晶酒店的大厅,金黄色的主色调,弥漫着浓郁的西式风情,地板拼花,水晶吊灯上悬挂着珠链坠子,波轮式罗马窗帘上镶嵌着仿真的钻石,一派富丽堂皇的景象,让人如入欧洲皇宫。红毯十丈,一直铺到酒店大门十多米外,花团锦簇,沿着红毯两边列开,从酒店进门,抬头便可看见大厅后面挂着的横幅,横幅上字体烫金:上海抽纱公司业务洽谈会暨时装发布会。一时间众星云集,名流荟萃,香港的各界明星都争相参加,公司在香港出尽了风头。

　　除了香港,我们公司在迪拜也举行过时装发布会,展示公司生产的阿拉伯袍、阿拉伯帽。那时候我们在迪拜创立了分公司,专门针对阿拉伯市场生产相关的产品。其实在上世纪80年代,迪拜仍然还算不上是一个富裕的国家,和欧洲许多国家相比,迪拜仍然有些落后。但经过八九十年代的发展,现在人们一提到迪拜,首先想到的就是豪华的帆船酒店、狂野奢侈的世界顶级跑车,迪拜成为名副其实的富得流油的国家。

　　公司出口越做越大,分公司也就开到了世界各地,我们在荷兰、澳大利亚、中国香港、中国澳门等国家和地区都设立了分公司,开发和销售公司的产品。在海外,我们还开办了许多的工厂,生产各种当地市场热销的商品。在非洲索莱托,我们公司开办了一家针织厂,生产针织衫卖给当地人。在泰国、柬埔寨等东南亚国家,我们也开办了工厂,按当地市场的需求生产相关的产品。当然,在海外市场开办分公司和工厂都会遇到很多麻烦,比如的工人的培训,工厂的管理,以及工厂与当地政府、居民之间的关系等。我也曾多次到这些国家和地区考察,给分公司及工厂的人员进行培训。公司的规模随着这些分公司和工厂的开办不断扩大,影响力也不断扩大,在北京总公司下面,我们公司是当时最大的口岸公司。

80年代，上海的住房条件还比较落后，公司职工的住房问题非常紧张。我曾经去公司一位职工家，十几平米的一个房间，他与他哥哥嫂子共同居住，那时候他自己也刚结婚，于是两对新婚夫妇就挤在一个仅容两张大床的房间里.当然，他们没有大床，两张很小的木床中间，只隔着一道帘子，白天帘子拉开，晚上则用帘子隔开。其他的职工居住环境也很差，大多数职工都挤在狭窄的房间里艰难度日，公用的卫生间肮脏恶臭，公用水斗上装着十多个水龙头，有的水龙头上还装着锁，生活也被狭窄的空间压榨得非常逼仄，邻里之间常常因为生活上的琐屑之事发生矛盾。

　　为了解决职工的住房问题，我申请为公司职工修建了职工大楼。大楼名为兰溪公寓，位于普陀区兰溪路，从沪宁高速下来，远远便可看见。建造公寓需要地，但我们公司当时没有合适的地皮，这成为公寓修建之前最大的困难。后来我找到了拥有大量地皮的上海蔬菜公司，上海蔬菜公司同意将兰溪路上的那一块地划给我们修建公寓，条件是他们公司要占公寓百分之四十的住房，于是，上海蔬菜公司出地，我们公司负责筹款，兰溪公寓便在普陀区拔地而起了。公寓窗户完全采用铝合金，这是上海最先采用铝合金窗户的建筑。公寓的户型在当时非常符合家庭生活的需要，但在现在看来，设计已经有些过时，不符合现代社会的要求了。在修建这幢公寓时，还遇到了其他各种各样的困难，但所幸这些困难最终都一一解决，一幢新的职工大楼最终建成，解决了我们公司职工住房问题的燃眉之急。

　　上海所有的外贸公司中最先修建的一幢职工大楼便是兰溪公寓，公司职工率先搬进新房，这让其他外贸公司的职工非常羡慕。事实上，除了改善职工的居住环境之外，我还提高了职工的工资和福利，上海抽纱公司的员工当时拿着所有外贸职工中最高的工资。当然，职工受到这种激励之后，工作也非常积极努力，公司在所有职工的共同努力下不断地取得发展。

我大概算是一个非常注重公司文化建设的总经理，从国外回国时，我带回了一些国外优秀的音像制品，公司的时装模特队，就是按照我在国外带回的音像制品进行培训的。当时上海电视台也曾经播放过我从国外带回的音像制品。我还曾多次邀请文艺界的名人到公司表演节目，公司有一年周年庆典，我邀请了许多明星到公司表演，轰动一时。我曾经受到电视台的采访，主持人问到公司建设问题时，我就谈到过公司的文化建设，具体内容我记不清楚了，但大概所说的便是公司分为硬实力和软实力，文化建设便是公司软实力的建设，软实力不能直接体现，但却常常决定着公司硬实力的发展。

公司不断发展壮大，我在90年代初期离开公司之前，曾组织了一个三人小组，策划公司上市。我们也的确做了相关功课，了解规则，学习政策，积极地推动上市。那时候，上海抽纱公司已经具备非常雄厚的实力，但上市的计划却最终因各种原因耽搁了，成为一个很大的遗憾。

❧

关于我在上海抽纱公司担任总经理的七年，似乎该讲的都已经讲完了。至于那几年的功过是非，无论是当时还是之后，一定都各有说法。或许会有人记得上海抽纱公司曾经在80年代有一位年轻的总经理，为公司的职工谋过福利，为公司的发展创造了一个良好的基础；但也不可避免的是，会有人对我在任时的所作所为另有看法。关于此，我从不怀疑，因为生活早就教会了我们去接受世界上所有不同，也教会了我们坦然地面对因不同而产生的分歧。

不过有时候我倒是怀疑人生,因为人生毕竟太无常。请允许我讲一个故事来结尾,这个故事几乎与我在上海抽纱公司做总经理无关,但这是一个我亲身经历的值得分享的故事,它所关系的,不是某一段经历,而是整个人生。

我做总经理期间,经常去各地的工厂考察,当时公司有一个工厂在浙江黄岩。黄岩虽小,但80年代末期已有机场。那次去黄岩考察正是乘飞机前往,飞机名为子爵号,据说此前是英国皇室专机,后来英国作为礼物送给了中国民航。飞机不大,只能乘二十多个人,我在上飞机之时,看到这架小型客机,心里就隐约有些不安。飞机上除了二十多个乘客之外,仅有一个空姐,两个飞行员。

从上海到黄岩,飞机很快便到了,但在黄岩机场的上空,飞机因起落架放不下来而不能降落。飞机上顿时陷入了一片紧张的氛围之中,所有的乘客一时间似乎都屏住了呼吸,仅有的空姐完全丧失了掌控能力,她只是瓷在位置上,一动不动,比乘客们显得更加紧张。两名飞行员倒是没有失控,但两个人交换在飞机上走来走去,急促的脚步声把空中的时间跺得一片破碎,交替来回的身影让我们更加慌张。我所坐的位置靠近机翼,飞行员反复出现在我的位置前面,他侧着身子,透过舷窗观察起落架,但起落架一直呈倾斜状,飞机始终无法降落,空间狭窄,飞行员每次来观察起落架时,我和他都只能保持非常别扭的姿势。

在巨大的灾难面前,姿势越别扭,心里就越恐惧。我害怕得身上直冒虚汗,汗水浸透了我的衬衫。其他的乘客也都虚汗直冒,明知死神就在身后,但被封闭在一个小机舱里的我们,却完全没有与之赛跑的能力,命运在那时候,没有给任何人打开一扇逃生的窗口,我们几乎只能坐在座位上:等死。

飞机上的世界仿佛沉入了黑夜之中,恐惧像乌云一样笼罩着。人们因恐惧本能地屏住呼吸,但很快就开始吵吵嚷嚷,一片哄乱,在意识到吵嚷也没有作用之后，便陷入了死一般的沉寂。在飞机上的后半段时间几乎都是安静的，似乎死亡临近，没有人敢再说话。除了一个外国人幽默，叹一口气说了一句："都这样了，还不让人抽烟！"然而却没有人笑，也没有人祈祷，死亡来临之前，似乎所有人都是吝啬的。

　　飞机大概在空中盘旋了一个多小时，我们也就在生和死的当口盘旋了一个多小时。那一个多小时，世界似乎已经毁灭了无数次，而我们自己，恐惧有时候也已经恍惚了生死。起落架仍然不能放下，飞行员最后一次来到我的座位前观察，我仍然保持着别扭的姿势给他让位置，希望幸运降临，死里逃生。我身体后倾，双脚侧移，紧张到双脚已经控制不住地发抖了。飞行员的脸上也在淌汗，他最后离开我的座位时，竟一个趔趄差点摔倒。已经过了一个多小时，如果再不采取行动，飞机的燃油就将耗尽。

　　命悬一线之际，飞行员在机场实行了机腹擦地迫降。飞机在迫降中左右倾斜，不停颠簸，我们被惯性拖得东摇西摆。所幸东西摆动之时来不及思考，否则当时一定在时刻担心身体摆动到哪一个位置时，生命就此结束，像一只钟摆突然停止一样。飞机最终安全着地，隔着舷窗，机场上都是准备就绪的消防车，连我们工厂来接我的一部丰田面包车都被机场征用了。

　　机舱门是从外面打开的，舱门打开那一瞬间，我心里仍有余悸，扭头看看飞机上其他乘客，大多数乘客的脸色仍然苍白，有的眼睛紧闭，有的眉头紧锁，有的身体仍在发抖，即使舱门打开，也似乎没有几个乘客察觉。机场的工作人员从外面走进机舱，一边安抚着乘客们的情绪，一边示意乘客飞机已经安全着落，可以收拾手提行李下飞机了。

　　我们下机时，飞行员仍然坐在位置上一动不动，有乘客用手拍拍他的肩膀，向他表示感谢，但他却没有任何反应。机腹擦地迫降时，对死亡的恐惧和高度集中的注意力似乎已经消耗掉了他最后的清醒和沉着，安全着陆之后,他因而暂时失去了知觉。

据说当时上级政府部门的指示是让飞机耗光燃油,然后飞到附近海域实行海上迫降。众所周知,飞机在海上实行迫降,就意味着乘客只能借助救生衣求生,但大海茫茫,求生的希望也非常渺茫。在生死一线之间,如果不是飞行员在最迫切的关头孤注一掷,我们就将随着那一架英国皇家的飞机沉入那茫茫的大海了。月光仍将照在海面,浪涛仍随海风翻滚,世间的悲喜之事仍每天都在发生,但个体的生命一旦沉入了海底,于他自己来说,便再也没有任何悲喜可言了。

那次事故其实是因为飞机电路老化,导致起落架无法放下,经机场工作人员检查修理之后,飞机很快便又投入了使用。当然,飞机上的我们也很快就投入了工作和生活。那一次经历空中惊险之后,我在餐厅喝了很多酒。风雨难测,人生无常,当我再回首看曾经在上海抽纱公司担任七年总经理的经历时,发现一切都变了,除了我主持修建的两幢大楼仍然矗立在大地上,承受了几十年的日晒雨淋。但谁又能保得准,它们不会被时代的浪潮裹挟而去呢?

如今,劳动密集型产业因成本各方面的因素逐渐失去了竞争力,抽纱制品在海外的市场逐渐萎缩,在国内也不再景气。在我家附近,还有一个销售抽纱制品的小店,店面很窄,桌布、床盖等商品挂在墙壁上,我进店看过那些商品,仍然是80代的样式,80年代的花稿,可惜商品的质量已经远远比不上80年代了。店里有两个营业员,除了商品名称之外,其他商品知识非常薄弱。墙上挂着"不准触摸"的标识,但我终于没有忍住,用手触摸了一张钩针桌布,那刹那,有一种时过境迁的风凉。

香江弄潮

抗战胜利第二年,也就是1946年,岁值丙戌,老历七月份,大江仍东去,火星渐西流。立秋已有多日,天气逐渐转凉,但地处长江中下游偏南的安庆一带尚且燠热。

还不到授衣的9月,望江高士鸣凤村一户吴姓人家却开始忙着准备衣衫、被褥,那是此户人家将要添人进口了,小衣衫是给即将出生的婴儿准备的。是的,我于1946年农历七月份出生,掐着这个时代这个档期出生了,到如今,七十二年过去,在这过去的七十多年,我曾无数次地将我出生的这一串数字,填写进不同的表格中,写倦了,我也老了。

据我母亲说,在我出生之前,上面本来还有一个哥哥,但哥哥出生不久,便夭亡了。过了两年后,我就出生了。可想而知,在这个父辈没有男孩,子辈长子又夭亡的家庭里,我的出生会带来了多大的欢喜。

一家人都疼得紧,小心翼翼地呵护着我,曾祖母最甚,那时已入古稀的曾祖母,年纪越大就越发吝啬,其他人想抱我一下,她都坚决不肯。大概小时候可爱,家人又心疼,村人喜欢,美赞我为家中的"麟儿"。当时家中还算殷实,尽管是地地道道的庄户人家,但有良田数亩,吃穿完全不愁。据说划成分时,因为担心家庭成分太高,带来无妄之灾,还提前将家中的田地散出去一些,但最后还是被划为了富裕中农。

我满周岁时，按乡俗在堂轩举办周岁礼。我曾说过我抓了一支毛笔，毛笔寓意读书习字，引来村里人的惊赞。其实，当天除了抓了毛笔之外，还抓到了一根竹竿。竹竿常被乡下孩子当成竹马，马行天下，预示着我这一生将外出奔波。这两点似乎都应验了，也不知道究竟是巧合还是必然。我从十八岁考上大学，离家到南京念书之后，就一直在外奔波，从安徽小山村奔波到南京，又从南京奔波到上海，之后在全世界众多的国家和地区都留下了足迹。

　　命运似乎从来没有让我停下过脚步，偶然或者必然地让我一直颠簸在不同的路上。常年的奔波颠簸，望江少年变成了沪上倦客，颠簸江湖数十载，倦老家中一盏灯。我老了，时光匆匆，步履亦匆匆，催我老了。

　　老来乏力，做任何事情都感觉累，唯独欢喜回忆，也乐此不疲，似乎回忆就是我老年人生活的全部。我想起自己一生的经历像是一条河流，岁月无声胜有声，悄然又喧嚣地从身边流去，便汇成了我个人的历史河流。支流横生，暗河汹涌，我的一生走到现在，这条个人的河流也即将汇入茫茫的大海，之后星辰坠落，河流也再难寻见，纵使河床仍在，河岸仍宽，也终究不再是当年。

　　我想我是从虚无的一端走来，哭啼着来这人世间颠簸一遭，栉风沐雨、灯红酒绿过后，终于倦了，又将在一片哭啼声中，跌入另一端的缥缈。虚无缥缈之间，我有过一段真实的存在，也许并不真实，但我能感受到我的世界在悄然地变化，小家成大家，青丝变白发。

　　细想起来，我这一生虽然在不断地颠簸中度过，但终究因不停地颠簸而显得充实。前不久在一间咖啡店里，一位英国年轻人与远渡重洋来看望他的母亲相对而坐，我仍如往常，坐在咖啡馆里，发呆、啖咖啡。那个年轻人后来与我搭讪，告诉我他感觉我与其他老年人有所不同，即使如同其他人一样，坐在咖啡馆里，也显示出一份不同于其他老人的闲适、淡然。他说他觉得我是有故事的人，只有经历丰富的人，到这个年纪才能如此。

我问起他的情况，发现他和我有相似之处：不甘生活现状，奔波为寻找新的生活，遂向他谈起自己的一些经历，简短地又向他们母子勾勒了自己的一生。或许正如他所说，如今的我，已然是一个闲适、淡然的老人，而之所以能够保持如此心境，乃是因为我在颠簸了大半生之后，终究算得上是老有所得了。回望自己的七十多年的人生，在这一条曲折蜿蜒的路上，未必时时顺心，事事圆满，但我的人生就因为那些遗憾和圆满的经历交织而丰富、而充实，总体来讲，已越古稀的我，对我的这段人生还是感到满意的。

当然，或许不是因为某些羁绊，我还能够走得更远，但人生到现在，已经不足以再假设了。老了之后，赋闲在家，比年轻时候有了更多的时间和家人相处，享尽天伦之乐的同时，也欣然看到儿女们幸福地生活，孙子孙女们健康地成长。他们幸福健康，我自然是非常高兴的，为人父母的，老了之后，几乎把所有的希望都寄托在了后代的身上。我不知道生命算不算得上是一种延续，不知道子孙后代是否应该承载上一辈的希望，但毫无疑问的是，为人父母的人，到了老年之后，似乎都有些自私地期待着子孙承载着自己的希望。

我有一双儿女，我与他们的母亲总是竭力将我们认为最好的东西给他们。在他们成长的过程中，没有缺少过爱，也没有缺少过财富。上帝眷顾他们，他们享受了许多别人没有享受过的生活，如今儿女都已长大，组建了自己的家庭，他们也有了儿女，我对他们的心情，他们现在应该更能体会。

女儿于2002年12月15日结婚，婚礼在花园酒店举行。她的先生在国内很好的大学毕业，现在自己做外贸业务。夫妻生了两个女儿，大女儿在加拿大出生，小女儿在香港出生，最近两个孩子都即将到伦敦念书，一家人的生活幸福甜蜜。

儿子于2008年5月25日结婚，婚礼在金茂大厦的君悦酒店举行，儿媳具有很高的学历。他们夫妇膝下一儿一女，也都在香港出生。女儿大一点，如今已上小学，是家里的开心果。儿子还不到四岁，瞪着一双大眼睛，像极了他爸爸小的时候。

对我的这些孩子们，我最大的希望其实无非是他们快乐和睦。我所能带给他们的，到如今，基本上已经定型，再没有任何悬念了。无论如何，为了生活，我尽力了。我这一生没有潦草敷衍，我能带给他们的，都是我在颠簸奔波中换来的。

他们在相对优越的环境中长大，获得了其他许多人想得到却没有得到过的机会和生活，从这一点看，他们算是幸运的。但幸运往往也有弊端，从来没有吃过苦头的他们，似乎还不能真正体会到人生百态、世事无常。他们的生活，似乎是一帆风顺，他们的世界，其实属于真空的世界。我一生颠簸奔波，总是希望给他们创造一个幸福惬意的生活。如今的我，年纪老了，因为身体原因，不得不从颠簸的路上停下来。

我终究将会离去，而他们未来的生活还很长。但生活的道路，永远不会是一马平川。深深浅浅，都需要他们自己一步步去试探。

❧

是的，我生病了，病很严重，猝不及防地就降临了，我完全没有做好准备，命运也不可能让我做好准备。那是几年前的一天，那天我上我女儿的车时，车门打开，我正准备躬身上车，却突然感觉到背部一阵剧痛袭来，痛到了骨子里，让我无法坐上座位。女儿被我的疼痛吓到，于是赶紧送我到医院，经检查，发现我生了很重的病。

老实说，生病是一件我不想提起的事情，因为我不希望把病痛的折磨带进文字中。我执拗的以为，我在这里多写一个关于疾病的字眼，这篇文章就多沉重一分。但生病之后，原本平静的生活的确被疾病掀起了一阵波澜，不仅仅我自己，家庭生活的节奏似乎也被我突如其来的疾病打乱。女儿当时本来是准备乘机去日本的，但因为我的疾病，她立即退掉了前往日本的机票，陪我到各大医院看病治疗。我的腰部被迫带上腰托，刚开始带上腰托的时候，我很不习惯，总觉腰托于我，就像是一把枷锁，束缚着我所有的生活。后来慢慢地就习惯了，也渐渐地明白一个深刻的道理：生活本来就是一把枷锁，没有人能够逃脱枷锁的束缚。

年纪越大，尤其是生了病之后，我越来越倾向于认为每个人都是独立的个体，所有独立的个体都应该有独立的选择和生活。我于我的子女而言，其实仅仅是给了他们一次生命，而至于其他，我们之间都是完全独立的。我的疾病干扰着我的生活，其实更多的是干扰了家人的生活，我既然不想把疾病带进自己的生活中，那我想他们如果可以选择，也必然不愿意把疾病带进自己的生活中。所以每次儿子或者女儿陪我去医院，打点滴或者寻医问诊，我都从内心里面感激他们。

关于这一点，我觉得我倒是跟父亲是越来越像了，父亲那时候也得了重病。他生病之后，我们做子女的送他去医院治疗，卧病在床，我们在病床前照顾他，他总是以充满感激的眼神望着我们，似乎觉得有愧疚于我们。那时候作为儿子的我，不能体会他的那种愧疚，只是觉得父亲太过无私。十多年过去，当我自己也不幸生病，看到我的子女在生活中处处细心照顾着我的时候，感动之余，更多的也是愧疚。

后来心情就逐渐平静了下来，慢慢地去接受了疾病。发现自己以前所认为的疾病不应该干扰生活，其实是自己武断地将疾病与生活完全对立了。生活应该是宽容的，即使疾病来临，也应该宽容地去接受它。所以我现在学会了去接受疾病，以一种平和的心态去接受它，不急躁，也不疏忽，就把疾病带进生活之中，像与一个老朋友的平常相处。

的确，人老之后，只能把年老生活中所有的生活元素当成朋友。与疾病当和解，同孤独握手，把半夜的失眠、突然的疼痛当成朋友，说到底，其实就是在生活中尝试着自己与自己谈心，尝试着自己与自己交朋友。所谓的心灵真是个奇怪的东西，它虚化着世间上原本存在着的一切，但也让许多湮没了的往事纷呈沓来，变得真实可感。于是越发地关注心灵，坐在案前，躺在沙发上，或者半夜失眠时，常常自己叩问自己的心灵，身边的一切，疾病、孤独、疼痛包括物质世界的桌子板凳，都在心灵中分解、消散、虚化，但生命的体验却在这种叩问中逐渐地真实起来。

尽管我如今已经以非常平和的心态去接受疾病了，但终究不得不承认的是，严重的疾病加速了我的衰老，无论我主观上如何顽强和乐观，身体机能确实因为疾病逐渐退化，如今的我，已然白发垂垂老矣。如果可以选择，我自然不愿意变老，但既然生老病死是生命的必然规律，我的不愿意变老也不过是一厢情愿的痴人说梦。倒是年老之后，似乎也有年老之后的生活方式，比如人的心境会变得更加平和。

我已经不再如年轻的时候好动，平日里多数时候，都只希望能安安静静地坐在一个地方。生活到这个年纪，仿佛成了一口无波的古井，任清风如何生动，也再难吹起半点的漪轮。当然，这也可能是因为身体已经不允许自己好动了。随着年龄的逐渐老去，心思也就逐渐远离外界的是非恩怨，纷纷扰扰、花红酒绿，已经不再能轻易撩动我的心弦。

感动也少了，少得有些可怜。身边发生的事情已经没有太多能够真正打动我的内心。一切似乎都在我年轻的时候发生过，世界上所有的事情其实无非是单调的重复，现在的年轻人经历的事情，其实在他们之前，在我们之前都发生过类似的事情。老了之后，对所谓的新鲜事物已经不再如年轻时候贪恋，甚至总觉得大多数的新鲜事物都不过是新瓶装旧酒。当曾经见惯了这个社会上发生的事情，包括人情世故，世道人心之后，现在无论再发生什么，似乎都已经见怪不怪了。

没有感动的年龄，似乎有些可悲，至少说明年老的生活中，少了很多动态的元素。的确，年老的生活基本上就是完全静态的，唯有怀旧能够丰富年老的生活，因为在此前的时光里，总有些精彩的往事，比如十几年前，我辞职南下香港，在香港经营金融、珠宝、地产等多项生意。因为谙熟生意场上规则，生意做得红火，自己也风光一时。但老了记忆不好，常常把过去发生的生动故事，回忆得支离破碎。有人说，成功往往伴随着坚守和不堪，回想起来，在香港从商的经历就像一个泥沼，深一脚浅一脚地走着，沾得一身泥。许多的磨难和巨大的精神压力，曾一度几乎使我精神崩溃，但差与人说，也不堪回首。故有时候连回忆也懒了，自己一个人望着天空或者望着花草发呆，很多次，我一个人坐在咖啡馆里，望着咖啡馆桌上的鲜花发呆，竟也能打发掉两三个小时。

对死亡已经不再感到陌生和恐惧，忍看朋辈成新鬼，不断传来朋友、同学离世的消息，似乎死亡已然是一件司空见惯的事情。尽管自己还未曾经历，但却感到非常熟悉，仍为朋友、同学的离去感到痛心，但也学会了淡然地去接受他们离去的事实。因为死亡其实离我自己也很近，尤其是当身边的朋友逐渐离去，自己已经完全可以感受到死亡步步紧逼的情形。不再害怕，是因为再也没有害怕的理由。所谓死亡，对于我们这个年纪的老人来说，无非是再赴一次老朋友的聚会。但不可避免的是，随着曾经的一些朋友相继离去，曾经发生的许多故事也随着他们离去了，某一段的人生由这些离去的朋友共同构成，他们的离去，在某种意义上讲，似乎也带走了我的一段人生。尽管仍有很多在世的朋友，但大家都已年老，也就逐渐疏于联系，所以孤独甚至空虚便成了年老生活的常态，而唯一战胜孤独的方式只能以孤独本身。

但平和也好，对死亡不再恐惧也好，说到底，都是人生无情，岁月磨人，有限的生命际遇，逼迫着我们每一个人去从容地面对年老之后的遭逢。或许不仅仅是我，所有年老的人都大概如此。上帝用有限的生命时间，教会了人类去学会妥协。在生命面前，无论我们曾经如何血气方刚，如何斗志昂扬，但最终都将妥协。只是，如果非要追究，在生命的语境之中，妥协应该算不上是一个贬义词，相反，它当是一种能力，一种智慧。

⁂

我到香港经营生意是1991年。在此之前，我连续担任了七年上海抽纱公司总经理。七年的时间，各种各样的工作经验已经把我从一个年轻的业务员变成了一个非常成熟的公司领导人，时代的浪潮把我推上了上海抽纱公司总经理的这个职位，我在任期间，兢兢业业地为公司效力，总体上讲，也算是没有辜负领导和员工的信任，给下一届公司的领导留下了比较好的基础。

颠簸的本性使然，到1991年的时候，我又希望重新去选择一种生活方式了。1991年的上半年，我就已经做好了辞职的准备，但辞职申请提交到上海市委组织部门，等待了很长一段时间，政府一直不批准我的申请，我辞职的事情也就一直被耽搁着。

那时候，上海抽纱公司的出口总额已经突破两亿五千万美元。上海市政府和总公司的领导都看到了公司的成绩，也看到了我为公司作出的贡献，他们认为我有能力将公司经营得更好，希望我继续留在公司，为公司效力，并且暗示我将有更好的发展机会。所以，我的辞职申请被一拖再拖，最后拖到了1991年的秋天。

真正离开上海前往香港是在1991年10月10日，北方已渐渐入秋，上海的天气也逐渐风凉，南方沿海一带仍有余热。我从上海乘飞机到深圳，在深圳过海关之后，又乘火车从深圳前往香港。

因为此前结识一些朋友，托他们的关系，在前往香港之前，我已经办理好了一张入港的通行证。彼时香港还未回归，仍属英国殖民当局管辖。我到达香港之后第二天，就接受了英国殖民当局政治部的审查。审查很严格，在政治部的一间办公室里，我被工作人员审查了整整一天。他们问了我许多问题，从关系重大的政治事件到一些鸡毛蒜皮的生活琐事，他们一一审问，而且反复审问，全凭他们高兴。我当然得积极地配合他们的工作，回答问题回答到他们厌倦为止，一天审查下来，大家都累了之后，我便拿到了一张在香港的短期身份证。从那时候起，我便入籍香港了。

从深圳到香港，火车经过罗湖桥。罗湖桥一端连接深圳，一端连接香港，桥为铁路桥，沟通着深港两段铁路，当时火车两端，桥头和桥尾，各是一番模样。但两头都铁丝网密布，森严如壁垒。桥下一条深圳河弯弯向南流，那是深圳和香港的界河。一座不算长的铁路桥，累积着近百年的历史风尘，大陆和香港地区，被这条河隔断，又被这座桥沟连。

改革开放前，不少人从深圳偷渡到香港，当时深圳还是宝安县。政治铁幕将祖国大陆与香港隔断，官方交往有限，民间偷渡却始终活跃，时称逃港。那时候很多偷渡客趁着夜晚漆黑，不易被察觉，从蛇口下岸，游过深圳湾，泅渡到香港新界西北部元朗。大多数偷渡者会随身携带自行车轮胎，以防溺水，但溺亡的情况仍然常有发生。很多随海水漂到香港的偷渡客，在上岸之后,经过闯荡打拼,在香港发迹,成了尖东或是湾仔赫赫有名的"大佬"。当然,也有很多人偷渡不成,刚下岸就被民兵发现,从水里被强行拖上岸。"逃港风"直到80年代才得到真正意义上的终结,那是习仲勋就任广东省委书记之后,大刀阔斧地进行改革,向中央提出在广东建立特区,于是,宝安县改为深圳市,后来深圳市又改为地区一级的省辖市,再后来,中国第一个经济特区——深圳特区——诞生了。深圳特区的建立,终结了逃港的风潮,也带动了中国经济的高速发展,很多偷渡客开始回流,有的甚至回来投资建设。

当时我坐在火车上,火车轰隆轰隆的响声不绝,扰乱着我的心绪。经过罗湖桥时,我的心情尤为复杂,尽管当时的我,早已经做好南下香港的准备,但真正乘上前往香港的火车时,却又开始怀疑自己的决定了。我心里非常矛盾,辞去大型国有企业总经理的职务,孤身一人前往香港,意味着我亲手将自己过去所拥有的一切一笔归零了。我知道当时四十五岁的我,毕竟已经算不得年轻了,膝下儿女也都快长大成人,此前的颠簸折腾给我积累了一些经验,也把我推上了上海抽纱公司总经理的职位,我本应该继续在国有企业里兢兢业业地工作,可是我偏偏又选择了再度颠簸,像一个少不更事的年轻人一样。

年轻人倒还好,不必要承担过多的生活压力,一身轻松便能够踏上新的旅程,但到了四十岁,有形和无形的压力都扣在身上,要重新选择一种完全不同的生活,似乎已经没有了太多可以放肆的资本。或许继续留任上海抽纱公司总经理,我还能得到更多的发展,即使没有发展,按那条路走下去,我至少不会再承担太大的风险。然而南下香港,一切都是茫茫然,茫茫然地担心,茫茫然地憧憬。在火车上,我又陷入了迷茫,一如多年前乘着卡车前往农场,火车的另一头,遍地黄金,闪闪发光,但也遍地陷阱,险象环生。未知的因素实在太多，我不知道自己将会遇到什么，或许会拾到黄金，但也或许会跌入陷阱。拾到黄金固然让我惊喜，但跌入陷阱却更加可怕，当时已过中年的我，尽管满心期待着拾到黄金，但却似乎没有跌入陷阱的勇气，或者即使有这种勇气，却没有承担这种结果的资本。

的确，我渴望面对新鲜的生活，渴望更换一种生活的方式。我认为自己在商业领域还有很大的发展空间，所以我放弃了继续担任总经理的职务南下香港去经商。然而，我虽然多次前往香港出差和考察，但香港对于我来说，毕竟算得是有些陌生的，至少在香港的生意场上，我完全是一个新手。去香港的时候，我只带着家里面少得可怜的一点积蓄，那点积蓄在香港庞大的生意场上，完全可以忽略不计，我到香港的唯一资本，除了此前颠簸积累的人脉之外，几乎一无所有。我怀疑自己当时的决定，一直思考着的但却似乎草率的决定：对于年过四十的我来说，抹掉自己所拥有的一切，去一个自己不熟悉的地方，换一个新的领域，继续颠簸，总显得不太明智。

矛盾尽管矛盾着，火车轰隆隆地驶过罗湖桥，驶进满地黄金满地陷阱的香港，我也就随着火车踏上了香港的土地。和此前任何一次到香港都不同，那一次的香港是完全陌生的香港，一切都将重新开始。初到香港的我，除了仅有的少得可怜的积蓄之外，便只有一身颠簸漂泊的风尘。

❧

90年代初期的香港，繁华程度远远超过上海。街道不宽，但交通秩序井然，道路的两旁高楼林立。香港多山，又临海，许多楼房依山傍海，从太平山头俯瞰，建筑错错落落，棋布星罗。夜景辉煌，暮色一降落，灯火便升起，红绿黄蓝紫，彩色的灯光虹条，在城市的上空漂浮、回旋、弹跳，东方之珠完全被包裹在璀璨的灯火之中。夜晚最耀眼的当属维多利亚港，港阔水深，高楼蠢立,浮上楼顶的霓虹灯,把林立的高楼编织得如幻如真。

我在香港的第一单生意是与我法国的朋友约翰交易的。此前长期与他打交道,熟悉他需要的货物,到香港之后,为了立足,我很快就与他取得了联系,希望卖给他一批抽纱制品。他同意收购,但对于当时的我来说,真正困难的事情是从厂家买到货物,因为我当时资金不足,难以支付购买货物的款项。

到香港折腾一段时间之后,我手上本有的少量资金变得更少。为了完成和约翰的交易,我与上海抽纱公司的一些部下取得了联系,希望他们能够发给我一批抽纱制品。此前在上海抽纱公司担任总经理时,我与他们建立非常深厚的友谊,他们信任我,得知我需要一批抽纱制品,而手上又没有足够的资金之后,便给我发了一批抽纱制品,而付款则让我采用D/P方式。

通过这一单生意,我赚到了一笔可观的差额,这笔差额让我在香港缓过来一口气,我得以拥有了一笔资金,开始在香港的市场上周旋。后来生意逐渐做大,成立了自己的公司,在铜锣湾的核心区域,租赁了高档的办公楼。从事多个行业的投资,在90年代的香港生意场上,得到了一些称赞和荣誉。

但荣誉和称赞的背后,其实是说不尽的困难挫折。初到香港时,生活拮据,我经常乘坐香港的叮当车。那时候香港的叮当车便宜,每次只花六毛钱港币。我每天就在叮当车上,怀着对事业的渴望,听电车的脚钟叮当响,我也穷得响叮当。到香港初期,手上只有一点积蓄,那点积蓄,对于一个生意人来讲,完全没有任何可以回旋的余地,迫于生活的压力,我有时候甚至连一份报纸都舍不得买,路过大街时,看到别人扔在长椅或者路灯下的报纸时,我就捡起来,带在身上,阅读当天的新闻,了解正在上演的各色人间悲喜剧。

香港与广东仅一江之隔,改革开放后,人口大量流动,许多人怀着发财梦南下广东谋生。当时的广东,三教九流的各色人等汇集,难免鱼龙混杂,潮湿的气候下孕育着流浪汉、小偷、皮条客、劫匪,寻衅斗殴,舞刀弄枪之事也常在街头巷尾发生。社会治安混乱,路霸劫匪嚣张猖狂,白日里常有抢劫施暴,到了晚上,就更加肆无忌惮。很多生意人在广东地区被抢劫,严重者甚至丢了性命。虽则知道广东恶势力猖獗,但为了做生意,我仍然经常奔波出入于广东各地。

有一次,我与一个客户达成一笔生意,需要在汕尾完成交易。当时已是晚上11点,我还在深圳,如果要完成交易,我必须连夜带着大额现金汇票从深圳赶往汕尾。从深圳到汕尾,开车只要两个多小时,沿路的劫匪一向猖獗,夜晚更是事故频发,令人闻风胆寒。我身边就有朋友在沿线遇到劫匪,所幸他老实交出随身财物,才免于伤害。后来他向我们提起当时遭遇劫匪的经历,仍然心有余悸。我犹豫了一段时间,准备取消当晚的交易,毕竟当时我的同事和下属都不在身边,如果我一个人带着大笔现金汇票去汕尾,一旦遭遇劫匪,财产肯定被洗劫一空,人身安全亦没有保障。但转念一想,那笔交易对我非常重要,如果交易当晚的机会错过,很可能就交易落空。多年在生意场上的经验告诉我一旦机会来临,必须要牢牢抓住。在几番犹豫的情况下,我最终还是选择了铤而走险,带着大笔现金汇票连夜从深圳赶去汕尾。安全起见,当晚我叫了两辆出租车,一辆出租车在前面开路,另一辆载着我跟随其后。两辆车保持着两三公里的距离行驶,如果路上遇到劫匪,就让开路的出租车司机赶紧给我打电话,我可以利用这段距离回旋,调头逃跑。

我们出发的时候已经过了零点,夜深人静,到汕尾的路上几无车辆,死气沉沉,把车窗打开,只听到沿途的风声凄厉,更渗出深夜的不安。我坐在出租车后排,带着大笔现金汇票,提心吊胆地跟着开路的出租车。夜行灯照亮漆黑的长路，我把电话紧紧握在手心，生怕错过出租车司机打来的电话，因为自己的疏忽酿成大祸。他一直没有打来电话，我便每隔十几分钟，就给他打一个电话，询问前方路段的情况，寻求心里的安稳。出租车行驶在路上，即使小小的颠簸一次，我都紧张得手心直冒汗。幸运的是，那次一切顺利，沿路没有遇到劫匪。到了汕尾，前面开路的出租车司机收了路费后对我说："你十几分钟就给我打一次电话，倒是把我吓得不轻，要不是答应了你，我真想调头回深圳。"在汕尾的交易虽然顺利完成，但我一路上经历的紧张和恐惧，让我真的理解到活着就是人生，人生就是死里逃生。

✦

　　前段时间回香港看病，养和医院的大门将我的记忆带回到二十年前，那正是我在香港风生水起的时日。当时香港携地缘之利，国内外来往官人、商人众多，市场开放，形势一片大好，完全是生意人的天堂。我的生意很快就越做越顺，朋缘自然越交越广，三江五湖、各行各业的人都与我打交道。家里每日客人往来，非富即贵，公司客户车马盈门，流水如盛宴，真可谓是门庭若市。我当时人逢顺境，只觉春风得意，连同房前草木亦松茂竹苞、欣欣向荣。年终算账，竟发现当时每年应酬的开销高达数百万，我亦不管，全凭当时十足的意气。

　　生意唯独是个做的事情，所以叫作"做生意"，生意所谓买卖，做无非是买进卖出。我在香港生意的顺风顺水亦是做出来的，所以享受了别人没享受过的风景的同时，我也尝尽了别人没有尝过的苦头。一批货到手，常常担心卖不出去，或者卖不出好价钱。林子大了，当然也会常遇到耍赖皮之流，所以等到货卖出之后，又担心对方钱款不及时到账。天下商人皆重利，我的所谓做生意，也是每天白日寻客户、谈价格、签合同，晚上应酬，疲惫不堪回到家,躺在床上也在考虑如何把货物卖出去,把钱款收回来。待到天亮,第二天的工作亦复如是。

我在办公室里挂着一幅大字,行书字体,呈于宣纸上,玻璃画框装裱,画框四周为精雕细刻的花纹。裱字挂在我办公桌的正对面,抬头即见,赫然八个大字,曰:"中年转行,壮士断腕"。这八个大字是我亲手写的,也完全是我当时的真实写照。我中年辞职,一笔勾销了此前的成绩,断然把人生截为了两段,但两段似乎都成了空白,从前的生活是一片被自己否定的空白,从后的一切又因未知而空白。毫无疑问,我渴望成功,既然选择南下到香港,转行经商,那就一定抱死了破釜沉舟的决心,希望能够白手起家,在香港建立起一份属于自己的事业。所谓壮士断腕,说的是当机立断的勇气,在香港经营生意,遇到挫折时,我必须保证自己拥有那种当机立断的魄力,否则就可能一败涂地。所以我亲手书写了这八个大字,把它挂在我的办公室,像警钟一样,时刻警醒着自己。

我还在办公室的柜子里放着酒,洋酒居多,也有一些国酒。年轻时候颇有些纵酒贪杯之嫌,也常常喝得酩酊大醉,但放在我办公室的酒,我每天却最多只喝一杯。每天喝一杯酒是我在国外多年养成的习惯,在瑞士做生意时,时常到其他国家和地区出差,那时候四处寻找客户,一天工作下来,身体非常疲倦。国外酒吧多,很多酒店里也常常放着酒,晚上工作结束之后,便喜欢喝一杯酒解乏,渐渐地便养成了每天晚上一杯酒的习惯。后来知道自己有此习惯,一天不喝便觉心痒,为了激励自己努力做生意,便立下规定:若是当天没有做成生意,则晚上不能喝酒。到香港做生意时,正处于中年转行的尴尬阶段,如果不时刻激励自己,则很可能壮士徒断腕,刮骨也难疗毒。所以在香港,我也用酒来激励自己,如果当天完成了一笔交易,回到办公室,便可以饮一杯酒,若是没有完成任何交易,则只能空对着酒瓶酒杯,独自伤悲了。

但长时间的工作和应酬逐渐让我感到精力疲惫。有一次，我从米兰出差回香港，为了赶飞机，我在当地时间凌晨4点起床，只睡了两三个小时。回到香港，时差还没来得及倒回，连行李都没来得及回家放下，就赶到公司安排接待一批内地来香港考察的客人。晚上依然是流动的盛宴，东方之珠的不眠夜，是推杯换盏后仍活跃在灯红酒绿中的不倒翁。90年代的香港，正是软红香玉的黄金时代，我作为东道主，酒桌上要壮胆豪饮陪客人尽欢，酒余饭后，灯火通明的长夜还要靠五花八门的娱乐活动来消磨时间。我陪着客人们光顾各大歌城，唱歌、吃夜宵、打牌娱乐，再长的长夜，灯光斑斓人声鼎沸下，也很快便过去。客人们消耗一夜之后，已是凌晨四五点，当鱼肚白挂在东方，他们便回到酒店呼呼补觉。我回到家洗完澡，本想休息一会，但因为时差和过度疲倦，躺在床上，我已经睡意全无，心里只惦记着公司当天下午的接待。我向来信奉"凡事预则立，不预则废"的原则，做生意亦如两军对阵，我领兵从不打无准备的仗。所以每次接待，我都会提前准备好周密的方案，在接待贸易团队之前，我会先了解团队成员的经历、兴趣甚至外貌，做到知己知彼。当面沟通时，我以什么方式讲述我的诉求，选择什么样的语言，用什么样的语气都反复在头脑中演练多次。在他们面前，我的态度有时候显得很卑微，得到他们的同情认可，但有时候又显得很强势自负，让他们对我有信心。为了活跃气氛，我常常还会准备笑话，博他们欢颜开心。生意场上，很多看上去自然而然的情景，其实都是我自己提前准备、反复演练的结果。我就像个编剧一样根据不同的情境、不同的人物编排好故事情节，然后在酒桌、谈判桌上导演，临场发挥只是锦上添花的事情，前提是锦要织好。各位如果你学会为每一次接待写剧本，在凌晨四五点还在一个人战斗，你就离成功不远了。那天我反复琢磨接待的方案，很快就到了8点多，我又起床到公司，处理因出差耽误的传真收发、支票签署、银行账户查看、银行转账等。下午依然是接待，晚上吃饭喝酒娱乐一条龙，重复上演昨天的故事。

连续两天的不眠不休，终于让我失眠了。那是第三天早上凌晨3点，当我终于送走那批客户，有时间空下来休息时，我立即让同事送我回家补觉，再不休息我就要崩溃了。但当我躺在床上，以为能够一觉弥补连续几日的疲惫时，却发现睡眠跟我开了个玩笑，要和我捉迷藏。白天发生的事情一遍遍重新浮现，生意上的忧虑像鱼群在我脑海里游来游去。我在床上翻来覆去，睡眠却在我面前东躲西藏，当困意像成群的老鼠啮咬我的神经时，我感觉头痛欲裂，心脏怦怦直跳。

我强忍疼痛前往圣保罗医院，希望能得到治疗。好不容易赶到医院挂了号，医生看了看我虚弱的样子，开口即说："你这个病我看不了。"我觉得奇怪，以为自己生了难治的重病，试探性地问他原因，他只说看我样子应该是吸毒，毒瘾犯了，医院治不了，必须去戒毒所。我向他解释自己并非瘾君子，只是劳累过度导致失眠，他似信非信地给我了我两片舒乐安定，让我吃吃看。我当即在医院吞服，但发现对我的失眠没有任何作用。那时我整个人已经逐渐有精神崩溃的危险，走出圣保罗医院，只觉得呼吸困难，心里有千万只猫在抓挠。失眠的痛苦有排山的气势，随时能够击垮我的所有意志。

趁着意识还清醒，从圣保罗医院出来，我辗转又赶往养合医院，寻求一个安稳的睡眠。我气若游丝地向医生陈述情况后，医生亦有些震惊地看着我，告诉我说如果我再不睡觉，可能会神经错乱，我回答说自己已经感觉到将要崩溃了。于是他问我是否担心下重药，要给我打一针麻醉剂。我当然没有任何意见，只是问他打完之后我能否回家睡，他听后看着我很神秘地笑了笑，像面对一只即将被试验的小白鼠，然后自信满满地对我说道："打完这个针你还想回家睡？你能走出医院门就不错了。"

于是我被安排住进了一间病房，养和医院国际知名，凡香港有名望牌头的人都在此看病，医疗设施和环境都是世界一流。护士安排我先在病房洗浴室洗完澡，我又吃了一半苹果，然后躺在了病床上。这时候，护士推着护理小车走进了病房，她询问我是否准备好，得到我的示意之后，只见她拿出针筒，熟练地推针，排出针管里多余的空气，几滴药水从针管中冒出，针管便明晃晃向我靠近。她把针筒里的药推到一半，我就开始神智昏沉，已经全然没有打针时肿胀的知觉，只是隐隐约约听到自己打呼噜的声音。护士亦听到我的呼噜声，看到备受失眠折磨的我在她的麻醉剂下一针见效，她一边打针一边就笑了，像是成功完成实验。

我最后的意识停留在她的笑容下，然后便平躺着沉沉睡去，醒来已是下午5点钟，还是平躺着，我没有翻过身，连动也没动过。从养和医院的病床上醒来，我有种死里逃生后的窃喜，又感觉房屋方方正正，病床平平整整，四周所见所闻都端庄，都秩序井然，是万物该有的样子，我从床上站起来，每走一步都觉得落到实处，真生得个安稳。至今我仍从心里感激养和医院那位年轻医生，他的年轻果敢、当机立断，把我从精神崩溃的边缘拉了回来。

但从医院醒来之后，立即就收到同事短信，国内又有事务亟待处理，我当场便从医院赶到机场，所谓老板过的日子，其实并不是一条幸福的河流。

〰️

我于1991年移民香港，1993年，当我在香港逐渐稳住脚跟之后，我的家人也移民到了香港，并随我到香港居住。当时我的生意已经做得比较红火了，收入也非常可观，有些闲钱，便在香港购买了一幢别墅。别墅位于半山腰，寿山臣道上，四千多平方英尺。当时香港有很多名流大佬都住在附近，梅艳芳就住在我隔壁，我常与她一起开物业管理会。别墅区内游泳池公用，儿子到香港之后，经常去泳池游泳，时常碰见演艺明星和商界大佬。

女儿到香港时，高中刚毕业，但当时她因为打排球伤了眼睛而没有参加当年高考。到香港之后，她首先找了一份营业员的工作，工作进行得非常顺利，做了大概一年时间之后，因为要到国外念书，她才辞去了工作。那时候她也不大，初到香港的那一年，她从那份营业员的工作中得到了锻炼，为她后来离开我们独立前往加拿大念书奠定了基础。

儿子那时候刚上初中，我平时工作忙，没有太多时间照顾。家住得离学校比较远，儿子每天都要起很早赶校车到学校上课，加之香港的学校主要讲英语和粤语，刚到香港的他，有些吃力。不过他很快就适应了香港的学习和生活，一个学期之后，他已经能比较熟练地运用英语和粤语了。

家人到香港的第二年，也就是1994年，我将两个孩子送到加拿大念书。女儿在国内没有参加高考，到加拿大之后，先读了一年预备班，然后进入当地一所大学学习。儿子那时候仍念中学，我先将他送到汉密尔顿的一所中学，后来又换了一次学校，之后一直在加拿大学习。他通过自己的努力，进入多伦多大学，直到大学毕业。

两个孩子都到加拿大念书，由于不是加拿大国籍，学校收取的学费非常高昂。后来我通过移民中介向加拿大申请了移民，移民申请提交了一年多，加拿大移民局多次让我上交材料，却一直没有批复我的申请。1998年，移民申请一年多以后的一天，加拿大移民局终于通知了我参加移民面试。

加拿大驻香港领事馆位于香港交易广场，面试当天，我与妻子一同前往。推门即见办公桌上摞得很厚的几沓资料，几沓资料后面，是加拿大移民官，他坐在座位上，低头正看我提交的移民资料。见我进来，先招待我坐下，之后用英语问："自雇移民？"我说我是说法语的，希望能用法语交流，于是他便改用法语问我移民的相关问题。

办公室里空调开得很足，夏天，仍能感到冷，妻怕冷，我与移民官交流时,她突然站起来,走出了办公室。移民官看此情景,问道:"她怎么了,为什么出去了?"

"她不太同意我移民,她认为加拿大气候条件不好,没有在香港居住舒服。"我借题发挥,然后继续说道:"你们移民局工作效率又低,我们前前后后交了很多材料,都已经过了一年多了,也没有给我们办理好移民手续,她很不高兴,已经不愿意移民了。"

我一通话说完之后,移民官惊愕不已。办公室里陷入了一阵短暂的沉默,他一时不知该如何回答。我倒是坦然,一副无所谓的模样。这时候恰好妻子走了进来,用上海话问我情况,移民官听不懂我们的对话,但好歹是打破了我和他之间的沉默。妻说完之后,移民官睁大了眼睛,张嘴准备说点什么,但他终于欲言又止,最后就让我们去另外一间办公室领取表格。

走出移民官办公室,陪我们前来的中介工作人员赶紧迎上来问我面试情况,我把当时的情况告诉他,他听完之后,说我不该这样处理,担心我移民的申请会因此受阻。但到另外一个办公室之后,就领到了一张体检通知书,通知我们一家人到体检处参加移民体检,这就表明了他们已经批准了我的移民申请。

体检之后,移民手续也就很快办妥了。我们从北京登机前往多伦多,在加拿大政府部门办理手续之后,我们顺利拿到了加拿大枫叶卡。两个孩子入籍加拿大,但我和妻子尽管拿了卡,却一直没有转变国籍。我们在加拿大一座城市买了房子,儿子和女儿就居住在加拿大,我因为工作,只在加拿大短暂地居住过一段时间后,便与妻子回到了香港。

在香港十多年,我取得了些许财富,也赢得了一些人的羡慕和尊重。有人曾对我说:"你起点很低,但总是在搞事情,不大消停,一生都很辛苦,却涉及了很多方面,你为什么选择这样的方式来趟生命这条长河?"

我回答："我一生中有一大段时光都是在不停地妥协,很多回都是卑微的,后来妥协的次数越来越少,甚至有人向我妥协了。当人生得意时,听到长河的流水声,不就是生命中令人陶醉的瑰丽乐章吗?"

～

1999年,我的父亲去世,消息传来,我赶紧从香港奔丧回家,为父亲料理丧事。送走父亲之后,带着长久不能平复的悲恸,我又开始了自己的颠簸。

父亲去世之后,有一段时间,我几乎每个晚上都梦到他。我心里面苦,暝路多风雨,我始终担心他,担心他九泉之下,寒舍薄衾,挨饿受冻。梦里常听见他说话,厚重的乡音,比在生时更为亲切,许多小时候早已模糊的往事也在梦中清晰起来。只是梦终究要醒,梦醒之后仍然是梦,是无尽的长夜里轮回的梦。有时候索性在梦中提醒自己不要醒来,因为醒来之后便又与父亲两隔阴阳。后来梦就逐渐少了,不再频繁地梦到父亲,大概是已经逐渐习惯了与父亲阴阳相处的方式。最近几年病了之后,不知何故,尽管白日里心绪平静,夜里还是会时常梦见父亲。

最近一次梦到父亲,就在前几天,离得近,我也记得分外真切。老家的屋里,挂着一张父亲的画像,黑白色,是他生前的画像,他已经去世了!但他分明就坐在画像之下,他面前的纺纱机响着,吱吱呀呀。简陋的房屋被母亲打扫得很干净,她做家务活向来细致。木桌断了一条腿,用一段木棒支撑着。桌子上铺着母亲印花的桌布,藏青色的布,点染白色小碎花。印花桌布上,摆着几件常用家什,家什都旧,但收拾得整齐有致。马灯的灯光微弱,昏黄跳闪,如一颗憔悴的黄豆。

父亲似乎还是老样子,胡子拉碴,头发上留有碎草碎屑。他坐在纺纱机前,一边熟练地纺纱,一边说话,多是些零零碎碎甚至不合逻辑的平常话,像是对我说，又像是自言自语。我记得他说了好几句，说什么"木头在江那边，坐船过去就行了"，说什么"天气凉，你要多穿两件衣服，不然要生病，家里没钱治"，又说"我身体很好，坟前的松树已经长大，你们有时间就回来看看"。

我坐在父亲旁边，分不清自己是十七岁还是七十岁。时间被梦境分割得破碎不堪，零散拼接的梦境，交织着我与父亲的两段人生。梦中我似乎一直望着父亲，灰色笼罩的老屋里，我看得清父亲的脸，却始终看不清眼睛，马灯映照下，他的脸时而沧桑，时而苍白。

纺纱机前的父亲是真实的父亲，可惜他走了，走进了阴冷潮湿的长夜。我心里的弦，在这样阴冷的夜里，绷得更紧，若是风急，必弹出泣血的凄厉。父亲于这个家，是骨骼，也是灵魂，在那样凄风苦雨的年代，他以一己之力，撑起一个大家庭，纵使生活的重担压断了他的脊梁，他没有垮。因为他知道，他不能垮，他要拖拉着这个家，一个不少地向前走，走向一个谁也不知道的茫茫然的未来。

我常在想，我这一生，如果不是父亲坚持送我读书，我的生活轨迹会与如今完全不同，或许我永远走不出那个偏僻的山村，依然还单调地重复着前几辈人的命运。读书之后，我离家的日子居多，对于分别早就不再陌生。但在我记忆中，父亲离家外出的日子很少，封闭的乡村使他只能安分地守着几亩薄田，所以我也似乎没有经历过他的辞别。但他终究辞别了，无声地与我们辞别，没有挥手和注目，只是睁着眼睛等着，等着他那个常年在外奔波的长子。我有太多的话，想对父亲说，但巨石在喉，没来得及对他说过一句，他就走了。

梦在时光隧道里穿梭，父亲又似乎躺在病床上，碎花桌布变成了医院里白色的床单，白得刺眼，他手上捻着的细棉线变成了针管，针管里的点滴滴得飞快，似乎能听到滴答的响声。他虚弱无力地躺着，问起了母亲，梦中我对他说母亲的身体很硬朗,叫他不用担心。但是我生病了,生了与他类似的疾病,生活已有诸多不便,可能不久就将去见他。

记不清我后来到底跟他说了些什么,其实也无非是一个病人的胡言乱语。只记得我最后说要去见他,问他的所在地时,他没有回答我,而是缓缓起身,渐渐地消失于黑白的画像中,后来只见到老屋里他的那张画像,落了灰。我低头,却又仿佛看见他离去时候的脚印,连成一条空灵虚幻的道路,一直通向他的陵园。门外,有风哀号,还有一群乌鸦的呜咽声,凄厉悲怆,起起落落。于是我张嘴喊他,撕心裂肺地喊他,却始终发不出声音。梦中一急,墙上挂着的画像突然倾斜,似乎要掉,然后只听见哐当一声,哐当,梦也掉了。

从梦中醒来,眼眶有些湿润,半夜凉透,醒来梦中所见所闻历历在目,都是些平常事情,却让我难以释怀。人生如梦,生如梦,死如梦,父亲与我梦中一别,也不知何时再能相逢?或许还有很久,也或许,很快。生死的事情,向来是猜不准料不到的。只是我一直想知道,父亲到底在天上哪一个角落里,用他那混浊深邃的目光看着我,看着我走出家乡,经历着不堪与精彩,但说到底,也是与他相似的奔波忙碌的一生。只是同样奔波忙碌的一生之后,他除了得到儿孙对他的感激和怀念之外,还有什么呢?

❧

父亲走了,去了祖父去的地方。我也一直在路上,向着父亲去的方向。所有的生命都一样,都一直在通向死亡的路上。生了病,却让我有了更多的时间来回顾我所经历的往事。自然,有些说不清道不明的东西,我已经省略了,写到现在,我算是粗略地勾勒了我已经走完的大半生。至于仍在走的后段人生,或许基本上已经定型了,但我仍然盼望着降临一个意外。

我这一生都在盼望着一个意外，所以我选择不停地颠簸，我相信只要自己一直在路上，意外就一定会在路上等着我。上天确实待我不薄，我盼望的意外几乎都在生命的某段旅途中临幸于我，让我从家乡那个偏僻的安徽农村出发，走过千山万水之后，现在安居在上海。

一生都在盼望着意外，但意外确实不会仅仅因为我的盼望而临幸于我，意外在命运规定的牢笼之外，不冲出去，永远不会降临。所以我不断地争取，又不断地放弃，不断地挣脱命运规定的牢笼，然后将自己扔进颠簸的孤舟里，去面对海上的狂风暴雨。所谓意外，也不过是我在海上经历了狂风暴雨之后，从阴霾的天空中拨开的那道彩虹。

我大概算是个叛逆者，从来不安分地在命运所规定的范围内生活，我一次次地盼望意外，不过是为了砸断命运的铁链，放逐自己，看自己到底能够走到多远。每个人的生活其实都被束缚，从出生那一刻就被束缚，这是不容置疑的。但我们可以选择自己打破束缚，做自己命运的叛逆者，砸破那条铁链，冲出命运的牢笼，去外面的世界多走走，多看看，你一定会遇到许多你不能想象的人和故事，也会遇到你冲出牢笼之后的意外。

所有在颠簸中老去的人，尽管一生喜欢折腾，但老了一定会感觉疲倦。颠簸累了，希望停下来，走得慢一点，慢慢去欣赏此前因步履匆匆而错过的美丽风景。疲倦其实是因为已经淡然，淡然地面对这个世界，淡然地面对自己的经历，世间的聚散离合于我而言，再没有过分的悲喜。

老灵魂啊，沉重又轻盈！

我现在喜欢散步，一个人慢慢走，一路上回想自己经历过的往事，或者是闲步看路边的风景，路旁的梧桐树比去年又大了一圈，家门口商店的招牌不到一年就换了又换。

或许在淮海路上，你会看到我，看到这个古稀老人，步履闲散，但不蹒跚。当周围的年轻人都甩开膀子疾行的时候,只有他一个人徐缓独步。夕阳沉静,涂染着老式别墅的外墙,有一只白色的鸽子从天空掠过,流畅而轻灵,这时候,放学的孩子也回家了,背着书包,在路上奔跑,一路欢笑,闹个不停。他抬头看看天空飞过的鸽子,又转过头看看身边奔跑而过的孩子,像他小时候吗? 像,又不像。秋风吹乱了他的白发,他好像在笑,又似乎没有
——脑海中竟浮现出一首诗:

> 一个老人衣袖上的灰
>
> 是焚烧玫瑰后留下的全部灰尘
>
> 灰尘悬在空中
>
> 标志着一个故事在这里告终
>
> ……

后记

书已写完，但书写还将继续。

我这一生，或许是正处于时代的当口，所以闹出了一些动静。而如今倦老家中，基本上已经完成了自己一生的书写。没有放纵，不算潦草。

我始终感激我的父母，他们给我的，除了生命之外，更是把他们自己的苦累汗水，化作最卑微的石块，为我铺就了一条人生的道路。将近中秋，母亲的身体依然硬朗，而父亲已经走了十九年了，远在天国的他，看到他的子孙枝繁叶茂，也该欣慰吧。

其实写这一本书，一方面是回忆，回忆七十年的人生；另一方面是反思，反思这七十年的经历。我一边回忆，一边问自己，现在所积累的这一堆财富，是我自己想要的吗？回忆越往后，答案就越清晰，其实我现在所追求的，不过是自己能够安度晚年，不过是父亲天堂安息，母亲身体健康，子孙后代踏踏实实地书写属于他们的人生。

这本书写完以后，我已经放下戒备，等待读者们不同的评价。当然，读者看完之后，或许会欣然一笑，或许会淡然一哂，但无论如何，我感谢你们因某种缘分，翻阅了我的这本书。因为我的这本书，正是献给生命中所有与我有交集的人，感谢你们给我的支持、包容和鼓励。

我在老病的情况下，能够完成这本书，要感谢毕业于华东师范大学中文系的刘浪小友,是他做了大量的文字工作。他仅二十出头,但文笔老辣精彩,着实让我惊讶。愿他有一个灿烂的前程。

吴象彬
2018 年秋于淮海中路寓所